目錄

序言   5

大華語時代的華文教育

從學習成果看以 STEAM 促進語文學習的成效

梁佩雲　香港教育大學   6

善用課程資源發展校本中文科 STEAM 學習材料：一個推廣讀寫計劃的個案研究

何志恆　香港教育大學   22

華文學習的評估與測試

香港「應用學習中文（非華語學生適用）」的學習目標及評核探究

陳曙光　香港教育大學   42

資訊科技與華文教學

社交媒體應用對提高香港少數族裔學生學習中文動機的影響

賴　春　香港大學   60

戴忠沛　香港大學

蔡世予　香港大學

容運珊　香港大學

計算機輔助和傳統視域下的在華醫學留學生二語詞彙學習策略

張慧婉　澳門科技大學   76

王　婷　澳門科技大學

善用資訊科技進行混合模式的大學中文教學實踐

金夢瑤　香港教育大學   102

自媒體國際中文教學視頻中的詞匯教學研究初探——以 YouTube 為例

袁　方　香港教育大學   116

語言習得與心理研究

工作記憶與中文二語學習表現關係的元分析研究

廖　先　香港教育大學　　　　　　　　　　　130

羅嘉怡　香港大學

漢語音節結構及聲調語境對二語學習者聲調感知的影響

周文駿　香港理工大學專業及持續教育學院　　154

香港大專普通話學習者自我認同研究

饒宇靖　香港科技大學　　　　　　　　　　　174

教學策略與方法

STEAM 語文學習計劃：運用以生活化素材為內容的電子教材促進
專題報告教學

張壽洪　香港教育大學　　　　　　　　　　　198

從理論到實踐的轉化：語言學知識與華語教學

張　凌　香港教育大學　　　　　　　　　　　216

高雨茹　香港教育大學

設計與運用評量表促進口語教學

譚　婷　崇文中學　　　　　　　　　　　　　226

尹　娜　聖升英校

梁慧瑜　聖瑪格烈女校（中學）

李陽萍　聖嬰德蘭女校

楊淑雯　芽籠美以美中學

李淑娟　萊佛士書院

李冬梅　新加坡教師學院

教材編寫與課程設計

全方位靈活自主學習：以「非華語人士自學中文教材：日常生活 300 詞」設計為例

　　羅婉薇　香港城市大學　　　　　　　　　　　　　　　256

　　陳　暘　香港大學

　　陳麗音　香港城市大學

　　黃毓棟　香港大學

　　謝永豪　香港城市大學

　　鄭華達　香港城市大學

從師生反饋的角度看韻文文本在香港非華語小學課堂教學中的應用成效——以《弟子規（選段）》為例

　　蔡沁希　香港教育大學　　　　　　　　　　　　　　　272

非華語學生的中文教與學

研究以七巧板活動提高非華語學生學習中文的興趣的初探

　　李潔芳　香港大學專業進修學院　　　　　　　　　　　286

　　容運珊　香港大學專業進修學院

香港非華語學生學習中文課程及統一籌辦課程的重要性

　　彭志全　香港大學專業進修學院　　　　　　　　　　　304

運用可預測性圖畫書提升非華語幼兒閱讀興趣之教學研究

　　劉雪沁　香港教育大學　　　　　　　　　　　　　　　332

序言

　　呈現在大家面前的專書，是肇始於兩年前線上舉辦的「第十屆華文教學國際論壇——二十一世紀全球視野下的華語文教學」（2021.12 香港）。在之前高雄舉辦年會上，我們榮幸承擔了主辦第十屆華文教學會議的任務。這一決定的主要目的是為了促使世界各地的專家學者齊聚一堂，共同深入探討、交流心得。會議由新加坡華文教師總會聯同香港教育大學中國語言學系共同主辦，原本計劃現場舉辦，卻因突如其來的疫情而未能如願。經過與新加坡同仁的充分商討後，我們決定將這次的國際學術會議轉為線上舉辦，借助新科技實現不同地域的友人和同行之間的線上交流。儘管面臨著突如其來的變故，會議依然十分順利地開展。除了四位來自香港、新加坡、澳洲及美國的主講嘉賓分享他們的研究成果之外，論壇還收到了來自不同國家地區的數十篇同行專家的學術論文報告，完美地實現了論壇的目標。

　　這本專書是在大會結束後衍生的。我們特意邀請了與會學者參與投稿，經過專家匿名評審，最終選出了十八篇論文，分為七個主題進行了精選收錄。專著的書名使用「文化共融」字眼，正跟華文教學國際論壇的設立宗旨一致——聯繫華人社會，提升世界華人的凝聚力和認同感。書中的篇目主題主要圍繞在新時代的華文教育、評估與測試、科技與華文教學、語言習得與心理、教學策略、教材編寫與課程設計，以及非華語教學等多個方面。撰文作者主要來自香港、澳門和新加坡三地的高校或前線教師，他們不僅具有豐富的學術背景，還擁有豐富的教學經驗。透過這些文章，他們與讀者分享了他們對世界華語教學課題的深刻見解。

　　這本書旨在為華語教研人才提供一個交流和討論的學術平台，同時也希望向全球關心華語教學的大眾展示學術界當前關注的重要課題。這對於持續推動這一學科的發展，培養更多的教研人才，都具有重要的意義。

　　最後，我謹代表組稿、約稿、審稿的同仁，向所有貢獻論文的專家學者表示誠摯的謝意，同時也要特別感謝香港教育大學縱橫資訊科技文化創新中心的慷慨支持，為本專書的印刷提供了寶貴的經費。

　　這本專書將為華語教學的研究和實踐提供新的視角和啟發，期待它能成為學者、教育工作者和學生的重要參考資料。

張連航

2023 年 9 月

從學習成果看以 STEAM 促進語文學習的成效

梁佩雲

香港教育大學

摘要

綜合科學(Science)、技術(Technology)、工程(Engineering)及數學(Mathematics)的 STEM 教育，近年發展蓬勃，有學者更加入人文或藝術元素(Arts)，使之成為 STEAM 教育，間接帶動語文教育潮流。

通過一項 STEAM 專案，本文的研究團隊以「生活中的數理人文」為主題，並選取最切合 STEM 教育的說明文類題材，嘗試在中文科開展跨課程學習。在實施專案的兩年間，研究團隊以單元教學、課外閱讀及寫作報告比賽等活動，不但拓寬學生的閱讀層面及提升他們的以中文學習的興趣，還創設不同說明事理的機會，鞏固學生有系統地以中文表達的基礎。

根據學生作品，本文將揭示 STEAM 專案如何啟發小四至小六學生，引導他們從生活中發掘探究靈感，然後將研習或解難過程以各種媒體輔助說明，逐步掌握說明文類的表達手法。由分析示例可見，跨課程語文學習能開闢語文教學的另類途徑，讓師生獲益；而專案的實踐經驗和成果，也提供了令語文教學更活潑的實證。

關鍵詞：跨課程語文學習　語文教學　STEAM　說明文本

Language Learning in STEAM Education: An Outcome-based Evaluation

LEUNG, Pui Wan Pamela

The Education University of Hong Kong

Abstract

STEM education, which integrates Science, Technology, Engineering, and Mathematics, has thrived in recent years. Some scholars have further added humanities or art elements, indirectly driving the language education trend, making it STEAM education.

Through a STEAM project, this research team took "Mathematics, Science, and Humanities in Daily Life" as the theme and selected expository texts most suitable for STEM education to promote cross-curricular learning in Chinese. During the two-year project, the research team broadened students' reading skills, enhanced their interest in learning Chinese, and consolidated their foundation in using Chinese through unit teaching and engaging them in extracurricular reading and writing competitions.

Based on the students' works, this chapter reveals how the STEAM project guided Primary 4 to Primary 6 students progressively to express themselves with the expository genre. Students explored inspiration from life, then adopted various media-assisted strategies to illustrate their study or problem-solving processes. As evident in the sample analyses, learning across the curriculum opened up alternative Chinese teaching and learning methods, benefiting both teachers and students. The project outcomes indicate that Chinese learning and teaching can be livelier.

Keywords: language learning across the curriculum, language teaching and learning, STEAM, expository texts

1. 背景

傳統而來，中文科就不是單純訓練語文技能的學科。以中文為母語的學生，上中文課還會獲得思維能力、品德情意和文化體認的培養。

香港中國語文科課程素來重視學生在聽、說、讀、寫等語文能力的發展，也兼顧其文學、思維、品德情意、文化等方面的培養。現代資訊科技發展迅速，語文學習更成為促進其他領域學習的關鍵。按照課程指引，語文教師應編選多樣化的材料及組織學習活動，並考慮與其他領域的相關主題結合，以避免與其他學科的教學重複，幫助學生有效學習（課程發展議會，2002）。

為裝備學生應付未來社會發展，教育當局修訂學校課程發展焦點，強調科學、科技、工程及數學（STEM）教育、資訊科技教育、跨課程語文學習等，務求促進學生自主學習能力（課程發展議會，2017）。數碼時代的語文學習資源，再不局限於紙本材料；語文學習活動，也不只是割裂的讀寫聽說能力訓練，而是趨於與其他學科結合的跨課程專題研習。

2. 跨課程語文學習

在香港的學校課程中，中國語文是母語的學習，是學生建構知識必備的能力基礎。通過跨課程學習，學生既可以通過不同主題，增長學科知識，而在其他領域的學習中，學生又可以加強讀寫聽說的實踐（課程發展議會，2017）。視乎校本需要，跨課程學習的模式變化無窮。以STEM教育為例，余勝泉和胡翔（2015）指出，跨學科意味著教學重點不再在某個特定學科，而是聚焦於特定問題；通過指導學生綜合應用相互關聯的學科知識，提高學生解決實際問題的能力。

無論學習任何學科，閱讀都必不可少。香港教育當局提倡學會閱讀、並從閱讀中學習，跨學科閱讀的主張因此應運而生。按香港教育局課程發展處中國語文教育組（2021）：

> 跨學科閱讀選取的主題，大多源於真實生活，容許學生自由探索、發現和建構知識，並且可以從多角度表達意見，對學生來說是有意義和有趣味的內容。

Tussa'diah 和 Nurfadillah（2018）研究以主題式教學促進初中學生學習英語二語的成效，發現圍繞相同主題組織學習活動，學生在理解記敘篇章的表現有

顯著提升。由此可見，在高度情境化（highly contextualised）的第二語言環境，主題不但成為語言學習的內容，而且能提供實踐機會，讓學生有目的、有意義地運用語言。

換言之，從跨學科閱讀的文本，學生獲得陳述的信息，而通過思考、感悟和理解，又在所得信息的基礎上建構個人的知識領域。至於評量學習成效，學生就要以不同語言形式發表，才能提供學習的顯證。

3. 一項促進中文學習的專案

跨課程研習能拓寬學生運用語文的視角，進而提高學生在不同學術語境中適切運用語文的意識。在密集的學校課程中，跨課程學習如能選取切合生活經驗的主題，讓學生舉一反三，提高學習效率，將更符合時間成本效益（張晨，2016）。

在一片跨課程學習的熱潮中，本文的專案團隊[1]於2019-2021年間完成了一項推廣中文學習的專案（STEAM 蒸蒸日上：生活中的數理人文，2019-2021）。通過課堂教學、學生閱讀講座、閱讀報告寫作及比賽、學生專題報告講座、製作專題報告及比賽等。專案強調生活是語文學習的泉源，而語文除了是抒發感情的媒介，還可以鋪陳事實、訴說道理；鼓勵學生學習運用語文說明，以清晰的條理有效表達。

順應學習潮流，專案以STEAM 做標誌。在 STEAM 教育的一般認知基礎上，團隊還使用了尋找（searching）、驗證（testing）、探究（exploring）、評估（assessing）和持續發展（maintaining）等 21 世紀學習的重要策略，作為調適這項語文學習專案的方針，因為團隊深信，良好的語文能力，是學生學會學習的關鍵。

從課堂教學入手，團隊先後提供了兩個單元教學設計、教材及成果示例[2]，以便參與學校選用，並結合校本課程（小四至小六）實施，為專案鋪墊。單元一

---

1   承蒙 語文教育及研究常務委員會資助，「STEAM 蒸蒸日上：生活中的數理人文」專案得以順利完成，特此鳴謝。專案團隊由何志恆博士帶領，成員包括張壽洪博士、吳家瑩小姐、杜宏正先生及本文作者。

2   詳見專案網頁：https://www.eduhk.hk/steam/view.php?secid=53397&u=u

《有趣的科普》（14 教節），單元二《基本研究法》（8 教節）。《有趣的科普》單元通過科普或人文類篇章，提示學生生活中有趣的自然科學及人文現象，並以讀或說帶寫，綜合運用說明的結構和手法。有關內容見如表 1：

單元內容	教學篇章及參考教材
生活中有趣的自然科學現象	《暖瓶》
生活中有趣的人文現象	《香港的硬幣》
如何成為說明達人？	《心臟和血液》、《電影》
口頭報告和寫作	《太陽能：人類的智慧》、《細菌和病毒》、《涼茶不是茶》、口頭報告和寫作
說明報告知多少？	說明報告知多少？

表 1：單元一〈有趣的科普〉摘要

單元二《基本研究法》則以著名科學家愛迪生和高錕事跡為主題的篇章，介紹科學家的研究經歷和其所體現的科學精神，讓學生認識人物傳記的閱讀策略及寫作技巧，培養自主閱讀和了解更多科學家故事的興趣。此外，附設的專題報告示例，還介紹了科普類和人文類專題的報告形式以及撰寫專題報告的步驟等，引導學生完成個人感興趣的專題研習。有關內容見如表 2：

單元內容	教學篇章及或材料
愛迪生的發明	教學設計、篇章及工作紙（學生版及教師版）、教學簡報
科學精神	教學設計、篇章及工作紙（學生版及教師版）、教學簡報（一、二）
專題研習有妙法	教學設計、專題報告範本、1881_ 專題示例（一、二）、探究陽光對幼苗生長的影響_ 專題示例（一、二）、自製口罩_ 專題示例（一、二）
研究方法知多少	教學設計

表 2：單元二〈基本研究法〉摘要

除了結合語文課堂教學，專案團隊又為參與學校舉辦校本圖書講座，介紹精選圖書，引起學生的閱讀興趣，推薦科普和人文書目，並資助學校選購，方便學生借閱。

在 16 所參與學校教師的積極推動和帶領下，專案在兩年間完成了各項活動，獲得豐碩成果。回顧在專案過程中蒐集所得的學生作品，下文將檢討學生學習說明的歷程及專案建議的教學設計成效，並總結引導學生有系統地以中文表達的可行路徑。

4. 跨課程語文學習成果

要檢視專案成效，參與學校的學生作品是最有力的顯證。在兩個活動循環中，專案團隊都舉辦了寫作報告比賽，包括閱讀報告比賽及專題研習比賽。前者鼓勵學生廣泛閱讀後深化思考，並練習表達；後者則鼓勵學生發掘生活中與科普或人文有關的課題，研習探究，然後報告分享，以提升寫作能力。比賽蒐集的作品數量見如表 3：

	閱讀報告		專題報告	
	學校組	公開組	學校組	公開組
第一循環（2019/20）	40	10	27	17
第二循環（2020/21）	81	102	80	23
總計	121	112	107	40

表 3：寫作報告比賽統計資料

兩項比賽均設有學校組及公開組，「學校組」為參與專案學校所選年級的學生提供一個實踐寫作的平台；「公開組」比賽，則透過電郵、傳真邀請全港小學小四至小六學生及參與學校的其他年級學生參與。「學校組」比賽由參與學校教師評選校本的冠、亞、季軍及優異作品。「公開組」比賽則由專案團隊成員及專案顧問評審，以示公允。

如表 3 所示，參與專案全套活動的「學校組」，閱讀報告累計 121 份獲獎作品，而專題報告則有 107 份學生作品獲獎。學生的優秀成品，專案均編成專輯出版，並於專案的網頁刊載 [3]。

3　詳見專案網頁：https://www.eduhk.hk/steam/view.php?secid=53398&u=u

4.1 閱讀報告

對有趣的讀物，學生其實並不抗拒閱讀；學生抗拒的，往往是閱讀後要完成的「報告」。由於專案有特定的閱讀題材要求，獲獎作品不時反映學生對科普內容的驚喜發現，例如讀完《小栗的昆蟲日記》，在約400字的報告中（見如圖1），當時小四的讀者用了較多篇幅（257字，63.4%）抒發感想：

……書中令我最深刻的一篇日記是《昆蟲之王》——螳螂。原來螳螂交配時，雄螳螂如果不小心就會被雌螳螂吃掉。嘩！真叫我大吃一驚！

從前的我，一向不喜歡昆蟲，總覺得小昆蟲很骯髒，也生怕牠們會爬到我的身上咬我一口。但是這本書令我對昆蟲的瞭解加深了，我認識到牠們的生活習性，可愛的插圖使我看到昆蟲也有漂亮的一面。我現在覺得昆蟲沒有那麼可怕了。

圖 1：A 小學同學的《閱讀報告》

從製作精美、圖文並茂的成品可見，圖1的小讀者不但把書中提過的不同昆蟲圖示及名稱逐一標示，對讀本內容印象深刻，而且報告的「內容摘要」和「讀後感想」都寫在不同的「葉片」上，營造一個切合題材、昆蟲生活的自然環境，閱讀的投入程度和報告的心思，可見一斑。這樣別出心裁的《閱讀報告》，獲獎

固然實至名歸,同時也為閱讀報告形式帶來鮮活的啟示——教師不妨鼓勵學生發揮,報告無須局限於純文本文字。再者,只要題材新穎,表達形式活潑(文字扼要,附有插圖),小學生讀者甚或對報告樂此不疲,活學活用,誠如評選教師的評語:「相信看完她的閱讀報告的小讀者,一定很想借閱《小栗的昆蟲日記》。」

對學生的創意,教師總會充分肯定,但在日常的教學中,教師更關注的是學生能否掌握學習重點。STEAM 專案強調與日常教學結合,鼓勵參與學校調適校本課程,而並非增加教學的負擔。因此,不同學校均可以按校情及參與年級的需要,而舉辦專案活動。以閱讀報告為例,個別學校曾為比賽設計特定的工作紙,訂明報告要求的內容和表述方式。無論最終是否獲獎,工作紙無疑為學生提供閱讀報告的鷹架(陳昇飛,2006),讓學生得以有系統地認識說明文類的表達手法。例如圖 2,按教師指引,學生不但摘要說明閱讀圖書的內容和讀後感想,還在指定位置加插了圖書封面,與文本相映成趣。

圖 2:B 小學同學的《閱讀報告》

細看這個《我是小 Maker・動手做科學玩具》的閱讀報告，內容摘要只有四句：

① 作者一步一步仔細地教大家動手做多款科學玩具，例如空氣炮、大炮台等，並且透過「試玩」影片使讀者更能清楚瞭解玩具的玩法，十分有趣和吸引。② 此外，作者還詳細地講解這些玩具所應用到的科學原理，並延伸到生活的實例中，就如空氣炮所應用的空氣流動原理，原來我們常見的乾手機也運用了這原理呢！③ 這是一本內容充實有趣，圖文並茂的科學讀物，深入淺出，簡單易明，讓我們創造出既環保，又好玩的科學玩具。④ 如果大家想成為一位出色的小創客，這本書必定適合你！

其中句 ① 直接指出圖書的功用及表達手法，句 ② 舉例說明閱讀的收穫（發現），句 ③ 進一步評價圖書吸引讀者之處，句 ④ 重新推薦圖書。摘要內容充實而結構緊密。至於讀後感想也不過八句，同樣能扼要道出所思所感，體現說明文類簡單而平實的表達手法：

① 你有試過自製科學玩具嗎？② 原來自己動手做科學玩具既簡單，又有趣。③ 除了學會製作小玩意外，我還明白到這些玩具所應用到的科學原理，而且這都與我們的日常生活息息相關，真的令我獲益良多啊！④ 我完全投入在這個閱讀和創作的過程中。⑤ 從「動手做」中學習，發揮「小宇宙」，動動腦筋去思考和解難，很有滿足感。

⑥ 總的來說，我十分喜歡這本書。⑦ 希望我也能在日常生活中多加運用所學，創作更多環保和實用的科學作品。⑧ 大家也一起動手做吧！

讀後感想的句 ① 和句 ② 以問答引入自製科學玩具的圖書主題，句 ③ 正是閱讀的最大收穫，句 ④ 描述閱讀狀態，句 ⑤ 交代對閱讀過程的享受，句 ⑥ 總結立場，句 ⑦ 表達展望，句 ⑧ 呼籲其他讀者參與。如評選教師所言，從選材、舉例到表達真情實感，學生都關注到讀者接收的信息，以確保報告能有效傳意。可見通過 STEAM 的閱讀及寫作活動，小學生能夠培養與人溝通的意識，也注意到表達的目的和作用。

4.2 專題報告

對香港學生而言，專題報告可算是尋常的學習模式（課程發展議會，2017），有學校通過跨學科的形式按學期或年度舉辦專題研習活動，也有學校騰出常規課時，讓不同學科的教師更有系統地指導學生探索專題。但是，跨學科的專題研習甚少由中文科主導。因此，STEAM 專案在中文科引導學生完成專題報告，這一舉措無疑為學生創設另類學習中文的情境，對中文科的教師和學生都是嶄新的嘗試。

在眾多參賽的專題報告中，參加「公開組」比賽的小四學生作品《探討雲和不同天氣的關係》最能體現專案的精神和活動的初心——學生能從生活中發掘專題探究，而又能有條不紊地以文字說明研習心得。有關報告的文稿見表 4 整理。誠如評審點評：「一個四年級學生，用最直接的方法，收集數據，進行研究，然後探討雲和不同天氣的關係。這是一個實而不華的 STEM 研習專案……」。如表 4 所示，報告的綱目分明，從研習動機、研習方法、研習內容、研習結果及建議到研習感想，雖然篇幅短小，但已經面面俱到，並表現科普與人文結合的學習重點。例如作者一方面引述中國俗諺「魚鱗天，不雨也風顛」，反映民間智慧，同時又仿效嚴謹的科學方法，持續定時觀察天文現象。此外，報告不時提及教師的指導、個人的探究方式、判斷準則和觀察紀錄等，並按觀察所得驗證書本的知識和教師的指導——「老師說得真對，不同的雲真的代表不同的天氣」，可謂理論與實踐並重，是不折不扣的專題研究。

《探討雲和不同天氣的關係》

引言／研習動機：

　　每天，我們都會看見大大小小、形狀不同的雲，有時像大泡泡，有時像魚鱗，有時像羽毛。

　　老師說，不同的雲代表不同的天氣；中國諺語說「魚鱗天，不雨也風顛」。因此，我想對雲瞭解多一些，認識多一些。

研習方法：

　　1. 看書籍　2. 拍照片　3. 記錄天氣　4. 寫日記

研習內容：

　　我每天早七時，下午三時和晚上五時拍攝天空的雲，並透過手機程式「我的天文台」記錄當天的天氣。

研習結果及建議：

　　從書中我認識了雲的四大家族，分別是高雲、中雲、低雲和直展雲，當中又有十種雲屬。晴天最常見的是卷雲和積雲。在我拍攝的相片中，最常出現卷雲。就像5月7日，早上和下午三時的雲很好看，像絲綢又像羽毛，那就是卷雲。接下來幾天白天的天氣都很熱，大部分時間沒下雨。

　　最特別是第一天（5月4日）做的紀錄。那天晚上天文台懸掛了黃色暴雨警告訊號，那天下午三時我看見的雲像一大塊泡泡，原來那是下大雷雨前常出現的積雨雲，令我印象深刻。老師說得真對，不同的雲真的代表不同的天氣。

　　認識不同的雲，讓我知道雲和不同天氣的關係。我又覺得不同的天氣會有不同的心情。遮天蔽日的雨層雲令我心情也變得沉甸甸的，因為我被困在家中不能和朋友出去玩耍。天空出現卷雲和積雲即代表天氣明朗，不單可外出做運動，有時還可以看見絢爛的晚霞呢！

研習感想：

　　認識雲和不同天氣的關係，讓我覺得自己也可以預測天氣。雲是抬頭可見的大自然景象，它和我們的生活息息相關，我要多些認識它，這樣既可以瞭解天氣變化，更可以提醒我們愛護環境。

　　這次研習也令我體會到每天記錄和拍攝雲真不容易，要麻煩媽媽在七點前叫我起床。我家的窗戶貼了防蚊網，拍出來的相片看得不太清楚雲的形狀，肉眼就沒什麼影響。

　　這次研習，令我更敬佩科學家們的毅力和恆心，沒有他們的付出，我就不能在書中學到這麼多的知識。

表4：C小學同學的專題報告文稿整理

從表 4 整理的文本可見，學生除了掌握專題報告的基本內容外，還要有個人的體驗和多角度思考，才能切合要求，完成課業。這個帶有中文科色彩的專題報告，啟發了學生對生活中不同事物的關注「雲是抬頭可見的大自然景象，它和我們的生活息息相關」，進而觸動學生對情緒受天氣變化影響的覺醒「認識不同的雲，讓我知道雲和不同天氣的關係。我又覺得不同的天氣會有不同的心情」，完成身體力行的探究過程，學生最後還感悟到家人的支持「每天記錄和拍攝雲真不容易，要麻煩媽媽在七點前叫我起床」和科學家的努力「我更敬佩科學家們的毅力和恆心，沒有他們的付出，我就不能在書中學到這麼多的知識」，態度誠懇，情感真摯。整個專題研習緊扣生活，反映學生在認知、情感、意志和行為多方面的成長。

其實，報告的原稿還附有 12 個《天氣記錄表》，記錄了學生作者一連 12 天對雲朵的觀察，配合照片、插圖、當天的天氣數據和觀察員的感想等。如圖 3 摘錄可見，學生的畫工和數據整理雖然稚嫩，內容卻一絲不苟，連忘記拍照也在五月五日的紀錄中註明，如實報告；其嚴謹科學精神可嘉，其忠誠處事態度可貴。

圖 3：C 小學同學的《專題報告》插圖摘錄

5. 討論及總結

以科普和人文為題材，STEAM 專案為高小學生創設中文閱讀和寫作的情境，以專題內容帶動語文學習目標（Snow，Met & Genesee，1989）。通過推介題材生動活潑的圖書，STEAM 專案引起學生的閱讀興趣；結合中文科的課堂教學，學生逐步掌握說明文類的寫作目的和方式。在教師的引導下，學生發掘與生活息息相關的專題，認識研習專題的步驟和方法，應用跨學科的知識，探索解決現實疑難的辦法（劉徽、徐玲玲和滕梅芳，2020）。

學生有如此出色的表現，教師的精心鋪墊和諄諄善誘功不可沒。以其中一所參與學校的單元教學設計為例，教師團隊配合專案曾擬訂單元教學的總目標如下：

班級：六年級

課題：

六上單元五第九課《呼吸「設備」》、第十課《鏡子的故事》

六下單元五第九課《立志趁早》、第十課《成功》

單元總目標：

1）學生透過閱讀文章或圖書，認識不同的名人故事，培養正面的價值觀及態度。
2）學生能透過閱讀、分析及篩選資料進行研習。（科普及人文類文章）
3）學生能夠運用口頭報告研習結果。
4）學生能夠運用說明方式完成研習報告。
5）提升學生閱讀圖書及學習中文的興趣。

為配合專題報告，在講授課文《呼吸「設備」》時，教師先讓學生認識鼻和口的功能，並以概念圖綜合文章的重點，然後引導學生從不同的資料中找出相關的內容，學習篩選資料的方法，最後以 STEAM 專案推介的圖書《人體遊學團》作總結，令學生認識扼要地介紹資料的技巧。

在教授《鏡子的故事》時，教師則利用短片帶出主題，通過提問開展課文的內容分析。課堂所見（如圖 4），即使採用簡單如紙筆的教具，也足以誘發學生對鏡子的疑問和聯想，從而引導學生構思研習的專題。

圖4：課堂「腦激盪」活動剪影：齊集學生對鏡子的疑問和聯想

在教師的悉心指導下，學生完成了一系列圍繞鏡子的專題報告，而研習的主題正是課文學習的延伸，例如：為甚麼「鏡子」稱為「鏡子」？日常生活中有甚麼簡單的材料可以製造鏡子？單面鏡和雙面鏡在原理上、用途上及製造方法上有甚麼區別？雙面鏡的原理和用途是甚麼？它有甚麼好處和壞處？鏡子的不同種類、原理和功用，鏡子的歷史、材料和作用等等。由此可見，在開展跨課程學習的教育潮流中，STEAM專案提倡的生活題材成了學生學習的內容知識，為語文學習提供具現實意義的運用機會，讓學生學會言之有據，而且言之成理。在提高學生的語文運用意識、並促進學生以文本作有效表達方面，中文科發揮的作用積極。

與其他學科的性質不同，語文科目既有本科的學習內容，包括語文知識、思維、情意以至文化價值；語文同時是學習其他學科的重要媒介。學生如能認識個別學科的文本寫作特點，將可以更好把握文本的重要信息（香港教育局課程發展處中國語文教育組，2021），也就是有效學習該學科的內容知識。以中

文科為本位的跨課程學習，雖然離不開閱讀和寫作，但卻能突破純文學創作的感性風尚和含蓄委婉的表達風格，為學生創設較務實的語文學習情境，有利於學生發展 21 世紀必備的溝通能力（Organisation for Economic Co-operation and Development，OECD，2018）。研究發現，在特定條件下，內容和語文綜合的學習模式（content and language integrated learning，CLIL）能提高教師和學生的期望，提高學生運用母語的信心和讀寫能力，並培養學生承擔風險和解決問題的能力。如果學生能夠通過語言學習而不只是學習語言，將更能鼓勵學生主動運用語言表達（Coyle，2007）。

總結 STEAM 專案的實踐經驗，結合課堂內外活動的單元教學設計發揮了重要的鷹架作用。參與學校按照校本學生的需要，能靈活調適教材，並循序漸進引起學生閱讀興趣，然後引導學生學習基本研究方法。為照顧學習差異，經驗豐富的教師更讓學生合作學習，共同探究專題，而在提交文本報告前，學生還可以先做口頭報告，甚至以拍攝的照片或短片作分享。充實的學習內容和活潑的報告形式，既能引起學習興趣，又能加深學生對研習專題的思考，沉澱從中蒐集的反饋意見，以及觀摩他人優秀的表現。從口頭分享到書面報告，無論是片言隻語或手繪圖畫，均有助學生構思、發展和組織文字表達方式，從而達成提升學生中文讀寫能力的專案宗旨。

參考文獻

陳昇飛（2006）：教師語文教學鷹架之搭建及其教學策略之發展，《國民教育研究集刊》，15，179-204。

劉徽、徐玲玲和滕梅芳（2020）：大概念視角下的跨學科課程設計，《課程研究》，15(2)，21-48。

香港教育局課程發展處中國語文教育組（2021）：《通學匯思：跨課程閱讀資源套（理念篇）》，香港，香港教育局。

余勝泉和胡翔（2015）：STEM 教育理念與跨學科整合模式，《開放教育研究教》，21(4)，13-22。

張晨（2016）：「大語文教育」背景下的跨學科語文教學，《語文教學與研究》，5，14。

課程發展議會（2002）：《中國語文教育學習領域課程指引（小一至中三）》，檢自 https://www.edb.gov.hk/attachment/tc/curriculum-development/kla/chi-edu/curriculum-documents/CLE_KLACG_2002.pdf，檢索日期：2022.3.20。

課程發展議會（2017）：《中國語文教育學習領域課程指引（小一至中六）》，檢自 https://www.edb.gov.hk/attachment/tc/curriculum-development/kla/chi-edu/curriculum-documents/CLEKLAG_2017_for_upload_final_R77.pdf，檢索日期：2022.3.20。

Coyle, D. (2007). Content and language integrated learning: Towards a connected research agenda for CLIL pedagogies. *International Journal of Bilingual Education and Bilingualism, 10*(5), 543-562.

Organisation for Economic Co-operation and Development (OECD). (2018). The future of education and skills: Education 2030. OECD Publishing.

Snow, M. A., Met, M., & Genesee, F. (1989). A conceptual framework for the integration of language and content in second/foreign language instruction. *Tesol Quarterly, 23*(2), 201-217.

Tussa'diah, H., & Nurfadillah, K. (2018). The implementation of theme based teaching to improve students' achievement in narrative text. *KnE Social Sciences, 3*(4), 352-360. https://doi.org/10.18502/kss.v3i4.1946

善用課程資源發展校本中文科 STEAM 學習材料：一個推廣讀寫計劃的個案研究

何志恆
香港教育大學

摘要

STEAM 是科學（Science）、科技（Technology）、工程（Engineering）、人文藝術（Arts）及數學 Mathematics）各英文名稱的首字母縮略詞，代表以上 5 個學科的總稱。香港從 2015 年推動 STEM 教育，「旨在強化科學、科技及數學教育，以培育相關範疇的多元人才，提升香港的國際競爭力。」在教育局的支持下，香港中、小學以校本形式推行 STEM 教育，例如電腦編程、虛擬實境 Virtual Reality（VR）、製作磁浮列車等。STEM 教育似乎與中文科無關。

近年國際社會出現將人文藝術（Arts）納入 STEM 教育的趨勢。課程發展議會（2017）編訂《中國語文教育學習領域課程指引（小一至中六）》提出（STEM）教育、資訊科技教育、跨課程語文學習等，以促進學生自主學習能力，也強調學校應該「盡量善用課程架構提供的彈性和空間，因應學生的需要、性向、興趣、能力，以及教師的準備程度和學校的實際情況，建立校本課程。」是次研究，將以一個中文科 STEAM 教學計劃個案，探究學校可以如何善用課程資源，以發展校本中文科 STEAM 學習材料。

關鍵詞：校本課程　語文教學　課程資源　STEAM　學習

Utilizing Curriculum Resources to Develop Chinese Language School-Based Learning Materials: A Case Study on Reading and Writing Enhancement Programme

HO, Chi Hang

The Education University of Hong Kong

Abstract

STEAM is an acronym for Science, Technology, Engineering, Arts and Mathematics, representing the general term of the five disciplines. Hong Kong has promoted STEM education since 2015, "aiming to strengthen science, technology and mathematics education, so as to cultivate diverse talents in related fields and enhance Hong Kong's international competitiveness." With the support of the Education Bureau, Hong Kong's primary and secondary schools implement it in a school-based form, such as computer programming, Virtual Reality (VR), making maglev trains, etc. STEM education seems to have nothing to do with Chinese Language Education.

In recent years, there has been a trend in the international community to incorporate Arts into STEM education. The Curriculum Development Council (2017) *Chinese Language Education Key Learning Area Curriculum Guide (Primary 1 to Secondary 6)*" proposes (STEM) education, information technology education, cross-curricular language learning, etc. to promote students' independent learning ability. The *Curriculum Guide* also emphasizes that schools should "make good use of the flexibility and space provided by the curriculum framework, and establish a school-based curriculum according to the needs, aptitudes, interests, and abilities of students, as well as the level of preparation of teachers and the actual situation of the school." In this study, a case study of STEAM teaching in Chinese Language will be adopted to explore how schools can make good use of curriculum resources to develop school-based STEAM learning materials in Chinese Language Education.

Keywords: School-based curriculum, Chinese Language Education, curriculum resources, STEAM learning

一、引言

自二十世紀七十年代，世界各地紛紛推行課程改革，香港也不例外。香港其中一項教育改革就是發展校本課程。校本課程是學校在中央課程的基礎上按照學與教的需要而自主開發的課程，校本課程的出現，反映學校的自主度加強了。然而，學校推動校本課程的力量大小，其實還要視乎學校能否開發和利用課程資源。

為配合香港社會及世界的急速轉變，以及日趨多元的學生學習需要，香港中文科課程強調資訊科技教育、跨課程語文學習、STEM 教學等，以及促進學生自主探究能力，並強調建立課堂內外的學習社群的重要性。雖然中國語文課程倡議 STEM 教學，然而，香港學校較多在常識、科學範疇發展 STEM 教育。

近年國際社會趨勢，STEM 教育逐漸加進人文藝術（Arts）而成 STEAM 教育，與中文科的關係日見增強。在這個教學新形勢下，學校中文科可以如何發展 STEAM 教學材料？本文將以一個中文科 STEAM 教學計劃個案，探討教師可以如何開發和利用課程資源，發展校本中文科 STEAM 學習材料。

二、文獻探討

2.1 中國語文科校本課程

「校本課程」又稱「以學校為本位的課程」（Skilbeck，1983）。早於二十世紀七十年代，英國及澳洲已發展校本課程，教育體系採取權力下放政策，由地方政府負責教育事業（譚彩鳳，2006）。到了二十世紀八十年代末期，校本課程擴展至亞洲，如南韓、日本等國家，都以校本課程為課程改革的主要手段，以加強國際競爭力（徐國棟，2010）。而兩岸三地也相繼進行「校本課程發展」或「課程統整」等課程改革（黃顯華和朱嘉穎，2005）。

香港在九十年代致力改善教育素質，提出「學校管理新措施」（School Management Initiative），改變過往中央嚴密管理的模式，給學校在管理和財政方面更大的自主權。「學校管理」就是學校的成員（包括校監、校董、校長和教師），有更大的自主權（Autonomy）和責任承擔（Responsibility），為學校的長遠發展，運用資源解決面對的問題及進行有效的教學活動（鄭燕祥，2001）。

學校課程方面，香港過去採用中央集權制課程發展模式，由教育當局全權發展；教師只負責執行課程計劃。但自 1982 年，《國際教育顧問團報告書》（Llewellyn，Hancock，Kirst & Roeloffs，1982）提出：

> 目前的教育策劃、決策以至改革的方面工作，大都是採用由中心傳至外圍的方式，使參與這些活動的教師在數目上受到限制。畢竟學校才是真正實踐工作的地方，因此必須盡一切努力，鼓勵在學校這一個層次推行改革。

《國際教育顧問團報告書》提出香港的教育策劃需要校本課程發展，並鼓勵教師以學校為基礎進行課程發展及評核工作，從而提升教師的專業發展。

課程發展議會（2000）《「學會學習——課程發展路向」諮詢文件》提出：

> 讓學校在撥款、管理和編制人手方面享有更大的自主權，以便營造更多時間和空間，進行課程改革，改善學習與教學。

並指出香港的課報改革分三個階段進行，其中「短期發展」（2000-2005 年）和「中期發展」（2005-2010 年）的基本方向分別是學校「針對學生和學校的需要，按新課程架構的指引發展校本課程」和「編排最適合學生能力和學校使命的校本課程」。

至於語文科的課改實踐，課程發展議會（2001）《中國語文課程指引（初中及高中）》建議教師採用「單元教學」，指出「單元」是一種有效的課程組織。教師根據學校的實際情況，編擬整個學年的學習重點，然後把學習重點組織成若干個學習單元，再就每個學習單元的學習重點，選用合適的學習材料。這樣可以使學習材料之間產生有機的連繫。另外，課程文件也強調教師要因應學生的學習興趣、能力和需要，配合相應的學習重點，使用適當的學習材料。

課程發展議會（2002）《中國語文教育學習領域課程指引（小一至中三）》特別闡述「中央課程」與「校本課程發展」的關係，課程文件指出：

> 《中國語文教育學習領域課程指引》訂定中國語文教育的課程發展方向，提供以課程架構方式顯示的中央課程。預期學校依據中央課程提供的課程架構，透過九個學習範疇，促進學生均衡而全面的語文學習，以貫徹中國語文教育的課程宗旨。

在「中央課程」架構基礎上，課程文件強調靈活的「校本課程發展」：盡量善用課程架構提供的彈性和空間，因應學生的需要、性向、興趣、能力，以及教師的準備程度和學校的實際情況，調適中央課程，製訂本身的校本課程。課程文件不止強調學校要：

發展適合自己的校本課程；並積極鼓勵教師發展專業，協同其他課程持份者，幫助學生達到中國語文教育課程架構的課程宗旨和學習目標，掌握學習重點。

「校本課程」一直是語文教學重要發展方向，課程發展議會（2017）編訂《中國語文教育學習領域課程指引（小一至中六）》指出：

學校須依據中央提供的課程架構，透過閱讀、寫作、聆聽、說話、文學、中華文化、品德情意、思維和語文自學九個學習範疇，促進學生均衡而全面的語文教育；同時盡量善用課程架構提供的彈性和空間，因應學生的需要、性向、興趣、能力，以及教師的準備程度和學校的實際情況，建立校本課程。為幫助學生達到學習目標和掌握學習重點，學校可靈活選擇或調整學習內容的組織方式、學與教的策略和進度、對學生課業的要求、評估的模式和準則。

課程文件強調學校規劃校本課程，需要設計均衡的課程，要同時顧及五種基要的學習經歷（「德育及公民教育」、「智能發展」、「社會服務」、「體藝發展」和「與工作有關的經驗」）、九種共通能力和九個學習範疇橫向的平衡，使學生在中、小階段，在知識的積累、能力的掌握、態度和習慣的培養等各方面都能獲得均衡和全面的發展。

「校本課程」一般是指教師因應學校的教學環境和條件，自行規畫適當的課程。「校本課程」的出現，反映學校及教師的自主權增加了。不過，不少學者指出落實「校本課程」並非容易的事。譚彩鳳（2006）指出中國語文校本課程未能有效地發展，原因有三：第一是這個理念得不到教師的支持，第二是教師不清楚校本課程的涵義，第三是中央對教師的支援不足。關於「支援不足」，譚彩鳳舉了一些受訪教師的回應為例，其中「丙老師」表示中央的協助有限，教師在知識、能力、時間、資源及培訓各方面都未準備就緒；另一位受訪教師談及校本課程需要教師「編書」，指出「我們的工作量已經很大，我們也沒有受過這樣的訓練，

怎樣編呢？」譚彩鳳研究結論：要成功發展校本課程，教師要有一種擁有感，要共同商議決定課程變革的目的及本質，還要有足夠的時間與人力資源促進課程的發展。

關之英（2011）透過問卷調查訪問小學語文教師，發現影響校本課程推行的效果包括規劃因素、教師因素、學校因素和外界因素。時間不足和工作壓力，也是推行的阻礙；相反，推行中文科校本課程成功的因素，是因應學生的興趣，安排相應的活動，善用資源，共同備課和運用有效的教學策略。

校本課程的推行，資源是否充足，是重要的一環。關之英舉例指出，教育署在1988年開始推進「學校本位課程設計」計畫，鼓勵老師因應學生的能力和需要，根據學校的特殊條件，設計可以實際應用的課程。推行的學校或老師有獎金，從而可見教育署對校本課程開發的支持力度。

資源運用是開發及規劃校本課程的關鍵因素，課程發展議會（2017）編訂《中國語文教育學習領域課程指引（小一至中六）》也有關注課程資源的問題，指出規劃中文科學習領域課程其中一個主導原則，就是「逐步發展校內課程，善用不同課程資源」，並建議：

> 學校發展校內課程，擬訂長遠的計劃時，可建基於現有的優勢，因應本身的條件、學生的特點，決定發展的步伐。例如參考課程發展處提供的學習單元設計示例或坊間的教學設計，作校本課程調適，並從學生的需要出發，衡量教學實效，進行修訂，逐步發展校本課程。學校設計校本課程時，可參考有關課程文件及課程資源，按學校發展進程，靈活選材。參加協作研究及發展（種籽）計劃，發展具校本特色的課程；參加教師培訓課程、研討會、經驗分享會等，以豐富教師發展學校課程的學養和識見。學校亦宜善用互聯網資源，例如：讓學生瀏覽和下載文化網站的材料，汲取中華文化和文學知識；亦可鼓勵學生運用網上字典、詞典查考字詞讀音、字形和筆順，鞏固對字形的掌握，並正確書寫文字；教師更可透過電子學習以提升學生自主學習的能力，如推薦學生閱讀電子書；設立電子閱讀及網上閱讀平台，進行網上討論，讓學生在課堂以外按自己的能力、進度及興趣學習。

倪文錦和謝錫金（2006）指出語文校本課程的課程資源，可以分為「校內資源」和「校外資源」兩大類，前者包括學生資源、教師資源、客觀教學條件、學校管理水平等；後者則包括民族文化背景、世界文化遺產、時代變革特徵、社區資源、大眾傳媒、網絡資源。倪文錦、謝錫金進一步建議以下開發語文校本課程的資源整合模式：

- 校內外資源的整合：由校內資源延伸至校外資源；
- 軟性資源（教師、學校管理、學科專家等）與硬性資源（課程文件、課程規劃、教材等）的整合；
- 語文課程資源與其他學科課程資源的整合。

2.2 中國語文科的 STEM 教育

STEM 是科學（Science）、科技（Technology）、工程（Engineering）及數學（Mathematics）各英文名稱的首字母縮略詞，代表以上四個學科的總稱。STEM 教育重點在於數理科技教育，在美國、韓國、日本等地，STEM 教育被視為繁榮經濟、增加就業機會、提升綜合國力的途徑。香港推動 STEM 教育，始見於 2015 年的施政報告。香港教育局（2016）指出，香港推動 STEM 教育：

> 旨在強化科學、科技及數學教育，以培育相關範疇的多元人才，提升香港的國際競爭力。具體的學與教目標包括：在科學、科技及數學範疇讓學生建立穩固的知識基礎，並提升學生的學習興趣，應對現今世界的轉變所帶來的挑戰。強化學生綜合和應用知識與技能的能力、培養學生二十一世紀所需要的創造力、協作和解決問題能力，以及使他們具備創新思維與企業家精神。

根據文件，香港學校的 STEM 教育，大概是科學、科技及數學範疇讓的工作。在教育局的支持下，香港中、小學以校本形式推行 STEM 教育，例如電腦編程、虛擬實境 Virtual Reality（VR）、製作磁浮列車、氫氣飛船、電子積木（程志祥，2016）。從學校網頁資料，也可窺見香港學校校本 STEM 課程的特點。以西貢區一所小學的校本 STEM 課程為例，課程結合了常識科及電腦科。常識科的教學目的是「加強學生綜合應用能力、共通能力及提升學生科學及科技素養」，課題包括「牙齒健康（小一）」、「環保燈籠（小二）」、「飛機（小三）」、「空氣炮（小四）」、「護耳罩（小五）」、「智能拐杖（小六）」；電腦科的教學目的是「學習創新科技教育及體驗，提升計算思維及資訊科技的素養」，課題包

括「Osmo Coding Awbie（小一）」、「Dash & Dots（小二）」、「虛擬實境（VR）＋擴增實境（AR）（小三）」、「機械人（Marty The Robot）（小四）」、「mBots（小五）」、「Micro:bit + KittenBot（小六）」[1]。

再看另一所位於九龍的小學，根據該校2019-2020年度學校報告，學校的「關注事項[2]」是「優化「STEM」教育，協助學生建構科學及科技的基礎知識，提升創意及解難能力。」具體內容包括：

- 於小二至小五推行為期兩星期的「STEM 體驗周」，並進行跨學科課程。課程把數學、電腦及科學的元素融入常識科常規課程中，為 STEM 教育打好基礎，並提升學生對科技、科學的興趣。
- 水耕種植體驗課程、無人機課程、鐳射切割創意實作班、爆旋陀螺 STEM 工作坊、木製陀螺 DIY 工作坊等。

該校的 STEM 校本課程，是以數學、電腦及科學的元素融入常識科常規課程中。而學校報告指出，學校反思各科組的教學內容未能準確地於「STEM 體驗周」應用出來。建議於下年度，參與校外大專院校的 STEM 支援計劃，借助校外資源優化校本 STEM 跨學科課程，可見學校意識到校外資源對於校本課程的作用。

香港學校集中在常識、科學範疇發展 STEM 教育。陳文豪（2018）指出，香港的 STEM 教育活動大致可分為兩個內容方向：

- 以科學探究為本的 STEM 活動；
- 以手作製品為本的 STEM 活動。

不過，教育界從 STEM 教育的實踐發現了不少問題，例如「科學在香港小學課程內容佔整體教學時間非常有限」、「小學在開展 STEM 教育時嚴重缺乏相關知識的教師」、「大部分香港學校透過外判課程方式滿足學生學習需求，而非獨力在校內自行創建 STEM 工作坊」（伍敬華和曾憲江，2019），也有聲音呼籲將語文能力訓練加進 STEM 課程，以提升跨科學習的規模（黃家偉和冼儉偉，2016）。

1　學校網頁：https://www.pohckwps.edu.hk/tc/stem

2　學校網頁：https://www.ymtcps.edu.hk/uploads/files/ 學校計劃書及報告 /2019-2020%20 學校報告 .pdf

　　事實上，近年國際社會也出現將人文藝術（Arts）納入 STEM 教育的趨勢，例如英國國家科學技術與藝術基金會（NESTA）2011 年發佈《未來一代》報告，建議將藝術類課程加入 STEM 教育（李剛和呂立杰，2018）。科學、科技和數學教育學習領域，若能融合人文藝術學習，可能更易達成 STEM 教育的原來目標：「強化學生綜合和應用知識與技能的能力、培養學生二十一世紀所需要的創造力、協作和解決問題能力」（課程發展議會，2015）。

　　語文是「從事工作和學習的基礎工具」（王尚文，1994），具有溝通的工具價值，也是人們思維的工具。中國語文科新課程不但重視學生聽、說、讀、寫等語文能力的成長，也強調學生在文學、思維、品德情意、文化等範疇的發展。課程文件強調教師應選用多樣化的教材，以配合學習目標及重點，引起學生的學習興趣。課程發展議會（2017）《中國語文教育學習領域課程指引（小一至中六）》指出，為配合香港社會及世界急速轉變，以及日趨多元的學生學習需要，課程發展要強調科學、科技、工程及數學（STEM）教育、資訊科技教育、跨課程語文學習等，以促進學生自主學習能力。

　　語文是思想的載體，也是生活的載體。語文離不開生活，生活內容廣闊，涵蓋人類在歷史發展過程中方方面面的創造成果，包括科學、科技、工程及數學；同樣也包括宗教、道德、藝術等方面。語文新課程強調應用和實踐，語文教師要為學生提供多元化學習經歷，透過適切的學與教活動和策略，讓學生發展及應用共通能力（例如創造力、溝通能力、明辨性思考能力、協作能力、自我管理能力），培養正面的價值觀和積極的態度，建構新的知識和加深對事物的了解。新課程強調「學生是學習的主人」的「學與教」原則，在學習過程中，教師的指導固然重要，但同時需要提供機會與空間讓學生自行探究，並與同儕共同建構知識，從而鼓勵學生主動參與，發展獨立和自主學習的能力（課程發展議會，2014）。

　　雖然政府大力推動 STEM 教育，課程文件也強調 STEM 教育，但是教師是否準備就緒、應付裕如？Geng, Jong & Chai（2019）訪問了 235 位教師，發現只有 5.53% 受訪者表示自己 'well prepared' for STEM education（準備就緒進行 STEM 教育）。受訪教師認為關於 STEM 教育的資料、管理等都不足夠，需要更多支援、資源、教師專業訓練等。

一些調查也顯示教師對於在中文科推行 STEM 教育有不少憂慮，包括：

- 自己沒有數理科學相關知識，遇到一些科學理論時，沒有信心能正確地解釋和教授；
- 認為 STEM 和中文科本質不同，擔心把兩者強行融合，會令學習內容焦點模糊，影響學生學習中文的效能；
- 認為 STEM 多涉及動手製作及做實驗等環節，花費時間長，令中文科課時更緊迫，因此難以兼顧兩者，影響學習成效，得不償失（陳澔儀，2022）。

三、研究問題

現時一般學校的 STEM 課程較為集中於常識科、電腦課等。中文科雖然不是進行 STEM 教育的熱門科目，但是語文具工具性，可以協助學生打開知識的大門，聯繫不同的學習範疇，例如科學、科技、工程及數學（STEM）。而且近年中國語文科課程文件也強調 STEM 教育，在 STEM 教育發展之 STEAM 教育的世界潮流下，推行 STEM/STEAM 教育是現時語文科的新趨勢。

課程資源對校本課程，以至校本 STEM 課程的開發及規劃至為重要。不少調查顯示，教師對於如何在語文科進行 STEM 教育有不少憂慮。如何開發或規劃校本 STEM 課程，無疑是一個急需解決的問題。

課程文件建議學校：

參加協作研究，發展具校本特色的課程；參加教師培訓課程、研討會、經驗分享會等，以豐富教師發展學校課程的學養和識見。

是次研究，將透過一個學校自由參與的計劃個案，探究中文科教師可以如何透過參與有關計劃，發展校本中文科 STEAM 學習材料。

四、研究方法

是次研究，將選取一個香港語文教育及研究常務委員會（下稱「語常會」）資助的「推廣中文計劃」，作為個案。計劃名稱「STEAM 蒸蒸日上：生活中的數理人文」（下稱「蒸蒸日上」計劃）。「蒸蒸日上」計劃三位成員，均來自香

港教育大學。計劃理念之一，就是語文可以豐富人們對世界的認知，也可以加強人際之間知識的交流，以深化彼此對於世界的理解與分析，形成一個數理人文的知識共同體。計劃的具體目標包括：

（1）透過鼓勵學生廣泛閱讀與數理人文題材有關的中文書籍，培養學生通過中文學習的興趣，並提升閱讀能力；

（2）透過分享探究成果，培養學生樂於與人分享的態度，並提升中文寫作能力。

「蒸蒸日上」計劃為期兩年，第一年邀請 8 所小學高小學生（小四至小六級）參與；第二年邀請 16 所小學高小學生（小四至小六級）參與。語常會規定，所有參與學校每一年均需要重新報名，以「先到先得」形式決定參與學校。每所學校報名時，需要提交意向書，說明學校參與計劃的「期望」、「學校發展 STEM/STEAM 教育的現況」、「學校中文科課程 STEM/STEAM 教育的配合」等。

「蒸蒸日上」計劃的其中一個主要項目，是「製作教學單元」。計劃團隊設計兩個教學單元，供參與學校使用：

單元 1「有趣的科普」：內容包括「生活中有趣的自然科學現象」、「生活中有趣的人文現象」、「如何成為說明達人？」及「說明報告知多少？」。引導學生認知科普、說明文的閱讀及寫作策略，為學生提供學習輸入。

單元 2「研究基本法」：內容包括「愛迪生的發明」（從愛迪生的發明故事，引導學生理解探究精神、不斷嘗試在科學發明的重要性）、「科學的精神」（介紹科學探究的特點及可行方法）、「專題研習有妙法」及「研究方法知多少？」。引導學生認知科學探究的步驟、方法，也介紹科學家人物傳記的說明及閱讀策略，為學生提供學習輸入。

為照顧參與學生的學習差異，兩個教學單元將分別設計「標準版」（較為淺易版本，供小四、小五級使用）和「進階版」（供小六級使用）。兩套單元教學材料目標一致，內容和表述則有深淺之分。參與學校可以因應學生的實際水平選擇不同的教材。

計劃團隊透過與教師的共同教學備課、課堂教學、觀課等活動,與參與學校發展適切的校本單元,提高參與教師運用教材的能力。

「蒸蒸日上」計劃其他項目還包括:

- 出版刊物:《愛 STEAM 速遞》(紙本及網頁資源);
- 舉辦工作坊 / 講座:例如教師專題工作坊、專家學者講座;
- 舉辦學校活動:包括科普閱讀週、學生專題研習;
- 舉辦全港學術活動:包括專題研習成果比賽、科普閱讀報告比賽、專家學者講座。

是次研究,將以「蒸蒸日上」計劃第二年 16 所參與小學為研究材料,主要分析:

(1) 參與學校的意向書,探究參與學校的期望;
(2) 參與學校的校本教材,探究參與學校的校本中文科 STEAM 學習材料。

五、研究結果與討論

5.1 參與學校的意向書

16 份參與學校的意向書的「期望」,重點是學生閱讀範疇的成長。所有意向書(100%)均期望學生閱讀數理人文書籍,增加閱讀量、閱讀面。例如「學生可接觸多元化書籍,擴闊閱讀領域;讓學生發現可以利用不同類型書籍學習中文,提升閱讀興趣,培養良好閱讀習慣。」(學校 E)、「擴闊學生的閱讀領域,閱讀數理人文書籍,從而提升中文學習興趣」(學校 P)。強調「閱讀興趣」的有 12 份(75%),「閱讀習慣」的有 4 份(25%),而期望學生提高「閱讀能力」的有 2 份(12.5%)。對於一個以推廣閱讀為目標,引導學生多讀數理人文圖書的計劃來說,較多學校期望計劃提高學生的閱讀面和「閱讀興趣」,切合實際教學情境。

62.5%(10 所)參與學校期望可以通過計劃提高學生的寫作能力,例如「學生記錄研習過程,提高報告性文學體裁的寫作能力」(學校 C)、「學生通過討論和分享,提高說話的表達能力,並利用文字表達,提高寫作能力」(學校 E),參與學校期望學生能通過寫作展示學習成果。而「與人分享」(5 所學校 /31.25%),無論是寫作,或是說話,都可以增強學生的表達能力。

　　除了聽說讀寫能力，6 所參與學校（37.5%）期望學生參與有關計劃後在思考能力上有所提高。學校 O 期望學生「通過參與相關活動，展示學習成果，培養解難及創新能力。」，學校 M 預期計劃可以「培養學生的思維及解難能力」。另外，4 所參與學校（25%）期望參與計劃可讓學生提升探究精神，學校 H 指出「引發學生對科普知識的探究精神；期望學生能夠以個人興趣及生活見聞為出發點，尋找個人喜歡的研究主題。主動閱讀相關圖書和資料，並以實踐作為知識的比對和印證。」

　　9 所參與學校（56.25%）從教師層面考慮，期望參與有關計劃可以優化學校課程，特別是「跨學科課程」的規劃。學校 C 指出「透過觀摩、互評，形成以「生活中的數理人文」為主題的語文學習共同體。以語文為切入點，連貫科學科技跨學科課程，達至課程縱向銜接與橫向聯繫。」；學校 J：「期望計劃能夠協助教師分階段建立不同主題的科普文學單元，並於兒童文學課內進行實驗教學及閱讀推廣活動。通過計劃獲得更多數理人文推薦書目，豐富中文科推薦閱讀書目，供家長及學生選購；以跨學科閱讀啟發寫作：通過閱讀科普人文讀物，提高學生發掘生活中數理人文話題的興趣。通過分享探究成果，提升語文表達能力。」

　　此外，10 所參與學校（62.5%）期望參與有關計劃，可以發展教師專業成長/ 學習共同體，正如學校 F 所述：「教師透過專題工作坊，與計劃團隊交流與合作，提高教師教授科普的能力和技巧，以及探究精神得以提升。」；學校 C 指出「教師方面，透過觀摩、互評，形成以「生活中的數理人文」為主題的語文學習共同體。以語文為切入點，連貫科學科技跨學科課程，達至課程縱向銜接與橫向聯繫。」

　　根據學校 E，「學校去年參與「蒸蒸日上」計劃，發現可讓學生多角度思考，並結合 STEM 元素，將學習中文變成一件有趣的事情。希望今年參與，可以發展更多年級，提升教師的專業發展，有助規劃中文科 STEM 發展。」

　　不少第二年參與計劃的學校，都期望再次參與計劃，以協助學校教師製訂校本課程或單元。如學校 F 所指，「希望延續去年的活動成果。」；根據學校 B：「學校參與「蒸蒸日上」計劃第一年活動，獲益良多，也期望優化教學單元。期望提升學生的閱讀及寫作能力，並透過互評、觀摩，擴大學生的知識面」。學校意向書的期望，反映學校肯定其參與，有助學校課程發展。

5.2 參與學校與計劃團隊的共同備課

「蒸蒸日上」計劃團隊跟參與學校教師共同備課，在已預備的教材基礎上，因應參與學校的校情，以及學與教的需要，發展校本課程，以下舉示幾個例子，以資說明。

示例一：學校 B『電「慈」俠出動！』

學校 B 五年級主題學習週活動的主題為『電「慈」俠出動！』，學生圍繞「電」的主題，作常識、電腦科與中文科的跨學科學習。中文學習單元包括《法拉第發明發電機》和《愛迪生的發明》兩篇人物傳記篇章教學，引導學生認識兩位科學家——法拉第和愛迪生的生平背景和發明的心路歷程。法拉第出身貧苦家庭，但善於抓緊學習機會：在書店裏當釘書學徒看書，又曾當科學家的助手而進行科學實驗。教學設計加插了一些深究問題，引導學生聚焦科學家堅毅不屈的精神，進而提升學生研習有關主題的興趣。

《法拉第發明發電機》這篇文章提及發電機原理，內容較抽象難明。為方便學生理解文意，教師鼓勵學生參觀科學館磁電廊展館、觀看網上影片或借助喜愛玩電動模型的同學分享，進而學習用文字或語言，表達同類內容。

教師設計工作紙時，突出了《法拉第發明發電機》和《愛迪生的發明》兩篇人物傳記介紹人物的方法，兩位科學家成功背後的共通點，學校教師反思這次教學：相信有關設計「日後學生再閱讀相同類型的文章時，就可以參考有關例子，分析文章內容，進而把所學篇章的結構模式遷移至寫作。」

這次教學歷程也讓教師更清楚中文科在跨學科學習的定位：在跨學科主題學習下，中文科老師的設計兼顧計劃的內容及元素，以及語文知識和品德情意學習。

2. 篇章分析-〈法拉第發明發電機〉

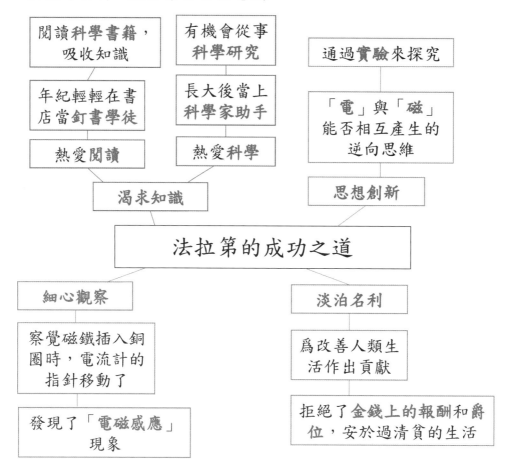

圖1：《法拉第發明發電機》工作紙

（資料來源：香港教育大學（2021）：《愛 STEAM 速遞》，檢自 https://www.eduhk.hk/steam/view.php?secid=53398&u=u，檢索日期：2023.3.30。）

示例二：學校 O 單元二《光纖之父——高錕》

　　參與學校單元二選取了計劃團隊編寫的《「光纖之父」高錕》為主要教材，除了理解文章大意外，還期望學生能掌握人物傳記的寫作特色，例如詳略安排、從事例及言語表現人物的性格及想法等。在單元二，數學科與中文科將跨科合辦專題研習。認識高錕這位科學家後，學生將以「尖端的建築」為主題，運用不同材料或以不同形狀設計一幢穩固的「建築物」，完成後寫成專題報告。

　　單元二除了《「光纖之父」高錕》，教師也選用《愛迪生的發明》一文作為學生自學篇章。計劃團隊跟學校教師共同備課，澄清了一些教學疑問，例如《「光纖之父」高錕》第五段應否以「正反立論」方式帶出高錕的無私精神。團隊認為「正反立論」多用於議論文，而且對於小學四年級學生來說也會較深，建議可以用「人生交叉點」活動，透過不同的生活例子，讓學生思考及作出取捨，理解科學家的選擇及原因。此外，在教授這篇文章時，還可以引導學生多觀察。例如現在以光纖上網與從前以電話線上網的分別，讓學生思考高錕對後世的影響。其實，現在學生不論在學校或在家裏都會透過網上學習，老師可以在引入階段，透過一些活動或影片引導學生認識高錕的發明對人們生活的影響。團隊的建議都獲教師接納。

　　教師在教學後有以下的反思：

　　學生從閱讀高錕發明光纖的過程，認識他傳奇的一生，並從不同的生活事例，引證他有堅毅、無私及愛探究的科學精神。他對人類的貢獻，不僅於科技的發展，他那份堅持信念、永不放棄的人生態度更值得學生學習。

　　這次的教學，老師以「人生交叉點」活動，讓學生從不同角度思考該如何從名利及科學研究兩者中作出選擇，體會高錕對社會的無私奉獻，繼而把這份精神延續到自己的生活當中，學會在個人利益與群體利益之間作合適的抉擇。學生在討論應否為光纖技術申請專利時，都能從不同角度進行思考和分析，再分享自己對個人名利和整個光纖技術發展的取態，從而突顯高錕那份深受敬佩的無私精神。學生亦需從生活中常見的兩難局面中作出抉擇及解釋。學生的分享反映了他們能多角度思考，並能仿效高錕的精神，學習如何以大眾的利益為先，不會只着眼個人因素。整個教學歷程，不僅加深學生對互聯網發展的認識，更讓他們學習無私奉獻的科學家精神，促進整個社會的發展和變革。

六、結語

是次研究，透過一個學校自由參與的讀寫計劃個案，探究中文科教師可以如何發展校本中文科 STEAM 學習材料。分析參與學校的意向書，參與學校不止期望參與計劃對於學生學習有幫助，更期望參與計劃可以協助課程優化、發展更多教學單元，甚至是教師專業成長，可見學校基本上認同參與相關計劃有助建構 / 開發 / 規劃校本課程。同時，不少參與學校明言他們曾有相類經驗所以再次參與，期望再次得到有關好處。

學校的期望，也證實了 Geng, Jong & Chai（2019）的研究結論：只有小部分教師 "well prepared" for STEM education（準備就緒進行 STEM 教育），需要更多支援、資源、教師專業訓練等。

有關計劃的兩個示例，也充分說明計劃團隊跟參與學校教師共同備課的作用，驗證了關之英（2011）所指：共同備課是推行中文科校本課程成功的因素之一。計劃團隊（大學講師）與學校教師的對話，可以交流學術理論與實作經驗，形成「語文學習共同體」，優化校本課程設計。課程發展議會（2017）鼓勵教師：

> 參加協作研究及發展（種籽）計劃，發展具校本特色的課程；參加教師培訓課程、研討會、經驗分享會等，以豐富教師發展學校課程的學養和識見。

是次研究，也可以證實學校跟大學講師發展「語文學習共同體」，從而推動校本課程的作用。

學校的跨學科教學，可以說是語文課程資源與其他學科課程資源的整合（課程發展議會，2017）。中文科教學內容，上至天文，下至人情，包羅萬象。中文科與 STEAM 教育結合，本非難事，問題是如何整合，方能提高教學果效。就如示例二（學校 O 單元二《光纖之父——高錕》），數學科與中文科合辦跨學科專題研習。認識高錕這位科學家後，學生以「尖端的建築」為主題，運用不同材料，或以不同形狀設計一幢穩固的「建築物」，完成後撰寫專題報告。這個教學單元超越一個科目，橫向延伸，形成更大的學習單元。再看示例一（學校 B『電「慈」俠出動！』），從跨學科主題學習角度，教學設計兼顧語文知識和品德情意學習，以及 STEAM 教育元素。這是其中一個整合例子，至於會否還有其他跨學科研習組合，則需要更多嘗試、驗證。

參考文獻

陳澔儀（2022）：《統整項目（設計中文科 STEM 教材套）報告》，香港，香港教育大學學士論文（未出版）。

陳文豪（2018）：STEM 教育在香港推行的狀況，《青年研究學報》，21(1)，99-106。

黃家偉和冼儉偉（2016）：「真‧STEM」一切從校本課程發展開始，《教師中心傳真》，(92)，10。

黃顯華和朱嘉穎（2005）：《課程領導與校本課程發展》，北京，教育科學出版社。

關之英（2011）：香港小學語文教師對校本課程的調查研究，《教育曙光》，59(1)，66-78。

香港教育局（2016）：《推動 STEM 教育發揮創意潛能報告》，檢自 https://www.edb.gov.hk/attachment/tc/curriculum-development/renewal/STEM_Education_Report_Chi_20170303.pdf，檢索日期：2023.3.30。

課程發展議會（2000）：《「學會學習——課程發展路向」諮詢文件》，香港，香港政府印務局。

課程發展議會（2001）：《中國語文課程指引（初中及高中）》，香港，香港政府印務局。

課程發展議會（2002）：《中國語文教育學習領域課程指引（小一至中三）》，香港，香港政府印務局。

課程發展議會（2014）：《基礎教育課程指引：聚焦、深化、持續（小一至小六）》，香港，香港政府印務局。

課程發展議會（2015）：《推動 STEM 教育：發揮創意潛能》，檢自 https://www.edb.gov.hk/attachment/tc/curriculum-development/renewal/STEM/STEM%20Overview_c.pdf，檢索日期：2023.3.30。

課程發展議會（2017）：《中國語文教育學習領域課程指引（小一至中六）》，檢自 https://www.edb.gov.hk/attachment/tc/curriculum-development/kla/chi-edu/curriculum-documents/CLEKLAG_2017_for_upload_final_R77.pdf，檢索日期：2023.3.30。

李剛和呂立杰（2018）：從 STEM 教育走向 STEAM 教育：藝術（Arts）的角色分析，《中國電化教育》，9，31-39。

劉煒堅和鄧廣威（編者）（1996）：《課程理論與設計》，香港，朗文出版亞洲有限公司。

倪文錦和謝錫金（主編）（2006）：《新編語文課程與教學論》，上海，華東師範大學出版社。

譚彩鳳（2006）：校本課程政策透視：中文教師的觀點與實踐，《教育曙光》，53，57-67。

王尚文（1994）：《語文教育學導論》，武漢，湖北教育出版社。

伍敬華和曾憲江（2019）：香港學校 STEM 教育多樣化的對應策略——設計與科技老師的重要性及貢獻，《香港教師中心學報》，18，45-55。

程志祥（2016）：特別的 STEM 給特別的你，《教師中心傳真》，(92)，15。

徐國棟（2010）：課程領導與學校發展：回顧與展望，《教育曙光》，58 (2)，83-92。

鄭燕祥（2001）：《學校效能及校本管理發展的機制》，台北，心理出版社。

Geng, J., Jong, M. S.Y. & Chai, C. S. (2019) Hong Kong teachers' self-efficacy and concerns about STEM education, *Asia-Pacific Edu Res, 28*(1), 35-45.

Llewellyn, J., Hancock, J.G., Kirst, M., & Roeloffs, Y.K. (1982). A perspective on education in Hong Kong: Report by a visiting panel (In Chinese). Government Printer.

Skilbeck, M. (1983) School-based curriculum development. In V. Lee & D. Zeldin (Eds.), *Planning in the curriculum* (pp. 20-21). Hodder and Stoughton.

香港「應用學習中文（非華語學生適用）」的學習目標及評核探究

陳曙光

香港教育大學

摘要

與鄰近的華語地區比較，香港以中文作為第二語言的教學和評核發展起步較遲。2014 年，香港教育局推出了「中國語文課程第二語言學習架構」，以八階「學習成果」描述非華語學生的表現及進程。2014/15 年開始，非華語高中學生可報讀「應用學習中文」課程。該類課程由本地專上學院設計，以實用情景訓練學生聽說讀寫的能力，報讀者多為在本港生活的少數族裔人士。評核達標的學生可以此報讀本地大學，而且最高可獲得資歷架構第三級認可。本文嘗試整理「應用學習中文」課程的學習目標以及評核方法，分析課程對非華語學生升學及生活的幫助以及得失。本文認為「應用學習中文（非華語學生適用）」雖有助學生掌握實用中文，適應香港生活，但仍未能全面評核非華語學生的中文水平，未來定有必要發展具本地特色「中文水平測試」。

關鍵詞：評核 課程 應用學習中文 非華語 中文水平測試

A Study on the Learning Objectives and Assessment of Applied Chinese Language Learning (for Non-Chinese Speaking Students) in Hong Kong

CHAN, Chu Kwong Alex

The Education University of Hong Kong

Abstract

Compared to the neighboring Chinese-speaking regions, the development of teaching and assessment of Chinese as a second language in Hong Kong has started late. In 2014, the Hong Kong Education Bureau (EDB) launched the Chinese Language Curriculum Second Language Adapted Learning Framework. The framework uses eight levels of learning outcomes to describe the performance and progress of NCS students. Starting in the 2014/15 academic year, NCS senior secondary students can enroll in the Applied Learning Chinese Language curriculum. The curriculum is designed by local post-secondary institutions to train students' listening, speaking, reading, and writing skills in practical situations. Students who meet the assessment criteria are eligible for admission to local universities and can obtain up to Level 3 recognition under the Qualifications Framework. This essay attempts to assess the learning objectives and assessment methods of the existing "Applied Chinese Language Learning" programme, and to analyze the benefits and drawbacks of the programme for NCS students in further studies and employment. This essay argues that "Applied Chinese Language Learning (for NCS students)" can help students master the practical Chinese language and adapt to life in Hong Kong. However, it still cannot fully assess the Chinese language proficiency of NCS students. In the future, it will be necessary to develop a "Chinese Language Proficiency Test" with local characteristics.

Keywords: assessment, curriculum, Applied Learning Chinese, non-Chinese speaking, Chinese Proficiency Test

一、背景

　　近年，香港非華語的人口不斷上升。據政府統計處（2016）的數字顯示，整體人口由 2006 年的 342,198 上升至 2016 年的 583,383 人。十五歲以下人口亦由 32,289 升至 52,860。當中有南亞族裔背景的人口由 10,621 升至 15,958。值得注意的是，在香港出生的少數族裔由 38,042 上升至 81,864 上，升幅達 115%。可見很多少數族裔以香港為家，甚至已是土生土長的第二代。然而，他們要融入香港主流社會生活卻遇上不少困難，中文水平不足對少數族裔的升學及就業造成不少障礙。

　　政府積極鼓勵及支援非華語學生融入香港，其中一項重點就是協助他們盡早適應本地的教育體系和學好中文。2008 年，香港教育局推出《中國語文課程補充指引（非華語學生）》，因應非華語學生的特點，建議如何落實中國語文課程的原則和策略。2014 年，教育局頒布《中國語文課程第二語言學習架構》（2019 年提出修訂版），把主流課程的四個學習階段細分成為八個，並把學習成果進一步細分成「小步子」，目標是協助非華語學生盡早融入主流中文課堂。《學習架構》並非一個預設內容較淺易的中文課程，其最終目標是非華語學生達至與華語學生相若的學習表現和語文水平，故此學習目標與本地課程相同，例如寫作仍有「文學創作」的要求；閱讀要求能細味遣辭用字，以掌握深層意義等。評核方面，非華語學生除了可報考香港中學文憑試（DSE）外，也可以其他中國語文科考試資歷取代，如綜合中等教育證書（GCSE）、國際普通中學教育文憑（IGCSE）、普通教育文憑（GCE）等。相關資歷獲得資助院校及大部分自資院校認可，有助提升非華語學生提讀大學的機會。2014 年起，教育局亦於高中推出「應用學習中文」課程，透過模擬的應用學習情境幫助非華語學生掌握職場應用中文的基礎。學生完成課程後可獲得資歷架構第三級認可，絕大部分專上院校接納應用學習中文的「達標」成績，為非華語學生報讀課程所需其他中國語文科資歷的基本等級要求。公務員事務局也接納「達標」和「達標並表現優異」成績為符合有關公務員職級的中文語文能力要求。資源方面，政府用於支援非華語學生的額外開支，由 2013/14 年度的 3,500 萬元上升至 2019/20 年度 4 億 5 千萬元，（香港立法會秘書處，2020）包括恒常撥款以聘請額外教學人員；一筆過撥款以及舉辦各種活動等。

　　政府在制訂政策、投放資源等方面均不遺餘力。然而，目前所見成效卻仍有限。香港樂施會（2016，2020）研究顯示，大部分中文科教師認為第二語學習

架構的學習成果過份理想，不符合非華語學生的學習進程，也難配合原來的教學進度。有相當部分取錄較少非華語學生的學校並不知道學習架構對他們是否有幫助。當局雖希望非華語學生最終能報考文憑試中文科，然而近年報告的人數一直徘徊於 100 人左右，相反報考 GCE 的人數逐年上升，由 2013 年 1119 人升 2020 年 2292 人。而入讀資助專上課程的比例雖然有 14.1%，但仍遠低於整體學生的百分比（27.5%）（香港立法會秘書處，2020）學生雖能透過 GCE 等資歷入讀大學，但卻無助他們投入職場。平等機會委員會（2020）進行大型研究，發現大部分僱主要求員工具備基本中文讀寫能力，包括打字和書寫。他們認為目前非華語學生應考的其他考試，如 GCE、GCSE 的水平不足以應付在香港工作的基本要求。受訪學生亦指出 GCE 等考試對他們而言太淺，而本地的文憑試太深，有學生甚至在 GCSE 取得 A 級成績，但仍然無法以中文書寫句子。他們認為應設立介乎兩者之間的考試以滿足少數族裔的需要。教師也指出其他資歷雖有助符合大學要求，但教學內容一點也不實用，無助學生應付日常生活或職業的需要。「應用學習中文」的出現似乎能回應這樣的需要，提供真正屬於兩者之間的課程。本文將探討課程的目標及落實時，是否真正協助非華語學生提升職場競爭力及融入香港社會，以及目前的課程有何可改進之處。

二、文獻回顧

由於政府願意投入資源，對於非華語學生的教學研究漸多。宏觀的學習研究方面，香港基督教服務處（2006）以南亞裔家長及學生為研究對象，發現只有半數家長認為自己有責任協助子女學習中文，而語言障礙也成為家長與學校缺乏溝通的原因。香港教育局（2008b）於 2004 年追蹤非華語學童在主流小學的適應及成長發展，為期三年。研究調查全面，對校長、教師、輔導員、非華語學生及家長進行訪問及問卷調查，並分析學生的考試成績，研究結果顯示雖然部分個案需要支援，但大部分非華語學生能受益於主流教育，他們整體成績進步速度較華語學生快，但中文表現遠低於班級平均值。樂施會（2020）以校長和教師作為對象，從人力資源、物質資源、社交資源等角度分析主流學校在教育少數族裔學生所面對的挑戰，當中大部分認為學校是非華語學生學習中文的唯一地方，但中文課程要求過高，加上「普教中」令他們更難融入主流課程。各項研究的重點雖有不同，但均指出學習中文是非華語學童的重要障礙。

不同研究均指出即使學習中文多年，非華語學生的中文能力與同齡華語生相比仍然存在著顯著的滯後（Tse & Loh，2009）。樂施會（2014，2016，2019）

針對非華語學生在學習中文的困難，指出第二語言學習架構未有涵蓋學前教育，
教師認為欠缺中文語境是非華語幼兒學習中文的最大困難，要在課堂同時處理本
地與非華語學童也不容易。香港融樂會（2018）從學習情況、教學策略、教學技
巧、課程及教材、課堂安排、學習評估、教師培訓及學校管理等方面分析 2006-
2016 的中文學與教情況，是目前較全面研究的成果。研究發現只有少數非華語
集中的學校才會運用針對性的策略和措施；而學者和教育界在部分議題也未達成
共識，例如如何運用粵語拼音教學、文化學習的比例；教師培訓不足等問題都對
非華語學生學習中文造成不少障礙。學術界對非華語教學策略研究也不遺餘力，
如謝錫金、祁永華、岑紹基（2012）、林偉業、張慧明、許守仁（2013）、關之
英（2008，2012）、梁佩雲（2019）等，涉及寫字教學、全語文教學、浸入式教學、
任務型教學等不同方面。而林楚吟、林偉業等人也編輯不同的教材。綜上所見，
目前對非華語的中文研究主要集中在學習和小學教育。「應用學習中文」是新推
出的課程，目前的研究不多。筆者所見只有張連航（2018）運用第二語言教學理
論，討論課程裡的「資歷架構達標表現描述」，分析如何在規定課時內落實課程。
相對於傳統重視學術的課程，「應用學習中文」注重實用性，對於非華語學生就
業方面有幫助。平等機會委員會（2020）訪問了非華語在學和在職青年，其中不
少已完成專上甚至大學課程，但就業情況並不理想，他們普遍認為若能提供更多
實用課程，會對他們有很大幫助。若能分析「應用學習中文」目前各方面的優劣
並加以改善，將能有效提升修讀學生的職業競爭力。

三、研究對象及研究方法

「應用學習中文」於 2014 開辦，並於 2017 年完成首次評核。報考人數也穩
定增長，由 2017 年 133 人上升至 2020 年 179 人，已超過報考文憑試中文科的
人數（香港考試及評核局，2020），但和 GCE 相比仍只佔少數。該科目前由三
所專上學院承辦，分別提供商業服務中文、實用情境中文及實務中文三項課程供
非華語學生選修。本文以文獻研究法為主，疏理課程發展議會與香港考試及評核
局聯合編訂的《應用學習課程及評估指引（高中課程）》（2017），並比較三項
課程的文件以及評核的異同，分析承辦者如何理解並落實課程文件裡的目標以及
課程可改善之處。

四、應用學習中文評議

4.1 教學目標

2005 年，香港教育統籌局（現稱香港教育局）已闡明應用學習是新高中課程的一部分，以配合學生的不同興趣和能力。課程著重實用的學習元素，提供真實情境與內容，激發學生學習動機，為進修及就業作為準備。成績匯報的方法與甲類科目不同，只設「未達標」、「達標」和「達標並表現優異」三級。應用學習中文以第二語言學習者角度設計，讓學生透過不同活動學習中文，現列舉其學習目標及成果如下：

1. 應付日常生活和工作環境的語言交際要求，聽懂別人的話語，採用適當語氣和說話方式，以粵語溝通及交際；
2. 閱讀日常生活和工作環境的實用文書和資料；
3. 運用適當的詞語、句子完成常用的實務文書。

該課程獨特之處在於學生完成課程不同部分後，可以獲取資歷架構第一至第三級。架構分為「整體」、「口語溝通」、「讀」和「寫」四個部分，課程發展議會與香港考試及評核局（2017）對「整體」部分取得「達標」成績的表現描述如下：

第一級：能大致應付日常生活和一般工作環境中有限的語言交際要求，用簡單的話語與人作基本交際，基本理解簡短資料和文字，完成簡單的書寫任務。

第二級：能大致應付日常生活和一般工作環境中的語言交際要求，用較為複雜的話語與人交際，基本理解簡短文字、圖表和篇章，完成一般簡短的實務文書和書寫任務。

第三級：能因日常生活和工作環境的情境變化，應付一般語言交際要求，用適當、較有變化的話語與人交際，明白實用文書、報章等材料的主要信息及有關細節，完成常用的實務文書和書寫任務。

本地的中國語文課程除了強調聽說讀寫等能力外，也重視思維、文學、中華文化等元素。不少土生土長的非華語學生表示中學的中文課比小學難度更高，而文言文更是他們學習的重要障礙。（香港 01，2018）不少非華語學生完成初中三年課程後，也不敢報考文憑試的中文科。教育局更強調未來會加強文學文化的

學習，在不同學段新增建議篇章。（香港教育局，2021）目前的建議篇章，小學以古典詩歌為主，第一二學習階段共設 40 篇，古代散文只佔 8 篇；中學文言散文的數目大增，45 篇選文裡佔 31 篇。這些經典是中華文化的精髓，盛載古人的智慧和生活方式，但對於非華語學生而言，因為文化隔閡，既沒有相關語境，也沒有動機學習。對香港少數族裔學生而言，大部分的中文課程都是不實用的（平等機會委員會，2020）。應用中文課程只強調基礎的語文能力，對非華語學生而言較為實用。

4.2 教學重點及內容

以實用作為主要學習目標，應用學習中文所列出的學習重點都圍繞日常生活，不涉及文學文化等元素。一般應用學習授課時數為 180 小時，但對於以中文作為第二語言的學生而言，需要透過更長時間閱讀和應用，故此授課時數增至270 小時。課程設分級學習，而且也有規定的課時比例，如三個級別的口語溝通學習時數分別為 18 小時、18 小時及 40 小時；閱讀為 27 小時、27 小時及 55 小時；寫作則為 20 小時、20 小時及 45 小時。每級都與資歷架構相對應，而且均設口語溝通、閱讀和寫作三方面的學習重點。以第三級為例，口語溝通的重點在於能用粵語完成日常生活和工作環境的各種交際任務，對不同觀點作評價、聯想及推論等。閱讀和寫作的教材以說明性和敘述性篇章為主，並列明學生須認識 2,300常用字、8,000 常用詞及書寫 1,000 常用字等。（課程發展議會與香港考試及評核局，2017）現在三三四學制沒有規定小學每級的識字數量，若根據 1990 出版的《小學課程綱要》，六年級學生須認識 2,600 個常用字。完成應用學習中文的學生，識字及書寫量理應與主流小學畢業生相若，相信已能應付日常生活和一般職業的需要。

與其他應用學科不同，該科並非由學生在讀的學校開設，而是交由不同專上學院開辦。各院校可按照《課程及評估指引》設計課程，也可因應師資及專上作微調。香港是商業主導的社會，三門應用學習中文都以商業應用為主，分別在於「實務中文」和「實用情境中文」除了處理零售、物流、酒店、旅遊外，還會兼及紀律部隊等其他情境，範圍較另一科「商業服務中文」為闊。這種操作方式既可確保課程核心的一致性，也保留一定靈活性。然而，教育局及個別院校的質素保證機制實屬課程能否成功落實的關鍵。比較三門課程的教學內容，便會發現承辦者對於課程大綱的理解並不一致，例如同樣作為口語溝通第一級教學，商業服務中文是自我介紹、面試應答、詢問答覆以至介紹說明和推銷商品；實務中文竟

然是交際用語，如寒暄、打招呼和簡述個人資料及熟悉的事物，在第三級才開始教授面試技巧。閱讀方面，商業服務中文第一級有認讀和運用食物、商場、酒店等主題詞彙；實務中文則是日常生活及職場常用詞句，如時間、地點、人物、介紹產品等（香港理工大學專業進修學院，2019；香港專業進修學校，2019）。既然同樣作為文憑試的學科，且獲得資歷架構認可及作為大學入學的條件之一，兩者在教學難度上不應出現如此巨大的差異。尤其當不少非華語學生已在香港生活多年，到了高中階段才由最簡單的寒暄學起，實不合宜。應用學習中文目前仍是較新的課程，要建立課程的認受性和僱主對畢業生的信心，教育局理應嚴謹把關，確保教學內容及重點能完成學習目標的要求。該科是香港首個以第二語言習得設計的正規課程，的確可照顧非華語學生的需要。惟就課程規劃而言，該科只在高中時提供，若在初中時已開始為非華語學生提供相關訓練理應更為合適。此外，學生升讀大學後便再沒有相關課程支援。為了符合更多學生的需要，該科涵蓋一般的職業中文而無法處理專業職系。平等機會委員會（2020）訪問不同的非華語青年，他們都希望就讀大學取得更高的職位，但不少專業職位，如護理、法律、社工等都有特殊的專業中文要求。若他們未能掌握，即使他們的英語水平甚佳亦無法勝任相關專業工作。可見應用學習中文能協助學生在社會生存和滿足一般職業要求，但卻無法協助他們真正往上流。應用學習中文課程較為孤立，建立不同水平的應用中文課程，為不同階段的非華語青年提供支援還有很漫長的道路要走。

4.3 評核

　　評核是教學重要的一環，在香港，考評更是教學的指揮棒，對前線造成強烈的倒流效應。甲類學科和其他應用學習科目均設公開考試，如文憑試中文科選取的篇章、擬題方式等均會影響教師的教學內容。應用學習中文不設統一考試，由個別院校進行進展性和總結性評估。《課程及評估指引》要求評估須具備應用情境，以課堂學習為主，並提供多元化的模式，如觀察、角色扮演等（課程發展議會與香港考試及評核局，2017）。比較三門課程的評估大綱，每個學習階段均設口語溝通、閱讀和寫作三項評估，而且根據教學時數分配分數。不設公開考試固有助減輕學生考試壓力，令他們能從實際語境中學習。唯由不同專上學院擬定評核形式及內容，卻須回應公平性的問題。筆者比較 2021 年三門課程的第三次閱讀測驗（評核八），分別為試卷一：商業服務中文，滿分 100。（香港理工大學專業進修學院，2021）；試卷二：實用情境中文，滿分 100。（香港浸會大學持續教育學院，2021）；試卷三：實務中文，滿分 70。（香港專業進修學校，

2021）該測驗佔全科 20%，是最重要的評核。三份試卷所選取的閱讀材料都是實用性文字，而且以資訊性文字和實用文為主，大致能配合學習目標。然而經細緻對比後，卻發現當中可議之處頗多。

首先是題目的情境不足。應用學習為職業導向科目，目的是協助學生應付未來職場的需要，故此非常重視情境學習。情境學習強調教學目的是使學生將所學的知識和技能運用於生活環境。Lave 和 Wenger（1991）提出學生需要合理的邊際參與，透過觀察、模仿建構屬於自己的專業知識。《課程及評估指引》提出評核也應「營造應用情境，從中學習中文」。（課程發展議會與香港考試及評核局，2017）然而，只有試卷一嘗試在個別題目模擬生活情境，如問及：「假如你是售貨員，會向醫護人員推薦甚麼品牌的洗手液」；閱讀工作報告後，建議一項報告未有提及的活動以增加餐廳人流等。試卷二和三都是一般的閱讀理解，未有創設情境，學生無法代入角色裡思考，對於以中文為第二語言的學生理解篇章內容造成一定的障礙。

其次是考核內容及難度不一致。試卷一由五篇閱讀理解組成，並不設語文知識考核，客觀題與文字題的比例為 40：60，部分題目需要學生結合文章內容和生活經驗，再組織成文字作答，例如「根據你的讀書經驗，你認為閱讀課外書會妨礙學習嗎？請舉例說說」，考卷的要求最高。試卷二設有偏旁部首、詞語填空、詞語判斷和排句成段，共佔 40%，仍不乏具難度的題目，如詞語判斷要求學生從十個題供的成語裡選出描述人物外貌的，當中包括「明眸皓齒」、「面黃肌瘦」等較深的成語，而「小心謹慎」、「風趣幽默」等常用作形容人的性格，亦具有一定誘誤力。而文字題如要求根據文章指出值得遊覽金紫荊廣場和香港會議展覽中心的三個原因以及如何前住，學生亦須整合文章內容作答，但試卷二的文字題只位全卷的 12%，比例最低。學生書寫的情境不多，未必能應付日常生活及工作需要。至於試卷三考核語文知識的部分則有多項選擇題和配對題，不單佔分最多，而且題目極淺，茲舉兩例說明：

例子一：

商務服務大使細心為顧客服務，對工作有（a），是學習的（b）

（a）	A. 不慌不忙	（b）	A. 面不改容
	B. 讚揚		B. 榜樣
	C. 習慣		C. 溝通
	D. 熱誠		D. 準則

例子二：

本港餐飲業正面對行業（1）及人手問題，當務之急，應重視業內人才的（2）。要（3）員工，（4）是最直接的鼓勵，亦可從其他方面著手。現今青年多看重工作的學習機會、穩定性與（5）。

（　　）	（　　）	（　　）	（　　）	（　　）
發展前景	鼓勵	隱憂	培訓	挽留

例子一共兩分題，每題四個選項的詞語不論語義或是詞性差異極大。除了正確答案外，其他選項的誘誤力極細。例子二為配對題，已佔去整卷 1/7 分數，而且亦相當淺易。此外，整段主題都是餐飲業人手短缺的問題，並未觸及業內任何隱憂，題目（1）的設計並不合理。試卷三的客觀題比例也超過 65%。可見三門課程的評核難度差異甚大，其中試卷三的難度遠遠落後另外兩卷，學生即使取得高分，是否能達到資歷架構第三級裡對閱讀的要求，即「明白實用文書、報章等材料的主要信息及有關細節」實在成疑。

再者是分數分配問題。試卷一的難度雖然較符合課程大綱的要求，但分數的分配顯得非常隨意。茲舉例說明：

第一篇要求學生閱讀以下資料，並回答三條問題：

品牌	售價	容量	功效
佳淨	HK$26	250ml	清減 99.9% 病毒或細菌
樂淨	HK$28	225ml	消減 60% 病毒或細菌
美淨	HK$18	225ml	普通清潔

1. 哪一個品牌售價最高？（3 分）

2. 哪一個品牌消滅病毒或細菌最強？（3 分）

3. 一位顧客前來店鋪給醫護人員購買洗手液，假設你是售貨員，你會向顧客推薦以上哪一種洗手液？（1 分）為甚麼？（3 分）

題 1 和 2 都是學生只須單純比較表格內的數字便可獲取正確答案，題 3 考生卻須對醫護人員的工作性質有一定認識，並經過組織後才能回答。然而，3 題都佔 3 分，並不合理。

第四篇要求閱讀一篇新聞評論，然後回答四條問題：

1. 本文的中心論點是 ＿＿＿＿＿＿＿＿＿＿＿＿＿＿＿＿＿＿＿＿＿。（5 分）

2. 文章第二段的論點是甚麼？（5 分）
   A. 名牌減價「離地」。
   B. 名牌減價「不離地」。
   C. 名牌減價沒有帶來好處。
   D. 名牌減價不能吸引購物。

3. 文章第三段用了巴黎、倫敦、米蘭、東京、上海、香港的商場名店很多作為論據，屬 ＿＿＿＿＿＿＿＿＿＿（A. 事實論據／B. 理論論據）（5 分）

4. 根據文章的理解，你認為甚麼是「不離地」？（5 分）

　　上述四題考核的能力差異甚大，題 1 和 2 均考核概括能力，但題 1 不單要求學生綜合全文，並且要用自己的文字作答；題 2 則只是簡單的選擇題。題 3 學生須辨別論據的種類，但題目只提供兩個選項，而且題幹已清楚指出文章運用了不同地方的名店為論據，故此「理論論據」幾乎不具誘誤力，難度最低。題 4 學生須對「不離地」這個帶有香港色彩的詞語有一定理解，並結合文章內容作答，對組織和闡述也有一定要求，屬高難度題目。四題同樣佔 5 分，分配同樣不合理，而且學生回答二選一選擇題（題 3）所取得的分數竟高於第一篇的問答題 3，更顯得分配失衡，有機會出現倒錯的情況，即能力高的學生得分反而較能力低的學生為低。試卷的題目容或可保持不變，但必須按考核能力的高低重新分配分數，才能確保試卷的信度和效度。

　　最後是題目重複性問題。整體而言，試卷一的篇章選取多元化、題目佈置較為理想，能有效評核學生是否達標。唯筆者比較 2020 及 2021 年試卷，卻發現重複之處甚多。兩者皆選取五篇實用篇章，現列舉其內容及考問點如下：

	2020	2021
1	資料圖表：三個巧克力品牌產地、售價與成份	資料圖表：三種洗手液的品牌、售價、容量與功效
2	短文：介紹山頂凌霄閣	短文：網上購物流程
3	新聞稿：七月一日「康體設施免費使用日」周六起接受預訂	短文：香港三大必玩景點
4	短文：閱讀課外書的益處	短文：優惠大行動可令經濟好轉
5	工作報告：葵青區議員陳大大工作簡報	工作報告：美味餐廳沙田店二零二零首季營運報告

	2020	2021
篇章一	1 哪一品牌售價最高 2 哪一品牌可可含量最高 3 哪一品牌含糖成份最多 4 你會推薦哪個品牌	1 哪一品牌售價最高 2 哪一品牌消毒力最強 3 你會向醫護人員推薦哪種洗手液
篇章二	1 本文屬於哪種文類（MC） 2 以下哪項不是本文內容（MC） 3 填空題	1 填空題 2 訂閱流程（MC） 3 顧客可在甚麼時候收到貨物
篇章三	1 哪一項不是本文的目的（MC） 2 市民使用游泳池時，須做到哪些方面（MC） 3 找出標題的關鍵詞 4 整理第五段的主題	1 主要宣傳甚麼景點 2 文章開始時如何吸引讀者（MC） 3 本文主要介紹了甚麼（MC） 4 除了本文內容外，推薦一個地方或美食，並說明原因
篇章四	1 本文的中心論點是甚麼 2 第三段的論點是甚麼（MC） 3 第四段運用了事實論據還是理論論據 4 你認為閱讀課外書會否妨礙學習	1 本文的中心論點是甚麼 2 第二段的論點是甚麼（MC） 3 第三段用了事實論據還是理論論據（MC） 4 解釋甚麼是不離地
篇章五	1 工作報告記敘的時段（MC） 2 工作報告的作者（MC） 3 工作報告的對象（MC） 4 哪項不是報告的內容（MC） 5 區議員如何解決浪費電力問題 6 運用第一還是第三人稱，有何好處	1 報告的作者 2 報告的銷售額（MC） 3 調整銷售策略的原因（MC） 4 哪項不是報告的內容（MC） 5 運用第一還是第三人稱，有何好處 6 建議一項新的推廣活動

從選篇、考問點、考問形式、考問內容以至參考答案，兩卷的相似度達80% 以上，尤其篇章一、四、五的題目幾乎一樣。香港考試及評核局（2021）統計顯示，應用學習中文的整體達標率為 85.4%，而商業服務中文的達標率卻為100%。由於試卷的相似度太高，是否能有效評估學生的成果、學生完成評估後能否符合資歷架構的相關要求均值得商榷。

五、結論

本文整理《課程指引》、三門課程的教學綱要及比較其測驗卷，從目標、教學重點及評估三方面分析應用學習中文的落實情況，有以下數點值得注意：

1. 過往的研究顯示中文是非華語學生學習的最主要障礙，教育局已從不同方面支援，包括推出《中國語文課程第二語言學習架構》、容許以其他學歷報考大學等，但成效有限。不少學生認為本地主流課程過份重視學術而忽略實用性，對他們融入香港生活及就業的幫助不大。

2. 《中國語文課程第二語言學習架構》只是把學習目標和教學細分成「小步子」，但學習目標與本地課程相同。當局希望非華語學生通過十二年的學習後能報考文憑試中文科，而該科目前並未有為非華語學生進行任何調適，並非真正的第二語言課程。

3. 對非華語學生而言，文憑試中文科太深，無法應付。其他資歷太淺，學生能取得佳績，有助升學，但對其生活及工作幫助不大。應用學習中文是首個真正第二語言課程，以實用及職業導向為主，透過創設日常生活及職場情境，協助學生學習生活化和實用的中文，有助學生就業。而相關資歷獲得認可，也有助升學，能回應非華語學生需求，未來值得開辦更多相類的課程。

4. 應用學習中文屬於高中課程，在初中卻未有相應的配套，而學習內容只符合一般職業的要求，無法協助學生掌握專業聯系的中文要求。學生升讀大學後也沒有獲得進一步的支援，結果他們即使成績理想，仍會因為中文不符合相關專業的要求而難獲取錄，減少上流的機會。既然應用學習中文能回應學生需求，教育局有必要檢視和發展不同層級的實用中文課程，以支援不同需要的學生。

5. 該課程推出的時間尚短，《課程及評估指引》既有相關規定，也保持一定靈活性，是理想的設計。然而，承辦學校對《課程及評估指引》的解讀不一致，在落實教學及評估時仍有不少改善空間。教育局、考評局在中央統籌以及素質監管方面仍須進行優化，確保學生完成課程後能達到相關的資歷架構要求。

越來越多非華語學生在香港出生和長大，並以香港為家，政府有責任協助他們真正融入社會。香港的第二語言教學起步較遲，不少教授非華語的教師認為目前的《第二語言學習架構》目標過於理想，未能真正幫助非華語學生。（樂施會，2016，2020）政府可借鑑鄰近地區，例如中國大陸和澳門，發展真正的第二語言架構，提供適切的教材和師資培訓支援。評核方面，中國已有成熟的漢語水平考試（HSK）。然而，香港是以粵語為主要溝通語言的社會，文化也與大陸有所不同，無法全面採用 HSK。香港的非華語學生與一般漢語第二語言學習者的要求也不同，他們大部分在主流學校就讀而非入讀國際學校，非華語學童之間的中文水平差異也可以很大。政府應發展統一的分級本地中文水平測試，按照日常生活場景，製作各級水平的學習字表、詞語表、語法點等，方能全面和有序提升非華語的中文水平。

參考文獻

關之英（2008）：香港「非華語學童學中文」校本課程之行動研究，《華語文教學研究》，5(2)，121-156。

關之英（2012）：中文作為第二語言：教學誤區與對應教學策略之探究，《中國語文通訊》，91(2)，61-82。

課程發展議會與香港考試及評核局聯合編訂（2017）：《應用學習課程及評估指引》，香港，香港教育局。

梁佩雲（2019）：如何走好每一「步」？：落實「中國語文課程第二語言學習架構」的挑戰，輯於施仲謀和何志恆主編《中國語文教學新探》，（頁 327-347），香港，商務印書館。

林偉業、張慧明和許守仁（主編）（2013）：《飛越困難，一起成功 --- 教授非華語學生中文的良方》，香港，香港大學教育學院。

平等機會委員會（2020）：《香港少數族裔青年教育和就業路徑的研究》，檢自 https://www.eoc.org.hk/zh-hk/policy-advocacy-and-research/research-reports/2020-3，檢索日期：2022.3.22。

香港基督教服務處（2006）。《「南亞裔學童學習適應與家長支援」研究》，檢自 https://www.hkcs.org/commu/2006press/press20060723e.html，檢索日期：2022.3.22。

香港教育局（2008a）：《中國語文課程補充指引（非華語學生）》，檢自 https://www.edb.gov.hk/tc/curriculum-development/kla/chi-edu/index.html，檢索日期：2022.3.22。

香港教育局（2008b）：《追蹤非華語學童在主流小學的適應及成長發展研究》，檢自 https://www.edb.gov.hk/tc/student-parents/ncs-students/support-to-school/study-report-of-ncs-in-mainstream-schools.html，檢索日期：2022.3.22。

香港教育局（2019）：《中國語文課程第二語言學習架構》，檢自 https://www.edb.gov.hk/attachment/tc/curriculum-development/kla/chi-edu/second-lang/NLF_brief_2019.pdf，檢索日期：2022.3.22。

香港教育局（2021）：《加強文學文化的學習——增設建議篇章強調文道並重》，檢自 https://www.edb.gov.hk/tc/about-edb/press/insiderperspective/insiderperspective20210812.html，檢索日期：2022.3.22。

香港浸會大學持續教育學院（2019）：《實用情境中文課程摘要》，檢自 https://www.edb.gov.hk/attachment/tc/curriculum-development/cross-kla-studies/applied-learning/course-information/2020-2022/18b_Chinese%20in%20Practical%20Context(20-22)_c.pdf，檢索日期：2022.3.22。

香港浸會大學持續教育學院（2021）：《實用情境評核八》，檢自 https://www.hkeaa.edu.hk/DocLibrary/HKDSE/Subject_Information/apl/ApL_Chinese/700/700-AC-8-2021.pdf，檢索日期：2022.3.22。

香港考試及評核局（2020）：《新聞稿：2020 香港中學文憑試放榜》，檢自 https://www.hkeaa.edu.hk/DocLibrary/Media/PR/DSE20_Press_Release_Chi.pdf，檢索日期：2022.3.22。

香港考試及評核局（2021）：《新聞稿：2021 香港中學文憑試放榜》，檢自 https://www.hkeaa.edu.hk/DocLibrary/Media/PR/DSE21_Press_Release_Chinese.pdf，檢索日期：2022.3.22。

香港樂施會（2016）：《中小學為非華語學生提供中文學習支援的研究調查》，檢自 https://www.oxfam.org.hk/tc/news-and-publication/year/2016，檢索日期：2022.3.22。

香港樂施會（2020）：《香港主學校教育少數族裔學生所面對的挑戰之研究》，檢自 https://www.eoc.org.hk/zh-cn/PressRelease/Detail/16519，檢索日期：2022.3.22。

香港立法會秘書處（2020）：《對非華語學生的教育支援》，檢自 https://www.legco.gov.hk/research-publications/chinese/1920issh33-educational-support-for-non-chinese-speaking-students-20200708-c.pdf，檢索日期：2022.3.22。

香港理工大學專業進修學院（2019）：《商業服務中文課程摘要》，檢自 https://www.edb.gov.hk/attachment/tc/curriculum-development/cross-kla-studies/applied-learning/course-information/2020-2022/18a_Chinese%20in%20Business%20Service(20-22)_c.pdf，檢索日期：2022.3.22。

香港理工大學專業進修學院（2021）：《商業服務中文評核八》，檢自 https://www.hkeaa.edu.hk/DocLibrary/HKDSE/Subject_Information/apl/ApL_Chinese/695/695-AC-8-2021.pdf，檢索日期：2022.3.22。

香港 01（2018）：《減日常生活尷尬情況 讀文言文不如學實務中文》，檢自 https://www.hk01.com/ 深度報道 /258019/ 少數族裔 - 六 - 減日常生活尷尬情況 - 讀文言文不如學實務中文，檢索日期：2022.3.22。

香港融樂會（2018）：《香港少數族裔學生的中文學與教——全面評鑑（2006-2016）》，檢自 https://unison.org.hk/zh-hant/content/dummy-document4，檢索日期：2022.3.22。

香港專業進修學校（2019）：《實務中文課程摘要》，檢自 https://www.edb.gov.hk/attachment/tc/curriculum-development/cross-kla-studies/applied-learning/course-information/2020-2022/18c_Practical%20Chinese(20-22)_c.pdf，檢索日期：2022.3.22。

香港專業進修學校（2021）：《實務中文評核八》，檢自 https://www.hkeaa.edu.hk/DocLibrary/HKDSE/Subject_Information/apl/ApL_Chinese/699/699-AC-8-2021.pdf，檢索日期：2022.3.22。

謝錫金、祁永華和岑紹基（編）（2012）：《非華語學生的中文學與教——課程、教材、教法與評估》，香港，香港大學出版社。

張連航（2018）：香港應用學習中文科的語言能力描述，文章發表於：第五屆漢語作為第二語言研究國際研討會」，香港。

政府統計處（2016）：《2016 中期人口統計》，檢自 https://www.censtatd.gov.hk/en/data/stat_report/product/B1120100/att/B11201002016XXXXB0100.pdf，檢索日期：2022.3.22。

Lave J. & Wenger, E. (1991). *Situated learning: Legitimate peripheral participation.* Cambridge University Press.

Tse, S. K., & Loh, E. K. Y. (2009). *HK territory-wide system assessment (TSA) 2008: Analyzing the Chinese language performance of P3, P6 & F3 ethnic minority students (in Chinese).* The University of Hong Kong.

社交媒體應用對提高香港少數族裔學生學習中文動機的影響

賴春
戴忠沛
蔡世予
容運珊 *
香港大學

摘要

隨着香港的少數族裔人數越來越多，這些學生在教育流動性和融入社會方面開始面對許多的挑戰，而中文水平有限是其中主要的原因之一，他們也一直缺乏參與華人社交活動及使用中文進行溝通的信心和動力。而資訊科技的應用發達，特別是社交媒體的日益普及，不僅有助增強少數族裔學生學習中文的動機，對其中文學習有正面的影響，更有利於他們對香港社會環境的適應。本文運用問卷調查和半結構式訪談等研究工具，以香港不同地區學校的中三至中六級少數族裔學生為研究對象，探究使用社交媒體對提高他們學習中文動機的影響。研究結果表明社交媒體有助少數族裔學生提升學習中文的動機，增加他們的語言資本，同時強化對香港的文化適應和身份認同。

關鍵詞：社交媒體　少數族裔學生　中文語言　動機

---

*　　本文通訊作者。

The Impact of Social Media Applications on Enhancing the Motivation of Ethnic Minority Students in Learning Chinese Language in Hong Kong

LAI, Chun
TAI, Chungpui
CAI, Shiyu
YUNG, Wanshan [**]
The University of Hong Kong

Abstract

With the increasing number of ethnic minorities in Hong Kong, these ethnic minority students have faced many challenges in terms of educational mobility and social integration. Limited Chinese proficiency is one of the main reasons. They are lack of confidence and motivation to participate in Chinese social activities and communicate with local Chinese people as well. The application of information technology, especially the increasing popularity of social media, will not only enhance the motivation of ethnic minority students to learn Chinese, but also have a positive impact on their Chinese learning and help them adapt to the social environment in Hong Kong.

This study aims to understand to what extent the multicultural students' use of social media affects their motivationto learn Chinese and its effectiveness. Surveys and semi-structured interviews were used as the main research tools for data collection. Secondary 3 to 6 from various secondary schools in Hong Kong were selected as the participating students. The results showed that social media helped the ethnic minority students increase their language capital and enhance their motivation in learning Chinese language, as well as their cultural identity towards Hong Kong society.

Keywords: social media, ethnic minority students, Chinese language, motivation

---

[**]   Corresponding author.

一、研究背景

香港的少數族裔人口數目在過去十年間以快速上升的趨勢持續增加，根據政府的統計數字，截至 2019 底，香港的少數族裔人口已經超過 65 萬人，佔全港人口約 3.8%，他們主要的族裔以南亞裔為主，其中便包括了菲律賓、印度尼西亞、印度、巴基斯坦及尼泊爾裔等（香港特別行政區政府新聞處，2019）。很多生活在香港的少數族裔人士，其家族數代人均在港扎根，是香港土生土長的居民（戴忠沛，2014；戴忠沛和容運珊，2018，2020）。但是，由於他們的生活習性、宗教信仰和語言溝通等都與香港本地的華人不同，故此他們較少接觸華人，並且主要是與自己相同族裔的人士溝通、交往，從而導致少數族裔自成一個封閉的小社區（岑紹基，2013，2015），有自己的社區生活文化。

少數族裔學生在教育流動性和融入主流社會面對極大的挑戰，而有限的中文語言水平更導致他們缺乏學習中文的動力（Gu，2015；Kapai，2015；Kennedy，2011；Shum et al.，2011）。這些學生由於家庭居住地、人群接觸、自身宗教文化因素影響等問題（Chee，2015；Gu & Cheung，2016；Lai et al.，2015），鮮有參與社會事務及與本地華人互動交流的機會，因此更加打擊他們學好中文、融入社會的信心。

香港兒科醫學會及香港兒科基金會在 2018 年 5 月至 6 月期間，以網上問卷形式成功訪問了 2,045 名小四至中六學生。結果顯示，共有 43% 受訪學生表示每日花費 3 小時或以上瀏覽及使用社交媒體（Social media），每日花 7 小時或以上的則佔 18%（香港 01，2018.7.；賴春、蔡世予、戴忠沛和容運珊，2021），可見香港學生對於社交媒體的使用是十分普遍的。

學者指出，社交媒體的使用對於少數族裔學生學習第二語言十分重要，通過社交媒體可以幫助他們適應不同社會的文化和學習語言溝通技能（Sykes et al.，2008；賴春等，2021）。不過，目前對於少數族裔學生使用社交媒體來學習語言的相關研究仍相對匱乏（Croucher，2011；Ma et al.，2014）。

有見及此，本文旨在探討香港少數族裔學生使用社交媒體與他們學習中文之間的關係，分析社交媒體的應用是否有助於提高這些學生學習中文的興趣和動機。

二、研究問題

基於以上的研究背景，本文提出以下的研究問題：

社交媒體的應用對於提高香港少數族裔學生學習中文的動機有甚麼影響？

三、文獻綜述

3.1 學習動機的定義

學習動機是學生在學習方面的成就動機，是個體追求成功的一種心理需求，也是影響學業成就的主因之一（Stipek et al.，1995）。學習動機（motivation to learn）是引發學生認真學習之原動力，更是正式教學活動的首要步驟。「學習」是指個體經由長期練習或經驗累積，讓其行為產生較持久的改變過程；「動機」是指引發個體活動，維持該活動，並促使該活動朝每一方向或目標前進行為的內在作用，是一種促使個體進行各種行為的內在動力（張春興，1996，2001，2007；曾盈琇，2018）。所以，學習動機是指引起學生學習動力，並持續進行學習活動，同時讓學生的學習活動趨向教師所設定的學習目標之內在心理歷程（張春興，1996）。可見，動機是影響學生學習成效的關鍵，而如何評估以及強化學生的動機乃是所有教育改革的重點。

3.2 社交媒體的定義

Kaplan 和 Haelein（2010）指出社交媒體是以網絡（web 2.0）為基礎的各種應用程式，可以用來創作和交換用戶們原創的信息內容，例如：Facebook、Instagram、Twitter、WhatsApp、YouTube、SnapChat、WeChat 等。肖琳、徐升華和王琪（2016）認為除了用戶生成的內容之外，社交媒體也涵蓋用戶之間的關係。McCay-Peet 和 Quan-Haase（2017）也強調了用戶之間的關聯與互動，他們認為社交媒體是為個人、社區和機構提供合作、聯繫、互動、共建社群機會的網絡服務。在社交媒體上，人們可以共同創作、完善和分享各式各樣的用戶原創內容。由此可見，社交媒體並非只是有着大量信息內容的各類科技平台，而是非常重視用戶之間的互動及網絡活動的參與度（賴春等，2021），強調社交的內涵。

3.3 社交媒體參與和語言學習的互相影響

3.3.1 學習移居地主流語言對少數族裔學生的挑戰

對於少數族裔學生而言，學習移居地的主流語言對其融入當地社會是有必要性的。而如何進行實用的語言教學，也在學術界和教育界引起了討論。通過人口和資本的流動，以及科技資訊網絡的普及，全球化已經改變了外語教學和應用的方式。因此，傳統課堂上教師教授的內容與學生在現實生活中需要的能力之間出現了矛盾（Kramsch，2014）。換句話說，學生在課堂上學習到的語言知識或許並非可以直接被應用到日常生活中的交流與溝通。尤其對於少數族裔學生來說，學習移居地目標語言的目的大多是為了能夠與當地的居民溝通，了解當地的文化（劉世華和魯英，2011），從而可以更好地融入社會。

對移居地社會主流語言的掌握，可以幫助使用不同語言的少數族裔人士更容易地去適應當地的文化（Jia et al.，2017）。但語言學習是少數族裔人士融入主流社會的挑戰之一，因為很多個體在移居時，對所在地主要使用的語言的了解是極其有限的（Alencar，2018；Jia et al.，2017），從而打擊其學習目標語言的動機。

香港的少數族裔學生在學習中文時面臨着多方面的困境（戴忠沛和容運珊，2020），而中文能力的薄弱更導致其文化適應上的困難，降低學習中文的興趣和意欲（李潔芳、戴忠沛和容運珊，2018）。Kwan et al.（2018）發現由於香港的少數族裔學生在家庭裏往往會使用母語，而生活交際圈也大多局限於其他的少數族裔人士，因此這些學生缺乏學習中文的語言環境。中文水平的遜色會使他們難以跟上學校各科課程所教授的內容與進度，從而產生學業上的困難與壓力，也導致他們欠缺學習中文的自信和動機。儘管在香港的少數族裔學生可以從一個「使用多種語言的香港人」的角度去感受對香港的歸屬感，但他們也擔心自己的中文水平會使自己難以融入主流社會（Gao et al.，2019）。中文表達能力的不足也會影響他們在求學和工作方面的發展。

由此可見，學習移居地社會的語言對文化適應有着至關重要的作用。而少數族裔學生在學習目標語言時常常面臨着缺乏語言環境、缺乏與目標語言母語使用者的溝通機會，以及缺乏學習實用語言知識技能的平台，導致他們難以提起對學習中文的信心和動機。

3.3.2 社交媒體對中文學習的益處

由於社交媒體具公開性（Park et al.，2014），來自不同地區、說着不同語言的人們都可以平等地參與到網絡活動當中。Benson（2015）通過研究 YouTube 上的評論發現，社交媒體裏包含跨語言實踐（translanguaging）的媒體內容，這可以為評論者提供討論視頻中語言、文化的平台和機會，從而促進了互動性語言和不同文化的學習。如今，使用互動性較強的網絡工具進行資訊交換、思想交流已成常態（Chin et al.，2015）。而全球化與新興科技也使意義建構（meaning making）超越了傳統的字典解釋和標準語法，人們可以通過代碼、多模態、以及不同的風格與題材去建構意義，這也進一步揭示了語言的傳統標準與現實中人們真實的用法之間的矛盾（Kramsch，2014），而社交媒體的出現在某種程度上可以緩和甚至解決這些矛盾。

首先在語言學習方面，社交媒體提高了學生在真實的文化情境中接觸目標語言母語使用者的機會（Kramsch，2014）。這種接觸既為學習者提供了目標語言的跨文化學習環境，又可以使他們接觸到目標語言在實際生活中的用法（Alencar，2018），從而克服交流上的障礙。

其次在語言學習動機方面，與主流文化相關的社交媒體活動越多，少數族裔學生在文化融入上的傾向就會越大，學習主流語言的動力就會越高（Lai，2019；Lai et al.，2020）。

再者，現今大多數人會通過手機或其他移動裝置來使用社交媒體，這種移動性也為語言學習者提供了在任何時間、任何地點都可以接觸目標語言的可能性（Tong & Tsung，2018）。

除此之外，社交媒體有着豐富的資源以及可搜索性（Alencar，2018）。它在少數族裔人士自行學習主流社會的文化和語言時也發揮積極的作用。

由於社交媒體可以為語言教與學帶來種種優點，學者們在研究其與第二語言學習之間的關係時，關注點也從早期的聽說讀寫四種能力轉變為最近的與學習者身份（learner identity）、線上合作（online collaboration）和學習社區（learning communities）相關的研究（Wang & Vásquez，2012）。Wang 和 Vásquez（2012）在回顧之前研究的基礎上，總結出了網絡 2.0 工具（即社交媒體）可以為二語學習帶來的益處，其中包含：可以創造一個舒適的、放鬆的、重視合作、並以社區

為本的學習環境。除此之外，網絡 2.0 工具也可以促進語言學習者使用目標語言進行互動與合作，增加語言學習的興趣和動機，以及提升學習文化知識的能力。

由此可見，社交媒體在中文教與學的過程中，可以幫助學習者接觸母語使用者、獲取實用的語言知識，構建並參與到中文的學習社區。在參考前賢文獻的基礎上，研究者總結社交媒體對中文（二語或外語）學習帶來的益處如下表所示：

社交媒體為中文學習帶來的益處	提供接觸中文母語使用者和日常表達方式的機會
	提供各種各樣的語言資源
	提高學習中文的能力、自信和動機
	促進有關中國文化的學習
	提供一個中文學習社區
	提供互動的語言學習環境，促進合作學習

表 1：社交媒體對中文學習帶來的益處

Teng（2014）指出，通過社交媒體學習中文是一個參與式的、動態的、以學生為中心的過程。當社交媒體被融入到中文的教學當中，每個學生都不再是單獨的個體，他們都屬於同一個學習社區。在這個社區裏，學生不但擁有一致的學習目標，而且可以互相分享知識與經驗，支持彼此的學習過程，以及參與課堂任務的合作。所以，社交媒體在中文教與學的過程中呈現出了多項優點：它可以幫助學習者接觸母語使用者，獲取實用且多樣化的語言知識，增加語言學習的動機與自信，構建並使其參與到中文的學習社區。

同時，研究也發現社交媒體對中文學習效果有直接的促進作用。社交媒體作為一個新穎和富有創意的平台，對作為二語或者外語的中文學習有着重要且正面的作用，尤其是寫作方面。例如，Chin et al.（2015）指出在作為二語的中文教學中，Wiki 的應用可以使新加坡中學生的整體寫作表現得以提升，其中同儕互評發揮相當重要的作用。Wang 和 Vásquez（2012）則研究臉書（Facebook）的應用與中文學習者寫作表現的關係，發現通過 Facebook 進行寫作的實驗組在寫作的字數上表現更好，但寫作質量與控制組沒有明顯差異。而 Lai et al.（2020）指出，對於社交媒體有助提升寫作能力這一現象的可能原因，是大多數社交媒體預設的溝通模式為文字交流。

另外，Lai et al.（2020）也發現香港少數族裔學生的語言資本（linguistic capital）可以塑造與主流文化相關的、選擇性的社交媒體活動環境，並起到把關的作用。在 Lai et al.（2020）的研究當中，少數族裔學生會因為可以閱讀和發佈中文社交媒體內容而感到驕傲和愉悅，從而進一步增強他們使用中文語言與其他人交流的自信。但對於中文語言水平較遜色的少數族裔學生來說，有限的目標語言資本限制了他們參與跟主流文化相關的社交媒體活動的動機與行為。例如，一些少數族裔學生會因為中文語言交流或者閱讀上的障礙而選擇避免與本地華人在社交媒體上交流，或是選擇閱讀英文的社交媒體內容。

綜上所述，不少學者均指出社交媒體的應用對中文的教與學有較大的益處，但目前關於使用資訊科技或社交媒體進行中文教學的研究依然有限（Jin，2018；Luo 和 Yang，2016；Teng，2014；Tong & Tsung，2018）。而隨着科技的發展，社交媒體的形態也在不斷地產生變化。因此，持續地探索如何在中文二語或外語教學領域中充分發揮社交媒體的功能，從而促進少數族裔學生學習中文的動機，增強對香港本地文化的適應能力，乃是極具實際意義和必要性的研究課題。而本文正是在這一研究背景下，嘗試透過探討香港少數族裔中學生對中文社交媒體的使用情況，來探究社交媒體的應用對提高他們中文學習動機的影響。

四、研究方法

本文是一項融質性研究和量性研究於一體的混合性研究，主要採用半結構式訪談和問卷調查等研究工具進行數據收集：

4.1 半結構式訪談

我們在正式實施問卷調查之前，邀請了 44 位參與本研究的少數族裔學生進行個人訪談，以了解他們使用社交媒體的基本習慣和使用社交媒體的種類、方式，以及使用社交媒體對他們提高學習中文的動機等方面的看法。

4.2 問卷調查

所有參與本研究的少數族裔學生均須進行問卷調查，問卷調查的內容主要關於學生使用社交媒體的基本習慣，例如使用社交媒體的種類、每日使用次數和時間、使用目的、使用方式，以及使用社交媒體對他們提高學習中文語言的信心和動機等方面的看法。

4.3 研究對象

本研究以方便取樣的方式，邀請全港不同學校的中三至中六級少數族裔學生參與，其中有 44 位中三至中六級少數族裔學生參與半結構式訪談，有 565 位中三至中六級少數族裔學生參與問卷調查。參與學生主要是來自南亞裔國家，以巴基斯坦、印度、菲律賓、尼泊爾等為主。這些學生都是以中文作為第二語言的少數族裔學生，中文程度以中等至低下為主。他們對自己英語水平的評價（M=4.29，SD=0.81）高於對本族語水平的評價（M=4.18，SD=1.00），而對自己中文粵語水平的評價則最低（M=3.18，SD=0.94）。

語言水平自我評價	平均值（Mean）	標準差（SD）
中文粵語	3.18	0.94
本族語言	4.18	1.00
英文	4.29	0.81

註：2= 很少；3= 有時

表 2：參與本研究的少數族裔學生的語言水平自我評價

他們在日常生活中較少接觸本地華人，並以相同族裔的家人和朋友為主要接觸對象，日常溝通交流以英語和家鄉話為主，中文粵語是他們的第二甚至第三語言。他們主要是在中文課堂上接觸和學習中文，課外時間則較少運用中文語言進行溝通。他們在日常交流中最常用的是英語（M=4.14，SD=0.71），其次是本族語（M=3.99，SD=0.97），而最不常用的是中文粵語（M=3.21，SD=0.97）。

日常語言使用	平均值（Mean）	標準差（SD）
中文粵語	3.21	0.97
本族語	3.99	0.97
英文	4.14	0.71

註：2= 很少；3= 有時

表 3：參與本研究的少數族裔學生的日常語言使用情況

五、研究結果與討論：少數族裔學生的社交媒體應用對其中文學習動機的影響

參與問卷調查的少數族裔學生在中文學習動機方面表現正面，同時他們在中文的「理想自我」（ideal L2）和「必須自我」（ought-to L2）方面都反應正面。「理想自我」是指他們能把自己將來的生活和工作與中文語言聯繫在一起，中文學習動機來自這種對自身將來的預期。「必須自我」是指他們學習中文的動機來自家人、老師以及社會的期待。

中文學習動機	平均值（Mean）	標準差（SD）
理想自我	3.86	1.15
必須自我	3.96	1.10
語言學習動機	3.91	1.14
注：3= 有點兒不贊同；4= 有點兒贊同		

表 4：參與本研究的少數族裔學生的中文學習動機

問卷調查結果顯示參與本研究的少數族裔學生，對於社交媒體有助促進中文學習持正面態度。同時他們認為社交媒體活動可以增加他們接觸中文語言的機會（M=4.04，SD=1.09），以及提高中文語言學習動機（M=4.05，1.16）。

社交媒體活動對中文學習的影響	平均值（Mean）	標準差（SD）
提高他們接觸中文的機會	4.04	1.09
提升中文學習動機	4.05	1.16
注：4= 有點兒贊同		

表 5：參與本研究的少數族裔學生對社交媒體活動對中文學習之影響的評價

而結合參與學生的訪談內容來看，研究者發現少數族裔學生的主流社會語言資本（linguistic capital），對其在社交媒體上參與和主流文化相關活動有較大的影響。部分參與訪談的學生表示，他們會因為發佈可被其他人看得懂的中文資訊而感到自豪，從而提升使用中文語言與其他人互動的信心，也增強他們對中文語言學習長期投入的意願。例如學生 A 所分享，透過社交媒體和本地華語朋友互動交流，他可以閱讀朋友發來的中文信息，以及收聽他們發來的粵語語音信息，

而自己也會用打字或語音的方式傳遞和回覆信息，所以他的中文聽說讀寫能力得到全方位的提升。而中文語言能力的提升，也促使他更樂意去和本地人交流，學到更多有助加速融入本地社會的知識，從而讓他覺得自己和這座城市的距離更近。除此之外，當他在社交媒體上看到人們分享的一些有趣或美好的事物，而自己又因語言問題以致無法完全理解時，他學習中文語言的動機也會被激發。例如他具體提到以下的觀點：

關於中文語言，在社交媒體上我有華語朋友。每當我和他們交流的時候，我會用語音或者打字的方式（非中文鍵盤），使用中文語言和他們溝通。所以，當他們用中文回覆我的時候，我就有機會去閱讀中文；當我發信息給他們的時候，我的寫作能力可以得到提升；當我聽他們的語音信息時，我的聽力可以得到提升；當我發送語音給他們的時候，我的口語也能進步。因此，總的來說，我認為社交媒體對我的中文語言各方面能力都有着很大的幫助。

社交媒體提升了我學習中文語言的動機，因為在社交媒體上，人們會發佈一些我不懂的美好的事物，所以我雖然遇到理解上的困難，但這反而給了我更大的動力去了解他們發佈的地點和內容，我也會產生想要去那個地方、了解那個地方的動機。

另外，根據學生的訪談資料，研究者發現以下幾種情況也可以激發少數族裔學生學習中文語言的動機。首先，當他們在社交媒體上看到同齡人所寫的得體且文雅的中文表達時，會引發他們渴望擁有同樣的語言能力，正如學生 B 所說：

因為有時看完一段 [Instagram 上的] 文字之後，我會覺得他們寫得挺好的。但是讓我寫的話，我就未必能寫得出來。所以，當我看到他們寫得這麼好的時候，會令我也希望自己能夠寫得更好。

其次，當這些少數族裔學生在社交媒體上看到在香港的其他少數族裔人士的成功例子時，他們的文化適應期望值也會提升，從而激發他們投入更多的時間和精力去學習中文語言，以便更好地融入香港的本地社會。

再者，通過社交媒體的視角，可以使一些少數族裔學生改變傳統上對華人的負面觀感，讓他們感覺到香港本地的華人是態度友善和思想開明的。這種改觀會推動他們更想學好中文，從而與本地人更好地互動交流。

除此之外，當少數族裔學生在社交媒體上遇到因語言障礙而導致的閱讀困難時，也會激發他們努力學習中文語言的動機。例如學生 C 提到自己在社交媒體上遇到看不懂的內容時，便會選擇自我學習來加深了解相關內容，從而增加自己的中文詞彙量。而他也因為想要知道那些文章的意思，從而使自己獲得更多的參與感。

社交媒體以文本分享與交流為主，研究者從文獻資料（戴忠沛和容運珊，2019），以及參與本研究的學生訪談資料中，發現相較於中文語言的聽說能力，香港的少數族裔學生往往在讀寫方面出現較大的困難。例如有參與學生表示，社交媒體的文本分享交流模式限制了他們「說」的表達方法。所以，他們更傾向於面對面的交流，因為可以直接用粵語來溝通。學生 D 提到：

> 我覺得面對面的對話可以更流利和容易，至少對方【本地華人】可以理解你的意思。但是在 WhatsApp 上，如果我們必須要打中文，對方就可能會不理解我們發送的內容，所以面對面的交流更便捷。

但是，也有個別學生會靈活地運用社交媒體的功能，例如 WhatsApp 的語音模式，來與本地華人進行對話。

總的來說，以上結果反映了獲取信息類的社交媒體活動顯著地影響少數族裔學生對兩種文化的和諧度的觀感，而與不相識的本地華人交流顯著地影響少數族裔學生對兩種文化的融合度的觀感，對兩種文化的和諧度以及融合度的觀感會影響這些學生中文語言的學習動機。同時，與不相識的本地華人交流、以及參與社會活動，也會通過影響這些學生的中文理想自我，而對他們的中文語言學習動機產生間接的影響。與朋友、同學的互動交流，則會直接影響少數族裔學生的中文語言學習動機。

六、總結

總的來說，本文重點探討香港不同學校的中三至中六級少數族裔學生使用社交媒體對他們的中文學習動機之影響。根據本文的研究結果，研究者發現少數族裔學生的社交媒體使用情況與他們學習中文有密切的關係。首先體現在少數族裔學生使用社交媒體，可以從詞彙、口語、聽、讀、寫等多方面提升他們的中文能力，並增強他們在使用中文時的自信。另外，少數族裔學生使用社交媒體，也可以從多角度提升他們學習中文的動機，例如少數族裔人士的成功例子、閱讀社交

媒體內容時因語言能力不足而造成的理解困難等。而少數族裔學生的不同社交媒體經歷，例如與不相識的本地華人在社交媒體上交流及參與各種社交活動等，也會影響他們的中文理想自我，對他們的中文學習動機產生正面的影響。至於與香港本地的華語朋友、同學之間的互動交流，則會直接影響少數族裔學生的中文學習動機，能提升他們學習中文的自信和動機，有助他們更好地適應香港的華人社會文化。

參考文獻

岑紹基（2013）：文類教學法對提高非華語學生記敍文寫作能力的成效，《漢字漢文教育》，30，143-170。

岑紹基（2015）：香港非華語學生中文教材發展的理念與實踐，《漢字漢文教育》，37，197-213。

戴忠沛（2014）：香港多元族裔的歷史淵源，輯於王慧芬和葉皓羚編《無酵餅——「中文為第二語言」教與學初探》，（頁48-77），香港，香港融樂會。

戴忠沛和容運珊（2018）：華文作為第二語言的讀寫教學策略在課堂上的應用——以閱讀報告和求職信教學為例，《華文學刊》，16(1)，60-77。

戴忠沛和容運珊（2019）：「閱讀促進學習」教學法在中文第二語言課堂的漢字教學之應用及成效，《漢字與漢字教育研究》，1(1)，107-137。

戴忠沛和容運珊（2020）：香港少數族裔學生華文第二語言寫作教學的多重個案研究，《華文學刊》，18(1)，60-89。

賴春、蔡世予、戴忠沛和容運珊（2021）：社交媒體應用對少數族裔學生適應香港社會文化的影響，《國際中文教育學報》，10，45-66。

李潔芳、戴忠沛和容運珊（2018）：趣味摺紙與主題教學：探究趣味摺紙活動在非華語學生中文課堂的應用，《國際中文教育學報》，4，69-93。

劉世華和魯英（2011）：二語教學中的文化教學，《西南民族大學學報（人文社會科學版）》，S2，115-117。

香港01（2018）：《調查：逾三成中小學生日花9小時社交媒體「在線」近七成感疲累》，檢自 https://www.hk01.com/ 社會新聞 /213694/ 調查 - 逾三成中小學生日花9小時社交媒體 - 在線 - 近七成感疲累，檢索日期：2023.2.25。

香港特別行政區政府新聞處（2019）：《全面支援少數族裔融入社會》，檢自 https://www.news.gov.hk/chi/2019/10/20191027/20191027_093632_116.html，檢索日期：2023.2.25。

肖琳、徐升華和王琪（2016）：社交媒體發展與研究述評，《圖書館學研究》，14，13-16。

曾盈琇（2018）：提升學生學習動機之策略，《臺灣教育評論月刊》，7(9)，138-142。

張春興（1996）：現代心理學，台北，東華書局。

張春興（2001）：教育心理學 - 三化取向的理論與實踐，台北，東華書局。

張春興（2007）：張氏心理學辭典，台北，東華書局。

Alencar, A. (2018). Refugee integration and social media: A local and experiential perspective. *Information, Communication & Society, 21*(11), 1588-1603.

Benson, P. (2015). Commenting to learn: Evidence of language and intercultural learning in comments on YouTube videos. *Language Learning & Technology, 19*(3), 88-105.

Chee, W. C. (2015). The perceived role of religion in the educational attainment of Pakstani immigrant secondary students in Hong Kong. *Asian Anthropology, 14*(1), 33-42.

Chin, C. K., Gong, C., & Tay, B. P. (2015). The effects of Wiki-based recursive process writing on Chinese narrative essays for Chinese as a second language (CSL) students in Singapore. *IAFOR Journal of Education, 3*(1), 45-59.

Croucher, S. M. (2011). Social networking and cultural adaptation: A theoretical model. *Journal of International and Intercultural Communication, 4*(4), 259-264.

Gao, F., Lai, C., & Halse, C. (2019). Belonging beyond the deficit label: the experiences of 'non-Chinese speaking' minority students in Hong Kong. *Journal of Multilingual and Multicultural Development, 40*(3), 186-197.

Gu, M., & Cheung, D. S. (2016). Ideal L2 self, acculturation, and Chinese language learning among South Asian students in Hong Kong: A structural equation modelling analysis. *System, 57*, 14-24.

Jia, F., Gottardo, A., & Ferreira, A. (2017). Sociocultural models of second language learning of young immigrants in Canada. In I. Muenstermann (Ed.), *People's movements in the 21st century: Risks, challenges, and benefits* (pp. 157-168). Intech.

Jin, L. (2018). Digital affordances on WeChat: Learning Chinese as a second language. *Computer Assisted Language Learning, 31*(1-2), 27-52.

Kapai, P. (2015). *The Education of Ethnic Minority*. Center for Comparative and Public Law, The University of Hong Kong.

Kaplan, A. M., & Haenlein, M. (2010). Users of the world, unite! The challenges and opportunities of Social Media. *Business horizons, 53*(1), 59-68.

Kennedy, K. J. (2011). The 'long march' to multiculturalism: policymaking in Hong Kong to support ethnic minority students. In J. Phillion, M. T. Hue, & Y. Wang (Eds.), *Education for minority students in East Asia: Government policies, school practices and teacher responses* (pp. 155-173). Routledge.

Kramsch, C. (2014). Teaching foreign languages in an era of globalization: Introduction. *The Modern Language Journal, 98*(1), 296-311.

Kwan, C. K., Baig, R. B., & Lo, K. C. (2018). Stressors and coping strategies of ethnic minority youth: Youth and mental health practitioners' perspectives. *Children and Youth Services Review, 88*, 497-503.

Lai, C. (2019). The influence of extramural access to mainstream culture social media on ethnic minority students' motivation for language learning. *British Journal of Educational Technology, 50*(4), 1929-1941.

Lai, C., Gao, F., & Wang, Q. (2015). Bicultural orientation and Chinese language learning among South Asian ethnic minority students in Hong Kong. *International Journal of Bilingual Education and Bilingualism, 18*(2), 203-224.

Lai, C., Gu, M., Gao, F., & Yung, J. W. S. (2020). Motivational mechanisms of ethnic minorities' social media engagement with mainstream culture. *Journal of Multilingual and Multicultural Development*, 1-17.

Luo, H., & Yang, C. (2016). Using WeChat in teaching L2 Chinese: An exploratory study. *Journal of Technology and Chinese Language Teaching, 7*(2), 82-96.

Ma, Y. G., Li, Y.W., & Ito, N. (2014). Exploring the predicted effect of social networking site use on perceived social capital and psychological well-being of Chinese international students in Japan. *Cyber psychology, Behavior, and Social Networking, 17*(1), 52-58.

McCay-Peet, L., & Quan-Haase, A. (2017). What is social media and what questions can social media research help us answer. In L. Sloan & A. Quan-Haase (Eds.), *The Sage handbook of social media research methods* (pp. 13-26). Sage.

Park, N., Song, H., & Lee, K. M. (2014). Social networking sites and other media use, acculturation stress, and psychological well-being among East Asian college students in the United States. *Computers in Human Behavior, 36*, 138-146.

Shum, M. S. K., Gao, F., Tsung, L., & Ki, W. W. (2011). South Asian students' Chinese language learning in Hong Kong: motivations and strategies. *Journal of Multilingual & Multicultural Development, 32*(3), 285-297.

Stipek, D., Feiler, R., Daniels, D., & Milburn, S. (1995). Effects of different instructional approaches on young children's achievement and motivation. *Child Development, 66*(1), 209-223.

Sykes, J. M., Oskoz, A., & Thorne, S. L. (2008). Web 2.0, synthetic immersive environments, and mobile resources for language education. *CALICO Journal, 25*(3), 528-546.

Stipek, D., Feiler, R., Daniels, D., & Milburn, S. (1995). Effects of different instructional approaches on young children's achievement and motivation. *Child Development, 66*(1), 209-223.

Teng, W. (2014). *Social media and CFL pedagogy: Transforming classrooms into learning communities*. DOCPLAYER. https://docplayer.net/14739990-Social-media-and-cfl-pedagogy-transforming-classrooms-into-learning-communities.html.

Tong, P., & Tsung, L. (2018). L2 Chinese students' perceptions of using WeChat for Chinese learning: A case study. *Global Chinese, 4*(2), 361-381.

Wang, S., & Vásquez, C. (2012). Web 2.0 and second language learning: What does the research tell us. *CALICO Journal, 29*(3), 412-430.

The Comparison of Computer-assisted and Traditional Conditions in Vocabulary Learning Strategies among L2 Medical Students in China

ZHANG, Huiwan; WANG, Ting

Macau University of Science and Technology

Abstract

There is an increasing number of international students studying Chinese and medicine in mainland China. They learn Chinese and medical terminology with different learning strategies being applied, which is also influenced by the tech-mediated environment recently. The vocabulary learning strategies have been investigated in depth in the field of English for Academic Purposes. At the same time, there was a lack of relevant research in medical education. A similar situation also happened regarding computer-assisted language learning, which was explored in English for Academic Purposes in various forms. Yet, in medical education, limited research has mentioned those online learning technologies. In both computer-assisted and traditional conditions, this study investigated some Indian and Bangladeshi second language medical students (N=22) and their descriptions of the preferred learning strategies when they acquired Chinese medical terminology at a medical university in mainland China. Semi-structured interviews were conducted, and the transcripts were coded to label and quantify their strategies and the different conditions of being computer-assisted or traditional. Independent t-tests were used, together with Cohen's d, to examine the difference in vocabulary learning strategies between the two conditions. A thematic analysis was also performed to gain more insights. Quantitative data indicated that similar patterns were identified in both conditions since cognitive and metacognitive categories were two frequently used strategies among those medical students. At the same time, *compensation* and *affective* tactics were not preferred by them with the minor frequency with the assistance of technologies. The results of t-tests suggested that more *social*, *metacognitive*, and *memory* strategies were applied in the traditional condition than in the computer-assisted condition. Implications are proposed for further Chinese international medical education from the perspective of terminology acquisition strategies.

Keywords: Chinese International education, vocabulary learning strategies, computer-assisted language learning, medical education

計算機輔助和傳統視域下的在華醫學留學生二語詞彙學習策略

張慧婉、王婷

澳門科技大學

摘要

近年來，許多國際學生在中國大陸學習中文和醫學專業領域。他們使用不同的學習策略學習中文和醫學專業詞彙，近年來這一學習行為也受到技術中介的環境影響。在學術英語領域，詞彙學習策略方面已經產生了廣泛而深入的研究，但其對於醫學教育的影響並未得到足夠的關註。類似的情況也出現在計算機輔助語言學習的應用方面。其在學術英語領域呈現出多種形式，學者們也進行了全面探究。但在醫學教育中，很少有提及這些在線學習技術的相關研究。本研究在計算機輔助和傳統的語言學習環境下，調查了一群印度和孟加拉國醫學生（共 22 名）以中文作為第二語言的常用醫學專業詞彙學習策略。他們在中國內地某所醫科大學學習醫學專業，在本次研究中詳細描述和解釋了他們常用的中文詞彙學習策略。通過半結構化的訪談，對訪談記錄進行了編碼，以標注和量化他們在計算機輔助和傳統學習情況下的詞彙學習策略。隨後進行了獨立樣本 t 檢驗，輔以 Cohen's d 值，以考察醫學生在計算機輔助和傳統條件下使用的詞彙學習策略的差異。此外，還進行了主題分析以瞭解更多策略使用情況。研究的定量數據表明，在計算機輔助和傳統學習情況下，醫學生的專業詞彙學習策略模式相似，其中認知和元認知類型是常用的兩種學習策略，而補償和情感類型在計算機輔助條件下則很少提及。而 t 檢驗的結果表明，與計算機輔助學習條件相比，傳統學習條件下的記憶、元認知和社交策略更為頻繁。本研究從醫學專業詞匯習得策略的角度對漢語國際教育以及醫學教育領域進行思考並提出建議。

關鍵詞：漢語國際教育　計算機輔助語言學習　詞彙學習策略　醫學教育

1 Introduction

Learning is a psychological process that includes storing and retrieving information (Dörnyei, 2005) and how to learn languages. Specifically, vocabulary remains a common concern for researchers in the second language acquisition area since they realize that learners benefit from vocabulary learning strategies (VLS) by taking control and responsibility of their learning and receiving "autonomy, independence and self-direction" (Farrokh & Jalili, 2019; Nation, 2013; Oxford & Nyikos, 1989). According to Gu (2018), language learning tasks make VLS necessary with their demanding nature. To complete the language acquisition process, students need to choose a suitable VLS, which should lead to an efficient and pleasant experience, making a significant difference in language learning outcomes. O'Malley and Chamot (1990) also emphasized the importance of VLS in facilitating further language study. After deciding on suitable VLS, repeated and long-term use enables learners to understand these words from the declarative stage to the automation level of expertise, helping appropriate application of VLS in the same conditions without learners' awareness. Researchers argued for these strategies' clarification and description at first. Then their interest turned to VLS classification, which offered approaches for detailed studies regarding learners' preferences and perceptions in language learning classrooms. Apart from that, there was also sustained enthusiasm for the relationship between VLS and learning results or other factors, such as learners' vocabulary knowledge, depth, and proficiency levels (Al-Khresheh & Al-Ruwaili, 2020; Goundar, 2016; Oyama, 2009; Warwicker, 2019).

As a lingua franca, English plays an international role and is studied primarily in different contexts when discussing VLS. At the same time, it is also regarded as a generic skill and is called "information-handling" (McLean et al., 2013). Patient care and safety are their primary concerns, and depend on clinical practice with evidence and constant development, in which English matters in helping them accomplish specific goals (Nation, 2013). Brahler and Walker (2008) further justified the claim that technical vocabulary knowledge and medical terminology were prerequisites for students in the medical field and also performed as an approach regarding facilitating memorization that might benefit them or even educators.

Current studies regarding medical terminology learning were typically conducted from a perspective of corpus linguistics. Some of which developed medical lists for the benefit of medical students by removing common-used words from general English corpora, calculating vocabulary occurrence frequency in the professional corpus, or exploring terminology usage in medical-related seminars or lectures (Dang, 2020; Le & Miller, 2020). There is a lack of awareness to examine in which approach these medical words are acquired in detail by learners themselves, or in other words, what kinds of VLS are adopted in combination with computer-assisted or traditional learning conditions. However, in terms of English for Academic Purposes (EAP), VLS is already studied in depth, with more variables (such as language proficiency or use frequency) being added to explore their relationships (Alahmadi & Foltz, 2020; Fan, 2003; Fan, 2020; Wang et al., 2016). As a popular topic, computer-assisted language learning (CALL) is also extensively applied to vocabulary learning to explore the effectiveness of learning performance (Hirschel & Fritz, 2013; Liu, 2016). However, CALL had not been discussed and reviewed individually in medical education (ME) regarding learning professional terminology. The relevant studies mainly tested the importance of the Internet, the design of a medical dictionary with an online version and a specific application, in which learners' motivation and acquisition efficacy were examined respectively (Müller, 2012; Van de Poel et al., 2013; Vorona, 2019). By interviewing 22 Indian and Bangladeshi students majoring in medicine from a medical university in mainland China, this study fulfills the research gap by examining their VLS preferences in CALL and traditional environments.

2 Literature Review

2.1 VLS

According to Oxford (1990), language learning strategies (LLS) were examined as self-regulated learners' actions to make language acquisition more transferable to new contexts. Researchers proposed a range of LLS classifications to explain language learning procedures in different ways further. O'Malley et al. (1985) divided these strategies into three categories: *metacognitive* (such as planning, monitoring, and evaluating learning activities during and after the learning process in general), *cognitive* (related to individual learning and material manipulation, such as memorizing, note-taking, summarizing or practicing) and *social affective* (interacting with other speakers to use target languages or acquire cultural values). Based on learners' objectives, another categorization was presented, with *learning-oriented* (including cognitive and meta-cognitive strategies), *communication-oriented*, and *social-oriented* as a new LLS taxonomy (Rubin, 1987).

Oxford (1990) suggested *direct* and *indirect* LLS as two main groups, with the former involving *cognitive*, *memory-related*, and *compensation* strategies, and the latter about *meta-cognitive*, *affective*, and *social* categories. The *cognitive*, *meta-cognitive*, and *social* subgroups were similar to those of O'Malley et al. (1985). The *memory-related* type does not require deep comprehension but only refers to information storage and retrieval, sometimes with the help of sounds or images. As for the *indirect* subgroup, *compensation* strategies are used to make up for missing knowledge in the form of guessing from contexts, replacing it with other expressions or body language. Learners' emotions and feelings are included to enable them to reward and self-motivate as the *affective* strategies. More detailed classifications followed these six categories to cover most LLS conditions, and this advantage offered further researchers a practical taxonomy framework that they turned to resort. Based on these classifications, Oxford designed the questionnaire called *Strategy Inventory for Language Learning* to assess language learners' LLS and developed it in two versions: one for English speakers learning other languages (80 items) and the other for learners acquiring English as a second language (50 items). The 5-point Likert scale was used from 1 (never true) to 5 (always true). Cohen et al. (1996) also proposed his LLS taxonomy, including four types: *cognitive*, *meta-cognitive*, *social*, and *affective* strategies, which shared similarities with that of Oxford (1990).

Following that, scholars tried to combine LLS with language learning skills such as pronunciation and vocabulary. Oxford (2016) further defined VLS as "complex, dynamic thoughts" applied by learners with consciousness to complete language tasks and improve performance or language proficiency. In this way, some researchers conducted their studies regarding VLS taxonomies to explore language learners' learning procedures in the vocabulary aspect, while they were not limited to it as previous LLS research did.

Gu and Johnson (1996) proposed *Vocabulary Learning Strategies*, which was a questionnaire with 91 learning behaviors in two dimensions: metacognitive regulation and cognitive strategies. Selective attention and self-initiation were included for the former and six subcategories were for the latter: rehearsal, encoding, activation, guessing, dictionary, and note-taking, with each of which being further classified. They studied the relationship between VLS and two dependent variables, i.e., learners' proficiency and vocabulary size, for Chinese university English learners, and found that students preferred guessing, dictionary use, and note-taking strategies to learn vocabulary rather than rote memorization, and the metacognitive strategies were correlated with learners' language levels. In the same year, Lawson and Hogben (1996) applied a think-aloud approach to collect participants' VLS usage and came up with four categories, i.e., *repetition*, *word feature analysis*, *simple elaboration*, and *complex elaboration*, with each of them containing several detailed subcategories.

From the perspective of learning styles, Schmitt (1997) classified VLS into *discover* (determination and social) and *consolidating* (social, memory, cognitive, and metacognitive) types based on his consultations with L2 learners, teachers, and textbooks, and produced *Vocabulary Learning Strategies Survey* with 58 strategies to be applied specifically in the context of vocabulary learning. With the help of this instrument, he carried out research to study Chinese secondary learners' VLS applications. He concluded that the strategies of a bilingual dictionary, guessing from contexts, and asking classmates were frequently used in the *discovery* category, while repetition and wordlist strategies were preferred within the *consolidation* type. Nation (2013) divided VLS into *planning repetition* (how to focus on lexical items), *recourse use* (getting word information from dictionaries), and *recording* (establishing vocabulary knowledge by note-taking or other ways). After that, 8 VLS categories were proposed by Jones (2006), including dictionary, guessing, study preference, memory, autonomy, note-taking, selective and social types, and *Vocabulary Learning Strategies Survey* with 41 items was developed based on these eight groups to evaluate learners' VLS preferences. Tseng et al. (2006) adopted a new approach to measuring VLS psychometrically with the name *Self-Regulatory Capacity in Vocabulary Learning Scale* as an alternative to traditional quantified methods. It was thought that those previous methods might not be enough to assess learning strategies comprehensively with self-reported specific behaviors. At the same time, this approach was developed from a psychometrical perspective to enable students to self-regulate themselves in the following aspects: commitment, metacognitive, satiation, emotional and environmental control during their learning processes. Some Taiwanese students participated during some phases and completed this 45-item questionnaire. With factor analysis and descriptive data, it was revealed that this proposed approach was valid and appropriate for measuring VLS.

In recent years, some researchers combined VLS with learners' preferences and other relevant variables, such as receptive or productive vocabulary size, vocabulary knowledge, motivation, self-efficacy, gender, and language proficiency, to investigate inner relationships and offer practical suggestions for language learners and instructors in actual vocabulary acquisition. They borrowed the LLS and VLS instruments mentioned above and modified them according to their research contexts (Amirian & Noughabi, 2018; Fan, 2003). There were also studies focusing on specific VLS, including semantic mapping strategies, wordlists, or scaffolding strategies, in combination with new technologies such as video games or other online learning approaches to assist vocabulary learning (Huang & Huang, 2015).

To summarize, past papers proposed different VLS classifications (Table 1) from perspectives of the learning procedure, learners' objectives, acquisition styles, and psychometrical generic self-regulation with theoretical, think-aloud, and questionnaire approaches.

Categories	Instrument	Study
Metacognitive, cognitive, and social affective		O'Malley & Chamot (1990)
Learning-oriented, communication-oriented and social-oriented		Rubin (1987)
Direct and indirect	Strategy inventory for language learning	Oxford (1990)
Metacognitive and cognitive	Vocabulary learning questionnaire	Gu & Johnson (1996) Gu (2013)
Repetition, word feature analysis, simple elaboration, and complex elaboration		Lawson & Hogben (1996)
Discover (determination and social) and consolidating (social, memory, cognitive, and metacognitive)	Vocabulary learning strategies survey	Schmitt (1997)
Planning, sources, processes, and skill in use		Nation (2013)
Dictionary, guessing, study preference, memory, autonomy, note-taking, selective and social		Jones (2006)
Commitment, metacognitive, satiation, emotional, and environmental control	Self-regulatory capacity in vocabulary learning scale	Tseng et al. (2006)

Table 1: Summary of Common VLS Taxonomies

The taxonomy of Oxford (1990) develops *direct* and *indirect* categories, with the former about *memory-related*, *cognitive*, and *compensation* subgroups and the latter for *metacognitive*, *social*, and *affective* types. In detail, the *memory* strategy refers to the techniques with images or sounds to help to remember, while the *cognitive* strategy is about learners' manipulation of target languages, and *compensation* is for guessing intelligently. Within the *indirect* category, the *social* strategy refers to learners' communication with other speakers, and the *metacognitive* approach concerns learners' management, planning, or evaluation of their study. The *affective* method is applied when learners lower their anxiety or increase motivation.

Studies of VLS in ME highlighted learning medical terminology in the context of professional activities without comprehensive research, while those of EAP put more emphasis on memorizing new words and other VLS preferences. In the former medical education field, the taxonomy of VLS was not borrowed and specific VLS were never discussed, let alone for some empirical studies among medical students. Limited studies on medical terminology and professional students' vocabulary learning were identified as empirical research. With reference to VLS classification (Oxford, 1990), previous papers discussed the *memory* strategy most frequently, followed by *cognitive* and *social* techniques, with *compensation* and *metacognitive* strategies being seldom mentioned.

For example, Van de Poel et al. (2013) developed a pocket-sized dictionary for overseas-trained medical students with an online version to help them deal with communication barriers because of overseas training. The participants were some South African medical students at a local university who were Cuban-trained for six years and therefore Spanish-speaking. After returning to South Africa, they took internships and finished their studies, but there were three types of languages spoken in South Africa: English, Afrikaans, and isiXhosa. As a result, they encountered difficulties in learning and communicating with patients. Started in 2006, *Medics on the Move* was a communicative and learning tool in training and teaching contexts. The local university's Faculty of Medicine and Health Sciences introduced a language-specific training program in 2003. In this research, medical terms were grouped by topic. Students were encouraged to add content such as their learning tips or translations to this interactive booklet, facilitating their *memorization* through a *social* approach. As an interactive tool for the clinical setting and learning assistance in training or teaching contexts, three languages were included, and students were expected to acquire terminologies in *cognitive* awareness. Their motivation was increased, and their vocabulary knowledge was improved at the end of the course.

Moreover, Müller (2012) discussed the rationale of the video game *Medicina* in which players listened to audio descriptions and chose one correct medication from five similarly named bottles, with feedback given according to their responses. In this way, players or these potential medical students acquired vocabulary knowledge in spoken and written forms, together with precise meanings, to facilitate their *memory* and *cognitive* learning strategies. Brahler and Walker (2008) affirmed the effectiveness of the Dean Vaughn Medical Terminology 350 Total Retention System, and helped medical students develop *memory*-related skills.

However, the restricted findings are insufficient to provide a clear image of VLS in ME. These identified ME studies, though relevant to vocabulary learning, were conducted by corpus, pre-/posttests, experimental design, questionnaires, or non-empirical arguments, yet interviews were never carried out to investigate medical students' vocabulary acquisition in depth, which should be fulfilled by this study to contribute practical implications for ME students as a neglected group in learning professional terminology.

The mentioned scarce situation was distinct in EAP, where a large number of studies were conducted to investigate the effectiveness and learners' preferences of VLS with some established taxonomies being implemented (Gu, 2018; Gu & Johnson, 1996; O'Malley et al., 1985; Oxford, 1990; Schmitt, 1997; Tseng et al., 2006). Well-supplied findings were produced with learners' self-reported questionnaires to point out that specific VLS types, such as guessing, dictionary, note-taking and repetition, were the most popular when students acquired new words. For the Asian group, statements varied, with some arguing those learners preferred memorization rather than imagery or grouping, while others held opposite opinions and thought meaning-oriented VLS were more frequently used (Barcroft, 2009; Fan, 2003; Fan, 2020; Gu & Johnson, 1996; Ping et al., 2015; Schmitt, 1997; Wu et al., 2013).

2.2 CALL

There are only a few studies discussing CALL to help medical students acquire terminology in ME (Dang, 2020; Müller, 2012; Van de Poel et al., 2013; Vorona, 2019), while in EAP, CALL is already regarded as a practical approach to improve learners' acquisition of various vocabulary knowledge aspects. In the former medical education context, few researchers suggested that this technology-based online environment positively improved the vocabulary performance of medical learners whose attitudes were also motivated. Müller (2012) proposed the videogame

Medicina and asserted its efficacy. This application encouraged users to identify specific medications among five similarly named terms with correct pronunciation and continuous background hospital noise. They had four seconds to choose, and then feedback was given in three forms, i.e., spoken response, emotional and physical reaction from the virtual patient on the screen to help users improve their written and spoken medical vocabulary knowledge and stay focused. Dang (2020) identified specialized words in medical seminars and lectures, and explored to what extent these professional words were encountered in medical TV programs. A total of 895-word types were finally found to be the content of the Medical Spoke Word List, which was revealed to be a valid list including the most frequently spoken medical words. Additionally, Vorona (2019) discussed introducing Internet resources to facilitate Latin and medical terminology learning, by collecting 180 first-year students' perceptions at a State Medical University in Ukraine. However, no study examined the application of CALL among medical students when they tried to understand terminology.

In contrast, CALL was studied extensively in the field of EAP, where it was introduced to serve vocabulary learning as a widely-recognized tool, being measured by experimental groups and pre-/posttest design. It was believed to offer appealing individualized instructions with a social network, and its advantages ranged from recycling availability, instantaneous feedback to user-controlled learning freedom (Burt et al., 2020; Mazman & Usluel, 2010; Sagarra & Zapata, 2008). CALL was embedded into previous vocabulary acquisition studies, with its effectiveness and learners' attitudes being asserted in the criteria of platform design, participants and more detailed vocabulary outcomes, such as morphological knowledge, contextual vocabulary, word recall and retention, with leading technologies including social media platforms, interactive card games, online reading systems and other tutorial learning software (Enayati & Pourhosein, 2020; Gorjian et al., 2011; McGraw et al., 2009; Ömer, 2011; Salsbury & Denise, 2006; Wang, 2016; Yu, 2018).

Based on the review above, the differences between ME and EAP are suggested as a comparative work from the perspective of VLS and CALL. There is no study addressing VLS application in ME comprehensively when medical students make much effort to learn complex terminology. As an effective updated method, CALL is not investigated widely regarding their supportive position in assisting these learners' vocabulary acquisition or any typical preferred VLS.

Based on these identified differences, there is no ME study investigating the tendency and reality of VLS preference and terminology acquisition for medical students under CALL or the traditional condition. The real story of CALL function upon VLS is unexplored in ME since the limited number of past papers cannot provide a clear image with abundant information regarding medical students' terminology learning experiences and perceptions. For this study, the possible coordinating functions performed by CALL and the traditional condition were examined, among some Indian medical participants pursuing their study in China yet struggling with professional terminology difficulty, with their VLS usage being the variable. Therefore, two research questions are developed as follows:

Research Question 1: Which VLS is preferred by medical students under computer-assisted and traditional conditions?

Research Question 2: What are the reasons for medical students' VLS choices under computer-assisted and traditional conditions?

3 Method

3.1 Context and Participants

For those international medical students in China, they are not only pursue medical degrees but are also required to study Chinese to understand professional knowledge (Yu et al., 2023). A medical university in southern mainland China was contacted, and among 89 enrolled clinic medical students from India and Bangladesh, 35 junior or senior volunteers finally accepted our invitations to take interviews. The interviews were planned to be conducted at the beginning of 2020. Still, because of the pandemic of COVID-19 and local Internet connection limitations in India, some volunteers could not be contacted, and finally, there were 22 medical students finishing semi-structured interviews online.

Table 2 presents the participants' demographic details. The participants (pseudonyms) were from P1 to P22. They were junior (P1-P10) or senior (P11-P22) university students with more than three-year of experience in learning Chinese. Based on the university's curriculum, they completed Chinese language courses in the first and second years to achieve HSK Level 3, and studied western clinical medicine in the last two years. They needed to pass medical examinations as one of the graduation requirements and planned to become doctors after returning home. These medical students pursued professional degrees in Western clinical medicine, so this research focused on western medical terminology rather than traditional Chinese medicine names. Based on some social media platforms, all participants agreed to take interviews and communicate with the researcher in English. At the same time, Chinese was sometimes used when they mentioned specific medical terminology learned during acquisition experiences.

Participants	Number (total=22)		Average age	Chinese learning experience	Chinese language proficiency
	Female	Male			
Junior student	4	6	20.3	3 years	Intermediate
Senior student	7	5	21.2	4 years	Intermediate-high

Table 2: Demographic Characteristics of Participants

3.2 Procedure

Semi-structured interviews were the primary method to collect data. The time length varied since some interviews lasted a few days to wait for participants' responses and ask for clarifications or explanations, followed by further questions regarding their VLS or specific learning experience. The questions included "What are your preferred three medical word learning strategies?", "How do you apply these strategies?". The prompts did not mention computer-assisted applications directly because it might lead to biased responses from the interviewees. In this way, this method collected comprehensive VLS among medical students to compare the computer-assisted and traditional conditions for further data analysis. Follow-up questions were also asked. With their consent, interviews were video-recorded and transcribed by researcher assistants for further research. The prompts for the semi-structured interviews were sent to the participants by email in advance to encourage them to prepare answers.

3.3 Data Analysis

The interview data were analyzed both quantitatively and qualitatively. The transcripts were coded, first aiming to select participants' descriptions mentioning their usage of CALL technologies, and second, to label and quantify these transcripts from the perspectives of VLS classifications (Oxford, 1990). In this way, medical students' usage of VLS was coded in two conditions, i.e., the computer-assisted environment and the traditional context.

Disagreements between researchers were resolved by discussing and consulting with experts and senior colleagues. With the help of statistical analysis software, quantitative data on participants' VLS were presented to suggest their preferences and learning skills. After that, independent *t*-tests and Cohen's *d* were conducted regarding reported VLS by medical students to examine the difference of their VLS between the computer-assisted and traditional conditions in a comparative sense, together with thematic analysis of interviewees' descriptions in terms of the identified differences from statistical analysis.

4 Results

4.1 Quantitative results

For the first research question to investigate the VLS under computer-assisted and traditional conditions, Table 3 presents the descriptive data. Almost one-third of strategies were being assisted with CALL technologies (N=21). The strategies of *cognitive* (M=0.67, SD=0.48) and *metacognitive* (M=0.19, SD=0.40) outnumbered other types to be the most preferred, yet *social* (M=0.1, SD=0.3) and *memory* (M=0.05, SD=0.22) strategies only remained limited to medical students' self-reported usage. However, participants did not mention *compensation* (M=0, SD=0) and *affective* (M=0, SD=0) strategies with the assistance of CALL technologies. In contrast, among the reported medical VLS in the traditional environment, a more balanced and diversified use of both *direct* and *indirect* VLS was reported, with each of the six types being mentioned by medical students. The most frequently used was *cognitive* category (M=0.75, SD=0.44), followed by *metacognitive* (M=0.46, SD=0.50) and *social* (M=0.36, SD=0.48) ones. The *memory* strategy also remained with a mean number of 0.25, while the techniques of *compensation* and *affective* shared similar preferences with the mean numbers 0.05 and 0.04, respectively. To further explore the difference between computer-assisted and traditional conditions, multiple independent *t*-tests were carried out in terms of different VLS. Table 4 suggests that participants reported significantly more *memory* (M=0.25, *d*=0.51), *metacognitive* (M=0.46, *d*=0.56) and *social* (M=0.36, *d*=0.58) learning strategies in the conventional condition than in the computer-assisted environment with a moderate effect size.

VLS types		Computer-assisted (N=21)			Traditional (N=56)		
		Mean	SD	Skewness	Mean	SD	Skewness
Direct	Cognitive	0.67	0.48	-0.76	0.75	0.44	-1.19
	Memory	0.05	0.22	4.58	0.25	0.44	1.19
	Compensation	0	0.00	0.00	0.05	0.23	4.08
Indirect	Metacognitive	0.19	0.40	1.70	0.46	0.50	0.15
	Social	0.1	0.30	2.98	0.36	0.48	0.61
	Affective	0	0.00	.	0.04	0.19	5.14

Table 3: Description of VLS

VLS types		Conditions (Computer-assisted=1, Traditional=0)	N	Mean	SD	Effect size d
Direct	Memory*	0	56	0.25	0.44	0.51
		1	21	0.05	0.21	
	Cognitive	0	56	0.75	0.44	
		1	21	0.67	0.48	
	Compensation	0	56	0.05	0.23	
		1	21	0.00	0.00	
Indirect	Metacognitive*	0	56	0.46	0.50	0.56
		1	21	0.19	0.40	
	Social**	0	56	0.36	0.48	0.58
		1	21	0.10	0.30	
	Affective	0	56	0.04	0.19	
		1	21	0.00	0.00	

* $p < .05$. ** $p < .01$.

Table 4: VLS Difference between Computer-assisted and Traditional Conditions

4.2 Qualitative results

4.2.1 The CALL condition

A thematic analysis of interview transcripts provides more insights into the VLS applied by Indian and Bangladeshi medical students in computer-assisted and conventional environments. With the assistance of technologies, these students most frequently mentioned their *cognitive* VLS as their preference, which could be summarized into three aspects during their terminology learning processes: (1) translating to understand the terminology, (2) practicing pronunciations, and (3) making notes to review.

For the first aspect of cognitive VLS, these medical students translated new terminology with vocabulary applications on their phones as part of their learning behaviors to better understand the meaning and usage of typical medical terms mentioned by teachers or in their daily lives in an efficient approach. For example,

> I use Google translator and Baidu to get help to translate from Chinese to English. (P21)

> I will try to read the labels in the medicine wrap or anything that's in Chinese. And of course, I will use translation app to type down what I do not understand, since some of them we did not learn in the class...There are many varieties of medicine and in class we can only cover some. (P9)

Secondly, participants also used slides or mobile applications to listen to terminology pronunciation. They transferred new terms' speaking information to personal understanding and tried to manipulate effectively, with the help of technologies. For instance,

> Teacher send us ppt. For the first time I read so quietly for understanding the contentand then I will read aloud. (P19)

> I usually listen to audio.... learn to speak from apps such as Pleco or Hanping. (P18)

Moreover, some medical students recalled their learning experience about making notes on their smart phones in classes, which helped them to review better after classes with the help of other translation applications. For example,

Interviewer: What have you done for repeating the new words?

Student (P6): Making notes in my cell phone, because mostly I focus to remember characters.

Interviewer: How to take notes on your phone?

Student (P6): For the words I need to remember, I write in notes then I can copy it to a translation app to study it.

These *cognitive* learning strategies during their terminology acquisition indicated their preference for using technologies to facilitate personal learning processes, since these computer-assisted approaches offered them more efficient access to understand, practice and review acquired medical terms with more convenience. It was especially true when they encountered some complicated terminology or did not have sufficient time or energy to understand it when taking the class. In this way, computer-assisted technologies became their suitable choices when applying *cognitive* VLS.

Regarding *metacognitive* strategies, tech-based approaches were reported mostly to assist learners to better control and manage their vocabulary learning process by focusing on learning new terms from the teacher's instructions in classes with enough attention. For instance,

I get videos in YouTube sometimes, some HSK videos. (P21)

Teacher makes a presentation of new words and the way it is used. She explains it. Because certain things are kind of different and hard for us to understand though we are medical students. So she adds pictures and tries her best to give us a good overall knowledge more than the book. (P3)

It can be seen from the statements that medical students recognized the usefulness of technologies in providing them additional learning resources and multimedia access to understand better professional knowledge, which also increased their learning awareness and engagement to apply *metacognitive* VLS.

Additionally, limited *social* and *memory* VLS were also reported by two L2 medical students, including their interactions with native speakers to practice terminology usage, and also their mnemonics to combine text-based knowledge with multimedia assistance. They reflected,

I helped Chinese friends with their physical problems via WeChat…learned from discussions in class sometimes. (P4)

Every Sunday evening I read the text along the ppt to remember words. (P19)

The data above indicated the functions offered by technologies to help students memorize effectively, foster a sense of community and build up friendly relationships, which were all the benefits expected to be achieved from tech-based language learning. However, there was limited use of *social* and *memory* VLS with the assistance of CALL, which might reveal the unsatisfactory functional performance of current computer-assisted applications.

4.2.2 The traditional condition

The *cognitive* strategy was also reported to be the most frequently used in the conventional condition. At the same time, it had different learning behaviors compared with those in the computer-assisted environment, including (1) taking notes to understand the terminology, and (2) practicing pronunciation and writing skills.

Specifically, the participants performed with their pens and papers traditionally to note down some new terms mentioned by teachers, or they felt challenged to remember. As two students reflected,

When the teacher is teaching, she will tell some new words other than in books. So I will write it on my notebook and I will repeat it again. (P11)

Our lessons are about diseases so I take notes on their symptoms, past history, what is the reason for the disease. I will write the Chinese characters while reading the word in textbooks and will write the English name. (P19)

Apart from that, some participants also applied *cognitive* VLS when they mentioned practicing sounds and writing to assist medical terminology learning. Because there were many confusable medical terms in lessons, they repeated them by writing by hand and speaking out to learn in a cognitive method. For example,

I read the characters and understand the meaning first. Then I would write the new words several times and memorize it rapidly. (P6)

If we want to get fluency in Chinese, we need to speak the new words aloud, and I try it when we study some words when I think they are difficult. (P9)

These statements showed that although *cognitive* VLS were frequently used in both computer-assisted and traditional conditions, these L2 medical students still turned to the paper-and-pencil approach they were accustomed to for an extended period. While the tech-mediated applications discussed above provided them with external assistance to access knowledge efficiently, they used the conventional way, as always, to internalize acquired knowledge and complete their learning processes.

Regarding *metacognitive* strategies, students also mentioned them several times, mainly including (1) seeking practice opportunities and (2) arranging personal learning. They centered their learning on listening to patients' and colleagues' conversations without multimedia devices to understand medical terminology's precise meaning or usage. For example,

> Only from classes, we can't achieve a good vocabulary. It needs real-life communication with people at hospital, so that we can understand what people are trying to convey. (P12)

These medical students also arranged and planned their learning as a form of self-evaluation and self-reflection to remember the terms they learned more clearly. For example,

> After class, I will revise the topic on the same day and night, and other days I will just look at a glance on the same topic, but if I miss to revise daily... most frequently I will revise on the class days. (P20)

The qualitative data of *metacognitive* VLS revealed students' reliance on the conventional environment to set their learning goals or make study plans rather than turning to applications or other tech-based methods to arrange their terminology learning.

Different from that in the computer-assisted condition, these medical students mentioned the *compensation* and *affective* VLS to guess word meaning and take emotional temperature respectively. They reported,

> Only listening to words does not make any sense. We have to know what that word means... Some of the meaning I will guess according to the situation and gestures of the speaker. (P12)

> I still remember I used to love Chinese ... When I first came to China, I used to spend more and more time learning Chinese. And if I am in a good mood, I can learn Chinese at any time. (P16)

These reflections showed participants adhered to general vocabulary learning techniques such as guessing or increasing personal interest. At the same time, they were reluctant to apply computer-assisted technologies to overcome linguistic barriers or strengthen their motivation, which was considered to be the positive aspect of CALL in its evaluation.

5 Discussion

In the CALL condition, the statistical analysis of the interview indicated that medical students mainly preferred *cognitive* and *metacognitive* strategies. Additionally, *social* and *memory* VLS were seldom mentioned, while medical students with CALL technologies ignored *compensation* and *affective* tactics. The thematic analysis further confirmed these findings since participants realized the usefulness of tech-based applications and used them to translate, practice, take notes and access more learning resources. Their learning efficiency and engagement were increased with the assistance of these technologies. The limited use of *social* and *memory* VLS by two participants in the qualitative data indicated impaired functions performed by current vocabulary learning technologies.

In the traditional condition, *cognitive* and *metacognitive* categories were also the two frequently used strategies among those medical students. The results of *t*-tests suggested there were more *memory*, *metacognitive* and *social* strategies compared with those of the CALL condition. Further qualitative data echoed these results, and participants reported their reliance on the conventional approach to practice, review and monitor personal study. They suggested the preferences of these accustomed pathways to internalize vocabulary knowledge instead of turning to computer-assisted methods. Moreover, *compensation* and *affective* strategies were also reported. The thematic analysis further indicated their reluctance to use technologies but they only adhered to traditional ways to guess vocabulary meaning intelligently or increase personal learning motivation.

The very similar preference patterns between the two conditions lead strong support to the findings in EAP where Asian students were revealed to prefer some specific VLS, including dictionary, note-taking and repetition, rather than imagery or grouping (Gu & Johnson, 1996; Schmitt, 1997; Fan, 2003). These mixed findings regarding CALL reflect the Technology Acceptance Model (TAM, Figure 1), which is frequently adopted to predict or explain users' new technology behaviors when applying a given system (Davis & Venkatesh, 1996; Diop et al., 2019; Jeong & Kim, 2017). The research results indicated that technologies supported *cognitive* and *metacognitive* strategies while did not facilitate vocabulary learning in aspects of *compensation* and *affective*. This finding corresponds with previously identified studies and suggests CALL's popular functions in helping students learn complicated terminology. Guided by TAM, the strategy transfer can be observed since *cognitive* and *metacognitive* strategies are the two most preferred strategies with similar patterns in both computer-assisted and the conventional conditions. These medical students consider CALL technologies as being effective (*perceived usefulness*), which leads to a subjunctive probability to perform this approach in their vocabulary learning (*behavioral intention*), so that the CALL is possibly treated as a replacement for the conventional condition with their accustomed learning strategies being transferred into the new technology-oriented environment. However, during the computer-assisted learning process (*actual system use*), these medical students do not have enough autonomy and make minor achievements in exploring new learning techniques, such as peer collaboration and social acquisition, to better make use of CALL technologies, but only adhere to their previous practicing and organizing methods. In addition, an independent *t*-test revealed that the participants reflected more *memory*, *meta-cognitive* and *social* VLS in the traditional condition than in the computer-assisted condition. It suggests that medical learners turn to using more strategies in their familiar traditional environment rather than being attracted by the technology-based approach. Regretfully, CALL technologies cannot support these medical students to memorize, make study plans, and build up a sense of community and friendly relationships for vocabulary learning as popular as traditional approaches at present.

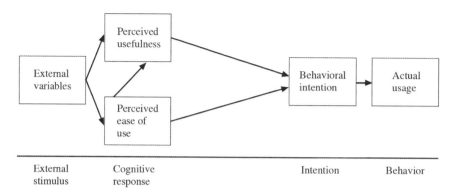

Figure 1: Technology Acceptance Model

Note. From "A Critical Assessment of Potential Measurement Biases in the Technology Acceptance Model: Three Experiments," by F. D. Davis, and V. Venkatesh, 1996, *International Journal of Human-Computer Studies, 45*(1), p. 20 (https://doi.org/10.1006/ijhc.1996.0040).

Some functions of CALL in terminology learning also hinder these medical students from using the technology free of effort (*perceived ease of use*), so they do not have firm *behavior intention* in applying some specific strategies for the lack of linguistic or emotional support. The absence of *compensation* strategies indicates that the tech-based environment at present cannot provide opportunities for users to guess words intelligently, offer adequate linguistic resources to guide them to overcome language limitations or make up for difficulties they encounter in learning medical terminology. Besides the function design aspect, medical students may only turn to technology when receiving terminology knowledge in their classroom learning activities. Still, they hesitate to produce those acquired words actively in the learning procedure, such as communication or personal reflection, in which *compensation* strategy would be utilized with CALL applications. Moreover, the limited usage of *affective* strategy reveals that current CALL technologies neglect learners' emotional needs and fail to provide extra assistance to lower their anxiety in medical vocabulary acquisition. Those medical students need to be given adequate chances to discuss with their peers online or to enhance their own motivation, which should have been satisfied by the computer-assisted approach.

Apart from the functional reason, Asian students themselves or even their teachers were revealed to favor those *cognitive* or *memory* VLS more, including dictionary, note-taking and repetition, rather than other techniques regarding *compensation* or *affective* strategies (Gu & Johnson, 1996; Fan, 2003; Vasu & Dhanavel, 2016).

Employed the classifications of Oxford (1990)'s VLS, this study contributed to the ME research field by investigating medical students' VLS usage under the computer-assisted and the traditional conditions in a comparative sense. Since there is no relevant paper exploring medical students' vocabulary learning with systematic theoretical frameworks and interview approaches, this study fills in gaps and points out the VLS preference between computer-assisted and traditional conditions during medical terminology acquisition.

Because of COVID-19, there were only 22 Indian medical students in a single university finally agreed to take online interviews, which might cause bias in the findings slightly. Because of the unavailability of classroom observation or students' test papers, only semi-structured online interviews could be used to collect these medical students' data. It resulted in the limitations of this study as it did not triangulate the interview findings with their actual VLS usage. Otherwise, their self-reported strategies could be investigated to ensure they were consistent with practical learning.

The COVID-19 pandemic also results in difficulty for our research to evaluate participants' performance in Chinese medical terminology with the help of quizzes or exams. This study was not developed to measure medical students' vocabulary size or depth, but focuses on their terminology learning strategies. With the Medical Chinese Test (MCT) being officially released and three levels of vocabulary size being required (400, 800 and 1500 words, respectively), further research may focus on this area to study L2 medical students' vocabulary knowledge in the computer-assisted environment, or explore the relationship between their VLS and vocabulary knowledge levels.

References

Alahmadi, A., & Foltz, A. (2020). Effects of language skills and strategy use on vocabulary learning through lexical translation and inferencing. *Journal of Psycholinguistic Research, 49*(6), 975-991.

Al-Khresheh, M. H., & Al-Ruwaili, S. F. (2020). An exploratory study into vocabulary learning strategies used by Saudi EFL learners. *Journal of History Culture and Art Research, 9*(2), 288-302.

Amirian, S. M. R., & Noughabi, M. A. (2018). The effect of teaching vocabulary learning strategies on Iranian EFL learners' receptive and productive vocabulary size. *Pertanika Journal of Social Sciences & Humanities, 26*(4), 2435-2452.

Barcroft, J. (2009). Strategies and performance in intentional L2 vocabulary learning. *Language Awareness, 18*(1), 74-89.

Brahler, C. J., & Walker, D. (2008). Learning scientific and medical terminology with a mnemonic strategy using an illogical association technique. *Advances in Physiology Education, 32*(3), 219-224.

Burt, C., Graham, L., & Hoang, T. (2020). Effectiveness of computer-assisted vocabulary instruction for secondary students with mild intellectual disability. *International Journal of Disability, Development and Education, 69*(4), 1273-1294.

Cohen, A. D., Weaver, S. J., & Li, T. Y. (1996). *The impact of strategies-based instruction on speaking a foreign language*. Center for Advanced Research in Language Acquisition, University of Minnesota. https://carla.umn.edu/resources/working-papers/documents/Impact OfStrategiesBasedInstruction.pdf

Dang, T. N. Y. (2020). The potential for learning specialized vocabulary of university lectures and seminars through watching discipline‐related TV programs: Insights from medical corpora. *TESOL Quarterly, 54*(2), 436-459.

Davis, F. D., & Venkatesh, V. (1996). A critical assessment of potential measurement biases in the technology acceptance model: Three experiments. *International Journal of Human-Computer Studies, 45*(1), 19-45.

Diop, E. B., Zhao, S., & Duy, T. V. (2019). An extension of the technology acceptance model for understanding travelers' adoption of variable message signs. *PLOS ONE, 14*(4), e0276007.

Dörnyei, Z. (2005). *The psychology of the language learner: Individual differences in second language acquisition. Routledge*. https://doi.org/10.4324/9781410613349

Enayati, F., & Pourhosein G, A. (2020). The impact of computer assisted language learning (CALL) on improving intermediate EFL learners' vocabulary learning. *International Journal of Language Education, 4*(1), 96-112.

Fan, M. Y. (2003). Frequency of use, perceived usefulness, and actual usefulness of second language vocabulary strategies: A study of Hong Kong learners. *The Modern Language Journal, 87*(2), 222-241.

Fan, N. (2020). Strategy use in second language vocabulary learning and its relationships with the breadth and depth of vocabulary knowledge: A structural equation modeling study. *Frontiers in Psychology, 11*, 752.

Farrokh, P., & Jalili K. Z. (2019). The relationship between personality traits and vocabulary learning strategies. *Iranian Journal of Learning and Memory, 2*(5), 47-53.

Gorjian, B., Moosavinia, S. R., Kavari, K. E., Asgari, P., & Hydarei, A. (2011). The impact of asynchronous computer-assisted language learning approaches on English as a foreign language high and low achievers' vocabulary retention and recall. *Computer Assisted Language Learning, 24*(5), 383-391.

Goundar, P. R. (2016). Vocabulary learning strategies of English as foreign language (EFL) learners: A literature review. *International Journal of Humanities and Cultural Studies, 2*(2), 292-301.

Gu, P. Y. (2018). Validation of an online questionnaire of vocabulary learning strategies for ESL learners. *Studies in Second Language Learning and Teaching, 8*(2), 325-350.

Gu, Y., & Johnson, R. K. (1996). Vocabulary learning strategies and language learning outcomes. *Language learning, 46*(4), 643-679.

Hirschel, R., & Fritz, E. (2013). Learning vocabulary: CALL program versus vocabulary notebook. *System, 41*(3), 639-653.

Huang, Y. M., & Huang, Y. M. (2015). A scaffolding strategy to develop handheld sensor-based vocabulary games for improving students' learning motivation and performance. *Educational Technology Research and Development, 63*(5), 691-708.

Jeong, H. I., & Kim, Y. (2017). The acceptance of computer technology by teachers in early childhood education. *Interactive Learning Environments, 25*(4), 496-512.

Jones, R. (2006). Vocabulary learning strategy use among tertiary students in the United Arab Emirates. *Perspective, 14*(1), 4-8.

Lawson, M. J., & Hogben, D. (1996). The vocabulary‐learning strategies of foreign‐language students. *Language Learning, 46*(1), 101-135.

Le, C. N. N., & Miller, J. (2020). A corpus-based list of commonly used English medical morphemes for students learning English for specific purposes. *English for Specific Purposes, 58*, 102-121.

Liu, P. L. (2016). Mobile English vocabulary learning based on concept-mapping strategy. *Language Learning & Technology, 20*(3), 128-141.

Mazman, S. G., & Usluel, Y. K. (2010). Modeling educational usage of Facebook. *Computers & Education, 55*(2), 444-453.

McGraw, I., Yoshimoto, B., & Seneff, S. (2009). Speech-enabled card games for incidental vocabulary acquisition in a foreign language. *Speech Communication, 51*(10), 1006-1023.

McLean, M., Murdoch-Eaton, D., & Shaban, S. (2013). Poor English language proficiency hinders generic skills development: A qualitative study of the perspectives of first-year medical students. *Journal of Further and Higher Education, 37*(4), 462-481.

Müller, A. (2012). Research-based design of a medical vocabulary videogame. *International Journal of Pedagogies and Learning, 7*(2), 122-134.

Nation, I. S. (2013). *Learning vocabulary in another language*. Cambridge University Press.

O'Malley, J. M., & Chamot, A. U. (1990). *Learning strategies in second language acquisition*. Cambridge University Press.

O'Malley, J. M., Chamot, A. U., Stewner‐Manzanares, G., Kupper, L., & Russo, R. P. (1985). Learning strategies used by beginning and intermediate ESL students. *Language Learning, 35*(1), 21-46.

Ömer, E. (2011). Your verbal zone: an intelligent computer-assisted language learning program in support of Turkish learners' vocabulary learning. *Computer Assisted Language Learning, 24*(3), 211-232.

Oxford, R. L. (1990). *Language learning strategies: What every teacher should know*. Heinle & Heinle.

Oxford, R. L. (2016). *Teaching and researching language learning strategies: Self-regulation in context*. Taylor & Francis.

Oxford, R., & Nyikos, M. (1989). Variables affecting choice of language learning strategies by university students. *The Modern Language Journal, 73*(3), 291-300.

Oyama, Y. (2009). Strategies used for learning English vocabulary and occurrence of errors in English. *Japanese Journal of Educational Psychology, 57*(1), 73-85.

Ping, A. M., Baranovich, D. L., Manueli, M. K., & Siraj, S. (2015). Promoting self-regulation in vocabulary learning among Chinese EFL learners: A needs analysis. *The Asia-Pacific Education Researcher, 24*(1), 137-146.

Rubin, J. (1987). Learner strategies: Theoretical assumptions, research history, and typology. In A. Wenden and J. Rubin (Eds.), *Learner strategies in language learning* (pp.15-30). Prentice Hall.

Sagarra, N., & Zapata, G. C. (2008). Blending classroom instruction with online homework: A study of student perceptions of computer-assisted L2 learning. *ReCALL, 20*(2), 208-224.

Salsbury, D. E., & Denise, E. (2006). Comparing teacher-directed and computer-assisted instruction of elementary geographic place vocabulary. *Journal of Geography, 105*(4), 147-154.

Schmitt, N. (1997). Vocabulary learning strategies. In D. N. Schmitt, & M. McCarthy (Eds.), *Vocabulary: Description, acquisition and pedagogy* (pp. 199-227). Cambridge University Press.

Tseng, W. T., Dörnyei, Z., & Schmitt, N. (2006). A new approach to assessing strategic learning: The case of self-regulation in vocabulary acquisition. *Applied Linguistics, 27*(1), 78-102.

Van de Poel, K., Fourie, C., & Seberechts, K. (2013). Medics on the move South Africa: Access to medical words. *Studies in Self-Access Learning Journal, 4*(4), 339-352.

Vasu, S., & Dhanavel, S. P. (2016). Exploring the vocabulary learning strategy use of teachers in their vocabulary instruction. *Croatian Journal of Education, 18*(1), 103-135.

Vorona, I. (2019). Internet resources for the course of Latin in medical universities. *Information Technologies and Learning Tools, 74*(6), 138-149.

Wang, Y. (2016). Promoting contextual vocabulary learning through an adaptive computer-assisted EFL reading system. *Journal of Computer Assisted Learning, 32*(4), 291-313.

Wang, Y. H., Kao, P. F., & Liao, H. C. (2016). The relationship of vocabulary learning strategies and self-efficacy with medical English and terminology. *Perceptual and Motor Skills, 122*(1), 47-66.

Warwicker, H. (2019). An investigation into the effects of vocabulary learning strategies on the retention of Latin vocabulary in a Year 7 class. *Journal of Classics Teaching, 20*(40), 4-13.

Wu, X., Lowyck, J., Sercu, L., & Elen, J. (2013). Vocabulary learning from reading: Examining interactions between task and learner related variables. *European Journal of Psychology of Education, 28*(2), 255-274.

Yu, J., Liu, M., Deng, Y., Feng, X., & Lozano Cárdenas, A. R. J. (2023). Peer mentoring programme for Indian students in China: The beginning of a new friendship or just another scholar procedure. Compare: *A Journal of Comparative and International Education, 53*(1), 159-177.

Yu, Z. (2018). Comparative effectiveness between game-enhanced and pencil-and-paper English vocabulary learning approaches. *International Journal of Gaming and Computer-Mediated Simulations, 10*(2), 1-20.

善用資訊科技進行混合模式的大學中文教學實踐

金夢瑤

香港教育大學

摘要

後疫情時代，教育逐步進入新常態，開始以混合模式為主要教學模式，學生既可在教室上課，也可通過網絡上課。由於學科特性使然，教學內容和教學方法可以維持在傳統模式下，因此中文課堂的電子資訊化進程很慢，高校教師使用電子化工具進行教學的動機不強。但筆者認為中文教學亦應該主動求變，積極探索電子科技化的教學方式。本文以筆者在高校用資訊科技化的混合模式進行中國古典文學教學的有效實踐，探索後疫情時代高校教學模式的轉型。混合模式課堂，首先要求大學課室基礎設施有針對性地升級換代。其次，對教師科技素養和教學能力提出更高要求，須同時兼顧線上和現場的學生，並且進行高效銜接的實時互動學習，同步進行不同模式的課堂評估，有效的課堂管理等。長遠來看，與教育相關的學科也會隨之發展，比如教學法、教育心理學等學科的發展和更新，以適應未來數字化教育的新時代。

關鍵詞：混合模式 授課模式 資訊科技 教學活動 同儕互動

Teaching Chinese with Information Technology and Hybrid Mode in University

JIN, Mengyao

The Education University of Hong Kong

Abstract

In the post-epidemic era, education gradually opened to a new normal, and began to take hybrid teaching mode as the main teaching mode. Hybrid teaching mode means that students can take classes in the classroom or remotely through the network. E-information process of Chinese teaching is slow, and university teachers have only weak motivation to use e-teaching tools in their teaching. Chinese teaching, however, should take the initiative to change and actively explore the teaching methods of electronic technology, so as to adapt to the future teaching reform. Based on the author's teaching practice, this study will discuss the transformation of college teaching modes in the post-epidemic era. Firstly, universities are required to upgrade the infrastructure of classrooms in a planned manner that serves the goals of teaching and learning. Secondly, teachers are in need of improving their IT or DT literacy. Teachers should give equal attention to both online and on-site students, conduct efficient real-time interactive learning, deal with different modes of classroom evaluation (on-site and on-line) synchronously, and manage the classroom effectively. In the long run, related disciplines such as teaching methods, educational psychology will develop and update accordingly to adapt to the new era of digital education.

Keywords: hybrid teaching mode, IT literacy, teaching activities, peer interaction

2020 年突如其來的新冠疫情，改變了未來教育的發展趨勢，大大加速了線上教育的進程。因此這兩年來，高校教育領域應時而變，在多方面作出了積極的調整和發展，包括學校網絡、課室設備、軟件開發、教師培訓等。網絡教學逐步從補充和替代的角色，成為高校教育的常規模式。尤其是教育進入後疫情時代的新常態，隨著面授課堂的逐步恢復，但同時亦需要應對不穩定的疫情之下有可能出現的停課問題，混合模式教學模式應運而生。混合模式教學模式，教師在課堂進行面授和網課，一部分學生在課室上課，一部分學生遠程上網課。這種教學模式，同時兼顧了線上線下的學生，因此，它在新常態下，具有較強的適應性，較大程度可以保證大學常規教學進度的順利推進。但它對教師專業能力提出了新的要求。作為大學教師，需要迅速提升自身的科技素養水平，包括課室設備操作能力、處理和使用電腦軟件、協調線上線下學生的同儕互動、進行多元化的課堂活動等。

本文將以筆者在香港教育大學進行混合模式的教學實踐，來探討後疫情時代高校教學模式的發展和轉型，從設備使用、課堂教學、課堂管理等方面，探索混合模式的有效實踐方式。

一、教育逐步進入新常態

1. 後疫情時代，虛擬模式融入常規教學活動

2020 年，由於新冠疫情突然全球爆發，給全球教育系統帶來了很大的衝擊。*Creativity 2030. Quality Education* 一書中，聯合國教科文組織國際創意與可持續發展中心（International Center for Creativity and Sustainable Development under the auspices of UNESCO，2020）指出，全世界一半以上的學生，也就是 12 億兒童和青少年，因為病毒而被迫停課，這在歷史上是前所未有的。在實行學校停課的 120 多個國家和地區，每個家庭都受到影響，給學生、家長和看護者、教育工作者帶來無法估量的壓力。

從教育系統面對新冠疫情初期的措手不及，可以反映出某程度上當前全球的教育系統未能夠具有適應 21 世紀發展的包容力和應急能力。最受到衝擊的是教學模式，仍然停留在工業 1.0 時代或者工業 2.0 時代，不僅教育的內容很多是為第二次工業革命或者第三次工業革命準備的，教學的方式也是工業化的方式，即類同流水線生產，將師生聚合到一個物理空間內，進行知識教授。1950 年代，歐美國家曾經推行過「工業化教育」，目的是快速將知識和技能轉化為生產力，

工業化教育相當流行，讓所有的知識和技能實現快速大量複製，這是適應當時的時代發展需求。但時移勢易，當社會已經進入工業 4.0 時代，科技也在日新月異地發展，教育的改革其實迫在眉睫。新冠疫情的衝擊，加快了全球教育改革的進程。由於教學空間被率先打破，首要變更和發展的是教學模式。

因為疫情的緣故，學校停課，原本進行教學活動的場合——課室，最先發生了變化，從物理空間，變成了虛擬空間。一開始的網課，大多數是通過視頻軟件，恢復師生之間的「見面」，教師分享電腦螢幕，展示教學材料，講解教學內容。經過兩年的發展，師生已經熟悉了網課教學的操作，心理上也逐漸適應了虛擬空間的聚合，網課成為疫情之下常規教學的主要方式。這種教學模式的發展，具有不可逆性，後疫情時代，虛擬模式也會融入常規教學活動，即恢復面授之後，虛擬模式的教學仍然會存在。

虛擬模式的教學，可以分為兩種。第一，是師生不在同一個物理空間內進行教學活動，比如疫情早期的網課。第二，師生同在一個物理空間內，但是運用資訊科技手段，在課室面授時進行線上的教學互動，以代替和更新原本傳統面授課堂的教學活動方式。

這兩種虛擬模式的教學，都會成為後疫情時代的主要教學模式。以教學空間來說，即形成了線上線下混合模式的新教學模式。這種教學模式可破除地理隔閡和物理空間的限制，既可以同時兼顧網課的學生和面授的學生，也可以轉換成完全網課或者全部面授，具備很大的靈活性。目前來看，是一種能夠較好地保障學校教學進度穩定進行的教學方式。同時，這種具有更大包容度和彈性的教學方式，有助於工業 4.0 時代的教育發展，即既能幫助提升資訊科技化時代的虛擬教學的能力，也可以適應越來越個性化教育的未來。

2. 網課教學從保障到優化

2020 年初，世界經濟論壇發佈一份名為《未來學校：為第四次工業革命定義新的教育模式》（Schools of the Future: Defining New Models of Education for the Fourth Industrial Revolution）的報告，提出「教育 4.0 全球框架」，對新經濟中的高質量學習進行重新定義，學習內容和經驗中的八個關鍵特徵被定義為高質量學習，其中提出了「技術技能」（technology skill），包括基於開發數字技能的內容，包括編程、數字責任和技術的使用（To include content that is based on developing digital skills, including programming, digital responsibility and use of technology）（World Economic Forum，2020)。經濟模式的轉變，會帶動教育模式的改變。在工業 4.0 時代，教育也應積極進入 4.0 時代，才能培養出適應時代經濟發展的人才。

網課教學正是教育 4.0 的產物。新冠疫情不是網課發展的起因，而是推動網課快速發展的助力。而工業 4.0 時代的人工智能、大數據和雲計算等技術迅速發展，也使得這種教學模式成為可能。網課教學不單是將面授課堂移師線上進行，它還兼具其他優勢，比如可以根據每個學生的需要，定制個人化的培訓和發展計劃，但目前來看，這種優勢尚未充分展現出來。

以往網課教育是進不了常規課堂的，多用於課外輔導、技能培訓、持續教育等週邊領域，作為學校教育的輔助手段。因此對於大多數的學校而言，網課教學，一開始是為了應對突如其來的疫情，在中斷正常教學進度的時候，盡快讓學生和教師恢復「見面」，繼續進行教學活動。短期內的重點是幫助學校教育克服疫情，盡快復課。

但長遠來看，網課教育大有可為，極具發展潛力，教師應該順勢而為，積極優化網課教學，讓它盡快對未來教育發揮作用。這分為短期和長期的目標。短期而言，優化網課教學，需要從三方面著手。第一，升級改造教學空間，也就是課室設備，學校網絡等硬件設置，讓它們跟上網課教學的需求。第二，提高教師資訊科技素養。教師熟練掌握了設備的使用方法和網課教學的技巧，才能夠讓網課順利進行。第三，根據網課的需求，相應地調整教學活動的方式方法，提升課堂活動的效果，提高課堂互動的質量。

長期來說，科技可以為學生提供個人化的學習方式。教師可以基於大數據來定位學生的成長軌跡，評估學生的學習情況，了解他們的學習困難，進而提供定制化建議。這在未來，可以遠程做到，也可以面對面完成。網絡教學也開啟了新的師生互動模式，提供更多學習和評估的方法。比如遊戲形式的個人化教學方案，有助激發孩子的學習興趣，提升學習效率。這些在未來都值得開發和探究。

二、混合模式作為高校授課模式

1. 大學課室基礎設施升級換代

基礎設施是保障資訊科技化的教學能夠順利進行的基礎。因此，高校實行混合模式的教學，要先對課室進行設備更新和升級。

　　以香港教育大學為例，進行了兩個方向的課室基礎設施的升級換代。

　　第一，是將原有的課室進行改造。這又分為兩類。第一類是不改變原有課室的任何設施，只是為電腦安裝了 Zoom 和外置鏡頭，最低限度保證教師可以使用該課室上網課。第二類是對課室進行了裝修和翻新，比如加上隔音牆壁，雙向多軸轉動變焦 4K 攝錄鏡頭與天花矩陣式收音咪等，改善視覺和音響效果；安裝分區式燈光系統，可以調節整體的明暗和區域的光線亮度；在課室安裝多台 4K LCD 顯示器，供現場的學生小組討論使用，也便於在 Zoom 當中分享屏幕，讓網課的同學共享學習信息，有效增加同儕互動。

　　第二，是完全新造的課室，它們稱作「未來教室」，這類課室在大學當中並不多用於常規教學，僅在某些特定的課程當中使用。在 2018 年至 2021 年，共計八間未來教室先後落成，由香港教育大學圖書館、教學科技中心、物業處和資訊科技總監辦公室聯合發展。這些未來教室，目的是為了配合未來教學及資訊科技發展，是師範教育前瞻性的體現，讓師生能體驗和學習運用最新科技的創新教學模式，以期帶動香港未來中小學教學模式的更新。它們是為教大以及全港中學、小學和幼稚園提供新一代課室的參考。這類教室的設計是以教學法主導，科技為輔，目的是展示新的教學法，體現靈活運用學習空間的理念，比如設置了活動式講壇連中央影音控制平板，可書寫投影牆，活動摺疊式可收納傢具等。它們的設計同時具備實用性和成本效益，建造成本及運作成本都切實可行，利於將來實際推動到中小學、幼稚園當中使用。教室內的設備亦能夠支援尚未出現的新教學方式和教育科技，儲備了能夠定期更新及升級的端口。

　　課室基礎設施的更新和換代，為混合模式課堂的順利進行，打好了基礎。同時，大學也更新了網絡，Wi-Fi 6 高速網絡，可以支援大量無線設備同時運行。

2.　提高教師的資訊科技素養具有迫切性和普遍性

　　二十一世紀的教師，首先要成為學習的專家。保羅・朗格朗（1970 著／1985 譯）在成人教育促進會議（Adult Education Promotion Conference）中，提出「統整終身教育」（Integrated Lifelong Education）的必要，並在《終身教育引論》一書闡述終身教育思想以及它不斷發展變化的重要意義。自此終身學習的發展取向，擴及到整個國際社會。經過半個多世紀的發展，理念已經從「終身教育」轉型為「終身學習」。教育應該走在社會的前端，師範教育應該走在教育的前端，師範教師應該走在師範教育的前端。

教師正在面對幾個方面的挑戰。首先，目前知識更新週期為 13 個月，意味著教師也需要不斷學習和自我更新。其次，資訊科技發展日新月異，加上新冠疫情之後，資訊科技與教育的結合程度日益緊密。無論教授哪門課程的教師，資訊科技素養都將成為必不可少的基礎素質。再者，教師積極使用最新的教學手段，是幫助學生適應屬於他們的未來。著名教育家約翰‧杜威（1915 著／ 2018 譯）認為，如果用過去的方式教育現在的孩子，就是在剝奪他們的未來。如果每一個教師，都在教學過程當中，積極使用最新的教學手段、設備和方法，就能夠逐步改變這個社會的整體教育模式。教師讓學生接觸到這樣新式的科技成果和教育方式，讓他們在學習的過程中，看到這些社會悄然發生的變化，看到未來的趨勢，也就能夠讓他們面對未來的時候更加遊刃有餘。Matthews 提出，學習是：

> The way in which individuals or groups acquire, interpret, reorganize, change or assimilate a related cluster of information, skills, and feelings. It is also primary to the way in which people construct meaning in their personal and shared organizational lives. (Matthews，1999)

教育的意義不僅在於課堂上知識的傳授，更是讓學生在學習中接觸和構建對社會的認知，那是屬於他們的未來。

因此提高教師的資訊科技提素養具有迫切性和普遍性，這是保障混合模式課堂順利進行的前提和基礎。

以香港教育大學為例，使用 Zoom 作為網課平台。教師首先需要十分熟悉 Zoom 的功能，它在這兩年疫情期間，也不定期地進行了系統的升級換代。另外，教師在全面網課時期，在家使用自己常用的電腦上網課，和混合模式之後，在課室使用教學電腦上網課，是不一樣的。每個課室的電腦設備有所不同，在進行混合模式課堂之前，教師要提前到課室去熟悉和了解，不同的設備功能和操作。教師的第一要務是教學，因此寶貴的課堂時間，要盡量減少因為操作設備或者處理設備問題的額外消耗。教師要具備一定的處理電子設備的應急能力。再者，教師還應該積極參加校內進修和校外培訓，了解最新的教育科技發展成果，提升自身的資訊科技素養。

三、實踐與探究混合模式教學成效

1. 混合模式課堂教學之優化

　　線上線下混合模式課堂的教學優化，要解決一個大的問題：同步線上線下的可視化效果。也就是說，讓課堂的同學不要覺得老師在上網課，讓網課的同學不要感覺老師在上面授。

　　以高校課堂為例，在傳統的面授課堂中，教師常以講授為主，與學生的互動原本不多。但新冠疫情之後，由於改為網課，教師在鏡頭前很難迅速掌握大多數學生的學習情況，因此會增加課堂活動，這樣反而有助提高師生互動的頻率。

　　而在混合模式的課堂中，師生互動也要保持在一個較高的頻率，一來更好實現課堂管理，二來教師容易掌握學生學習情況。教師要更加留意互動的節奏和方向，盡量要照顧到所有的學生，以此避免讓部分學生覺得自己被忽略，繼而容易走神，降低學習效率和積極性。

　　混合模式課堂的有效互動形式，最主要是將線上線下的課堂連接在一起，讓學生無論用何種形式參與課堂，都會感受到老師和其他同學的存在，這樣有利於增強學生在課堂中的自我存在感和參與感，提高學習積極性和專注度。

　　讓線上線下的學生共同參與課堂教學，教師可以從以下方面著手。

　　第一，鏡隨人語動，增強現場感。讓參與課堂的學生有現場感，感受到老師的關注，這十分重要。在網課的時候，教師只需要面對一個鏡頭，看著鏡頭說話，利於營造現場感。而在面授課堂中，教師則只需要眼神和目光關注學生即可。而在混合模式的課堂中，教師其實也在擔任鏡頭導演的角色。如果教師只是一味看著鏡頭說話，現場的學生便會覺得自己被忽視。如果教師一直看著現場的學生而忽視面對鏡頭說話，網課的同學亦會感覺自己被忽略。所以教師在鏡頭前的移動和現場的走動，就需要技巧。筆者總結了一個原則，即要做到「鏡隨人語動」，誰在說話，鏡頭就要對著誰，無論是現場還是網課，發言者要出鏡。

　　以香港教育大學的課堂設置為例，現場在電腦屏幕前會配備一個前置鏡頭和360度旋轉的鏡頭。當教師站在講台，看著電腦屏幕時，網課的學生就會看到老師面對自己授課。但這樣的話，現場的學生，會由於電腦屏幕和講台的阻隔，看不到老師，只聞其聲不見其人。教師想要融入現場，可以讓鏡頭隨著教師移動。

　　教師在講課之前，先通過 Zoom 分享課室的教師電腦屏幕，讓網課的學生可以通過自己的電腦看到老師的教學簡報，現場的同學則如往常一樣，通過課室投影儀的屏幕觀看教學內容。教師開始講課之前，將鏡頭切換到面向課堂，即像平時教師站在講台看向學生的視角。此時，教師可以離開講台，走到現場的同學們當中，並且做一個課前熱身互動，讓現場的同學和網課的同學互相打招呼。現場的同學可以通過大屏幕看到網課的同學們，網課的同學們可以通過現場的鏡頭，看到大家。這樣細微的舉動，正是在提醒學生準備上課，提升專注力，同時也破除了網課和現場的地理隔閡感。

　　教師在講課的過程，站在現場學生當中，拿著課室配置的無線簡報遙控器進行翻頁，這樣現場的同學們會覺得老師就在身邊，而網課的同學們也可以通過鏡頭看到老師。但是為了避免現場同學們一直在鏡頭下的拘束感，教師也要適時地切換鏡頭。教師在教學過程中，需要操作電腦的時候，比如當教師需要在簡報上做筆記，或者需要操作電腦播放影片、開啟網站等，教師可以走到講台前，同時將鏡頭切換到只面向自己。

　　第二，鏡頭的運用和切換，也同樣適用於同儕互動和課堂活動中。

　　第一種，學生回答問題。當現場的學生回答問題的時候，鏡頭切換至面向課堂，或者拉近鏡頭，特寫某位同學，讓網課的同學知道哪位現場的同學在發言。當網課的同學發言的時候，要求他們打開鏡頭，與此同時，將課室的鏡頭切換至面向學生，讓網課發言的同學可以看到大家的反應。網課的同學發言之後，可以邀請現場的同學作回應，或者對著鏡頭鼓掌，給予鼓勵，而網課的其他同學，則可以通過 Zoom 的表情功能，在聊天室打出表情符號。

　　第二種，分組討論。在 Zoom 當中，使用分組功能，設置不同的聊天室，安排網課的學生分組討論，並且設定時限，倒計時終止時，自動返回網課的主課堂。現場的同學，則由教師在現場分組進行討論，或完成學習任務。教師設置小組任務的時候，可以為網課的同學和現場的同學佈置不同的任務。大家分別完成之後，發表討論的結果或者展示完成的任務成果，現場的同學需要回應或者得到網課同學們的信息，才能最終完成自己的小組任務，反之亦然。這樣可以增進有效的同儕互動，很好地提升分組討論的積極性和聆聽的專注力。

　　第三種，合作完成課堂活動。上文剛提到的小組討論的信息互補，是一種合作的方式。還有是多人對多人，或者單人對多人的方式。通常單人或人數較少的

一方在課堂，教師容易從旁協助，這也符合新常態下，多數學生在網課，少數學生返校面授的實際情況。人數較多的一方在網課，這是因為學生使用電腦上課，可以較方便地查找資料，代替教師的協助。教師將任務佈置給現場的同學，讓他們完成前半部分，然後將成果展示給網課的同學，請網課的同學接力完成後半部分。最後由老師來公佈答案，講解內容，完成教學環節。

以下舉例說明。筆者在教授漢字學課程中，為了讓學生了解哪類漢字的造字最具有迫切性，設計了一個教學活動。班級總共 31 位學生，該堂課現場有 5 位同學，筆者分別給他們一句話，讓他們各自用 A4 紙畫出這句話的意思，不能寫漢字，畫完之後拍照上傳至 Padlet。網課的同學通過看圖猜出完整的一句話來。待所有同學寫完答案之後，教師請繪畫的同學，讀出自己拿到的那句話。然後請網課的同學對照自己所寫的句子，大家提出哪些詞沒有準確猜到。最後，教師據此總結，哪些漢字和詞彙，最具有造字的迫切性。

教師給予學生的句子是「今天，小明抓了 99 隻雞和 1 隻鴨回家，超級開心。」

現場學生積極創作。能繪畫出具體的事物，比如動物、人，通過畫出具體多少隻動物來表達數量，但是無法表現出人的名字。現場學生能夠通過繪畫人物的表情，體現人物的心情，但是閱讀的學生對心情的理解上會有偏差。比如繪畫的學生認為自己畫的是「開心」，但是閱讀的學生認為是「興奮」。

閱讀的學生答案舉例如下：

（1）抓了 99 隻雞，成為冠軍。

（2）有人在計算鴨子（雞）下蛋的日子。

（3）我捉了 99 隻雞和 1 隻鴨子，我好開心啊。

（4）我用一整天抓了 99 隻雞，1 隻鴨子，實在太開心了。

（5）某農夫有 99 隻雞和 1 隻鴨，賣了它們賺了很多錢，覺得開心。

（6）我抓了很多隻雞和鴨子，感到很興奮。

老師詢問學生，通過這個活動，能否總結出哪些漢字和詞匯，最具有造字的迫切性。

學生發言反饋大多數沒有猜出來的是程度副詞、人名、時間。教師總結，較抽象的詞彙具有造詞的迫切性。當次教學效果良好，學生能夠積極參與和投入課

堂。可見，善用面授和網課的地理隔閡以及信息差設計教學活動，可以增進同儕互動互學，增加課堂趣味性，從而提升學習動機，收到良好的教學效果。

第三，Zoom 當中的音頻線路切換，這對現場上課的同學沒有影響，但對網課同學則有很大影響。如果電腦音頻線路切換不當，會讓網課的同學要麼聽到很大的回聲，要麼覺得教師或者現場同學的回答說話聲音很小，甚至有可能是沒有聲音的。

以香港教育大學的課室設備為例，有幾種麥克風，分別是：鏡頭自帶的麥克風、有線麥克風、無線麥克風、電腦麥克風。這幾種對於現場的同學而言，幾乎是沒有區別的。但是對於在 Zoom 參與網課的同學則分別很大。教師在講課或者現場同學發言的時候，需要使用有線麥克風或者無線麥克風的音頻線路。教師使用課室電腦播放影片或者打開網站視頻／音頻的時候，需要使用電腦麥克風。教師如果希望現場同學隨機討論或者多人互動的聲音能被清楚收入 Zoom 課堂，則需要使用鏡頭麥克風，這樣能夠更好地收集現場的聲音。

由於音頻設備的問題較難被現場上課的師生發現，因此教師在講課之前，要跟網課的學生溝通好，告訴他們，教師不會長時間沉默，如果沒有聽到聲音，要在 Zoom 的聊天室告訴老師。這樣可以保證課堂順利進行，避免學生漏聽，也及時讓教師知道音頻設備的問題。

第四，教師教學過程要善用電子教學工具，增強可視化效果。可視化效果，除了指圖文並茂，多媒體的運用之外，還可以有效呈現教師的教學思路，幫助學生整理學習思路，即讓學生看到教師呈現問題的順序和邏輯。如傳統教學當中，教師的板書，除了展示教學內容，它的佈局和呈現方式，也是在告訴學生，教師的教學思路。這在網課環境當中，可以靠白板、腦圖等工具實現。

以下，舉例說明。筆者在漢字學的課堂，使用 Padlet，按照課堂教學重點的先後出現次序預設問題。

教師按照教學思路從左至右呈現問題，學生在 Padlet 完成討論。老師在課堂上首先提問「猜猜看，漢字數千年來有哪些主要變化？為什麼？」讓學生通過前幾課的學習，自己嘗試總結和歸納。接著的問題是「請觀察一下這些漢字，說說它們在字形上有什麼變化特點？」教師給出一些字，從甲骨文或者金文開始，大篆、小篆、隸書、楷書的字形。接著的問題是「觀察這些字，字形有什麼區別呢？

你認得它們嗎？」教師給出幾組相似度較高的象形字，讓學生分辨，比如「上」和「下」，「王」和「玉」，「月」和「肉」等。再接著的問題是「造成漢字結構上的變化的原因是什麼？」教師引導學生通過前面的這幾個問題，嘗試總結出來。

該課需要向學生講解漢字結構的主要變化及原因。筆者將主要問題按照從左至右的順序排列，逐步引導學生思考。筆者將 Padlet 的界面同步分享至 Zoom 和現場投影屏，要求網課的同學在 Padlet 作答，而同時提問現場的同學，達到雙方進行即時交流和互動的效果。

教師以本課的關鍵問題呈現教學進度，幫助學生疏理學習思路。現場的學生和網課的同學皆可以完成。而現場的學生可以通過課室投屏觀看界面，網課的同學既可以選擇查看教師分享的屏幕，也可以在自己的手機或者電腦查看其他同學的回答。學生偶然走神或者未能跟上教師的講解進度，也可以自行跳轉到 Padlet 的頁面，根據教師呈現問題的方式，了解教學的思路。通過查看其他同學的回答，也可以加深理解。同樣，這也方便教師在課堂結束的時候，重溫本課重點。

善用 Padlet 還有一個優點，可以即時呈現學生的學習活躍度。學生課堂學習的專注度得到很大的提升。

2. 混合模式課堂優化的成效探究

通過筆者一個學期的混合模式教學實踐，總結出在課堂教學當中，有以下幾個有效的課堂教學優化方式。第一，鏡頭運用是非常重要的環節。第二，麥克風和音頻線路切換，對於保障網課同學的聽課質量十分重要。第三，教師善用鏡頭教師運用信息差設計教學活動，可以讓地理隔閡轉劣勢為優勢，同時發揮集體智能，集思廣益，調動同學的學習積極性。第四，善用 Padlet 這類即時發帖的平台，可以呈現教學思路，可以幫助學生藉助同儕的答案理解不懂的問題，可以反映學生課堂活躍度。

四、總結

教育面向未來，教育先行，積極面對未來，教育才有未來。第四次工業革命中，最大的挑戰在於教育。混合模式的教學，能夠有效適應後疫情時代的教學現狀，它既能夠最大程度保障學校日常教學的運作，也能夠隨時切換至完全網課和

完全面授的課堂模式，具有極大的靈活性。長遠來看，與教育相關的學科也會隨之發展，比如教學法、教育心理學等學科的發展和更新，以適應未來數字化教育的新時代。本文在此暫不展開論述。

在一個學期的教學實踐中，筆者摸索出一些行之有效的方法，助益課堂教學和課堂管理，希望能夠給前線教師以啟發，還有踐行混合模式教學的信心。

參考文獻

保羅‧朗格朗著，周南照和陳樹清譯（1985）：《終身教育引論》，北京，中國對外翻譯出版公司。

約翰‧杜威著，呂金燮和吳毓瑩譯（2018）：《明日學校》，台灣，商周出版。

International Center for Creativity and Sustainable Development under the auspices of UNESCO. (2020). *Creativity 2030. Quality Education*. UNESCO

World Economic Forum (2020). *Schools of the future: Defining new models of education for the fourth industrial revolution*.

Matthews, P. (1999). Workplace learning: Developing an holistic model. *The Learning Organization, 6*(1), 18-29.

自媒体国际中文教学视频中的词汇教学研究初探——以 YouTube 为例

袁方

香港教育大学

摘要

作为全球最大的视频分享网站，YouTube 上有各种关于词汇的国际中文教学视频。本文的研究问题是：YouTube 国际中文教学视频中的词汇教学的特点是什么？与线下传统课堂中的词汇教学相比，它的优势与缺点是什么？本文的研究方法是非参与式课堂观察法和对比分析法。本文将根据笔者自己设计的标准筛选出需要研究的教学视频，从教学内容、教学方法、教材、形式、视频制作的角度分析每一个视频，最后得出相关的结论。本文的研究意义是希望通过本文的研究，可以帮助 YouTube 上国际中文教学中词汇教学视频的制作和发展，也希望可以为传统教学中的词汇教学提供有益的帮助和借鉴。

关键词：YouTube 词汇教学 国际中文教学 网络教学 自媒体

A Preliminary Study on Vocabulary Teaching on Teaching Chinese as a Second Language Self-Media Videos: Take YouTube as an Example

YUAN, Fang

The Education University of Hong Kong

Abstract

As the world's largest video-sharing site, YouTube has a variety of vocabulary - teaching videos related to teaching Chinese as a second language. The research question is what are the characteristics of vocabulary teaching videos on teaching Chinese as a second language on YouTube? What are the advantages and disadvantages compared to vocabulary teaching in traditional offline classes? The research methods are non-participant observation and comparative analysis. The author will select the teaching videos according to the criteria designed. The paper will analyze each video to draw conclusions from teaching content, teaching methods, materials, formats, and video production. The significance of the study is to help produce and develop vocabulary teaching videos related to teaching Chinese as a second language on YouTube and provide practical support for vocabulary teaching in traditional offline classes.

Keywords: YouTube, vocabulary teaching, teaching Chinese as a second language, Online Teaching, self-media

一、引言

随着信息技术的不断发展，人们已经进入到了"自媒体时代"。关于自媒体的定义到目前为止并没有一个统一的说法，根据 Bowman 和 Willis（2003）给出的自媒体的解释，笔者将自媒体定义为"每个人都可以通过网络和一定的平台，向不特定的人群分享自己想要传达的内容，这些内容可以是规范性的，也可以是非规范性的，具有自由化、信息化、普遍化和传播化的特点"。由于自媒体的蓬勃发展，以中国为例，从早些年的微博、论坛，到如今的小红书、抖音等，自媒体在不断地发展壮大，人人都可以通过自媒体发布文字、图片和视频等内容，不受空间和时间的限制，因此，人们开始选择在自媒体上发布有关教育类的视频，通过自媒体上的教学视频来学习也由此成为了一种不同于传统教学的学习方式。受疫情的影响，通过自媒体学习的优势也凸显出来。

作为全球最大的视频搜索和分享平台，YouTube 上有着世界各地上传和发布的国际中文教学视频。本文的研究问题是：YouTube 国际中文教学视频中的词汇教学的特点是什么？与线下传统课堂中的词汇教学相比，它的优势与缺点是什么？希望通过本文的研究，可以帮助 YouTube 上国际中文教学中词汇教学视频的制作和发展，为自媒体上的国际中文教育视频中的词汇教学提出相关的建议，也希望可以为传统教学中的词汇教学提供有益的帮助和借鉴。

二、文献回顾

关于国际中文教育领域里的词汇教学，刘珣（2000）指出词汇教学的任务是根据教学大纲的要求，在有关汉语词汇知识的指导下，掌握一定数量的汉语词汇的音、义、形和基本用法，培养在语言交际中对词汇的正确理解和表达能力。有一些学者就从"义"的角度进行了研究，例如，周琳（2020）通过研究发现学习者的二语词汇语义系统发展呈现出跳跃性、曲折性和复杂性，词汇多样性和词义多样性的发展呈显著正相关，并且学习者词义产出的多样性，在多数时间内呈现下降的趋势。因此，她建议教师应当关注每一个学习者的词汇能力发展的特性，同时加强多义词系统教学，需要注意的是超出学习者的认知范围，教授更多高难度等级的词汇并不有利于其他维度词汇能力的进步。还有一些学者从更为微观的角度进行了探索，例如，朱文文、程璐璐和陈天序（2018）重点考察了同形语素意识与汉语词义推测能力、阅读理解的关系，发现同形语素意识强更有利于汉语词义推测及阅读理解，建议在

初级阶段汉语教学应加强学习者同形语素意识的培养。不过，对于词汇教学的研究多集中在教学方法上。讨论较多的教学方法是语素教学法和语境教学法，语素法适用于直接加合型词语，语境法在补充型、引申型词语、语素项常用度较高的词语及具体性较低的词语的教学中更有优势（赵玮，2016）。除此之外，学者们也对一些其他的教学方法进行了探讨，例如，邵敬敏（2018）指出辨析近义虚词是国际中文教学中的难点和重点，比较是近义虚词辨析最基本的方法，并提出了辨析近义虚词的七种具体方法；曹贤文和周明芳（2015）通过实验发现"生词＋熟词"组合学习法可以有效抵消生词中的陌生汉字对词汇记忆带来的不利影响。另外，也有学者从不同的课型入手研究不同课型中的词汇教学方法，例如，张晓曦（2015）分析了支架式教学法应用在对外汉语中级综合课词汇教学中的可行性并发现教学效果良好。上述研究都是围绕着传统的线下课堂进行的探讨，而对于依托信息技术的网络教学中的词汇教学研究到目前为止占比不多，大都也是对由传统线下课堂转为线上的课堂和慕课这两种形式的网络教学展开的讨论。疫情之后，传统的线下课堂被迫"搬到"线上，教师要结合网络平台的优势，让一些词汇教学法在线上的使用能够充分发挥各自的教学策略（蔡中珂，2021），而对于慕课中的词汇教学，教师要培养使用现代多媒体技术的意识和能力，并在设计课程的时候可以逐渐增加生词数量并增设词汇教学反馈环节（魏玮，2021）。

综上所述，相关研究从传统课堂的教学出发，认为"语素"可以帮助二语学习者的词汇学习。在教学方法上，研究较多的是语素法和语境法，研究结果也更贴近理论层面。但是，关于网络教学中的词汇教学目前的研究还不是很多，作为网络教学形式之一的自媒体教学视频，是否可以原封不动的照搬线下传统课堂，还是在传统课堂的基础上进行适当的修改，抑或是有新的教学方法？因此，本文的研究问题是：YouTube 国际中文教学视频中的词汇教学的特点是什么？与线下传统课堂中的词汇教学相比，它的优势与缺点是什么？

三、研究方法

本文的研究方法是非参与式课堂观察和对比分析。根据自媒体的性质，笔者选择以 YouTube 上的 "view count" 为标准，输入 "Chinese language; learning; vocabulary; words" 等关键词，在搜索出的结果中从高到低选择出排名前 15 的关于国际中文教学视频中的 15 个词汇教学视频作为研究对象，从

教学内容、教学方法、教材、形式、视频制作这些角度进行相关的研究，同时将传统课堂教学中的词汇教学与之进行对比讨论，得出相关的结论。

本文依据的理论为"后教学法"理论和移动学习理论。

四、研究结果

本文筛选出的 15 个词汇教学视频详见附录表一。

4.1 教学层面

视频 1 中，教学内容为 HSK1 和 HSK2 中的部分词汇，这些教学的词汇从词性来说涉及到了名词、形容词、动词、副词和量词；从主题上来说涉及到了与时间、场所、提问、家庭、国家、饮食、颜色和季节。在教学方法上，老师先用中文读一遍生词，再用英文对生词进行解释，接着给出一个带有生词的例句或短语并用中文朗读一遍例句或短语，之后再用英文解释一遍这个例句或短语。在教学形式上，一共出现了 3 种不同的教学形式。第一种是老师不出镜，视频里只出现生词和例句，老师对这些生词和例句进行朗读和解释。第二种是视频中呈现的画面一分为二，左半边是类似 PPT 的形式，有生词、例句和图片，右半边是老师出镜的画面，老师出镜对左半边呈现的内容进行对应的讲解。第三种是教师不出镜，视频呈现出的画面是一幅某个场景的图片，这幅图片占据了整个画面，将这个场景中出现的一些需要学习的生词在图片中用中文和英文分别进行对应的标注，老师进行生词朗读和释义，以此来学习生词。

视频 2 中，教学内容为数字的学习，整体的教学过程层层递进，并设有练习与复习的环节。在教学方法上，老师先用中文朗读每个生词，同时留有相应的时间让屏幕前的学习者进行跟读，之后用英语对一些发音的注意事项和数字的具体用法进行有关说明。在教学形式上，当老师朗读所学数字的时候，老师出镜，随着教师的朗读，画面中会出现对应的教学内容。当老师让学习者跟读，着重讲解注意事项和数字的用法时，老师不出镜，视频呈现的画面是对应的讲解的数字。

视频 3 中，教学内容为日常生活中的常用词汇。在教学方法上，老师先用中文读一遍生词，再用英文进行解释，接着通过相关的场景、对话或动作来解释说明该词的用法。在教学形式上，老师全程出镜，同时在画面中呈现出

对应的生词和例句。在讲解时老师还会使用实物、图片、动画、动作、歌曲等辅助讲解。

视频 4 中，教学内容为 HSK1 至 HSK4 的部分词汇教学。在教学方法上，老师先用英语翻译一遍生词，再用中文朗读生词两遍。在教学形式上，视频中没有老师出镜，以 PowerPoint 的形式进行教学，在每一张 PPT 上只呈现一个词以及它的拼音和英文释义。

视频 5 中，教学内容为这、那、哪以及它们组成的相关词汇的教学。在教学方法上，老师先进行"这、那、哪"的发音教学并用英语解释它们的意思，接着阐述如何使用"这、那、哪"并讲解与它们相关的生词和用语。在教学形式上，老师没有出镜，采用像 PowerPoint 的形式进行教学，画面中呈现的是所学词汇以及对应的拼音和英文释义。

视频 6 中，教学内容为交际用语中的一些基本词汇的教学。在教学方法上，老师先用中文朗读生词并用英文解释，接着朗读一遍带有该生词的例句，之后再用英文解释一遍。在教学形式上，教师全程出镜，所学词汇和例句随着老师的讲解依次出现在画面中辅以教学。

视频 7 中，教学内容为关于水果的词汇教学。在教学方法上，老师先用中文朗读三遍生词且每个生词都用英文进行释义，但老师不会将英文释义读出来，只供学习者自行观看。另外，老师还会将一些生词中的每个汉字的意思都用英文解释一遍，例如"火龙果"，火、龙和果三个字老师都用英语解释了一遍。在教学形式上，视频中呈现的画面一分为二，左半边是类似 PPT 的形式，有生词和图片，右半边是老师出镜的画面，老师对左半边呈现的内容进行对应的讲解。

视频 8 中，教学内容是反义词的教学，将词汇以反义词的形式呈现出来进行一些基础词汇的讲解，如"胖 - 瘦"。在教学方法上，老师先将所学词汇朗读两遍并用英文解释，之后给出例句，再用中文读两遍例句并用英语翻译一遍例句的含义。在教学形式上，教师全程出镜，画面中随着老师的讲解出现对应的词汇和例句。

视频 9 中，教学内容为商务汉语中的基础词汇教学。在教学方法上，老师先用中文将生词和例句朗读两遍，同时给出英文的释义，但是老师不读这些英文释义，让学习者自行观看和理解。在教学形式上，老师全程出镜，在读

生词的时候，镜头从老师切换到生词对应的图片，帮助学生更好的理解词汇，而在读例句的时候，镜头再次切换到老师，并在画面的下方出现对应的例句辅以教学。

视频 10 中，教学内容为日常生活中常用的几个动词。在教学方法上，老师将每个生词用中文读三遍，同时提供英文释义让学习者自行观看和理解。在教学形式上，老师不出镜，画面中呈现生词和它的拼音以及英文释义，并在生词的旁边用相关的图片辅以说明。

视频 11 中，教学内容为与身体部位有关的词汇的讲解。在教学方法上，每个生词用中文读两遍，同时给出了英文的释义，但是老师不读这些英文释义，让学习者自行观看和理解。在教学形式上，视频中没有教师出镜，画面中呈现生词和它的拼音以及英文释义，并用相关的图片辅以说明。

视频 12 中，教学内容是与食物相关的词汇。在教学方法上，老师先读一遍生词的英文释义，接着用中文读两遍生词，在所有的生词学完以后，老师以对话的形式给出几组例句来帮助学生理解所学词汇。在教学形式上，老师没有出镜，以类似 PowerPoint 的形式讲解词汇，每个生词配上相应的图片和英文释义，因此，画面中呈现的时对应的生词、拼音、英文释义、例句和图片。

视频 13 中，教学内容为"会、能、可以"这三个生词的讲解。在教学方法上，老师先将每个生词朗读三遍，接着用英文进行释义，然后再用英文解释该词的用法，最后辅以大量的例句来帮助学生理解生词的含义和用法。在教学形式上，老师不出镜，视频里只出现生词、拼音以及英文释义和相关的例句，老师对这些生词和例句进行朗读。

视频 14 中，教学内容为与新冠疫情有关的词汇教学。在教学方法上，老师依次将每个生词和例句用中文朗读两遍，并给出英文的释义让学习者自行观看和理解。在教学形式上，老师不出镜，以类似 PPT 的形式在画面中呈现生词和例句。

视频 15 中，教学内容为程度副词的讲解。在教学方法上，老师先用英文讲解生词的用法，接着用中文将生词读两遍，之后再用英文进行相关的解释和说明并提供大量的例句。另外，除了使用简体字呈现教学内容，还会用繁体字再将同样的内容呈现一遍。在教学形式上，教师全程出镜，画面中随着老师的讲解出现对应的词汇和例句，并辅以图片、场景表演等形式。

4.2 视频制作层面

　　首先，在视频封面的制作上，主要可以分为两大类，一类是把教学的主题写在视频的封面上，比如视频 1 的封面写着 Chinese Vocabulary，另一类是把教学的词汇写在封面上，比如视频 5 的封面上写满了视频里要教学的词汇。在视频制作的时间上，这 15 个视频中最短的时长为两分钟左右，最长的时长为两个半小时左右，但是这种以小时为计算单位的时长的视频属于少数。就这 15 个视频而言，只有其中的两个视频的时长超过了一个小时。值得注意的是，这两个教学视频不是一堂课的教学内容，而是把几节课的内容放在一起，制作成了一个总的视频。在视频制作的标题上，这些视频的标题涉及到了 Learn Chinese、Vocabulary、Beginner、Basic Chinese Words、Everyday Life 和 Mandarin 等词，目的性强且都是围绕着词汇展开的，标题的字数也很多，均在 5 个单词以上，当学习者输入关键字和关键词的时候，视频的标题与关键字词对应得越多、越有关联，视频被搜索出来的概率也越大，这符合自媒体的特性。因此，视频的标题也是视频制作的重要环节之一，切不可大意。

五、讨论

　　首先，在教学内容方面，这 15 个词汇教学视频的教学内容在词形上包含了名词、动词、形容词、副词、数词和量词，在主题上涉及了时间、场所、提问、家庭、国家、饮食、颜色、季节、商务汉语、身体部位和疾病等。再将这些教学词汇与《国际中文教育中文水平等级标准》进行比对，发现这些词汇属于初级阶段的教学内容。另外，由于 YouTube 上的教学视频中词汇的选择更贴近实际生活，所以会出现在日常生活中比较口语化的词汇表达，并且在举例子的时候也会出现偏向口语化的表达的句子。而在传统课堂教学中，词汇和例句的选择与表达更加的正式和书面化。由此可见，YouTube 上的词汇教学视频更适合初级阶段的学习者以及以日常交际为主要目的的学习者来观看和学习。如果学习者的目的仅仅是想要能够进行生活中的日常交流即可，那么 YouTube 上的这些词汇教学已经可以满足学习者的这一需求。整体上，YouTube 上的教学内容相对于传统课堂来说，不受纸质教材的限制，教师可以自行选择所教授的内容，符合移动学习具有教学个性化的特点（陈子柔，2021）。但是，也正是由于教师的自主性和个性化，也会出现教学内容选择的不合适、不严谨的情况。

在教学方法上，教师选择某一类、某个场景或某一主题下的词汇进行教学，大部分的教师会用中文将生词和例句读几遍之后，再用英文解释生词和例句。但也有小部分的教师让学习者自行观看词汇和例句的英文释义，不会用英语将这些释义读出来。在生词的解释上，有的教师除了解释生词的意思，还会将该生词中的每个汉字的意思都解释一遍，例如视频 7 中的"火龙果"一词，教师除了解释"火龙果"的意思，还会将火、龙、果三个字都解释一遍，这种教学的方法贴近"字本位"的概念。在例句的选择上，有些教师选择以场景对话来提供相关的例句或者是某一语境下的例句。在读完生词和例句以后，部分教师还会选择再对生词的用法以英语加以讲解，也有部分教师选择用英语再解释说明一些需要注意的知识点，还有部分教师会选择再继续讲解与生词相关的词汇。因此，相对于传统的线下课堂教学，YouTube 上词汇教学的方法并不局限在语素法和语境法中，教学方法更加多样且符合自媒体灵活性的特点。这符合"后教学法"理论（Kumaravadivelu，1994），即并不存在某个最好的教学方法，教师需要根据不同的具体情况采用合适的教学方法。但是另一方面，这些教学视频缺少互动，教师并没有设计互动的环节，不像传统课堂那样拥有互动性和及时性。

在教材上，一方面，如果以传统的纸质教材来定义教材的概念，那这 15 个教学视频并没有像传统课堂那样使用专门性的纸质教材，按照教材顺序来讲解教材中的知识点。由此可见，这些自媒体的教学视频对于教材的选择和使用没有硬性的规定，对教材的依赖度不高，可以选择教材来使用或者参考，也可以完全脱离教材，教师自己决定和选择想要教授的内容。另一方面，如果以广义的角度来泛指教材的话，这些自媒体词汇教学视频的教材还包含了图片、动画、歌曲等，相对于传统的课堂以纸质版教材为主来说，YouTube 上的词汇教学视频主要以图片、动画等这类广义的教材为主。因此，这极大地反映出了自媒体教学的灵活性和个性化，符合移动学习理论中教学个性化的这一特点（陈子柔，2021）。YouTube 词汇教学视频中使用了更多元化的教材，这是自媒体教学视频所拥有的优势，依托网络利用资讯科技和数字化等手段将有利于教学所需要的多元化的教材呈现出来，既方便了老师的备课和上课，也更形象化的帮助学习者理解和记忆所学生词。但是，并不是使用多元化的教材越多越好，一味的追求多元化的教材数量，反而会使教学视频变成了娱乐视频、误导学习者关注的焦点，失去了教学的本质。因此，教师应该根据自己的教学内容合理选择教材，在帮助学习者学习的同时，也能适当的增加一些趣味性。

在教学形式上，这些教学视频可以分为两大类。第一类是教师出镜，根据教师的讲解，在画面中给出对应的生词和例句等教学内容，并用图片、动画、音乐等辅助讲解。第二类是教师不出镜，整个视频的画面类似PPT，画面中呈现生词、拼音、例句、英文释义等，并配有相应的图片、动画、对话、模拟场景等内容辅助讲解。相对于传统课堂的教学形式，自媒体上的教学形式不再单一，符合"后教学法"理论的特点（Kumaravadivelu，1994）。

六、教学建议

6.1 YouTube 上的词汇教学视频

YouTube 的词汇教学视频本身带有着自媒体的特性，因此，结合二语教学和自媒体的特性，对 YouTube 上的词汇教学视频提出几点建议。

首先，教师要确定好教学目标和教学群体，做好精准定位，就目前看来，观看次数多的视频面向的群体以初级阶段的学习者为主。因此，要想面向更多的受众群体，增加观看次数和吸引更多的学习者成为视频的"粉丝"，教师可以选择初级阶段的词汇知识进行录制和讲解，同时多选择贴近实际日常生活和日常交际的词汇。

第二，教师在选择好具体的教学内容以后，建议参照相关的标准，比如《国际中文教育中文水平等级标准》、《国际汉语教学通用课程大纲》等，筛选出不合适的部分，合理规范自己的教学内容。

第三，在教学方法上，建议教师不要局限在传统的教学方法中，发挥自媒体的特性，。根据具体的教学内容选择合适的教学方法或改良、设计新的教学方法，同时利用好依托网络的信息技术设计有效的教学互动。

第四，教师选用的教材可以多元化，除了纸质版的教材，图片、动画、视频、音乐等都可以作为教材来使用，不要只局限在纸质版的教材当中。

第五，在教学形式上建议教师出镜，教师出镜使得视频更正式和严谨，并且这些教学视频依附于自媒体这一平台，自媒体上的视频本身就有"吸引流量"的特点。教师出镜有助于帮助教师建立自己的个人魅力和教学魅力，让更多的学习者喜欢上教师的教学风格和教学内容，吸引更多的学习者观看和分享教学视频。

第六，自媒体可以借助社会热点获取更高的关注度，因此，对于词汇教学来说，教师可以选择当下的热点话题或与当下生活有关的主题进行词汇的讲解，比如视频 14 中，教师结合了当下新冠疫情的问题，讲解了与疫情有关的词汇和句子。

第七，教师的教学风格建议轻松、欢快一些，不要过于严肃和拘谨，在此基础上，教师可以形成自己独特的教学风格，具有自己的教学特色，在众多的 YouTube 词汇教学视频中脱颖而出，吸引更多学习者的观看。

最后，对于视频制作上来说，视频封面要凸显教学的内容或者主题，使学习者在最短的时间内了解视频的内容。其次，视频的标题字数不要太少，应尽量全面的把教学的内容、主题覆盖到，这样在学习者输入关键字词的时候，才能尽可能的提高被搜到的概率。另外，可以在视频中穿插合适的音乐背景和字幕效果，给视频增加一定的趣味性，使视频效果不显得枯燥无味。

6.2 传统课堂词汇教学

在教学方法上，建议教师不要过多的关注语素法，多从语境和语义的角度出发，根据具体的教学词汇选择合适的教学方法，可以借鉴 YouTube 词汇教学视频里的教学方法，帮助学生更好的理解生词。在进行具体的课堂教学时，做好遵守相关的要求和规则的基础上，教师可以合理的借鉴 YouTube 上词汇教学视频中的教师风格，营造出一种轻松、活跃的课堂氛围，吸引学生的注意力，使学生积极主动地参与到课堂当中，让学生觉得没有过多的压力和焦虑感，减轻学生的心理负担，这也有利于学生对词汇的记忆与理解。另外，教师还可以借助 YouTube 上的这些词汇教学视频来帮助课堂教学，例如，可以选择合适的 2 至 3 分钟的教学视频在课堂上播放，既减轻了教师的负担，活跃了课堂气氛，也促进了学习者对于目标词的语法功能和词义的记忆（Arndt & Woore，2018）。

七、结语

本文筛选出了 YouTube 上 15 个词汇教学视频来分析，找出自媒体国际中文教学视频中的词汇教学的特点与优缺点，并对自媒体本身的词汇教学和传统课堂的词汇教学提出相关的建议。但是，本文也存在着不足之处，样本数量只有 15 个，分析出的结果和结论不够全面。期待将来进一步的研究可以扩大样本数量，并从更多的维度深入的分析，使结论尽可能的全面和具体。

參考文獻

蔡中珂（2021）：《词汇教学在线上教学的迁移与应用研究》，重庆，四川外国语大学硕士学位论文。

曹贤文和周明芳（2015）："生词＋熟词"组合学习法与生词独立学习法对汉语生词记忆效果的实验研究，《语言教学与研究》，(6)，1-8。

陈子柔（2021）：《移动端应用软件 TikTok 中汉语学习短视频研究》，上海，上海师范大学硕士学位论文。

刘珣（2000）：《对外汉语教育学引论》，北京，北京语言大学出版社。

邵敬敏（2018）：国际汉语教学中近义虚词辨析的方法与理据，《语言文字应用》，(1)，41-50。

魏玮（2021）：《对外汉语初级口语慕课词汇教学研究——以〈初级汉语口语入门〉和〈初级汉语口语〉为例》，保定，河北大学硕士学位论文。

张晓曦（2015）：《基于支架式教学法的中级对外汉语综合课词汇教学设计》，沈阳，辽宁大学硕士学位论文。

赵玮（2016）：汉语作为第二语言词汇教学"语素法"适用性研究，《世界汉语教学》，30(2)，276-288。

周琳（2020）：汉语二语学习者词汇语义系统动态发展研究，《世界汉语教学》，34(1)，98-114。

朱文文、程璐璐和陈天序（2018）：初级汉语学习者同形语素意识与词义推测、阅读理解的关系研究，《世界汉语教学》，32(2)，270-279。

Arndt, H. L., & Woore, R. (2018). Vocabulary learning from watching YouTube videos and reading blog posts. *Language Learning & Technology, 22*(3), 124-142.

Bowman, S., & Willis, C. (2003). *We media: How audiences are shaping the future of news and information*. The Media Center at the American Press Institute.

Kumaravadivelu, B. (1994). The postmethod condition: (E)merging strategies for second/foreign language teaching. *TESOL Quarterly, 28*(1), 27-48.

附录 表一：

序号	标题	视频链接
1	Learn Chinese: Basic Mandarin Chinese Vocabulary in 2.5 Hours Based on HSK 1 & HSK 2 & More	https://www.YouTube.com/watch?v=rKZSpp4LCTo&t=6388s
2	Numbers in Chinese 1-10, 1-20 and 1-100 | Chinese Numbers 1 to 10, 1 to 20 and 1 to 100 | HSK1	https://www.YouTube.com/watch?v=Vwg7FjkghHc&t=657s
3	100 Phrases Every Chinese Beginner Must-Know	https://www.YouTube.com/watch?v=4lg9BXL2RI4&t=1018s
4	Basic Chinese Words Flashcards 1179 – HSK 1 to 4 Vocabulary（汉语口语水平）	https://www.YouTube.com/watch?v=bVshJV7SXWM
5	Learn Chinese Vocabulary: 这 zhè – this; 那 nà – that; 哪 nǎ – which & MORE	https://www.YouTube.com/watch?v=ctTK7lC60ps&t=14s
6	20 Chinese Words for Everyday Life – Basic Vocabulary #1	https://www.YouTube.com/watch?v=CsJ4lPUC19w&t=226s
7	Learn Mandarin Lessons for Beginners: Fruit Vocabulary in Mandarin Chinese (Full Version)	https://www.YouTube.com/watch?v=hMUKntbylpM&t=409s
8	40 Common Chinese Opposite Words You Need to Know – Chinese Vocabulary	https://www.YouTube.com/watch?v=BobW7zIDc_Q&t=684s
9	100 Essential Business Sentences / #1 – | Chinese Conversation | Chinese Business Vocabulary	https://www.YouTube.com/watch?v=QjcMea4G_os&t=471s
10	Chinese Lesson: vocabulary – common verbs	https://www.YouTube.com/watch?v=V_vjcDiwfTQ
11	Learn Chinese – Chinese Body Parts Vocabulary	https://www.YouTube.com/watch?v=M1luXWlZ8U8
12	100 Food & Drinks You Must Know in Chinese | Food and Drinks Vocabulary	https://www.YouTube.com/watch?v=6JURK5kUZlA
13	Learn Chinese Vocabulary: 会 huì – can do a skill; 能 néng – be able to; 可以 kěyǐ – be allowed to	https://www.YouTube.com/watch?v=CGMjL5w52hs
14	COVID-19 Related Vocabulary – 新冠肺炎词汇 | Chinese Vocabulary & Expressions	https://www.YouTube.com/watch?v=VD_cZab_vd0
15	Stop Saying "很" | Improve Your Chinese Vocabulary	https://www.YouTube.com/watch?v=PFaYk6OUQBQ&t=193s

点击率	时长	内容
1,364,888 views	2:31:07	HSK1 至 HSK2 中的部分名词、与时间、场所相关的词、与提问相关的词、形容词、与家庭相关的词、动词、副词、量词、与国家和语言表述相关的词、与饮食、颜色和季节相关的词
1,309,323 views	14:07	HSK 中的数字教学
1,058,401 views	27:39	一些基础词汇的教学
983,421 views	2:35:53	HSK1-HSK4 的口语基础词汇
280,577 views	5:26	这、那、哪以及相关词汇的教学
214,213 views	10:01	日常生活中的基本词汇
198,146 views	13:08	水果词汇
165,271 views	22:37	用反义词的形式教学基础词汇
156,290 views	22:46	基础商务词汇
122,729 views	2:11	动词
121,050 views	2:41	身体部位的词汇教学
118,053 views	16:07	与饮食有关的词汇
115,723 views	4:35	会、能、可以
84,315 views	16:36	新冠相关的词汇
63,777 views	8:57	程度副词

工作记忆与中文二语学习表现关系的元分析研究

廖先　　　　　　罗嘉怡
香港教育大学　　香港大学

摘要

工作记忆是人们认知系统中的重要组成部分。过去的研究表明工作记忆容量可能会影响学生的语言学习，但这一观点是否适用于以中文为第二语言的学习者，还欠缺较全面的检视。本研究 * 以元分析的方法，整合 2000-2022 年间发表的研究文献，发现工作记忆与中文二语学习表现之间存在显著的相关，$r=0.286$。这一关系不因中文的语言形式、学生年龄群体而改变，但可能受工作记忆的测量工具类型影响。本研究有助进一步认识工作记忆在学习中文时所扮演的角色，并给中文二语教学提供一些参考。

关键词：工作记忆　中文为第二语言　元分析

*　　　本研究得到香港政府优配研究金（HKIEd 17614519）资助。

A Meta-analysis on the Relationship between Working Memory and Learning Performance among Learners with Chinese as a Second Language

LIAO, Xian
The Education University of Hong Kong

LOH, Elizabeth Ka-Yee
The University of Hong Kong

Abstract

Working memory plays an important role in an individual's cognitive system. Previous studies have shown that working memory capacity may affect students' language learning, but there is a lack of comprehensive review to examine to what extent that working memory could impact learning Chinese as a second language (CSL). By performing a meta-analysis, this study** integrated the research literature from 2000 to 2022 and found that there was a significant correlation between working memory and CSL learning performance, $r=0.286$. The results remained invariant regardless of the scripts of Chinese or the age groups of learners, but might differ due to the types of research instruments adopted to measure working memory. This research helps to further understand the role of working memory in learning Chinese and provides references for CSL teaching.

Keywords: working memory, Chinese as a second language, meta-analysis

** This study was supported by the General Research Fund, Research Grants Council of Hong Kong (Reference No.: HKIEd 17614519).

一、前言

近年来，全球学习中文的人数越来越多。根据国家汉办粗略估算，目前除中国内地及港澳台之外，全球学习使用中文的人数已超过1亿。在不少国家中，中文学习也从原先的第三外语上升为第二语言（"二语"）（人民网，2017）。但由于中文与许多二语学习者的母语存在较大差异，不少人在学习时碰到较多问题和阻碍。此前的研究已探讨了多种影响学生中文二语学习的个人因素，包括学习动机（Cai & Zhu, 2012; Ruan et al., 2015）、学习策略（Wang, et al., 2009）以及学生的语言意识（Loh et al., 2018; Loh et al., 2021）等。

随着研究的深入，人们逐渐认识到这些因素还可能受到一些一般性的认知技能影响，例如执行功能就是引导人们思维和行动的一套认知系统（Feng, et al., 2019）。作为执行功能的重要组成部分，工作记忆对二语学习的影响也日渐得到研究者的重视（Baddeley, 2015; Chow et al., 2021）。然而这些研究大多以拼音文字（如英语）作为二语，极少专门探讨中文二语情境下工作记忆与学习表现的关系。即使是涉及工作记忆的研究，取得的结论也不尽相同，其中原因，一般与研究所采用的评估工具、学习对象不同有关。在此情形下，我们需要统整当前的有关研究，才能全面地检视工作记忆与中文二语学习的的关系。本研究即采用元分析的方法，分析此前研究的一些研究发现，以期为中文二语的研究和教学提供更多的思考。

二、文献综述

（一）工作记忆的概念及测试方法

工作记忆（Working Memory, WM）这一概念最早由英国心理学家Baddeley & Hitch（1974）提出，指人们透过一个容量有限的即时信息储存系统，在执行复杂任务时对信息作短时加工的机制。由于工作记忆与人的认知活动密切相关，它已成为心理学领域的一个重要概念。

工作记忆的系统包含多个元素。根据Baddeley（2000）经典模型的说明，最上层的是中央执行系统（Central Executive），负责协调各子系统的运作，控制编码和提取策略。其下有三个子系统，分别是：语音回路（Phonological Loop），负责编码和临时储存言语和听觉信息；视觉空间模板（Visuo-spatial Sketchpad），负责储存和整合视觉、空间、动觉等信息；情景缓冲器（Episodic Buffer），负责将辅助系统的短期记忆与长期记忆信息整合成完整

事件（Baddeley, 2000, 2003）。这几个子系统并非孤立地运作，相反它们之间的交流十分紧密。例如视觉编码的信息也可以转换成为语音编码，并在语音输出时登记成为口头语言。

工作记忆的测量工具一般有两种（Juffs & Harrington, 2011），一种是简单测试，主要评估被试的一般记忆存储能力，常见测量方法为给出一组互无关联数字、字母、汉字或词语等，请被试正向或反向回忆。测试的刺激材料通常依被试的表现逐渐递增，并在一定条件下结束测试（如连错两次）。另一种复杂的测试则要求被试同时完成信息储存和即时加工的工作。最常见的是阅读广度任务（Reading span task, RST）、计算广度任务（Operation span task, OSPAN）和计数广度任务（Counting span task, CST）。这些测试的做法大致相似。以阅读广度任务为例，测试时要求被试读出句子，记住句末尾字，同时还需判断句义是否合理或文法是否正确（Alptekin & Erçetin, 2009, 2011; Leeser, 2007; Walter, 2004; Waters & Caplan, 1996; Waters et al.,1987）。

（二）工作记忆与语言学习的关系

在母语习得方面，许多研究已指出语言学习需要调用工作记忆。在口头语言的学习上，有研究发现工作记忆更好的孩童，能更好地掌握英语中声韵结构较不常见的词语（例如 Pimas）（Gathercole & Baddeley, 1990）。孩童 4 岁时的工作记忆能力，可显著预测其 5 岁时的词汇能力（Gathercole et al., 1992）。工作记忆容量也可显著地预测母语学生的口头说话能力的发展（Daneman, 1991; Daneman and Carpenter, 1980）。而在书面语言的学习上，Bell & McCallum（2008）在整合诸多阅读研究的基础上，提出阅读能力涉及的四个认知因素，分别是听觉处理（Auditory Processing）、快速命名（Rapid Naming）、工作记忆（Working Memory）、长期记忆（Long-term Memory）。这些研究都特别指出了其对于母语习得的重要性。

探讨工作记忆与二语学习关系的文献亦不在少数。许多以拼音文字为二语的相关研究表明，工作记忆大小可能是造成学生二语表现差异的重要因素。这些研究涉及了不同的二语技能，包括聆听理解（Goh, 2000; Was & Woltz, 2007）、口语表达（Ando et al., 1992; Fehringer & Fry, 2007; Mackey et al., 2010; McDonough & Mackey, 2006; O'Brien et al., 2006, 2007; Sagarra, 2007; Weissheimer & Mota, 2009）、阅读理解（Alptekin & Erçetin, 2009, 2010, 2011; Geva & Ryan, 1993; Leeser, 2007; Rai et al., 2011; Walter, 2004）、掌握词汇（Atkins

& Baddeley, 1998; Cheung, 1996; Daneman & Case, 1981; Papagno, Valentine, & Baddeley, 1991; Papagno & Vallar, 1992; Service & Kohonen, 1995; Speciale, Ellis, & Bywater, 2004）、写作（Abu-Rabia, 2003; Michel et al., 2019）。以上研究基本显示工作记忆对二语学习各方面技能有着稳定的影响。例如 Harrington 和 Sawyer（1992）指出工作记忆容量与学生的二语阅读水平之间存在显著的相关。

（三）工作记忆与中文二语学习的关系

　　尽管以拼音文字作二语的研究广泛指出工作记忆在学习时所扮演的重要角色，目前对工作记忆与中文二语学习的关系仍有待进一步探讨。部分研究在这一方面的研究结果未必一致。例如朱我芯、陈宗颖和林东毅（2015）分析台湾的大学国际生的工作记忆与理解能力的关系，发现工作记忆与聆听、阅读理解能力均无显著的相关，而 Han 和 Liu（2013）以美国成年学习者为对象的研究表明，工作记忆与阅读理解之间的相关达到 0.716，而在 Tsung, et al.（2017）以少数民族学生为对象的分析中工作记忆与阅读理解的相关系数达到 0.63。要厘清研究间的分析，达致更为深入的理解，我们不仅要从学理上结合中文的语言特点作更多分析，亦要从方法上作出更新。

　　理论上，受到中文语言特点的影响，工作记忆仍应会扮演一个相对重要的角色。中文书写体系在其构成单位以及文法体系上都与拼音文字之间存有较大差异。不少中文二语学习者，特别是来自非汉字圈地区的学习者，较少接触中文，不易适应中文的语言特点。举例而言，中文的基本单位是汉字。每个汉字都是一个由笔画构成的小方块，汉字与拼音文字线性排列的方式不同，而是要依托于视觉上更为复杂的笔画（如"繁""懿"）（李娟、傅小兰和林仲贤，2000）。多数汉字由分别提示字义和字音的部件构成，例如"霜"字的上半部"雨"表义下半部"相"表音，惟这些部件大多仅给出一些线索，未必能准确表明字的音义（Taylor & Taylor, 2014）。此外，由于中文字的声调有限，汉字中存在大量的同音字。例如"游"的读音即与"油"、"由"、"犹"读音一样，但意思却完全不同，因此学生在使用中文时，不仅要解码字音同时还须尽快根据各自的字形特点确定适当的意思，方可正确地读写。再有，中文也是一种指代脱落型（pro-drop）语言，存在大量主语或者宾语省略的现象（例"你吃饭了吗"有时也会说成"吃了吗"）。针对中文这些方面的特点，二语学习者不仅需记忆和储存大量的视觉、听觉信息，还需协调、处理多方

面的信息（例如分清同一语音在不同场景下的意思），这或会令工作记忆发挥更为重要的作用。

在方法上，此前的研究之所以产生种种分歧，可能与各研究中的被试数量、被试背景、研究工具等因素有关。由于这些因素的客观存在，不同研究的结果因而也难以判出对错。为了更清楚认识工作记忆与中文二语学习之间的关系，一个可行的方法是综合考虑各项研究在实施时的具体情景，对各项已有研究作进一步整合和统整。为此，我们应用元分析的技术对此问题进行分析评估，以避免单一研究结果造成的测量误差（Card, 2015）。近年来，已有部分学者做过工作记忆与语言学习有关的元分析研究，包括工作记忆对阅读理解的影响（Carretti et al., 2009; Peng et al., 2018）、工作记忆对二语理解和产出影响（Linck et al., 2014）、工作记忆与二语习得的关系（Wen & Li, 2019）、工作记忆对英语学习水平的影响（赵海永和罗少茜，2020），但这些研究都不是以中文作第二语言。因此本研究对于弥补当前的研究空白，总结目前阶段性的研究成果，具有重要意义。

三、研究方法

（一）研究问题

本研究主要探讨工作记忆与中文二语学习的关系。采用元分析的方法，主要回答以下问题：

(1) 工作记忆与中文二语水平是否存在显著相关？如是，它们之间存在多大程度相关？

(2) 工作记忆与中文二语水平的关系，会否因学生群体、语言形式和测量方式的影响？

（二）文献搜寻

全面获取有关研究文献是元分析的第一步（Card, 2015）。本研究所用到的文献，主要从中国期刊网（CNKI），Web of Science 以及 Google Scholar 获取。搜索所用的关键词包括 "working memory"、"short term memory"、"短时记忆"、"工作记忆"、"数字广度"、"阅读广度"，在搜索时还会搭配 "Chinese as a second language"、"Chinese as a foreign language" 等词。时间范围限定于

2000-2022 年。下载的文献以正式发表的期刊论文为主，对于采用实证手段完成的硕、博士论文、论文集章节（Book Chapter），我们亦会根据其中具体内容作考虑。

首轮检索获取的论文数量为 122 篇。对于这些文献我们采用以下标准确定纳入正式分析的文献：（1）文献中用实证手段测试了至少一种类型的工作记忆；（2）记录了工作记忆与中文学习某种知识或技能，例如字词认读、聆听、阅读、写作之间的相关系数。即使未报告相关系数，亦报告了其它有关参数，例如 F、t 值以便转化为相关系数。（3）仅以中文二语的研究为对象，须确保至少一组被试是二语的。

相应的，部分文献依以下的标准被排除在外：（1）仅探讨了工作记忆的内部机制或提升工作记忆的教学活动；（2）未能报告工作记忆与中文二语学习技能之间关系；（3）未能报告相关系数及其他相关的参数；（4）探讨工作记忆与一些元语言技能（例如正字法意识）关系的研究等。经过筛选，共确定符合要求的文献 15 篇（见表 1）。

作者年份	样本量	样本群体背景	年龄段	中文形式（简／繁）	工作记忆的评量方式	中文二语技能
Winke, 2005	133	英语为母语的美国中文二语学习者	成人	简	语音记忆、阅读广度测试、及视觉空间记忆测试	词汇、写作、说话、聆听、阅读
Leong, Tse et al., 2011	154	香港中文母语及少数族裔非中文母语	青少年	繁	语言广度测试	阅读理解
Han & Liu, 2013	20	英语母语及日语母语的中文二语学习者	成人	简	阅读广度测试	理解
Kim et al., 2015	70	英语母语以及英语为二语但非汉语母语使用者	成人	简	阅读广度测试	词汇
Kim et al., 2016	70	美国中文二语学习者	成人	简	阅读广度测试	词汇

Tsung et al., 2017[1]	111	中国藏族及彝族少数民族	青少年	简	语言广度记忆及运算广度记忆	阅读理解
Zhou & Mcbride, 2018	40	香港国际学校小学生	青少年	简	数字正向和反向回忆	词汇
Leong et al., 2019	129	香港少数族裔学生（巴基斯坦裔及印裔）	青少年	繁	语言广度记忆测试	写作
Ke & Koda., 2021	50	母语为英语的美国本科生	成人	简	反向数字广度测验	词汇
王效广，2013	57	东南亚留学生	成人	简	简单工作记忆容量、计算和测量广度及阅读广度测量	听力、阅读及写作
朱我芯、陈宗颖和林东毅，2015	71	台湾师范大学华语文教学系的大学部国际生	成人	繁	阅读广度测验	听力及阅读
孔庆蓓，2016	48	非汉字圈留学生	成人	简	运算广度测试	阅读
解文倩，2017	41	东南亚、非洲和中亚	成人	简	阅读广度测量	听力理解
孙娇，2017	45	上海交通大学英语母语者汉语语言生	成人	简	口语广度测试	汉语口语
朱我芯和林柏翰，2018	71	在台湾北部大学主修华语与文化的学士班国际生	成人	繁	阅读广度测验	听力理解及阅读理解

表 1：纳入元分析的各项研究

1　此文献的二语学生是中国的少数民族学生。在本研究中尊重原作者的定义，仍将他们作二语学生处理。

（三）文献编码

对于表 1 所列各项文献，研究者对文献内的各项信息作编码和记录，包括作者、年代、样本数、被试群体（18 岁以下青少年、成人）、语言形式（繁体、简体）、工作记忆评量方式（简单、复杂）、二语学习技能变量等统计资料。在此研究中，我们使用研究者报告的相关系数作为效应值（Effect size），它表明变量之间关系的强度和方向。

在编码时，需要处理的事项主要是：（1）对于未报告相关系数但又提供了其他合用数据（例如 F、t 值等）的文献，参照 Card（2015）所列的公式作转化；（2）不同样本的效应值不同。如同一项研究中使用了多组被试且分别报告了相应的统计数据（例如 Winke（2005）），则分成多条记录；（3）在计算总效应时，避免同一群体多次记录。如某项研究中的被试参与了多种工作记忆任务，或参加了多项中文二语水平的测试（如王效广（2013）），则参照 Lipsey 和 Wilson（2001, p.101）的建议，将所有相关系数加和取平均数作为该项究的总效应量。（4）对于文献中报告的未达显著性（p<.05）的相关系数，无论其相关系数值为多少，均记为 0。

所有编码准则由研究员与研究助理商定后，分别进行编码。之后再对编码结果作比对，结果发现约 93% 数据都一致，显示编码的信度较好。

（四）数据分析

本研究选用 CMA 3.0（Comprehensive Metaanalysis 3.0）专业版软件进行元分析。此软件会先把每个效应值（r 值）转换为对应的 Fisher Z 分数，然后把它转换回相关系数以呈现结果。Fisher Z 分数与 r 相关系数都可体现变量之间的关系，但 Z 分数具有更好的分布属性（即令各样本的相关系数的分布呈正态），且考虑到各项研究的标准误（Standard Error），比起直接按 r 系数计算的做法更为合理（Lipsey & Wilson, 2001）。

就本文所关心的研究问题，研究员进行了多轮的元分析。首先，对所纳入的全部文献作分析，得出工作记忆对二语学习的总体效应。我们之所以这样处理，是认为中文二语水平是各项技能的综合体。这与近期的一些元分析研究的做法相似（赵海永、罗少茜，2020）；接着，考虑到不同研究所纳入的中文二语技能可能有所不同，进一步分别探讨工作记忆对字词认读、阅读理解、

听力、写作的效应。由于仅有两项研究分析了工作记忆与口语表达的关系（孙娇，2017; Winke, 2005），数量过少，因此不对此语言技能作专门的分析。

在已获得工作记忆与二语水平总体效应的基础上，我们继续作调节效应分析。所谓调节效应，是指两个变量之间的关系会否因第三个变量而发生改变。具体来说，本文将主要分析如下三个因素会否影响工作记忆与中文二语学习的总体效应。

1. 被试群体（青少年 / 成人）

工作记忆有不同的发展阶段。一般而言，青少年阶段的学生的工作记忆能力有限，但呈线性发展的趋势，逐渐发展并达到成人水平（Gathercole et al., 2004; Pascual-Leone & Baillargeon, 1994）。青少年与成人工作记忆水平上的差异，会否改变其对中文二语学习的影响，目前的文献证据尚不清晰，值得进一步探讨。

2. 中文形式（繁 / 简）

中文存在繁体和简体中文两种形式。繁体中文主要用于台、港、澳地区，而简体中文则多用在中国内地、新加坡等地。繁体与简体中文约有 2000 字相同，但前者含有的视觉特征比后者要多出 20% 左右（McBride, 2016）。对于这些差异会否影响学生的中文学习，过去来自一语的研究结论并不一致（Chen & Yuen, 1991; Peng et al., 2010）。本研究通过调节效应分析可进一步认识这些差异会否影响工作记忆与二语水平关系。

3. 测量方式（简单 / 复杂）

工作记忆的评量有不同的测量方式，所用的任务有简单与复杂之分。过去研究者一直在探讨何种测试方式可更好地预测学生的学习表现。Carretti et al.，（2009）对有关工作记忆与阅读理解的关系作元分析，发现无论是采用简单还是复杂任务，都与阅读理解表现存在显著相关，分别是（$r=0.14$ 和 $r=0.34$），但学生在复杂型工作记忆任务上的表现，与阅读理解的相关程度更高。本研究将继续以此思路检验不同的测量任务会否影响工作记忆与中文二语水平的关系。

虽然以上三者都属调节效应分析，但在检验差异的显著性时，有不同的处理方式。对于第 1 和 2 项调节效应，我们使用 CMA 提供的异质性（Heterogeneity）结果作为差异性检验的结果。如果异质性不显著，说明调节效应不明显。但对于第 3 项，考虑到两组效应值的数据可能从同一批被试群体获取（例如：某项研究的被试同时参加了简单与复杂两种类型的工作记忆测试），我们因此采用 Yeniad et al.,（2013）提供的方法，比较两个效应的 85% 信任区间。如这些信任区间不重叠，可认为它们之间存在显著差异。

（五）模型的选择和发表偏误检验

CMA3.0 软件在分析时会生成不同模型的结果，分为随机效应和固定效应两种模型。选择何种模型取决于异质性检验（或同质性检验）的结果。一般采用同质性 Q 值以及 I2 作为参考指数。当 Q 值显著且 I2>50% 时，表明检验出的效应值是异质的，须选择随机模型进行分析；当 I2<50% 时，则选择固定模型更为合适（Higgins et al., 2003）。经检查，本研究中所进行的多轮元分析，大部分的效应值均存在较高异质性，I2>50%，因此选择随机模型；仅在分析工作记忆与词汇认读时的同质性较好，Q=4.699, df=4, p=0.32, I2=14.88<25%，此时须选择固定模型。

进行元分析时，通常还须做发表偏误检验。做此检验的目的是为了避免所取得的效应量仅代表已正式发表且具效果呈显著性的文献。在此方面，我们参考 Grundy 和 Timmer（2017）的研究，以 "fail-safe N" 指数作确定依据。所谓 fail-safe N 是指如要否决现有研究结论额外需要找到的新文献数量。一般来说如此数字大于 5k+10（k 指纳入元分析的文献数量），即代表需找到 5 倍以上的新文献数量，才可否决当前的元分析结果。在本研究中，fail-safe N 的数值是 328，说明无明显的发表偏误，研究结果可信。

四、结果

（一）工作记忆对中文二语学习的总效应及分项技能效应[2]

根据表 2 所示，通过综合 15 项研究中共 1036 名的研究数据，工作记忆与中文二语水平之间存在中等偏弱但显著的相关，$r=0.286$, 95% 区间为 [0.132,

---

2　由于部分样本报告了不止一个相关，在分析工作记忆与分项技能关系时，它们可分类到不同组，并成为独立样本。但在计算"总效应"时，须将这些研究中的多个效应值加和取平均值，因此"独立效应值数量"的总数值未必等于各分项技能效应数值之和。

0.426]，因为此区间范围内不含 0，代表此数值达显著性，p<0.001。进一步分析工作记忆与各分项技能之间的关系，发现工作记忆仅与阅读理解存在显著的相关，p<0.01，但与词汇、听力、写作等技能均无显著的相关，p>0.05。

	独立效应值数量	被试数量	效应量	95%区间下限	95%区间上限	Z	p
词汇	5	272	0.057	-0.065	0.178	0.917	0.359
听力	6	373	0.170	-0.058	0.381	1.465	0.143
阅读	10	591	0.265	0.099	0.417	3.091	0.002
写作	4	319	0.260	-0.076	0.543	1.526	0.127
总效应	17	1036	0.286	0.132	0.426	3.585	0.000

表 2：工作记忆与中文二语水平的影响

（二）调节效应分析

调节效应分析的结果列于表 3。从表 3 中可看出，在学习简体中文的二语学习者中，工作记忆与二语水平有显著相关，r=0.294，在学习繁体中文的学习者中则未发现显著的效应。然而后续的异质性检验表明，二者效应之间无显著差异，Q=0.032，df=1，p>.05。

工作记忆与二语水平之间的关系在不同被试群体那里亦表现出来不同效应。在青少年群体中，工作记忆与二语水平之间的相关系数为 0.353，而在成人被试中，二者相关系数为 0.269，同样达显著水平。后续异质性检验表明，两个效应之间无显著差异，Q=0.200，df=1，p>.05。

我们亦分析了不同的测试工具会否影响工作记忆与二语水平的关系。结果表明以简单工作记忆任务作测试时，相关系数仅达 0.056，未达显著水平；但在以复杂任务测试工作记忆时，相关系数则达到 0.315，p<0.05，达显著水平。为比较二者是否存在显著差异，我们进一步得出它们各自的 85% 信任区间，前者为 [-0.032, 0.143]，后者为 [0.201, 0.421]，二者无重叠，说明二者之间存在显著的差异。

		独立效应数量	效应值（r）	95%区间下限	95%区间上限	Z值（双尾检验）	p
语言	简体	13	0.294	0.112	0.457	3.122	0.002
	繁体	4	0.261	-0.077	0.546	1.521	0.128
被试群体	青少年	3	0.353	0.004	0.625	1.980	0.048
	成人	14	0.269	0.098	0.425	3.045	0.002
研究工具	简单	5	0.056	-0.064	0.175	0.913	0.361
	复杂	16	0.315	0.158	0.456	3.840	0.000

表 3：工作记忆与二语水平关系的调节效应分析

五、讨论与启示

工作记忆常被认为是影响语言学习的一个重要因素。但在中文二语领域，对于工作记忆所扮演的角色，尚有待进一步厘清。通过元分析的方法，本研究疏理了近 20 年在此领域的研究文献，统整了阶段性的研究成果，同时也带出了一些新的研究发现，有利于研究者更深入认识工作记忆与中文二语学习的关系，并为可教学提供一些启示。

（一）工作记忆与中文二语学习表现的关系

回应研究问题一，本研究发现工作记忆对中文二语学习表现的总效应为 $r=0.286$，且呈显著相关。这一结果与 Linck et al.（2014）的元分析结论大致相似（$r=0.25$），表明工作记忆在语言学习中是不可或缺的。Miyake 与 Friedman（1998）指出，工作记忆制约着实时二语加工的质量和效率。综合地看，我们认为即使这一相关系数并不算高，仍可认为工作记忆是二语能力的一个重要因素。与母语学习不同，二语学习由于缺乏前期的语言接触，学习者需调动各种已有知识和语言模块对输入信息进行存储、类推、重组、转换等，以促进对二语的学习和掌握。值得一提的是，本研究把二语水平看作是学生多个技能的总和，因此此数值代表工作记忆对二语能力的综合影响。

在各分项技能中，工作记忆与二语阅读理解存在显著的相关，效应值为 $r=0.265$。这一结果亦接近此前 Peng et al.（2018）对中文阅读理解与工作记忆的关系的元分析研究结果（$r=0.29$）。阅读理解的认知过程较为复杂，既

包括低层次也包括高层次的加工。Alptekin 与 Erçetin（2011）指出对于二语学习者来说，工作记忆与推论性理解较为相关，因为这一类理解的意思通常没有在文中清楚写明，读者需要根据文中的线索作推论，因此如有更多的工作记忆，学生或可以调用更多的文本信息作推论，从而取得更好的表现。对于低层次的字面理解，他们发现工作记忆的影响并不显著。不过 Rai et al.（2011）以西班牙为外语的学习者为研究，指出即使低层次的理解问题，亦可能与工作记忆相关。综合来看，拥有更好的工作记忆，可能有助于读者更好地将认知资源放在处理高层次推论的问题上。

令人意外的是，虽然工作记忆与词汇、听力、写作的表现均存在一定的相关（范围在 0.057-0.260 之间），但这些效应均未达到显著程度。因为此前不少研究表明工作记忆与聆听理解（Goh, 2000; Was & Woltz, 2007）、词汇（Atkins & Baddeley, 1998; Cheung, 1996; Service, 1992; Speciale et al., 2004; Service & Kohonen, 1995）、写作（Abu-Rabia, 2003; Michel et al., 2019）之间存在显著关系，所以我们元分析结果与拼音文字下的研究文献不够吻合。从统计角度看，造成这一情况的原因可能是纳入分析的研究数量不多，而且这些研究成果经过一系列加权、整合分析后，未能达致显著的效应。因此我们预计随着将来学者们开展过更多研究后，可能会取得更为积极的结果。

（二）影响工作记忆与二语学习表现关系的因素

回应研究问题二，我们发现工作记忆与中文二语学习表现的关系，不受语言形式、被试群体的影响，但会受到测量方式的影响。这可帮助当前的中文二语研究厘清部分的争议。

首先，对语言形式的调节效应表明，无论是学习繁体还是简体中文，工作记忆对中文水平的影响都是类似的。其原因可能在于，学习者在学习中文字时，似乎并不会过多在意笔画，而通常是以由笔画组成的构字单位——部件——来处理的（Chen et al., 1996）。因此，虽然繁体中文比简体的字形更复杂，却未必会影响学习者的工作机制。

其次，在不同被试群体中，工作记忆与中文二语水平的关系看上去较为稳定。这一结果可能是二语学习者的独特之处，即无论是青少年还是成人，前期的中文接触并不会太多，因此不会令学习者的工作记忆系统负载过量信息。不过值得一提的是，现有的研究较少追踪学童由青春期向成人转变的期

间，随着学习经验的增长，工作记忆所发挥的作用会否有所不同。以词汇学习为例，此前研究发现无论是成人（Hummel, 2009）还是儿童学习者（Farnia & Geva, 2011; Gathercole & Masoura, 2005），语音的短时记忆（Phonological short-term memory）可显著地预测学生的词汇量。然而研究发现，随着学生语言学习经验不断增多，语音短时记忆不再是一个显著的预测变量，取而代之的是此前的词汇知识（previous vocabulary knowledge）（Cheung, 1996; French & O'Brien, 2008; Masoura & Gathercole, 2005）。类似的发现也在语法学习的研究中提及（Serafini & Sanz, 2016）。因此，还有必要开展更多的研究以探讨工作记忆在中文二语学生语言能力发展中的影响。

最后，我们发现复杂的测试任务得到的工作记忆数据与二语水平存在更大程度的相关。这一结果亦基本与此前的文献配合（Carretti et al., 2009; Daneman & Merickle, 1996; Linck et al., 2014），表明复杂的测试任务似乎更贴近语言学习时加工、处理、储存、注意控制的要求。在本次元分析中，我们也发现部分文献中以简单任务测试得到的结果与语言技能不相关，但我们不应该认为它们与语言学习完全无关。我们猜测它们可能与其他的一些语言知识技能共同合作，例如推论、监控等，对语言学习表现产生影响。这一话题亦值得后续研究进一步探讨。

（三）研究启示与结语

本文在研究方法、研究过程方面存在一些局限，例如限于已有的相关研究情形、纳入元分析的文献数量不多、计算总效应时默认各分项技能之间的关系达高度相关等，不过经过研究者反复核校数据并进行多轮元分析，可认为本研究的结果有一定代表性。我们可看到工作记忆与中文二语学习存在显著的相关，提醒我们在教学中可给予一定的关注，采用合适的教学策略。

从工作记忆的角度来看，我们要引导学生学会有效管理自己的认知资源。在教学内容上，有学者曾建议可让学生通过记忆一些语言范例或模块来实现自动化的语言辩识及使用（Ellis & Sinclair, 1996; Skehan, 1998）。因此我们可考虑教给学生一些固定的中文信息单位，例如常见部件、固定词组、语句表达式等。此外，亦可教导学生使用各种学习策略，例如学会利用上下文线索、学会抓取关键词句等。学习了这些内容，学生们在面对中文材料时能迅速辩识相应的信息单位，减少工作记忆的储存和处理压力，从而腾出更多认知资源作高层次的认知活动。

　　在教学活动中，朱我芯等（2015）建议可多采用信息转移、翻牌记忆配对等活动，以增进学生对信息的记忆和处理能力。前者一般要求学生把接收到的信息以其他形式呈现出来，后者则类似教学游戏，都具有良好的操作性，值得前线教师进一步仿效。最后，我们还建议教师亦需注意调整学生的学习素材，如减少各类信息复杂程度、增加适量的解释说明等，这可在一定程度上减少学生的工作记忆负荷。

　　总之，本研究就工作记忆对中文二语的影响作了全面的整合，相信可为研究者、前线教师提供一定的思考。

參考文獻（帶 * 者為被納入本次元分析的文獻）

* 孔庆蓓（2016）：工作记忆与留学生阅读理解的实证研究，《牡丹江大学学报》，25（11），79-82。

李娟、傅小兰和林仲贤（2000）：学龄儿童汉语正字法意识发展的研究，《心理学报》，32（2），553-564。

人民网（2017）：《汉语有多火？全球学习使用汉语人数已超 1 亿》，检自 http://fj.people.com.cn/n2/2017/1030/c181466-30868307.html，检索日期：2023.3.10。

* 孙娇（2017）：《英语母语 CSL 学习者语言学能与汉语习得相关性研究——基于上海交通大学汉语语言生的调查研究》，上海，上海交通大学硕士学位论文。

* 王效广（2013）：《东南亚留学生汉语学习工作记忆研究》，福建，福建师范大学硕士学位论文。

* 解文倩（2017）：《工作记忆容量对留学生汉语听写成绩影响的研究》，南京，南京师范大学硕士学位论文。

赵海永和罗少茜（2020）：工作记忆容量对二语水平影响的元分析，《现代外语》，43（4），553-564。

* 朱我芯和林柏翰（2018）：「漢字」與「非漢字」文化圈母語者之華語聽力、閱讀表現差異及其影響因素，《華語文教學研究》，15（1），85-115。

* 朱我芯、陳宗穎和林東毅（2015）：工作記憶與華語理解能力之相關性，《華語文教學研究》，12（3），53-92。

Abu-Rabia, S. (2003). The influence of working memory on reading and creative writing processes in a second language. *Educational Psychology, 23*(2), 209-222.

Alptekin, C., & Erçetin, G. (2009). Assessing the relationship of working memory to L2 reading: Does the nature of comprehension process and reading span task make a difference. *System, 37*(4), 627-639.

Alptekin, C., & Erçetin, G. (2010). The role of L1 and L2 working memory in literal and inferential comprehension in L2 reading. *Journal of Research in Reading, 33*(2), 206-219.

Alptekin, C., & Erçetin, G. (2011). Effects of working memory capacity and content familiarity on literal and inferential comprehension in L2 reading. *Tesol Quarterly, 45*(2), 235-266.

Ando, J., Fukunaga, N., Kurahachi, J., Suto, T., Nakano, T., & Kage, M. (1992). A comparative study on the two EFL teaching methods: The communicative and the grammatical approach. *Japanese Journal of Educational Psychology, 40*, 247-256.

Atkins, P. W. B., & Baddeley, A. D. (1998). Working memory and distributed vocabulary learning. *Applied Psycholinguistics, 19*(4), 537-552.

Baddeley, A. (2000). The episodic buffer: A new component of working memory. *Trends in Cognitive Sciences, 4*(11), 417-423.

Baddeley, A. (2003). Working memory: Looking back and looking forward. *Nature Reviews Neuroscience, 4*(10), 829-839.

Baddeley, A. D. (2015). Working memory in second language learning. In Z. E. Wen, M. B. Mota, & A. McNeill (Eds.), *Working memory in second language acquisition and processing* (pp. 17-28). Multilingual Matters.

Baddeley, A. D., & Hitch, G. (1974). Working memory. *The Psychology of Learning and Motivation, 8*, 47-89.

Bell, S. M., & McCallum, R. S. (2008). *Handbook of reading assessment*. Allyn and Bacon Publishers.

Cai, S., & Zhu, W. (2012). The impact of an online learning community project on university Chinese as a foreign language students' motivation. *Foreign Language Annals, 45*(3), 307-329.

Card, N. A. (2015). *Applied meta-analysis for social science research*. Guilford Publications.

Carretti, B., Borella, E., Cornoldi, C., & De Beni, R. (2009). Role of working memory in explaining the performance of individuals with specific reading comprehension difficulties: A meta-analysis. *Learning and Individual Differences, 19*(2), 246-251.

Chen, M. J., & Yuen, J. C. K. (1991). Effects of pinyin and script type on verbal processing: Comparisons of China, Taiwan, and Hong Kong experience. *International Journal of Behavioral Development, 14*(4), 429-448.

Chen, Y. P., Allport, D. A., & Marshall, J. C. (1996). What are the functional orthographic units in Chinese word recognition: The stroke or the stroke pattern. *The Quarterly Journal of Experimental Psychology Section A, 49*(4), 1024-1043.

Cheung, H. (1996). Nonword span as a unique predictor of second-language vocabulary language. *Developmental Psychology, 32*(5), 867-873.

Chow, B. W. Y., Mo, J., & Dong, Y. (2021). Roles of reading anxiety and working memory in reading comprehension in English as a second language. *Learning and Individual Differences, 92*.

Daneman, M. (1991). Working memory as a predictor of verbal fluency. *Journal of Psycholinguistic Research, 20*(6), 445-464.

Daneman, M., & Carpenter, P. (1980). Individual differences in working memory and reading. *Journal of Verbal Learning and Verbal Behavior, 19*(4), 450.

Daneman, M., & Case, R. (1981). Syntactic form, semantic complexity, and short-term memory: Influence on children's acquisition of new linguistic structures. *Developmental Psychology, 17*, 367-378.

Daneman, M., & Merikle, P. M. (1996). Working memory and language comprehension: A meta-analysis. *Psychonomic Bulletin & Review, 3*(4), 422-433.

Ellis, N. C., & Sinclair, S. G. (1996). Working memory in the acquisition of vocabulary and syntax: Putting language in good order. *The Quarterly Journal of Experimental Psychology, 49*(1), 234-250.

Farnia, F., & Geva, E. (2011). Cognitive correlates of vocabulary growth in English language learners. *Applied Psycholinguistics, 32*(4), 711-738.

Feng, L., Lindner, A., Ji, X. R., & Malatesha Joshi, R. (2019). The roles of handwriting and keyboarding in writing: A meta-analytic review. *Reading and Writing, 32*(1), 33-63.

Fehringer, C., & Fry, C. (2007). Hesitation phenomena in the language production of bilingual speakers: The role of working memory. *Folia Linguistica, 41*(1-2), 37-72.

French, L. M., & O'Brien, I. (2008). Phonological memory and children's second language grammar learning. *Applied Psycholinguistics, 29*(3), 463-487.

Gathercole, S. E., & Baddeley, A. D. (1990). Phonological memory deficits in language disordered children: Is there a causal connection. *Journal of Memory and Language, 29*(3), 336-360.

Gathercole, S. E., & Baddeley, A. D. (1990). The role of phonological memory in vocabulary acquisition: A study of young children learning new names. *British Journal of Psychology, 81*(4), 439-454.

Gathercole, S. E., & Masoura, E. V. (2005). Contrasting contributions of phonological short-term memory and long-term knowledge to vocabulary learning in a foreign language. *Memory (Hove), 13*(3-4), 422-429.

Gathercole, S. E., Pickering, S. J., Ambridge, B., & Wearing, H. (2004). The structure of working memory from 4 to 15 years of age. *Developmental Psychology, 40*(2), 177-190.

Gathercole, S. E., Willis, C. S., Emslie, H., & Baddeley, A. D. (1992). Phonological memory and vocabulary development during the early school years: A longitudinal study. *Developmental Psychology, 28*(5), 887.

Geva, E., & Ryan, E. (1993). Linguistic and cognitive correlates of academic skills in first and second languages. *Language Learning, 43*, 5-42.

Goh, C. C. (2000). A cognitive perspective on language learners' listening comprehension problems. *System, 28*(1), 55-75.

Grundy, J. G., & Timmer, K. (2017). Bilingualism and working memory capacity: A comprehensive meta-analysis. *Second Language Research, 33*(3), 325-340.

*Han, Z., & Liu, Z. (2013). Input processing of Chinese by Ab initio learners. *Second Language Research, 29*(2), 145-164.

Harrington, M., & Sawyer, M. (1992). L2 working memory capacity and L2 reading skill. *Studies in Second Language Acquisition, 14*(1), 25-38.

Higgins, J. P. T., Thompson, S. G., Deeks, J. J., & Altman, D. G. (2003). Measuring inconsistency in meta-analyses. *The BMJ, 327*(7414), 557-560.

Hummel, K. M. (2009). Aptitude, phonological memory, and second language proficiency in nonnovice adult learners. *Applied Psycholinguistics, 30*(2), 225-249.

Juffs, A., & Harrington, M. (2011). Aspects of working memory in L2 learning. *Language Teaching, 44*(2), 137-166.

*Ke, S. E & Koda, K. (2021). Transfer facilitation effects of morphological awareness on multicharacter word reading in Chinese as a foreign language. *Applied Psycholinguistics, 42*(5), 1263-1286.

*Kim, S. A., Christianson, K., & Packard, J. (2015). Working memory in L2 character processing: The case of learning to read Chinese. In E. Z. Wen, M. Mota, & A. McNeill (Eds.), *Working memory in second language acquisition and processing* (pp. 85-104). Multilingual Matters.

*Kim, S. A., Packard, J., Christianson, K., Anderson, R. C., & Shin, J. A. (2016). Orthographic consistency and individual learner differences in second language literacy acquisition. *Reading and Writing, 29*(7), 1409-1434.

Leeser, M. J. (2007). Learner based factors in L2 reading comprehension and processing grammatical form: Topic familiarity and working memory. *Language Learning, 57*(2), 229-270.

*Leong, C. K., Tse, S. K., Loh, K. Y., & Ki, W. W. (2011). Orthographic knowledge important in comprehending elementary Chinese text by users of alphasyllabaries. *Reading Psychology, 32*(3), 237-271.

*Leong, C. K., Shum, M. S. K., Tai, C. P., Ki, W. W., & Zhang, D. (2019). Differential contribution of psycholinguistic and cognitive skills to written composition in Chinese as a second language. *Reading and Writing, 32*(2), 439-466.

Linck, J. A., Osthus, P., Koeth, J. T., & Bunting, M. F. (2014). Working memory and second language comprehension and production: A meta-analysis. *Psychonomic Bulletin & Review, 21*(4), 861-883.

Lipsey, M. W., & Wilson, D. B. (2001). *Practical Meta-analysis*. Thousand Oaks.

Mackey, A., Adams, R., Stafford, C., & Winke, P. (2010). Exploring the relationship between modified output and working memory capacity. *Language Learning, 60*(3), 501-533.

McBride, C. A. (2016). Is Chinese special? Four aspects of Chinese literacy acquisition that might distinguish learning Chinese from learning alphabetic orthographies. *Educational Psychology Review, 28*(3), 523-549.

McDonough, K., & Mackey, A. (2006). Responses to recasts: Repetitions, primed production, and linguistic development. *Language Learning, 56*(4), 693-720.

Michel, M., Kormos, J., Brunfaut, T., & Ratajczak, M. (2019). The role of working memory in young second language learners' written performances. *Journal of Second Language Writing, 45*, 31-45.

Miyake, A., & Friedman, N. P. (1998). Individual differences in second language proficiency: Working memory as language aptitude. *Foreign Language Learning: Psycholinguistic Studies on Training and Retention*, 339-364.

O'Brien, I., Segalowitz, N., Collentine, J., & Freed, B. (2006). Phonological memory and lexical, narrative, and grammatical skills in second language oral production by adult learners. *Applied Psycholinguistics, 27*(3), 377-402.

O'Brien, I., Segalowitz, N., Collentine, J., & Freed, B. (2007). Phonological memory predicts second language oral fluency gains in adults. *Studies in Second Language Acquisition, 29*, 557-582.

Papagno, C., Valentine, T., & Baddeley, A. (1991). Phonological short-term memory and foreign-language vocabulary learning. *Journal of Memory and Language, 30*, 331-347.

Papagno, C., & Vallar, G. (1992). Phonological short-term memory and the learning of novel words: The effect of phonological similarity and item length. *Quarterly Journal of Experimental Psychology, 44A*, 47-67.

Pascual-Leone, J., & Baillargeon, R. (1994). Developmental measurement of mental attention. *International Journal of Behavioral Development, 17*(1), 161-200.

Peng, G., Minett, J. W., & Wang, W. S. Y. (2010). Cultural background influences the liminal perception of Chinese characters: An ERP study. *Journal of Neurolinguistics, 23*(4), 416-426.

Peng, P., Barnes, M., Wang, C.C., Wang, W., Li, S., Swanson, H. L., Dardick, W., & Tao, S. (2018). A meta-analysis on the relation between reading and working memory. *Psychological Bulletin, 144*(1), 48-76.

Rai, M. K., Loschky, L. C., Harris, R. J., Peck, N. R., & Cook, L. G. (2011). Effects of stress and working memory capacity on foreign language readers' inferential processing during comprehension. *Language Learning, 61*(1), 187-218.

Ruan, Y., Duan, X., & Du, X. Y. (2015). Tasks and learner motivation in learning Chinese as a foreign language. *Language, culture and Curriculum, 28*(2), 170-190.

Sagarra, N. (2007). From CALL to face-to-face interaction: The effect of computer-delivered recasts and working memory on L2 development. In A. Mackey (Ed.), *Conversational interaction in second language acquisition* (pp. 229-248). Oxford University Press.

Serafini, E. J., & Sanz, C. (2016). Evidence for the decreasing impact of cognitive ability on second language development as proficiency increases. *Studies in Second Language Acquisition, 38*(4), 607-646.

Service, E. (1992). Phonology, working memory, and foreign-language learning. *The Quarterly Journal of Experimental Psychology. A, Human Experimental Psychology, 45*(1), 21-50.

Service, E., & Kohonen, V. (1995). Is the relation between phonological memory and foreign language learning accounted for by vocabulary acquisition. *Applied Psycholinguistics, 16*(2), 155-172.

Skehan, P. (1998) *A cognitive approach to language learning.* Oxford University Press.

Speciale, G., Ellis, N. C., & Bywater, T. (2004). Phonological sequence learning and short-term store capacity determine second language vocabulary acquisition. *Applied Psycholinguistics, 25*(2), 293-321.

Taylor, I., & Taylor, M. M. (2014). *Writing and literacy in Chinese, Korean and Japanese* (2nd ed.). John Benjamins.

*Tsung, L., Zhang, L., Hau, K. T., & Leong, C. K. (2017). Contribution of working memory, orthographic and sentential processing to Chinese text comprehension by Tibetan and Yi students. *The Reading Matrix: An International Online Journal, 17*(1), 16-39.

Walter, C. (2004). Transfer of reading comprehension skills to L2 is linked to mental representations of text and to L2 working memory. *Applied Linguistics, 25*(3), 315-339.

Wang, J., Spencer, K., & Xing, M. (2009). Metacognitive beliefs and strategies in learning Chinese as a foreign language. *System, 37*(1), 46-56.

Was, C. A., & Woltz, D. J. (2007). Reexamining the relationship between working memory and comprehension: The role of available long-term memory. *Journal of Memory and Language, 56*(1), 86-102.

Waters, G. S., & Caplan, D. (1996). The measurement of verbal working memory capacity and its relation to reading comprehension. *The Quarterly Journal of Experimental Psychology. A, Human Experimental Psychology, 49*(1), 51-79.

Waters, G., Caplan, D., & Hildebrandt, N. (1987). Working memory and written sentence comprehension. In M. Coltheart (Ed.), *Attention and performance 12: The psychology of reading* (p. 531-555). Lawrence Erlbaum Associates.

Weissheimer, J., & Mota, M. B. (2009). Individual differences in working memory capacity and the development of L2 speech production. *Issues in Applied Linguistics, 17*(2), 93-112.

Wen, Z. (Edward), & Li, S. (2019). Working Memory in L2 Learning and Processing. In A. Benati & J. W. Schwieter (Eds.), The cambridge handbook of language learning (pp. 365-389). Cambridge University Press. https://doi.org/10.1017/9781108333603.016

Yeniad, N., Malda, M., Mesman, J., Van IJzendoorn, M. H., & Pieper, S. (2013). Shifting ability predicts math and reading performance in children: A meta-analytical study. *Learning and Individual Differences, 23*, 1-9.

*Winke, P. (2005). *Individual differences in adult Chinese second language acquisition: The relationships among aptitude, memory and strategies for learning* [Doctoral dissertation]. Georgetown University.

*Zhou, Y. L. & Mcbride, C. (2018). The same or different: An investigation of cognitive and metalinguistic correlates of Chinese word reading for native and non-native Chinese speaking children. *Bilingualism (Cambridge, England), 21*(4), 765-781.

漢語音節結構及聲調語境
對二語學習者聲調感知的影響

周文駿

香港理工大學專業及持續教育學院

摘要

研究證明語音中的基頻值會受到音節結構的影響，如輔音氣流、元音高低及語流音節的聲調、語調的高低。聲調語言的音節甚至會因為周邊不相容的聲調語境產生調形扭曲的現象。對外漢語的研究中，有關漢語音節結構及聲調語境對二語學習者聲調感知的影響向來論述較少或結論不一。為補不足，本論文採用識別實驗，調查不同的音節結構（/ta/, /ti/, /tʰa/, /tʰi/）及聲調語境對泰國語（聲調語言）及印尼語（非聲調語言）母語者普通話聲調感知的影響。實驗被試由普通話、泰國及印尼母語者各 18 人組成。調查結果顯示，刺激音的音節結構對 3 組被試的漢語聲調感知無顯著影響。然而，在聲調語境方面，泰國被試對句中，陽平的識別率明顯較高於單字調；印尼被試的表現卻相反，他們對句中上聲的識別率明顯低於單字。兩組被試分別呈現出不同的偏誤類型。研究證明了聲調語境能促進聲調母語者對漢語聲調的感知能力，非聲調母語者則較容易受到語流中音高變異的干擾。

關鍵詞：音節結構　聲調感知　邊界調　偏誤類型　聲調語境

Impacts of Syllable Variability and Tonal Context on the Perception of Mandarin Tones by Second Language Speakers

CHOW, Raymond Wen-Chun

College of Professional and Continuing Education of The Hong Kong Polytechnic University

Abstract

Previous studies proposed that the fundamental frequency (F0) of languages is simultaneously influenced by the phonetic conditions surrounding them, such as consonant aspiration, vowel height, and tonal context. In natural speeches, the tone contour shapes can even be distorted from their canonical form by the incompatible tonal context. Within the domain of Chinese as a Foreign Language (CFL), scanty studies have examined the effects of phonetic conditions on the perception of Mandarin tones by L2 learners. To bridge the gap, this study makes use of diverse syllable structures (/ta/, /ti/, /tʰa/, /tʰi/) and tonal contexts to comprehensively examine the effects of phonetic conditions on the perception of Mandarin tones by Thai (tonal L1) and Indonesian (non-tonal L1) speakers. Altogether 18 natives, 18 Thai, and 18 Indonesian speakers participated in this study. The results showed that there was no significant difference between the accuracy rate for consonants /t/, /tʰ/ and vowels /a/, /i/. For the effects of tonal context, Thai and Indonesian participants demonstrated an asymmetric result. Thai listeners performed significantly better in perceiving Mandarin T2 when it was presented within tonal contexts. However, Indonesian listeners made significantly more errors when T3 was presented within the tonal context. Both groups varied in their error patterns for the contextual tones. These findings suggest that tonal context can facilitate tonal L1 speakers but hinder the non-tonal counterparts in their perception of Mandarin tones. The coarticulatory perturbation of the pitch height variability is confined to non-tonal L2 speakers only.

Keywords: syllable structure, tone perception, boundary tone, error pattern, tonal context

一、引言

在漢語聲調感知的領域裡，研究證明語音中的基頻值（F0）會受到音節結構的影響，如輔音氣流（Hombert，1975；Xu & Xu，2001）、元音高低（Lehiste，1996；Whalen & Levitt，1995）及前後字的音節音高（Shen & Lin，1991）。有時這種音節音高的變異會對母語者的聲調感知產生影響，如 Zheng（2014）調查了不同元音對漢語母語者陰平及陽平調範疇感知的影響，研究發現低元音 [a] 比其他元音需要更高的終點音高才能被感知為陽平調。張錦玉（2017）的調查發現目標字的位置及參照字的調類會對印尼華裔學生漢語陰平及陽平的範疇感知產生疊加影響。研究使用了雙音節詞作為刺激音，當目標字在前或參照字為上聲、去聲的時候，即使目標字的音高不變，被試也較容易作出陰平的判斷。

在自然語流中，漢語音節的聲調甚至會因為周邊不相容的聲調產生調形扭曲的現象，比如 Xu（1994）的研究將漢語 3 音節詞分成「相容」及「非相容」兩組，觀察前後字的音高對中字聲調的影響。調查發現在「相容」的音高條件下，漢語聲調基本保持原來的調形，但在「非相容」的條件下，陽平調會從原來的升調變成降調。識別實驗結果顯示，漢語母語者可以有效應對調形扭曲及語流中的音高變異，以準確判斷聲調調類（Xu，1994；1997）。

Lee et al.（2009）的研究比較母語及二語者對單字及句中調的感知表現，結果發現無論是母語還是二語者，他們對句中的聲調感知都明顯比單字調好，因此他們認為聲調語境對調類感知起促進作用。

然而，一些研究卻持相反意見。如 Hao（2012）比較了粵語及英語母語者對漢語單音節及雙音節詞調類的感知能力，發現兩組學習者識別單字調的表現較好。她認為由聲調語境產生的音高變異會對二語學習者造成一定程度的感知干擾。

類似的研究還有 Chang 和 Bowles（2015），他們比較了美國人習得漢語單音節及雙音節的難度。實驗把漢語詞彙分成單雙音節兩組，結果顯示美國被試經過六節聲調感知訓練後，對單音節刺激音的聲調感知準確率明顯比雙音節的高，作者認為聲調語境導致的如 Xu（1997）所述的調形變異對漢語初學者產生了負遷移，削弱了他們的聲調感知能力。

另一個導致漢語聲調音高變異的因素和語調有關。Liang 和 van Heuven（2007）發現非聲調母語者傾向把漢語音高變化感知為句子的語調多於漢字的聲調，他們無論在語調感知的準確率還是反應時間方面，都比聲調母語者表現得好，相反非聲調母語者字調感知的能力則較差。Liu et al.（2016）調查漢語母語者對漢語聲調及語調的感知能力，比較結果顯示無論是準確率還是反應時間方面，被試分辨聲調的能力都比語調表現得好。

廖榮蓉（1994）的一段描述能很好地概括語流對聲調音高的影響：

聲調作為基本語音單位首先產生，在句子中由變調、重音以及語調對它進行調節。聲調和語調是相加而得到最後的語流聲調的。

在對外漢語研究中，有關音節結構及語流音高變異對二語者聲調感知的影響歷來論述較少或缺乏統一的結論。本文試圖採用不同的音節結構及聲調語境，調查這些語音變異因素對泰國（聲調母語）及印尼（非聲調母語）漢語聲調感知的影響，並嘗試分析造成這些影響背後的原因。

二、實驗設計

2.1 實驗材料

本研究選取漢語音節 /ta/, /ti/, /tʰa/, /tʰi/ 作為刺激音。採用這 4 個音節的原因是它們代表了最基本的高低元音及送氣輔音的音節對，又是泰國語及印尼語的基本音節，可以排除被試因為不熟悉語音音節而影響判斷的情況。鑒於 Xu（1997）的研究發現漢語前字調對目標字的音高影響大於後字調，本研究把刺激音的 4 個漢語聲調嵌入下列 4 個前字調不同的句子中：

- 我說 X 這個字。
- 我學 X 這個字。
- 我寫 X 這個字。
- 我記 X 這個字。

之後邀請一男一女漢語母語者進行錄音，他們均為資深漢語教師，在香港從事語言教學工作，普通話水平測試考獲一級成績。

2.2 被試

實驗被試分成 3 組，分別由 18 名泰語母語（9 女、9 男）、18 名印尼母語者（10女、8 男）及 18 名漢語母語者（10 女、8 男）組成。外語組被試為廣州暨南大學對外漢語專業一年級學生。雖然他們不是零起點學習者，但只在中國生活了 5-6個月，其漢語水平仍處於初級階段。漢語母語者為香港理工大學對外漢語文學碩士學生。3 組被試的平均年齡為：泰國 20.4（SD=2.9）、印尼 19.9（SD=2.3）、漢語母語 26.1（SD=3.4）。除小學及初中的音樂課外，所有被試均無接受過正規的音樂訓練，並自我申報沒有聆聽障礙。

2.3 實驗過程

實驗以電腦軟件 E-prime 進行。開始之前，工作人員先向被試講解實驗過程，並向每名被試播放 4 個單字調及 4 句句中錄音作示範，要求被試判斷單字調及句中錄音的第 3 個漢字的聲調類別，以電腦鍵盤的 1 至 4 代表漢語聲調的第 1 至 4聲輸入所聽到的聲調類別。

正式實驗時，電腦不按順序地向每位被試播放所有單字調及嵌入目標字句子的錄音，要求被試判斷目標字的聲調。每位被試所測的刺激音總數為：單字調共64 個（4 音節 x 4 聲調 x 2 錄音人 x 2 重複一次）。句中刺激音共 240 個（4 音節 x 4 聲調 x 4 前字調 x 2 錄音人 x 2 重複一次 -16 上上組合[1]）。實驗沒有時間限制，但要求被試盡快判斷所聽到的聲調。

2.4 統計方法

實驗採用 Friedman ANOVA 作為統計方法以判斷各變量對聲調感知影響的顯著性。如統計結果顯示變量的影響為顯著時，將採用 Post hoc Wilcoxon test（Bonferroni adjusted）作變量之間的配對比較。

---

[1] 本研究只考察前字調對聲調感知的影響。由於上聲連讀時，前字調會產生語流變調讀成陽平調，其對目標字的聲調感知影響應和「陽 + 上」的組合相同。

三、統計結果

3.1 音節結構的統計結果

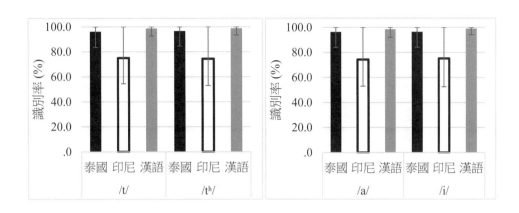

圖1：送氣及非送氣輔音音節聲調識別率比較（水平線為標準誤差）

圖2：高低元音音節聲調識別率比較（水平線為標準誤差）

　　圖 1 比較了送氣及非送氣輔音的聲調識別率。非送氣輔音 /t/ 方面，3 個母語組的結果分別是：泰國 96.19%（SD=12.78）、印尼 75%（SD=22.52）、漢語 98.75%（SD=6.06）；送氣輔音 /tʰ/ 方面，泰國的識別率為 96.71%（SD=12.12）、印尼 74.39%（SD=23.31）、漢語 98.89%（SD=5.38）。統計結果顯示 3 組被試對送氣與非送氣識別率的差異並不顯著（泰國 p=0.5；印尼 p=0.58；漢語 p=0.64），說明輔音是否送氣（t 對比 tʰ）對 3 組被試的聲調識別不會構成影響。

　　元音高低方面，圖 2 比較了高元音（i）及低元音（a）的聲調識別率。泰國組高元音的識別率為 96.52%（SD=12.45）、印尼 75.14%（SD=18.57）、漢語 99.12%（SD=4.86）。低元音的識別率為：泰國 96.83%（SD=12.46）、印尼 74.25%（SD=21.25）、漢語 98.52%（SD=6.47）。統計結果顯示 3 組被試對高低元音識別準確率的差異並不顯著（泰國 p=0.82；印尼 p=0.53；漢語 p=0.66），說明元音的高低（a 對比 i）對他們的聲調識別不會構成影響。

　　由於輔音送氣及元音高低均不會對被試的聲調感知產生影響，本文不進一步統計在不同前字調下，被試對各種音節結構的感知結果。

3.2 單字調和句中聲調的比較結果

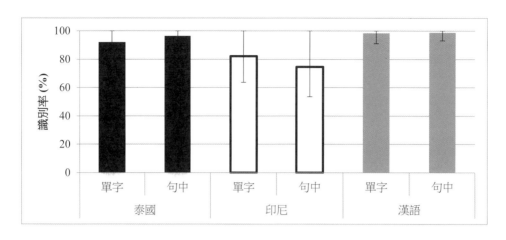

圖 3：3 組母語組單字及句中聲調識別率比較（水平線為標準誤差）

　　圖 3 比較了被試單字及句中的聲調識別率。統計結果顯示，泰國被試句中聲調的識別率比單字調高，兩者差異顯著（z=-6.36，p<0.0001）；相反，印尼被試則識別單字調的表現較好，兩者差異顯著（z=-2.14，p<0.05）；漢語組兩個實驗的識別率差異並不顯著（z=-1.63，p=0.102）。

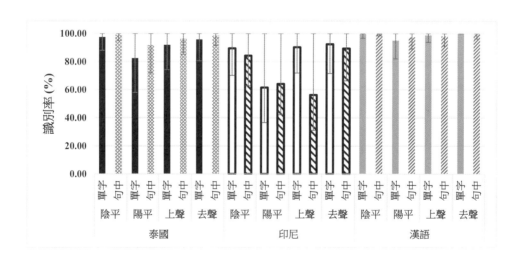

圖 4：3 組母語組單字及句中聲調識別率的比較（水平線為標準誤差）

　　圖 4 比較了 3 組被試對單字和句中 4 個漢語調類的識別率。如圖示，無論是哪個調類，泰國組在句中的表現都比單字好；印尼組只有在識別句中的陽平調時表現得比較好，其餘調類都是單字的識別率較高；漢語組 4 個調類的識別率都是單字調較高。單字和 4 聲配對的統計結果表示，泰國組句中陽平調的識別率明顯比單字高（z=-4.12，p<0.0001），印尼組單字上聲的識別率明顯比句中高（z=-4.76，p<0.0001），其餘配對的識別率差異並不顯著。

3.3　前字調的統計結果

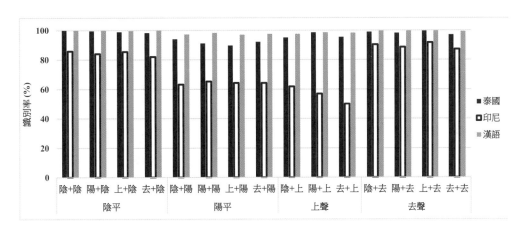

圖 5：3 組被試在 4 個前字調下的聲調識別率

　　圖 5 比較了 3 組被試在 4 個前字調下的聲調識別率。統計結果顯示，當前字調為陰平時，泰國組對陰平的識別率明顯比去聲前字調高（z=-2.24，p<0.05）。印尼組方面，當前字調為去聲時，他們對上聲的識別率明顯比陰平前字調（z=-3.17，p<0.05）及陽平前字調（z=-2.21，p<0.05）低。此外，當前字調為上聲時，他們對去聲的識別率明顯比去聲前字調高（z=-2.56，p<0.05）。漢語組所有配對結果的差異均不顯著。

　　表 1 列出了 3 組被試在不同前字調下的句中聲調識別率，百分比旁的 * 代表母語組和泰國或印尼組識別率的兩兩比較差異顯著（p<0.05）。# 代表泰國和印尼組識別率的兩兩比較差異顯著（p<0.05）。

前字調	目的字調類	準確率（%）/ SD					
		泰國		印尼		漢語	
陰平	陰平	100#	0	85.76*#	25.46	100	0
	陽平	93.93#	16.17	63.19*#	23.95	97.22	9.89
	上聲	95#	10.93	61.81*#	21.33	97.57	7.46
	去聲	98.93#	6.64	90.28*#	22.81	99.65	2.95
陽平	陰平	99.65#	2.95	84.03*#	20.61	100	0
	陽平	91.32*#	19.75	65.28*#	23.13	98.38	5.88
	上聲	98.26#	6.4	56.94*#	19.51	98.61	5.77
	去聲	98.26#	7.65	88.54*#	21.8	99.65	2.95
上聲	陰平	98.96#	5.03	85.42*#	20.45	99.68	2.45
	陽平	89.58*#	24.01	64.19*#	23.51	96.88	8.33
	去聲	99.65#	2.95	91.67*#	20.98	99.65	2.95
去聲	陰平	98.26*#	6.4	81.94*#	26.28	100	0
	陽平	92.36*#	18.11	64.24*#	23.99	97.57	8.56
	上聲	95.49#	14.12	50.86*#	25.02	98.26	7.65
	去聲	97.22#	8.96	87.15*#	23.36	99.31	4.14

表 1：3 組母語組在不同前字調下的句中聲調識別率

3.4 偏誤類型的統計結果

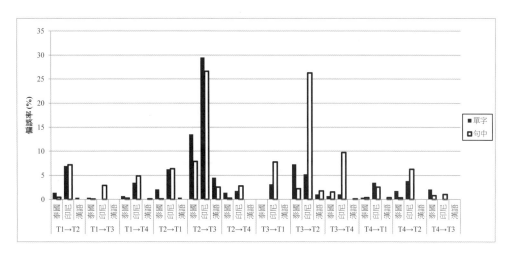

圖 6：3 組被試單字及句中偏誤類型的百分比

圖 6 比較了 3 組被試單字及句中偏誤類型的百分比，每組被試一共有 12 對組合進行比較（3 種偏誤類型 x 4 個調類）。配對統計結果顯示，在單字調的情況下，泰國被試誤判陰平為陽平（z=-2.0，p<0.05）、陽平為陰平（z=-2.12，p<0.05）及陽平為上聲（z=-1.97，p<0.05）的百分比明顯地比句中的高，兩者差異顯著。印尼被試方面，他們在句中的情況下，誤判上聲為陰平（z=-2.92，p<0.05）、上聲為陽平（z=-5.29，p<0.0001）及上聲為去聲（z=-2.11，p<0.05）的偏誤類型明顯比單字的高，兩者差異顯著。漢語組配對的比較結果沒有顯著差異（p>0.05）。表 2 至 4 總結了 3 組被試識別句中聲調選項的百分比。

判斷 結果 ＼ 漢語 調類	陰平	陽平	上聲	去聲	
陰平	99.21%	0.44%	0.1%	0.26%	泰語組
陽平	0.1%	91.78%	7.88%	0.25%	
上聲	0%	2.22%	96.26%	1.52%	
去聲	0.37%	0.33%	0.79%	98.51%	
刺激音總數：4320 個，陰平、陽平、去聲各 1152 個，上聲 864 個					

表 2：泰國母語者聲調識別結果統計

判斷 結果 ＼ 漢語 調類	陰平	陽平	上聲	去聲	
陰平	85.1%	7.18%	2.89%	4.86%	印尼組
陽平	6.37%	64.22%	26.62%	2.78%	
上聲	7.75%	26.27%	56.25%	9.72%	
去聲	2.55%	6.25%	1.04%	90.16%	
刺激音總數：4320 個，陰平、陽平、去聲各 1152 個，上聲 864 個					

表 3：印尼母語者聲調識別結果統計

判斷 結果 ＼ 漢語 調類	陰平	陽平	上聲	去聲	
陰平	99.88%	0%	0%	0.12%	漢語組
陽平	0%	97.45%	2.55%	0%	
上聲	0%	1.74%	98.15%	0.12%	
去聲	0.35%	0%	0%	99.65%	
刺激音總數：4320 個，陰平、陽平、去聲各 1152 個，上聲 864 個					

表 4：漢語母語者聲調識別結果統計

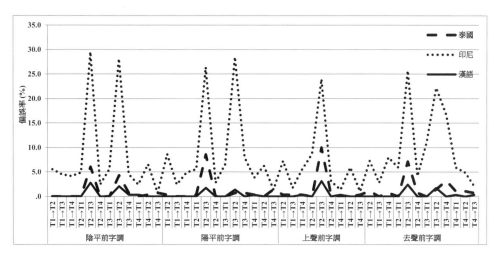

圖 7：3 組母語組在不同前字調下的句中聲調識別偏誤率

橫軸代表 45 種偏誤類型（目標聲調→被試選項）

　　圖 7 比較了 3 組被試在不同前字調下對各種偏誤類型的百分比。如圖示，前字調並沒有對泰國及漢語組構成明顯的偏誤類型，除了當前字調是陰平時，泰國組有相對較多的把上聲聽成陽平的偏誤（4.29%，SD=9.49）。陰平及陽平前字調配對統計顯示，泰國組在前字調為陰平的情況下，誤判上聲為陽平的比例明顯比陽平前字調高（z=-2.89，p<0.05）。

　　印尼組方面，他們出現較多把上聲誤判為去聲（16.67%，SD=22.98）的偏誤。統計結果顯示，在 4 個前字調中，去聲比陰平（z=-4.25，p<0.0001）、陽平（z=-3.11，p<0.05），及陽平比陰平（z=-2.24，p<0.05）出現更多的誤判上聲為去聲的偏誤類型。句中去聲方面，前字調為去聲比陰平（z=-2.24，p<0.05）、上聲（z=-3.15，p<0.05），及陽平比上聲（z=-2.33，p<0.05）會出現更多的誤判去聲為陰平的偏誤類型。

　　漢語組所有配對差異的統計結果均不顯著（p>0.05）。

四、討論

4.1 音節結構對聲調感知的影響

本研究假設音節結構中輔音送氣及元音高低會對二語學習者的聲調感知產生影響。實驗結果證明無論是泰國及印尼被試，其對送氣及不送氣輔音，高元音及低元音音節的聲調感知準確度並無顯著差異，說明了因輔音送氣或元音高低導致的音節內在基頻的差別不足以影響二語學習者聲調感知的判斷，符合音高變化是判斷調類的關鍵線索的主張（Lee，2007；Malins & Joanisse，2010）。

Lee et al.（2009）的研究把漢語音節合成為完整、中間空白、前後空白、起始4種狀態，比較母語者及二語學習者在不同音節條件下對漢語聲調的感知能力。研究結果發現當音節處於中間空白或起始狀態時，二語學習者比母語者更容易因為語音線索的欠缺而作出誤判。這說明了二語者更依賴音節中斷的音高走向判斷漢語聲調，音節初始階段因輔音產生的音高變化對感知的影響不大，此一發現和本研究的結論相吻合。至於元音高低的影響，本文沒有出現如Zheng（2014）所說的因元音不同所造成的感知差異，原因可能是鄭所做的是範疇感知實驗，被試只出現一種低元音 [a] 邊界位置整體前移的現象，並不代表有區分調類的困難，事實上，被試在不同元音之間的邊間寬度沒有顯著差異，說明了元音差異不會對被試的聲調感知造成混淆，他們的調類感知線索主要來自音節的音高走向，可見對於識別語流中的聲調，調值才是最關鍵的線索（Liu & Samuel，2004；Ye & Connine，1999）。

4.2 聲調語境對感知的影響

本研究假設語流中的前字調會對漢語聲調的感知產生影響，前字調對泰國及印尼留學生造成的聲調感知影響程度不同，兩者的偏誤類型存在差異。實驗結果符合上述假設。首先，泰國及印尼被試對句中及單字聲調感知的準確度存在明顯差異。泰國被試句中聲調的識別率明顯比單字高，印尼被試則相反。

統計顯示，泰國組對句中陽平調的識別率明顯比單字高，我們推測這與句中陽平和上聲（半上聲）聲調的調形差異較大有關。過去有不少研究表示區分陽平和上聲是泰國學習者掌握漢語聲調的難點（Chow et. al，2018；Li，2016；Rungruang & Mu，2017），原因和兩個聲調的音高變化接近有關。本文調查的句中上聲因受到語流音變的影響，句中的上聲由曲折調（全上聲）變為低降調（半上聲），因此陽平（中升）和上聲的調形出現較大的反差，促進了泰國被試區分該兩個調類。

　　另一個導致泰國組對句中聲調識別率較高的原因可能和聲調感知的參照作用有關。過去有不少研究證明聲調語境能促進聲調母語者判斷調類（Chang et al，2017；Peng et al.，2012；Zhang et al.，2012），它們以粵語作為調查對象，發現粵語的平調單靠聲調本身的音高線索很難準確判斷調類，語境的參照作用有助提高識別率，這個結論和本文的實驗結果是一致的。

　　由於泰國組單字調整體的識別率偏高，其餘配對的統計結果差異不大與統計學的天花板效應（ceiling effect）有關。

　　前字調影響方面，當前字調為陰平時，泰國組對陰平的識別率明顯比去聲前字調的高。另外，泰國組在前字調為陰平的情況下，誤判上聲為陽平的比例明顯比陽平前字調的高。本文推測這和聲調的邊界效應（tonal coarticulatory effect）及前字調的參照作用有關。Xu（1994；1997）認為漢語音節邊界音高受到前字調的終點音高制約，當兩者有不相容的情況，甚至會出現聲調扭曲的現象。本文調查的材料中「去＋陰（目標字）」及「陰＋上（目標字）」的組合都有這種不相容的情況，對被試產生一定的干擾，再加上「陽＋上（目標字）」組合中前字調對判斷上聲目標字起了一定的參照作用，故「陰＋上（目標字）」比「陽＋上」更多地出現誤判上聲為陽平的偏誤。

　　值得一提的是，縱然上述前字調影響的配對結果就統計學上而言差異顯著，但這並非指泰國被試在這些類別裡表現特別差，事實上，泰國被試整體的識別率很高，配對統計得出的結果是相對性的，代表兩者比較之下較好或較差。

　　印尼組方面，Chow et al.（2018）的研究發現在單字調時，印尼學生上聲的識別率明顯高於陽平，誤判陽平為上聲的比例明顯高於陰平及去聲。而本研究卻出現相反的結果，被試對句中上聲的識別率明顯比單字低，誤判上聲為陽平的比例明顯高於陰平及去聲。這可能與句中上聲音節時長縮短有關。我們知道在單字調的情況之下，上聲的時長最長，其次是陽平、陰平和去聲，由於陽平及上聲單字調的音節時長接近，當印尼被試聽到一個相對較長而帶有上升特徵的刺激音時，傾向作出上聲的選擇，但當上聲出現在句中的時候，時長大幅縮短，被試判斷上聲為陽平的機率增加，故出現較多誤判上聲為陽平的偏誤，而句中陽平的識別率也因此而提高了。這結論符合非聲調母語者較依賴時長區分漢語的陽平及上聲調的主張（Blicher et al.，1990；Chang，2011）。

　　有關前字調的影響，本文發現當前字調為去聲時，印尼被試的上聲識別率明顯低於陰平及陽平，並且較容易出現誤判上聲為去聲的偏誤類型，這可能是受到聲調語境及句子韻律的疊加影響所致。鄧丹、石鋒和呂士楠（2008）及 Xu（1994）的研究證明漢語的 3 音節詞中，去聲的音高表現主要受到前字聲調終點的特徵影響。如果前字聲調的終點和去聲起點音高的特徵一致（陰平或陽平），中字去聲的下降幅度較大；相反，如果前字的終點音高不符合去聲起點音高的特徵（上聲或去聲），中字去聲音高起點明顯下降，整個調形的下降幅度也會減少。

　　研究還證明了在音節結構為 2+1 韻律詞的條件下，當 3 個去聲連讀時，中字去聲的下降幅度減低，失去了去聲原有的高降特點，形成了一種低降的過渡調形。考慮到本實驗材料去聲前字調句字「我記 X 這個字」的間斷在刺激音「X」之後明顯較大，我們比較了前字調及刺激音為「去＋去」及「陰／陽／上＋去」組合的調形，發現在「去＋去」的語境下，有關刺激音的調形比較平緩，而其他組合的調形則仍保留了高降的音高特點，此結果符合鄧丹等（2008）及 Xu（1994）的研究結論。由於這種句中韻律詞變調的影響，「去＋去」及「去＋上」在聽覺上的音高反差大幅減少，再加上句中上聲時長縮短的問題，對被試構成一定的干擾而導致誤判。

　　另一個造成誤判原因可能和語流中的降階效應及兩個去聲連讀的變調有關。熊子瑜（2005）的研究證明，當普通話的聲調音高特徵構成「H-L-H」的音調序列時，處於該序列中 L 及 L 之後的 H 調會發生顯著的調階降低現象，這種現象在音系學裡稱為「降階效應」。研究發現，即使在不同語音環境裡，這種降階效應都具有相對穩定的音高表現。同時，當兩個去聲連讀時也會造成一種調域降低的現象（趙元任，1980），如「秘密」、「看戲」，前字往往讀成 53 調，後字讀 51，調域偏低。

　　本文的實驗材料中，如「我記打／塔／抵／體這個字」中的「記＋打／塔／抵／體＋這」的音高特徵與「H-L-H」相符而出現目標上聲字調域下降的現象。另一方面，在「去＋去」的組合裡，目標去聲字也同樣地出現調域下降的情況。有研究指出，非聲調母語者對聲調音高的敏感程度大於調域及調形（Gandour，1983；Gandour & Harshman，1978），這種聲調以外的音高變體縮小了「去＋去」和「去＋上」聽覺上的反差，對被試產生一定的干擾，導致兩者的混淆。印尼被試在去聲前字調的語境下，對去聲的識別率明顯比上聲前字調低的原因和上述的疊加影響有關。

五、對外漢語聲調教學的反思

本論文考察了聲調母語（泰國）及非聲調母語（印尼）的漢語學習者對在語流中及不同語音條件下的漢語聲調的感知能力，鑒於聲調感知和輸出有密切關連（Chen，1997；Elliot，1991；Leather，1990），研究結果有助補充對外漢語聲調教學的文獻。首先，無論是聲調母語，還是非聲調母語的漢語學習者，輔音送氣與否或元音的高低並不影響他們判斷漢語聲調的調類，說明音節結構不是二語學習者習得漢語調類的關鍵。

其次，研究進一步證實了在對外漢語學習者中，由於缺乏邊界調的語言感知經驗，非聲調母語者比聲調母語者更容易受到音節邊界的音高影響，導致他們漢語聲調的感知缺乏穩定性，判斷調類時更依賴音節的絕對音高，故容易在音階的干擾下作出誤判。這種誤判實際上不是單純的字調感知問題，它還牽涉到音節邊界受到語流韻律或語調導致的音高及音階變異的問題。

印尼被試在感知中出現的誤判同時也折射出他們在產出有關聲調時可能會遇到的問題，那就是容易忽略聲調降階及「去＋去」連讀時的語流變調等問題。曹文（2010a）通過短語的聽辨實驗及對語料庫語句焦點的分析，發現「外國人學漢語缺乏調域變化——主要是音高線降階並持續到句尾——的訓練或習慣」，說明了非聲調母語者由於缺乏同時控制調形及音階的語言經驗，造成聲調感知及輸出上的偏誤，這也是很多外國人，尤其非聲調母語者覺得漢語聲調很難掌握的原因。因此，曹文（2010b）建議在對外漢語聲調教學及操練中，增加一些移調訓練，用不同音階的起調進行 4 聲唱練，有助學生理解和掌握漢語聲調調高的相對性。

另一對外漢語學者林茂燦（2015）認為除了要讓學生掌握最基本的 4 聲調值以外，還要適當地教導學生準確發出同一個聲調在不同音階時的音高曲拱，比如訓練學生感知和讀出疑問及陳述語氣的「詩」、「時」、「始」、「事」，把整個聲調的音階抬高或降低，改變音節的邊界調，但保留音節的調形。熟練後可以進而訓練雙音節詞，在前後字裡搭配不同聲調的音節，如「收視」、「熟視」、「手勢」、「受事」等，再配上疑問及陳述的語氣，反覆做感知和發音訓練，以建立學生對 4 個聲調在語流中不同音階的聲調語感，進而產生語言連繫，強化他們感知及產出聲調的穩定性，使其排除音節邊界因語流韻律或語氣導致音高變異的干擾，解決說漢語時洋腔洋調的問題。

六、結論

　　本文除研究音節結構對聲調感知的影響外，同時也考察了其對母語為聲調語言（泰國）及非聲調語言（印尼）的二語學習者聲調感知的影響。實驗結果說明音節結構中的輔音送氣（t 對比 tʰ）及元音高低（a 對比 i）的差異不會對二語者的漢語聲調感知產生影響。此外，泰國及印尼被試在句中的聲調識別實驗呈現出相反的結果，泰國學生句中聲調的感知準確度明顯較高，但印尼明顯較低，這代表泰國學生能借助母語的聲調經驗處理因語流導致的音高變異問題，從而獲取準確的漢語聲調資訊，泰國被試漢語的聲調感知呈現一種較為範疇化的現象，外在的音高環境能對他們的聲調感知發揮參照作用。相反，印尼學生句中的聲調感知較容易受語流中的音高變異干擾，具體地說，除了前字調聲調語境造成的音高變異之外，句子韻律的降階現象也會對他們的調類判斷產生影響。他們更依賴音節的實質音高及時長判斷調類。總的來說，本文的結論符合母語的聲調經驗能促進二語聲調音高變異習得的主張（Chang et al.，2017；Lee et al.，2009；Peng et al.，2012；Zhang et al.，2012）。

參考文獻

曹文（2010a）：《漢語焦點重音的韻律實現》，北京，北京語言大學出版社。

曹文（2010b）：聲調感知對比研究——關於平調的報告，《世界漢語教學》，2，255-262。

鄧丹、石鋒和呂士楠（2008）：普通話 3 音節韻律詞中字的變調，《語言文字應用》，3，90-97。

廖榮蓉（1994）：國外的漢語語音研究，輯於《海外中國語言學研究》，（頁98-139），北京，語文出版社。

林茂燦（2015）：漢英語調的異同和對外漢語語調教學——避免「洋腔洋調」之我見，《國際漢語教學研究》，3，39-46

熊子瑜（2005）：單念條件下作用於普通話兩字組之上的音高降階效應，輯於《第八屆全國人機語音通訊學術會議論文集》，（頁 289-292），北京。

張錦玉（2017）：印尼華裔留學生陰、陽平的感知與產出，《海外華文教育》，1，38-47。

趙元任（1980）：《語言問題》，北京，北京商務印書館。

Blicher, D. L., Diehl, R. L., & Cohen, L. B. (1990). Effects of syllable duration on the perception of the Mandarin Tone 2/Tone 3 distinction: Evidence of auditory enhancement. *Journal of Phonetics, 18*(1), 37-49.

Chang, C. B., & Bowles, A. (2015). Context effects on second-language learning of tonal contrasts. *The Journal of Acoustical Society of America, 138*(6), 3703-3716.

Chang, Y. S. (2011). Distinction between Mandarin tones 2 and 3 for L1 and L2 listeners. *Proceeding of the 23rd North American Conference on Chinese Linguistics, 1*, 84-96.

Chang, Y. S., Yao, Y., & Huang, B. H. (2017). Effects of linguistic experience on the perception of high-variability non-native tones. *The Journal of Acoustical Society of America, 141*(2), 120-126.

Chen, Q.-H. (1997). Toward a sequential approach for tonal error analysis. *Journal of the Chinese Language Teachers' Association, 32*(1), 21-39.

Chow, R. W-C., Liu, Y. & Ning, J-H. (2018). The perception of Mandarin tones by Thai and Indonesian speakers. *Proceedings of the 6th International Symposium on Tonal Aspects of Languages* (TAL 2018), 97-201

Elliot, C. E. (1991). The relationship between the perception and production of Mandarin tones: An exploratory study. *University of Hawi'i Working Paper in ESL 10*(2), 107-204.

Gandour, J. T. (1983). Tone perception in Far Eastern languages. *Journal of Phonetics, 11*, 149-175.

Gandour, J. T., & Harshman, R. A. (1978). Cross-language differences in tone perception: A multidimensional scaling investigation. *Language and Speech, 21*(1), 1-33. https://doi.org/10.1177/002383097802100101

Hao, Y. C. (2012). Second language acquisition of Mandarin Chinese tones by tonal and non-tonal language speakers. *Journal of Phonetics, 40*(2), 269-279.

Hombert, J. M. (1975). Perception of contour tones: An experimental investigation. *Proceedings of the 1st Annual Meeting of the Berkeley Linguistics Society, 1*, 221-232.

Leather, J. (1990). Perceptual and productive learning of Chinese lexical tone by Dutch and English speakers. In J. Leather, & A. James (Eds.), *New sound 90: Proceedings of the 1990 Amsterdam symposium on the acquisition of second-language speech*, (pp. 72-89). University of Amsterdam.

Lee, C.-Y. (2007). Does horse activate mother? Processing lexical tone in form priming. *Language and Speech, 50*(1), 101-123.

Lee, C.-Y., Tao, L., & Bond, Z. S. (2009). Speaker variability and context in the identification of fragmented Mandarin tones by native and non-native listeners. *Journal of Phonetics, 37*(1), 1-15.

Lehiste, I. (1996). Suprasegmental features of speech. In N. Lass (Ed.), *Principles of experimental phonetics* (pp. 226-244). Mosby.

Li, Y. (2016). English and Thai speakers' perception of Mandarin tones. *English Language Teaching, 9*(1), 122-132.

Liang, J., & van Heuven, V. J. (2007). Chinese tone and intonation perceived by L1 and L2 listeners. In C. Gussenhoven & T. Riad (Eds.), *Tones and tunes, volume 2: Experimental studies in word and sentence prosody. Vol. 12-2. Phonology and phonetics* (pp. 27-61). De Gruyter.

Liu, M., Chen, Y., & Schiller, N. O. (2016). Context effects on tone intonation processing in Mandarin. *Proceedings of the Speech Prosody 2016*, 1056-1060.

Liu, S., & Samuel, A. G. (2004). Perception of Mandarin lexical tones when F0 information is neutralized. *Language and Speech, 47*(2), 109-138.

Malins, J. G., & Joanisse, M. F. (2010). The roles of tonal and segmental information in Mandarin spoken word recognition: An eyetracking study. *Journal of Memory and Language, 62*(4), 407-420. https://doi.org/10.1016/j.jml.2010.02.004

Peng, G., Zhang, C. C., Zheng, H. Y., Minett, J. W., & Wang, W. S-Y. (2012). The effect of intertalker variations on acoustic-perceptual mapping in Cantonese and Mandarin tone systems. *Journal of Speech, Language, and Hearing Research, 55*, 579-595.

Rungruang, A., & Mu, Y. (2017). Mandarin Chinese tonal acquisition by Thai speakers. *Asian Social Science, 13*(5), 107-115.

Shen, X., & Lin, M. (1991). A perceptual study of Mandarin tones 2 and 3. *Language and Speech, 34*, 145-146.

Whalen, D. H., & Levitt, A. G. (1995). The universality of intrinsic F0 of vowels. *Journal of Phonetics, 23*, 349-366.

Xu, C. X., & Xu, Y. (2001). Effects of consonant aspiration on Mandarin Tones. *Journal of the International Phonetic Association, 33*, 165-181.

Xu, Y. (1994). Production and perception of coarticulated tones. *Journal of the Acoustical Society of America, 95*, 2240-2253.

Xu, Y. (1997). Contextual tonal variations in Mandarin. *Journal of Phonetics, 25*, 61-83.

Ye, Y., & Connine, C. M. (1999). Processing spoken Chinese: The role of tone information. *Language and Cognitive Processes Special Issue: Processing East Asian Languages, 14*(5-6), 609-630.

Zhang, C., Peng, G., & Wang, W. S-Y. (2012, May 27-29). *Normalizing talker variation in the perception of Cantonese level tones: Impact of speech and nonspeech contexts*. The Third International Symposium on Tonal Aspects of Languages, Nanjing, China.

Zheng, Q. (2014). Effects of vowels on Mandarin tone categorical perception. *Acta Psychologica Sinica, 46*(9), 1223-1231.

香港大專普通話學習者自我認同研究

饒宇靖

香港科技大學

摘要

由於特殊的歷史原因，普通話在香港一直以來都處於一個比較特殊的地位。絕大多數香港學生是以母語粵語為溝通語言，而他們習得普通話的主要途徑是於學校提供的普通話課堂上。因此，普通話對於學習者來說，既非真正的母語，亦非真正的二語。

隨著學習者普通話水平及溝通能力的日益提升，學習者自我認同是否也發生了變化？這裡所指的自我認同內涵包括了學習者對普通話、中華文化及中國人身份三個維度的認同。而自我認同的類型則主要依據學者高一虹以中國英語學習者為研究對象，追蹤調查其自我認同變化的研究。

在研究方法上，我們採用問卷調查和小組訪談相結合的方式，探究來自兩種不同教育背景的香港大專生在學習普通話後自我認同的變化與發展情況。

本文嘗試以學習者自我認同作為切入點，探討學習者普通話水平與其文化歸屬與身份認同問題。

關鍵詞：香港普通話　自我認同　普通話認同　中華文化認同

A Study on Self-identity of Hong Kong Putonghua Learners at Tertiary Level

RAO, Yujing

The Hong Kong University of Science and Technology

Abstract

Because of special historical reasons, Putonghua has always been in a relatively unique position in Hong Kong. The majority of Hong Kong students use Cantonese as their native language to communicate, and they learn Putonghua mainly from Putonghua classes provided by schools. Therefore, Putonghua is neither their mother tongue nor their second language.

With the improvement of learners' Putonghua proficiency and communication skills, has the learners' self-identity changed? The connotation of self-identity includes three dimensions: learners' Putonghua identity, Chinese culture identity and Chinese identity. The types of learners' self-identity are mainly based on the research conducted by a famous scholar, Gao Yihong, who took English learners from different universities in China as targets, tracking and investigating the changes in their self-identity.

In terms of research methods, this study uses a combination of a questionnaire survey and group interviews to explore the changes and developments in the self-identity of Hong Kong Putonghua learners at the tertiary level but from two different educational backgrounds.

This paper attempts to use learners' self-identity as a starting point to discuss the issue of learners' Putonghua proficiency and their cultural affiliation and identity.

Keywords: Hong Kong Putonghua, self-identity, Putonghua identity, Chinese cultural identity

1. 引言

在言語交際過程中，語言的使用在很大程度上代表文化的歸屬，語言是身份形成的重要基礎和重要表現形式，語言是身份的原始紐帶之一（杜維明，2010）。身份也影響這語言的選擇。個體通過語言表達顯示其身份，所以對身份的選擇決定了對語言的選擇。

香港回歸至今已踏入第二十五年，2021 年人口普查的數據顯示，54.2% 的香港人能夠以普通話溝通，分別比回歸前夕 1996 年人口普查時的 25% 翻了一倍；也較回歸十年前 2006 年人口普查時的 40.2% 又提升了一成多（香港政府統計處，2021）。與此同時，能說粵語的港人更近 95% 人，可見，粵語在香港仍佔主導地位。由於歷史原因，普通話在香港的地位和使用情況與內地其他城市存在明顯差異。

絕大部分港人的日常生活慣用語是粵語毋庸置疑。這一現象表明港人對本土文化有著十分強烈的歸屬感，對「香港人」身份亦還有非常特別的認同感。而普通話是中華民族共同語，隨著港人普通話水平的日益提升，對港人來說，也將會面臨對中華文化的歸屬以及對中國人身份認同的問題。

本研究旨在探討香港普通話學習者的自我認同的變化與發展情況，分析影響其變化與發展的原因，既希望為普通話教師和普通話教學提出建設性意見，同時為普通話在香港的進一步推廣盡綿薄之力。

2. 文獻綜述

「認同」最早是一個哲學概念，後來被佛洛伊德引入到心理學領域。佛洛伊德認為認同是一個個體與他人、群體或模仿人物在感情上、心理上趨同的過程（Freud，1921）。

國內外很多研究已經發現學習者習得一種語言與自我認同相關。語言學習者在學習一種語言過程中，對一種語言的接受程度意味著對一種新的社會文化、行為模式的接受，以及自我形象的塑造。西方語言學家 Lambert（1974）曾提出關於雙語學習者對語言和文化認同的兩種類型，即「附加型」和「削減型」。附加性指在獲得目的語和目的語文化歸屬的同時，保持其母語和母語文化歸屬。消減性指學習者的母語和母語文化認同被目的語、目的語文化認同所取代。Clément（1980）提出社會環境模式，強調社會環境對二語習得者身份認同的影響。

Gardner（1985）在語言學習社會教育模式中提出：語言學習模式包含文化信念、對語言學習情境及態度、融入目的語與社會傾向和動機；語言學習中自我認同變化屬於「非語言」結果（Non-linguistic Outcome），指的是「我是誰」的基本問題。具體來說，是指學習者對自我語言能力、價值取向及社團歸屬感的主觀評價。90 年代 Norton（1995）將第二語言學習者看作複雜的社會人，具有多元矛盾符合的個性特徵，並因場合和時間推移而發生變化。國內學者高一虹（1994）提出「生產性雙語現象」，這個概念指學習者對母語與目的語的把握，對母語文化與目的語文化的理解是相得益彰，積極互動的。學習者的認知、情感、行動能力得到了整體提高。近些年，隨著旅居歐美的華人數目的急增，華裔傳承語的習得與族群認同的研究也引起第二語言習得領域的極大關注。由此可見，國內外學者都從不同角度探討了二語學習者對目的語言及其文化的認同、與自我身份變化之間關係的重要性。

認同的理論視角經歷了從結構視角到建構視角的轉變。結構主義認為認同是由外部社會環境決定，是一個固定和客觀的社會範疇（Tajfel，1978）。建構主義認為認同是個體在社會文化歷史情境中與外界互動發展出來的多元、動態的身份定位及過程（高一虹、李玉霞和邊永衛，2008）。學習者學習目的語過程中，在社會、家庭、學校環境、自身學習經歷等諸多因素的共同作用下，透過語言學習使用與交際活動，不斷與自己協商，建立起一個對目的語社團認知、態度取向、行為模式等動態的認同結構。本研究是傾向建構主義的認同理論視角。

2.1 自我認同的類型

高一虹、程英、趙媛和周燕（2004）把中國學生學習英語後的自我認同分為六種類型：即自信心、附加性變化、消減性變化、生產性變化、分裂性變化、零變化。這六種自我認同類型是以雙語理論為依據，同時參考了學生的開放式書面回饋意見。自信心變化是指學習者對自己的能力的認識產生改變。附加性變化是指兩種語言、行為模式及觀念並存。消減性變化是指母語與母語文化觀念被目的語、目的語文化所取代。生產性變化是指母語與目的語文化水平、對母語文化與目的語文化的理解相互促進、相得益彰。分裂性變化是指母語與目的語、母語文化與目的語文化觀念相互鬥爭，產生認同分裂。零變化是指自我認同未發生改變。在六個類別中，「零變化」是參照類，「自信心變化」是獨立於文化認同的變化，其他均屬文化認同變化。其中「分裂性變化」可以說是一種過渡性的變化，為了避免「認知失調」，體驗認同分裂的學習者可能向其他類型的變化發展。

本研究對上述六種自我認同類型作了進一步調整，將其分為四類：即附加性、消減性、認知失調、零變化。因為高自己也認為「自信心變化」不屬於文化認同，所以本研究把這一類排除出去。而「生產性認同」與「附加性認同」從某種意義上講有雷同之處，且實證基礎只限於中國的「最佳外語學習者」，所以這一類型還有待進一步檢驗。與高的觀點相悖，本研究把「分裂性變化」視作「認知失調」源於王建勤（2015）的研究已經發現第二語言或傳承語學習者在認同上確實存在對第二語言或傳承語社團文化的「第三選擇的問題」。這種「認知失調」現象並非是一種高一虹等學者（2004）所認為的過渡變化，而是一種不容忽視的「永久性」的客觀存在類別。

2.2 自我認同的三個維度

鑒於國內外學者對於第二語言認同內涵的理解存在諸多差異與分歧，學者陳默（2018）對其內涵進行了深入探討及梳理。她認為二語漢語認同定義是指漢語作為第二語言的學習者對目的語漢語的認知、情感態度以及使用傾向；漢語二語文化認同定義是指漢語作為第二語言的學習者對目的語漢語社團文化的認知、情感態度、歸屬感以及行為選擇；漢語二語族群認同定義是指漢語作為第二語言的學習者對目的語漢語社團所屬族群（中華民族）的認知、歸屬感、情感態度以及行為實踐。這裏所指的漢語的口語是中華民族共同語普通話，而其書面語是指標準現代漢語。

香港普通話學習者是極其特殊的群體。絕大多數香港學生是以母語粵語為溝通語言，而他們習得普通話的主要途徑是於學校提供的普通話課堂上。因此，普通話對於香港學習者來說，既非真正的母語，亦非真正的二語。但是，可以藉鑒二語習得與認同相關的理論來揭示這群特殊群體的自我認同情況。基於漢語作為第二語言認同內涵的三個維度，本研究自我認同亦涵蓋三個層面，即香港普通話學習者對普通話的認同，對中華文化的認同，對中國人身份的認同。

2.3 香港普通話習得研究

在香港普通話習得研究中，雖然暫時還沒有與文化認同理論直接相關的研究，但是其中部分研究卻十分關注香港普通話教學的特殊性。錢芳（2019）認為普通話學習者在香港可以劃分為五類，香港普通話的主要教學對象是以粵語為第一語言兼英語為第二語言者，從而顯示出香港普通話學習者的地域特色，因而有別於一般在方言地區推廣普通話教學。焉秀（2001）指出香港普通話教學可藉鑒

第二語言習得教學，其原因有二：第一，絕大部分香港人是在掌握了自己的母語方言之後才開始學習普通話。第二，香港人主要在正規語言學習環境中，如在學校的普通話科或參加一些普通話班來學習普通話。

其次，有的學者也指出香港普通話教學過程中文化因素的重要性。黃健（2012）認為普通話學習的最根本目的是瞭解文化，獲得全新的自我認同，而這也是語言學習的最強大動力。普通話學習應立足於文化認知的基礎上，透過追根溯源、橫向比較的方法，認識文化，讓歷史只是、社會生活的各類素材融合到訓練中，並使學習者在文化語境中真正學會準確地運用普通話。陸陳（2004）曾指出香港普通話學習者是受過西方教育、母語為粵語方言或把漢語作為第二語言進行學習的各類社會人士，有別於內地粵語方言地區普通話教學。陸還強調香港與內地存在著較大的文化觀念差異，兩地人們在價值觀念、時間觀念、對隱私的尊重、以及進取精神、服從精神等都存在較大差異，而這些差異都會直接或間接地影響普通話的教學效果。

此外，還有學者從社會語言學視角調查語言態度的研究也反映了香港人的文化歸屬及文化認同問題。香港回歸前夕，高一虹（2000）通過製作變語錄音的方法，讓來自香港、北京、廣州三地的304名大學生根據錄音，判斷說話人的特徵。結果顯示，三地大學生對語言的評價標準不同。廣州大學生語言態度接近內地，遠離香港。這說明社會制度、意識形態的差異遠大於言語地區、地理位置和民俗文化的差異。香港大學生對普通話的總體評價與內地學生相似。他們對英語的態度低於內地，對粵調普通話的評價高於內地。說明回歸前夕，香港大學生對英語持明確不認同態度，對普通話持明確認同態度，同時完全忠於母語粵語。恰好反映出香港人矛盾統一心態：既要香港文化歸屬，又要中國文化認同。

最後，雖然香港普通話習得研究獲得了豐碩的成果，但絕大部分的研究都在集中討論：教學、課程設置、教材、教師、測試等方面，而藉鑒認同相關理論來探討香港普通話學習者自我認同的研究顯得格外匱乏。因此，本研究將以來自不同教育背景的大學生為研究對象，藉鑒認同相關理論，嘗試探討香港大專生普通話的自我認同情況。大學生是香港社會未來的棟樑，他們在學習普通話過程中是否存在自我認同的變化發展和認同的困境問題是一個值得關注的課題。

研究問題歸納為：（1）來自不同教育背景的香港普通話學習者在自我認同類型上的分佈情況；（2）這些學習者在自我認同內涵三個維度上的發展情況。

3. 研究方法

3.1 研究對象

絕大部分的香港大學生畢業于本地中學，也有一小部分來自本港國際學校。本地生是指接受香港本地學校中小學校教育的學生。本地學校一般實施中文、普通話課程分科教學。中文授課語言是粵語，教授繁體字；普通話課是以聽說、朗讀及基本拼音知識訓練為主。他們能說流暢的粵語、日常生活都用粵語交流。國際生是指接受香港國際學校中小學教育的學生。國際學校中文課使用普通話作為教學語言，部分學校教授簡體字，部分則教授繁體字。國際生包括本地出生或從國外回流至港。他們除了能說流暢英語，日常生活還能夠用較好的粵語進行口頭交流。

本地教育與國際教育在學校數目上相差懸殊，但香港教育的國際化進程中，國際學校所扮演的角色卻不容忽視。香港本地中學與國際學校在中文教育上亦存在著較大差別，必然也在一定程度上影響了大專生們對普通話學習及其文化觀念的認同。所以，本研究的調查物件聚焦在入讀大學前分別接受本地教育的本地生，以及接受國際學校教育的國際生（注：本文此後的「國際生」一詞皆指接受國際學校教育的學習者）。

本研究調查對象來自香港某所大學的 210 名正在修讀以普通話作為教學語言及評估語言的中文傳意課的同學。共發放問卷 230 份，回收 196 份。在回收問卷中，有效問卷共 175 份，有效問卷回收率 89.3%。無效問卷是指多處漏答、另外有個別問卷不符合本研究被試之要求。將 175 份問卷依據教育背景分為本地生102 份與國際生 73 份。調查問卷被試的基本情況見表 1。

教育背景	總人數	性別		出生地		
		男	女	香港	中國內地	其他國家地區
本地生	102	58	44	91	11	0
國際生	73	42	31	47	1	25
總數	175	100	75	138	12	25

表 1：學習者的基本信息

3.2 調查方法

本研究首先進行問卷調查，然後針對不同教育背景的學習者展開小組訪談。

問卷主要分兩大部分：第一部分是被試的個人資料，包括性別、就讀大學、年級、專業、就讀中學、出生地、母語、國籍、何時學習普通話、學習普通話後的認同類型等共 10 道問題。接著是關於普通話、中華文化、中國人等認同的 15 道題（詳見附錄 1）。第二部分是被試漢語普通話水平自評。按照歐洲共同體語言能力框架（歐洲理事會文化合作教育委員會，2008）編寫修改的漢語（普通話）水平自測表（詳見附錄 2）。此表包含聽、讀、說、寫共四項語文技能指標，分別用 1、2、3、4 標注。每項指標分「三級六等」，即「精通級」包括：精通級（C2）和高級（C1）；「獨立使用者」包括高級（B2）和中高級（B1）；「初級使用者」包括初級（A2）和入門級（A1）。

問卷中的認同部分根據自我認同內涵的三個維度設計，包括被試對普通話的認同、中華文化的認同、對中國人身份的認同。文化認同和身份認同的測量依據 Zea et al.（2003）的簡明多緯度量表，同時參照 Kim et al.（1999）和 Roberts et al.（1999）關於族群認同和價值觀認同的研究作了適當的修改。語言認同題目自編，主要體現普通話學習者在不同的場合聽說普通話及閱讀書寫中文的意願。

為了確保問卷的信度，我們對本次問卷的信度進行了檢驗。被試認同總量表信度係數為 0.834（Cronbach's Alpha=0.834）。其中被試對普通話語言認同分量表信度係數是 0.779；對中華文化認同分量表信度係數是 0.765；對香港文化認同分量表信度係數是 0.635；對中國人認同分量表信度係數是 0.858；對香港人認同分量表信度係數是 0.803。被試普通話習得自測水平信度係數為 0.873。

訪談主要分為本地生小組訪談、國際生小組訪談。訪談的內容主要依據問卷中有關三種認同的具體問題。本地生小組訪談共三組，國際生小組訪談共兩組。每次訪談的錄音大約 30 分鐘左右。每組訪談人數為 4 至 6 人不等。

3.3 研究設計

按漢語普通話自測水平分為高低兩個水平。由於本地生漢語普通話自評分數普遍偏高，而國際生漢語普通話自評分數普遍偏低。因此，本研究將分別把本地生與國際生按照各自不同自評分數，分為本地生高、低水平兩個組與國際生高、

低水平兩個組。本地生高低水平的自評以平均數 4.5 分為分界，即 4.5 分或以上的學習者為高水平，低於 4.5 分的學習者為低水平；國際生高低水平的自評以平均數 3.25 分為分界，即 3.25 分或以上的學習者為高水平，低於 3.25 分的學習者為低水平。

研究設計以回應兩個研究問題為依歸，分別考察不同教育背景學習者自我認同類型分佈與自我認同三個維度的發展情況。

3.3.1 本地生和國際生自我認同分佈

考察兩種不同教育背景的普通話習得者在自我認同類型分佈上的差異，我們採取非參數統計方法，即 4×2 列聯表。行變數（R）是自我認同變化類型，分為附加性、消減性、認知失調（分裂性）、零變化 4 個水平；列變數（C）是教育背景，分為接受本港學校教育與接受國際學校教育 2 個水平。列聯相關係數採用 Cramer's V 係數。

分別考察本地教育與國際教育背景的不同普通話習得水平在自我認同類型分佈上的差異，我們也同樣採取非參數統計方法，即 4×2 列聯表。行變數（R）是自我認同變化類型，分為附加性、消減性、認知失調（分裂性）、零變化 4 個水平；列變數（C）是普通話習得水平，分為低級與高級 2 個水平。列聯相關係數採用 Cramer's V 係數。

問卷第 10 道題目主要考察被試在附加性、消減性、認知失調、零變化四種自我認同類型上的分佈頻次，所以四種選擇中，被試只能選擇其中一個。問題如下：

你在學習普通話後，你認為自己是以下所描述的哪一種情況。請在□中劃「P」。注意你只能選擇一種答案。

1. 我現在能夠根據情境在普通話和粵語之間自然地轉換。　　　　　　□
2. 在普通話水準提高的同時，我發現我的粵語不如以前地道了。　　　□
3. 我在說普通話時，經常夾雜著粵語，跟本地人溝通時，覺得有　　　□
　 點尷尬。
4. 我覺得學習普通話後，並沒有覺得喜歡說普通話。　　　　　　　　□

3.3.2 本地生和國際生自我認同發展

由於本地生與國際生低級和高級水平的界定標準不同，所以我們分別設計本地生和國際生自我認同發展的研究。

考察本地生自我認同的發展，我們採用單因素被試間多因變數研究設計。本地被試分低級和高級普通話習得 2 個水平，為被試間變數。三個因變數：（1）語言認同：對普通話的認同分數；（2）文化認同：對中華文化的認同分數；（3）身份認同：對中國人身份的認同分數。

考察國際生自我認同的發展，我們同樣採用單因素被試間多因變數研究設計。國際被試分為低級和高級普通話習得 2 個水平。三個因變數：（1）語言認同：對普通話的認同分數；（2）文化認同：對中華文化的認同分數；（3）身份認同：對中國人身份的認同分數。

本地生高級水平的普通話習得者 54 人，低級水平的 48 人，共 102 人；國際生高級水平的普通話習得者 37 人，低級水平的 36 人，共 73 人。關於普通話學習者對普通話的認同、中華文化的認同、中國人身份的認同問卷分別設有 6 道試題（詳見附錄 1）。被試在 Likert Scales 六點量表上圈出對每道題的認可程度數位，然後根據被試圈出的數字進行統計分析。

4. 調查結果

4.1 學習者自我認同分佈

由於收回的問卷中選擇消減性類型的被試，僅 8 人，占總數的不到 5%，其中本地生只有 1 人選擇此項，而且是低級水平的被試，高水平的則無人選擇。此外，在列聯表卡方檢驗時，單元表格內出現 0，故將此類型刪除。列聯表改為 3×2。本地被試和國際被試分別為 101 人和 66 人。此外，本地被試低水平 47 人，高水平 54 人；國際被試低水平 32 人，高水平 34 人。

教育背景	附加性	認知失調	零變化	總數
本地生	59	18	24	101
國際生	19	24	23	66
總數	78	42	47	167

表 2：學習者自我認同頻次分佈

列聯表 2 的卡方檢驗結果顯示，被試的教育背景與自我認同類型的選擇存在顯著關聯（X^2=14.702，df=2，P=0.001<0.05，Cramer's V=0.297）。說明被試在選擇自我認同類型上與其教育背景有交互作用。但究竟是哪一種自我認同類型與教育背景相關呢？需要再把表 2 分解成表 3，做進一步卡方檢驗。

教育背景	附加性	認知失調 + 零變化	總數
本地生	59	42	101
國際生	19	47	66
總數	78	89	167

表 3：學習者自我認同頻次分佈

列聯表 3 的卡方檢驗結果顯示，被試的教育背景與自我認同類型的附加性存在顯著關聯（X^2=14.077，df=1，P<0.005，Cramer's V=0.290）。說明本地被試與國際被試在附加性上差異顯著。

通過上述表 2 和表 3 的相關源分析，我們得出教育背景不同的被試與附加性有關聯。本地被試的自我認同類型比國際被試的更趨向附加性。那麼不同習得水平的被試在選擇自我認同類型上是否也存在顯著差異呢？下面對本地生的普通話習得水平與國際生的普通話習得水平分別進行列聯表卡方檢驗。

4.1.1 本地生自我認同分佈

習得水平	附加性	認知失調	零變化	總數
低級水平	19	13	15	47
高級水平	40	5	9	54
總數	59	18	24	101

表 4：本地生自我認同類頻次分佈

列聯表 4 卡方檢驗結果顯示，本地生被試的普通話習得水平與自我認同類型的選擇有關聯（X^2=12.103，df=2，P=0.002<0.05，Cramer's V=0.346）。說明被試在選擇自我認同類型上與普通話習得水平有交互作用。但究竟是哪一種自我認同類型與本地被試的習得水平有關聯呢？需要再把表 4 分解成表 5，做進一步的卡方檢驗。

習得水平	附加性	認知失調＋零變化	總數
低級水平	19	28	47
高級水平	40	14	54
總數	59	42	101

表 5：本地生自我認同類頻次分佈

　　列聯表 5 的卡方檢驗結果顯示，本地被試的習得水平與自我認同的附加性有關聯（X^2=11.712，df=1，P=0.001<0.05，Cramer's V=0.341）。說明不同習得水平的本地被試在附加性上差異顯著。

　　通過上述表 4 和表 5 的相關源分析，我們得出不同習得水平的本地被試與附加性有關聯。高級水平的本地被試自我認同類型比低級水平的更趨向附加性。下面我們繼續進行國際被試與習得水平的列聯表卡方檢驗，觀測國際被試是否也與附加性有關聯？

4.1.2 國際生自我認同分佈

習得水平	附加性	認知失調	零變化	總數
低級水平	2	14	16	32
高級水平	17	10	7	34
總數	19	24	23	66

表 6：國際生自我認同頻次分佈

　　列聯表 6 的卡方檢驗結果顯示，不同習得水平的國際被試與自我認同類型的選擇有關聯（X^2=15.985，df=2，P<0.005，Cramer's V=0.492）。說明習得水平不同的國際被試在自我認同類型上存在顯著差異。究竟是哪一種自我認同類型與國際被試的習得水平有關聯呢？我們需要把表 6 分解成表 7，再進行卡方檢驗。

習得水平	附加性	認知失調＋零變化	總數
低級水平	2	30	32
高級水平	17	17	34
總數	19	47	66

表 7：國際生自我認同頻次分佈

列聯表 7 的卡方檢驗結果顯示，習得水平不同的國際被試與附加性有關聯（修正 X^2=13.331，df=1，P<0.005，Cramer's V=0.483）。說明習得水平不同的國際被試在附加性上存在顯著差異。

通過上述表 6 和表 7 的相關源分析，我們得出不同習得水平的國際被試與附加性有關聯。跟本地生一樣，高級水平的國際被試自我認同類型比低級水平的更趨向附加性。

教育背景、習得水平與學習者自我認同類型有關聯。本地生比國際生更傾向附加性自我認同類型，另外，無論是本地生還是國際生，習得水平高的比習得水平低的更傾向附加性自我認同類型。

4.2 學習者自我認同發展

4.2.1 本地生自我認同發展

低級與高級普通話水準的本地被試對其自我認同三個維度的描述性統計，計算結果見下表。

習得水平	普通話認同		中華文化認同		中國人認同	
	平均值	標準差	平均值	標準差	平均值	標準差
低級	23.3	3.9	22.0	4.3	20.6	5.5
高級	25.6	4.96	23.6	4.6	21.4	4.9

表 8：本地生自我認同均值

不同習得水平的本地被試多因變數方差檢驗結果，普通話認同的主效應顯著（$F_{(1,100)}$=6.630，P=0.011<0.05），說明在對普通話的認同上，低級水平和高級水平的本地被試差異顯著，高級水平的本地被試比低級水平的本地被試對普通話認同高；而中華文化認同主效應（$F_{(1,100)}$=3.333，P=0.071>0.05）與中國人認同的主效應（$F_{(1,100)}$=0.737，P=0.393>0.05）都不顯著，說明在對中華文化與中國人的認同上，低級水平的本地被試和高級水平的被試差異都不顯著。

4.2.2 國際生自我認同發展

低級與高級普通話水平的國際被試對其自我認同三個維度的描述性統計，計算結果如下表。

習得水平	普通話認同		中華文化認同		中國人認同	
	平均值	標準差	平均值	標準差	平均值	標準差
低級	16.9	5.9	19.6	4.8	16.8	6.3
高級	21.3	4.9	21.9	5.1	20.2	6.6

表 9：國際生自我認同均值

不同習得水平的國際被試多因變數方差檢驗結果，普通話認同的主效應顯著（$F_{(1,71)}=11.862$，$P=0.001<0.05$），說明在對普通話認同上，低級水平和高級水平的國際被試差異顯著，高水平的國際被試比低水平的對普通話的認同高；中華文化認同主效應邊緣顯著（$F_{(1,71)}=3.932$，$P=0.051>0.05$），說明在對中化文化認同上，低級水平和高級水的國際被試差異略顯著，高水平的國際被試比低水平的對中華文化的認同稍高；中國人認同的主效應顯著（$F_{(1,71)}=5.170$，$P=0.026<0.05$），說明在對中國人認同上，低級水平和高級水平的國際被試差異顯著，高水平的國際被試比低水平的對中國人的認同高。

5. 討論

5.1 學習者自我認同變化

5.1.1 附加性與學習者的習得水平有關聯

附加性雙語是由 Lambert 的「社會心理模式」提出的。此模式主張二語學習會影響到學習者自我認同的轉變，產生附加性或消減性雙語現象。Lambert（1969）認為，對於中級以下的學習者，融合型動機有利於其在發音上和語義結構上努力達至與保持與目的語成員一致性；但到了高級階段，融合型動機傾向的學習者卻容易產生消減性雙語的結果，而且越精通一門語言，越感到與本民族文化群體的疏遠，並為此感到懊惱、遺憾，在融入新群體的同時產生恐懼感。對此，Gardner（1979）持不同看法，他認為融合型動機與附加性相關，而工具型動機與消減性雙語相關。

我們的研究結果顯示，隨著普通話水平的提高，無論是本地生還是國際生，他們都更傾向附加性自我認同。也就是說，在學習了普通話後，高水平的學習者比低水平的對粵語及香港文化與普通話及中華文化都更加認同。這與 Lambert（1969）提出的高級階段學習者所呈現出的削減性雙語現象不太吻合。這可能與香港普通話學習者不同於真正的二語習得者有關。對於本地生來說，在學校裡學習的書面語與普通話所對應的標準現代漢語書面語基本相同，儘管他們在表達上帶有「港式中文」特色；而正式場合下粵語的口語表達詞彙與句法也相當接近普通話的詞彙句法，差別最大在語音上。相對於二語學習者，香港學習者習得普通話比較容易。從訪談中，我們也瞭解到對於大部分本地生與部分國際生來說，他們能夠在粵語與普通話之間較自然地轉換。但對於水平較低的學習者來說，特別是國際生還有一定的困難。

5.1.2 附加性與學習者的教育背景有關聯

本地生比國際生更傾向附加性自我認同。也就是說，在學習了普通話後，本地生比國際生對粵語及香港文化與普通話及中華文化都更加認同。在調查問卷的漢語（普通話）水平自測表中，我們發現本地生的自評分數普遍高於國際生。這主要是由於本地生與國際生香港接受的中文教育不同而造成的。我們的研究結果也證實了這一點。

跟本地生不一樣，國際生在國際學校裡，接受香港社會非主流教育。冉源懋（2009）認為香港國際學校的教學語言與語言課程的設置有明顯的重「西」輕「中」傾向。幾乎所有國際學校都以英語為授課語言，雖然近年來提倡中英文雙語教學，但由於沒有強制執行，普通話在大多數國際學校只是作為一門普通課程開設。其受重視的程度遠不及傳統的西歐語言（如法語、德語），華裔學生就像其他族裔學生一樣，以英語和西方文化為主要學習內容。我們訪談國際生時，也深深地體會到，他們的英語表達相當好，無論是發音還是流暢程度，幾乎都可以與英語母語者媲美。他們在表達複雜想法時，會自然地轉用英語。雖然他們平時與父母溝通，會使用粵語，但大部分情況下，是使用英語為主。

5.2 學習者自我認同發展

普通話水平對兩組被試的普通話認同都有影響；普通水平對本地被試的中華文化認同沒有影響，但對國際被試的中華文化認同有影響；普通話水平對本地被試的中國人身份認同上沒有影響，但對國際被試的中國人身份認同有影響。以下我們從三方面討論原因。

5.2.1 高水平的學習者對普通話認同高

無論本地被試還是國際被試，普通話水平都會影響其對普通話的認同。表 8 中均值顯示，高水平的本地生對普通話的認同比低水平的高；表 9 中均值顯示，高水平的國際生對普通話的認同比低水平的高。雖然，我們沒有將本地被試與國際被試做比較，但從表 8 和表 9 中可以見到，本地生對普通話的認同高於國際生對普通話的認同。

從訪談中，我們得知對於大部分本地生來說，他們基本上可以做到比較自然地由粵語轉換成普通話，或者由普通話轉換成粵語。在公眾場所，若遇到一些內地來的遊客問路，他們大都願意主動使用普通話應對。他們覺得主動使用讓對方覺得舒服的語言也是一種禮貌。在學校裡與內地生交流時，本地生也十分樂意使用普通話與內地生溝通，特別是課程以外的日常生活交際。

只有少數受訪的國際生，可以做到在粵語和普通話兩種語言之間較自然地轉換，但對於一部分水平較低的國際生來說，即使學習了普通話，但在現實生活中，對用普通話交際仍然缺乏自信心，即便會說、能說，似乎也不太情願說。在他們看來，用英語可以更容易、更清楚地表達自己。同樣是內地遊客問路的情況，有個別國際生寧可選擇用粵語加手勢應對。如果對方真的還是不明白時，他才會用一點普通話。主要原因是擔心，使用不好會給對方指錯方向。在學校與內地生打籃球時，國際生有機會與內地生交流關於運動術語的中英文表達，但由於籃球隊是來自不同國家的，大家彼此之間使用英語的機會要比普通話多。

5.2.2 學習者的中華文化認同

普通話水平沒有影響本地生的中華文化認同。而表 9 中均值顯示，高水平的國際生對中華文化的認同比低水平的高。

本地生由於長期接觸香港主流文化，粵語是學習生活中交流的主要語言，耳濡目染的均是香港本地的風土人情。在飲食文化上，本地生更偏好「港式茶點」。「飲茶」在香港已有過百年歷史的飲食習慣，不單是香港人的共識，也是象徵香港文化的一個重要標誌（譚少薇，2001）。當問到對中國內地當下流行文化的瞭解時，他們當中只有極少數特別感興趣，並追捧《中國好聲音》、《我是歌手》等內地流行的優秀節目，而大部分則表示知道而已，不會去刻意地觀看。對內地明星的瞭解和熟悉也不如對本港的。也有相當一部分對臺灣的影視文化及明星更感興趣。本地生當中也有不少本地生不喜歡去中國旅遊觀光，覺得中國經濟雖然

發達了，但有很多不如意的地方，如「霧霾」、「黑心食品」等。相對於，故宮等中國經典的歷史建築，他們也有不少人更偏愛中西合璧的香港建築。

國際生由於生活中主要的交際語言是英語，他們對於英語世界的瞭解遠遠超過對於中文世界的瞭解。他們接觸的大眾媒體絕大部分是英語的。在學校裡說英語，與朋輩交流也是英語，只有在家裡與父母溝通才有機會說粵語。他們既喜歡傳統的粵式佳餚，也非常酷愛西餐。他們對內地當下流行文化的瞭解不如本地生，對很多內地流行節目和明星都不太知道，即使對某些本地的明星也只知道名字而已，且瞭解的也不多。經常觀看的也是美劇、英劇等，關注的明星更多的是歐美的。有少數國際生從沒有去過中國。但我們也發現，普通話說得較好的國際生知道的關於內地和本地的流行文化比較多，且對中國文化的興趣也明顯高於普通話說得差的國際生。

5.2.3 學習者的中國人認同

普通話水平沒有影響本地生的中國人身份認同。而表 9 中均值顯示，高水平的國際生對中國人的認同比低水平的高。

香港中文大學新聞與傳播學院學者（馬傑偉和馮應謙，2012）認為與跨境經驗多的年長港人相比，香港青年人對國族的認同感不是來自跟內地人與事的親身接觸，應該來自媒體或學校。而我們的訪談也發現，本地生對中國的認知大都來自於本地媒體。本地生談到香港媒體報導中國的較多負面新聞，所以他們對中國的印象不太好。另外，我們還發現他們學習普通話更多的原因是掌握好一門語言技能，以提高自己未來職場競爭能力。

受訪的高水平國際生非常渴望去中國走走，體驗中國各地風俗習慣，去長江、黃河流域尋根溯源。某種程度上說，這也體現了高水平國際生渴望瞭解中國各地的歷史文化。但也有少數低水平的國際生對自己的身份認同感到很困擾。有的稱自己是「會說中文的外國人」，也有的說自己是「會說英語的香港人」。前者表明自己的身份並非「純正的中國人」，後者表明自己的身份並非「純正的香港人」。即使在大學裡，他們也會有種尷尬的感覺，認為自己並非本地生，但又同時覺得自己也不是「Purely International Student（純正的國際生）」。

6. 結語

香港普通話學習者在自我認同變化上，附加性認同與學習者的教育背景與習得水平相關。本地生比國際生對粵語及香港文化與普通話及中華文化認同都高。無論是本地生還是國際生，高水平的學習者比低水平的學習者對粵語及香港文化與普通話及中華文化認同都高。而在普通話學習者自我認同發展上，普通話水平對本地生和國際生的普通話認同都有影響。高水平本地生比低水平本地生的普通話認同高；同樣，高水平國際生比低水平國際生的普通話認同高。普通話水平對本地生的中華文化認同沒有影響，但對國際生的中華文化認同有影響。

語言雖然是用來交際的，但亦不可忽視其背後承載的文化，建議香港大專普通話中文教學中，無論是教材還是教學法中，可適當融入涉及中國現當代歷史文化的語言材料，讓粵語地區的香港大學生有機會對一些議題進行較為全面及客觀的思考與討論。教師承擔著非常重要的角色。首先，深入地瞭解自己的教學對象的教育背景、學習動機、語言水平等，還可以透過語言認同建構觀的課題研究，增強教師的專業素養；此外，教師除了積極開展課堂上的普通話教學活動外，還需要帶動校內語言夥伴計劃，使得本地生與來自內地或其他文化背景的學生進行多方位的交流；最後，語文教師團隊需大膽拓展本校與其他地區的語言文化交流項目，更好地引領和助力學生在提升普通話水平的同時，重新建構自我認同，重塑自我。這樣，既有利於香港學生保持自身的文化根源，又有利於其不斷地學習或汲取其他地區的語言及文化。

參考文獻

陳默（2018）：第二語言學習中的認同研究進展述評，《語言教學與研究》，1，18-29。

杜維明（2010）：文化多元、文化間對話與和諧：一種儒家視角，《中外法學》，3，326-341。

高一虹（1994）：生產性雙語現象考察，《外語教育與研究》，1，59-64。

高一虹（2000）：《語言文化差異的認識與超越》，北京，外語教學與研究出版社。

高一虹、程英、趙媛和周燕（2004）：英語學習動機與自我認同變化，輯於高一虹編《中國大學生英語學習社會心理：學習動機與自我認同研究》，（頁25-62），北京，外語教學與研究出版社。

高一虹、李玉霞和邊永衛（2008）：從結構觀到建構觀：語言與認同研究綜觀，《語言教學與研究》，1，19-26。

黃健（2012）：立足于文化認知的普通話技能訓練，《柳州職業技術學院學報》，5，84-87。

歐洲理事會文化合作教育委員會著，劉駿和傅榮主譯（2008）：《歐洲語言共同參考框架：學習、教學、評估》，北京，外語教學與研究出版社。

陸陳（2004）：香港普通話教學中要重視跨文化交際的教學，《語言文字應用》，2，137-140。

馬傑偉和馮應謙（2012）：香港青年國族認同探索，輯於馬傑偉和吳俊雄編《普普香港二：閱讀香港普及文化2000-2010》，（頁301-304），香港，香港教育圖書公司。

冉源懋（2009）：香港國際學校課程設置特徵探析，《銅仁學院學報》，3，99-102。

錢芳（2019）：《香港普通話教學研究新探》，香港：商務書館（香港）有限公司。

譚少薇（2001）：港式飲茶和香港人的身份認同，《廣西民族學院學報（哲學社會科學版）》，4，29-32。

王建勤（2015）：《全球文化競爭背景下的漢語國際傳播研究》，北京，商務印書館出版。

香港政府統計處（2021）：《香港二零二一年中期人口統計 - 簡要報告》，檢自 https://www.census2021.gov.hk/tc/publications.html，檢索日期：2022.3.26。

焉秀和王培光（2001）：第二語言課堂焦慮對香港學生普通話學習的影響，《語言教學與研究》，6，1-7。

Clément, R. (1980). Ethnicity, contact and communicative competence in a second language. In H. Giles, W. P. Robinson, & P. M. Smith (Eds.), *Language: Social psychological perspective*, (pp.147-154). Pergamon.

Freud, S. (1921). Group psychology and the analysis of the ego. In J. Strachey (Ed.), *The standard edition of the complete psychological works of Sigmund Freud, XVIII*, (pp.65-144). Hogarth Press.

Gardner, R. C. (1979). Social psychological aspects of second language acquisition. In H. Giles, & R. St. Clair (Eds.), *Language and social psychology* (pp.193-220). Basil Blackwell.

Gardner, R.C. (1985). *Social psychology and second language learning: The role of attitudes and motivation*. Edward Arnold.

Kim, B. S. K., Atkinson, D. R., & Yang, P. H. (1999). The Asian values scale: Development, factor Analysis, validation, and reliability. *Journal of Counseling Psychology, 46* (3), 342-352.

Lambert, W. E. (1969). Psychological aspects of motivation in language learning. *The Bulletin of the Illinois Foreign Language Teachers Association*, 5-11.

Lambert, W. E. (1974). Culture and language as factors in learning and education. In F.E. Aboud, & R.D. Meade (Eds.), *Cultural factors in learning and education* (pp.91-122). Washington State College.

Norton, B. P. (1995). Social identity, investment, and language learning. *TESOL Quarterly, 29* (1), 9-31.

Roberts, R.E., Phinney, J. S., Masse, L. C., Chen, Y. R., Roberts, C. R., & Romero, A. (1999). The structure of ethnic identity of young adolescents from diverse ethnocultural groups. *The Journal of Early Adolescence, 19* (3), 301-322.

Tajfel, H. (1978). *Differentiation between social groups: Studies in the social psychology of intergroup relation*. Academic Press.

Zea, M. C. & Asner-Self, K. K., Birman, D., & Buki, L. P. (2003). The abbreviated multidimensional acculturation scale: Empirical validation with two Latino/Latina samples. *Cultural Diversity & Ethnic Minority Psychology, 9* (2), 107-126.

附錄 1：調查問卷中關於自我認同三個維度的問題

　　根據你的第一感覺只可以選擇一個合適的數字圈起來，表明你對該陳述的認可程度。

| 1= 很不同意 | 2= 比较不同意 | 3= 基本不同意 |
| 4= 基本同意 | 5= 比较同意 | 6= 很同意 |

普通話語言認同

1. 在家裡，我願意和內地的親戚或朋友說普通話。	1 2 3 4 5 6
2. 我喜歡聽普通話歌曲、新聞、講座等。	1 2 3 4 5 6
3. 我喜歡閱讀中文報紙、書籍、雜誌等。	1 2 3 4 5 6
4. 在學校裡，我願意和內地的老師或同學說普通話。	1 2 3 4 5 6
5. 在一些公眾場所，我願意說普通話。	1 2 3 4 5 6
6. 我喜歡寫中文。	1 2 3 4 5 6

中華文化認同

1. 我花了很多時間去瞭解中華文化，如歷史地理、傳統、風俗習慣。	1 2 3 4 5 6
2. 我喜歡中國傳統特色的食物，如餃子等。	1 2 3 4 5 6
3. 我喜歡故宮等中國傳統文化建築。	1 2 3 4 5 6
4. 我愛看內地流行的電視節目，如《中國好聲音》等。	1 2 3 4 5 6
5. 我喜歡內地的影視明星。	1 2 3 4 5 6
6. 我喜歡春節等中國傳統節日。	1 2 3 4 5 6

中國人身份認同

1. 當作家莫言於 2012 年獲得諾貝爾文學獎時，我感到身為中國人的驕傲。	1 2 3 4 5 6
2. 當姚明在國際比賽中勝出時，我感到非常自豪。	1 2 3 4 5 6
3. 我願意讓別人瞭解中國。	1 2 3 4 5 6
4. 我認為自己是炎黃子孫。	1 2 3 4 5 6
5. 我以馬雲是世界級富商而感到自豪。	1 2 3 4 5 6
6. 我對中國有強烈的歸屬感。	1 2 3 4 5 6

附錄 2：（漢語）普通話水平自測表

請你根據下面 6 個漢語 (普通話) 水平等級的具體描述，對自己在聽、說、讀、寫 4 個方面的漢語 (普通話) 水平進行客觀的評價。

請在適合你的水平的方框裡劃勾（√）。每方面只「√」一項。

	A1. ☐	A2. ☐	B1. ☐	B2. ☐	C1. ☐	C2. ☐
1. 聽 普 通 話	當說話者說的普通話比較慢、比較清楚的時候，我能夠聽懂關於自己、家庭以及我身邊具體環境的熟悉詞語和基本的短語。	我可以聽懂與個人有密切關係的表達法和常用詞彙，例如我自己和家庭的情況、購物、周邊環境和工作等。能理解簡短、清楚的通知和留言的主要內容。	我可以聽懂講話清楚標準，與工作、學校、休閒等方面熟悉的事物的要點；當說得比較慢和清楚的時候，我可以聽懂廣播電視節目的時事節目要點，以及其他自己感興趣的個人話題或有關工作的主要內容。	我可以聽懂較長的演講和講座，如果話題比較熟悉，甚至可以聽懂複雜的論證。我可以看懂大部分電視新聞和時事節目，可以看懂大部分使用標準普通話的電影。	即使演講的結構不太清楚，結構關係不太明確，我也能聽懂這些長篇大論。我能比較輕鬆地看懂普通話電視節目和電影。	如果我有時間去熟悉普通話說話者的口音，我能很好地理解生活中或廣播中的任何口語表達，即使說話者用普通話母語者的語速。
2. 說 普 通 話	我能用簡單的表達法和句子描述自己的居住地和我認識的人。	我能用一些短語和句子簡單地描述自己的家庭、他人情況、生活狀況、自己的教育背景以及目前或最近的工作。	我能用簡單的方式組詞造句，講述自己的經歷、自己的夢想、希望或志向。對自己的觀點和計畫能作簡單的解釋和說明。我能講故事，能講述一本書或一部電影的相關情節，並描述自己的看法。	我可以清楚、詳細地描述與自己興趣相關的廣泛話題，能就相關話題闡述自己的觀點，並能對各種可能性陳述其利弊。	我能清楚、詳細地描述複雜的主題，整合次主題，展開陳述特定觀點，並以恰當結論結束發言。	我能以恰當的方式、有效的邏輯結構，明確而流暢地展開敘述或論證過程，並能幫助聽眾注意和記住重點。

3. 閱讀標準的中文	A1. ☐	A2. ☐	B1. ☐	B2. ☐	C1. ☐	C2. ☐
	我能讀懂通知、佈告和產品目錄中的常用名稱以及非常簡單的詞句。	我能看懂非常簡短的文章，能在諸如廣告、宣傳手冊、菜單和時刻表等日常閱讀材料中查到特定的、可預知的資訊，能讀懂簡短的私人信件。	我能讀懂主要用日常語言寫的或者是與工作有關的文章，能讀懂私人信件中講述事情、感情和願望的內容。	我能閱讀有關當代問題的反映作者特定態度和觀點的文章和報告。我能看懂現代散文體的文學作品。	我能看懂複雜的寫實性或文學性的長篇文章，並能鑒賞其不同的風格。我能看懂專業論文和較長的技術說明書，即使內容與自己的專業領域無關。	我能輕鬆閱讀各種形式的書面語，如手冊、專業文章或文學作品，包括抽象的、結構複雜或語言複雜的文章。
4. 書寫標準的中文	A1. ☐	A2. ☐	B1. ☐	B2. ☐	C1. ☐	C2. ☐
	我能寫簡單的明信片，如致節日問候的明信片。我能詳細填寫關於本人情況的表格，如在填寫酒店登記表時，我會寫本人姓名、國籍和地址等。	我能寫簡單的滿足目前需求的便條和留言。會寫很簡單的私人信件，如感謝信等。	我能就自己熟悉的或個人感興趣的主題寫出符合邏輯的簡短文章。會寫私人信件，敘述自己的經歷和感受。	我能就自己感興趣的廣泛話題寫出清楚和詳細的文章。我會寫評論和報告，傳達資訊，或者就某一觀點提出贊同或反對的理由。我會寫能充分反映自己對相關事物和經歷有所看法的信件。	我能寫出觀點明確、結構完整的文章，闡釋自己的觀點。在書信、評論或報告中，我能就複雜的主題，提出自己認為重要的觀點，並能根據讀者採用恰當的寫作風格。	我能寫出清楚、流暢和文風相宜的文章。我寫的信件、報告和有一定難度的文章結構清楚，能使讀者抓住並記住要點。我能對專業著作和文學作品進行書面綜述和評論。

STEAM 語文學習計劃：運用以生活化素材為內容的電子教材促進專題報告教學

張壽洪

香港教育大學

摘要

香港教育大學中國語言學系在 2019-2020 和 2020-2021 學年，得到語常會支持和語文基金撥款，推行為期兩年的「STEAM 蒸蒸日上：生活中的數理人文」計劃。該計劃其中一項活動是引導學生仔細探究身邊的事物，然後運用專題報告的形式，分享研習的成果，從而發展多功能的中文寫作能力。專題報告的概念脫胎自「專題研習」，一般小學生在處理專題報告方面，遇到的困難主要包括 (1) 內容和 (2) 表達兩方面。計劃團隊結合高小學生日常的學習內容和生活，設計了三個跟種植、保育和防疫有關的示例，引導學生自行在日常生活中發掘有興趣的議題。此外，為了協助學生掌握專題報告的結構和表達方式，團隊除了編訂傳統的紙本教材外，還嘗試製作附有聲音導航的簡報、影片等多元化電子教學資料。本報告將以專題報告的教材和學生成品為例子，剖析有關教材的特質和學與教的成果。

關鍵詞：語文學與教　STEAM　專題報告　寫作教學　電子教材

Enhancing Chinese Language Learning through STEAM: Using Electronic Teaching Materials Derived from Daily Life Experiences to Promote the Teaching and Learning of Project Report

CHEUNG Sau Hung

The Education University of Hong Kong

Abstract

The Department of Chinese Language Studies of The Education University of Hong Kong was supported by SCOLAR and the Language Fund in the 2019-2020 and 2020-2021 academic years to launch a two-year project *Steam in Chinese: Sciences and Humanities in Daily Life*. The scheme included an activity guiding students to explore things around them, and then used the form of Project Report to share their achievements and develop multi-functional Chinese writing skills. The concept of the "Project Report" was derived from the "Project Learning". Generally, the difficulties encountered by primary students in dealing with Project Report mainly included (1) content and (2) expression. Based on the daily learning content and lives of primary students, three examples related to planting, conservation and epidemic prevention were designed to guide students to discover their own topic of interest and to assist them to master the structure and expression of the Project Report. The team also tried to make electronic teaching materials such as PowerPoints with voice navigation and short films. This report takes the teaching materials and the students' reports as examples to analyze the characteristics of the teaching materials and the outcomes of both teaching and learning.

Keywords: language teaching and learning, STEAM, project report, teaching of writing, electronic teaching materials

一、背景

　　根據香港特別行政區課程發展議會（2008）頒布的《小學中國語文建議學習重點（試用）》，小學生該閱讀「不同題材的讀物，（內容包括）生活、科普、歷史、文化、藝術等」。按照「讀寫結合」和「閱讀為輸入、寫作為輸出」的語文教學理念，小學生在閱讀有關生活、歷史和科普等內容後，也得有寫作相關內容的機會，以鞏固和運用在閱讀過程中學到的知識和建立的能力。事實上，教育界近年積極提倡「STEAM 教育」、「綜合性學習」和「跨課程學習」等觀念，小學中、高年級語文學習的目標和內容包括「結合語文學習，觀察大自然，觀察社會，用書面或口頭方式表達自己的觀察所得」及「為解決學習和生活相關的問題，利用圖書館、網絡信息等渠道獲取資料，嘗試寫簡單的研究報告」（中華人民共和國教育部，2011）。可見小學高年級的語文科教學內容該包括科普、人文文本的寫作。

　　香港教育大學中國語言學系在 2019-2020 和 2020-2021 學年，得到香港語文教育常務委員會的支持和語文基金的撥款，推行為期兩年的「Steam 蒸蒸日上：生活中的數理人文」計劃（以下簡稱「蒸蒸日上計劃」），計劃的主要目標包括（何志恆、梁佩雲和張壽洪，2020）：[1]

(1) 透過鼓勵學生廣泛閱讀與數理人文題材有關的中文書籍，培養學生通過中文學習的興趣，並提升閱讀能力；

(2) 透過分享探究成果，培養學生樂於與人分享的態度，並提升中文寫作能力；

(3) 透過互評、觀摩，擴大學生的知識面，並形成以「生活中的數理人文」為主題的語文學習共同體。

　　「蒸蒸日上計劃」由大學導師跟學校前綫教師一起協作，共同為高小年級設計兩個以科普人文為學習內容的校本單元和相關活動；當中的寫作活動包括：(1) 日常常規寫作；(2) 閱讀報告和 (3) 專題報告，後兩者要求學生通過實用文體「報告」，展示學習成效。其中專題報告寫作的學習目標如下：引導學生仔細探究身邊的事物，然後運用專題報告的形式，分享研習的成果，從而發展多功能的中文寫作能力，特別是準確、有條理和活用不同表達形式的說明能力。

1　「STEAM 蒸蒸日上：生活中的數理人文」計劃中的「STEAM」指培養學生具備下列的素質和能力：「尋找」（searching）、「驗證」（testing）、「探究」（exploring）、「評估」（assessing）和「持續發展」（maintaining）。

　　本研究借助「蒸蒸日上計劃」的實踐經驗，探討如何引導學生認識和掌握「專題報告」的內容、結構和要求，同時通過以生活化素材為內容的電子教材培養學生的「專題報告」寫作能力。研究者相信通過實踐經驗的探索、剖析和分享，有助促進說明文寫作教學、報告寫作教學和實用寫作教學的方法和技巧。

二、專題研習和專題報告

　　「蒸蒸日上計劃」中的「專題報告」（Project Report），在內容上受「專題研習」啓發，在格式、體例和表達上源自實用文體中的「報告」。

1. 專題研習：

　　專題研習（Project Learning）是香港教改的「四大關鍵項目」之一，目的是讓學生根據特定的範圍或議題，透過小組或個別形式的自主學習，建構知識和發展共通能力（謝錫金、祁永華、譚寶芝、岑紹基和關秀娥，2003）。

　　專題研習的學習歷程分為三個階段，它們是(1)預備階段、(2)實施階段和(3)分析總結。在預備階段，教師首先引導學生訂定研習的方向和重點，然後通過不同的活動，帶領學生確立研習的具體問題。在實施階段，學生在教師的指引下進行探究，例如透過不同的方法搜集資料，加深對研究問題的認識；教師同時引導學生掌握選取和整理資料的方法和技巧。在最後的分析總結階段，學生通過整合學習過程中所得的資料，深化學習成果，同時嘗試通過不同的形式，例如書面報告、口頭報告、展覽、模型和網頁等，展示和分享學習的成果（香港特別行政區教育署課程發展處，2002）。

　　在實踐專題研習的過程中，學生自主地按照個人或小組的學習模式，通過豐富而真實的學習經歷來深化知識和建構能力。

　　謝錫金等（2003）整理了不同學者的說法，總結出專題研習的特點：

(1) 深入探究某個主題；

(2) 強調自主學習，如計劃學習、搜集和整理資料等；

(3) 需要較長的教學時間；

(4) 以書面報告或其他成品來總結和展示學習成果。

2. 專題報告

「蒸蒸日上計劃」計劃的對象是小學四至六年紀的高小學生。在寫作教學方面，計劃著重學生書寫說明性文字和和實用性文字能力的培養。在單元的寫作教學安排方面，除了日常說明文寫作外，也致力培養學生寫作「閱讀報告」和「專題報告」的能力。[2]

「專題報告」和「專題研習」中的「專題」，在概念和內涵上沒有分別，它是指一個能引起學生學習興趣的主題。專題的規模大小不一，可以是學科中的一個課業，也可以是整個課程的核心。在「蒸蒸日上計劃」中，小學生是在教師的指導下進行「專題式學習」，「專題」的廣度和深度該根據學生的語文程度、學習能力和知識基礎而訂定；一般而言，「專題」的規模多聚焦於一個具體的議題。至於「專題報告」中的「報告」，根據《中小學中文實用寫作參考資料（試用）》，報告是「帶有敘述、說明性質的文書……（可以用作）匯報某些事情或工作進展……在學校的環境裏使用得比較多的，無疑是閱讀報告、實驗報告、工作報告、考察報告和調查報告等幾種」（香港特別行政區教育署中文組，2001）。蔡柏盈（2016）認為專題報告是學校教育中常出現的活動。學生先在某個領域提出問題或主張，然後通過文獻資料分析評估或驗證，提出可能解決或解釋的方向，就是「專題報告」。蔡氏的概念是「蒸蒸日上計劃」團隊認同的方向。

總的來說，學生在老師的指導下，就某個主題進行不同形式的觀察、分析和討論，以增加對該主題的理解和掌握，然後以敘述和說明性質的文字，運用報告的體例，交代學習結果和個人所得，就是「專題報告」。

3. 專題研習和專題報告的比較

專題研習和專題報告兩者均以「一個富挑戰性的主題」為引發學習活動的焦點，學生在教師的專業指導下，通過多元化的自主學習活動來增進對該主題的認識和瞭解，以建構知識，拓寬視野和提升多元的共同能力。專題研習和專題報告在培育學生主動學習和獨立探索的取向是沒有差異的。不過，專題研習的活動過程一般較複雜，歷時較長，因此初中、小學階段的專題研習多以小組形式進行（謝錫金等，2003）；同時，專題研習匯報成果的形式非常多元化，可以通過文字和非文字形式展示，且沒有固定的格式。

2　根據《小學中國語文建議學習重點（試用）》的說明（課程發展議會，2008），「報告」是小學生須掌握的其中一種「寫作類型」。

專題報告使用實用文體「報告」來匯報學習成果，內容以文字為主，格式較固定，規模較小，組織較簡單。同時，「蒸蒸日上計劃」的對象為小學生，教師會指導學生因應個人的能力，訂定較容易操作的主題，並鼓勵家長提供協助，讓小學生在學習的過程中得到支援。

	專題研習	專題報告
歷時、組織	歷時較長，學習活動較多，規模較複雜。	歷時較短，學習活動較少，組織較簡單。
參與人數	個人或小組（初中年級或以下多以小組形式進行）。	因使用實用文「報告」形式匯報學習成果，報告由一人負責，整個實踐過程以個人學習活動為主。
報告學習成果	方式多元化，包括以文字為主的形式和非文字方式。	以文字為主。
成果展示方式	沒有固定格式。	運用實用文體裁，格式較固定。

表 1：專題研習和專題報告的比較

4. 專題報告的寫作難點

　　小學生平日寫作，常見的困難主要出現在「內容」（寫作素材）和「表達」（寫作技巧）兩方面。從寫作專題報告的角度分析，「內容」包括研習主題、報告項目、各項目該包含的具體資料和有關資料的來源；「表達」包括報告的結構、組織、資料表述和排列的方法，以及敘述和說明技巧的運用。高小學生一般沒有實踐專題報告的經驗，因此針對「內容」和「表達」兩方面的教學輸入十分重要。

三、專題報告教學設計 [3]

本節分「準備階段」和「實踐階段」兩部分，闡述專題報告教學的流程和教材的發展。

1. 準備階段

「蒸蒸日上計劃」的教學輸入包括兩個學習單元，兩者在學生認知能力的發展上有承先啟後的從屬關係。單元一以「有趣的科普」為題，鼓勵學生廣泛閱讀，擴闊識見，從而培養進行深度研習的興趣和動機，並通過閱讀經驗建構研習的範圍。

至於在寫作方面，為了檢測學生進行「深度閱讀」的成效，本單元引導學生掌握「報告」的寫作要求，並嘗試寫作「閱讀報告」。此外，單元其中一篇教學材料名為《細菌和病毒》，內容以「新型冠狀病毒」為引子，帶引學生認識「細菌」和「病毒」的特點，建立防疫意識和掌握說明文字的表達方法。該文的課後活動包括學習製作一種防疫用品，然後請學生以文字把製作方法寫出來，作為下一單元專題報告的先導活動。

2. 實踐階段

(1) 在校本單元《基本研究法》開首進行心理定向

「蒸蒸日上計劃」團隊在單元二《基本研究法》的「設計理念」，清楚交代本單元「會透過科普及人文範疇的專題報告示例，讓學生認識專題報告的格式，掌握撰寫專題報告的方法，然後學生選取一個自己感興趣的研習題目，作出研究，並寫作一份專題報告」。這樣，教師和學生在正式進入單元二前便瞭解本單元的教學重點，對學習的內容有充分的心理準備。

(2) 製作「專題報告範本」（以下簡稱「範本」）說明研習的重點和報告的格式

對小學生而言，根據某個議題進行個人的深度學習，然後把研習過程和成果通過報告記錄下來，是一個複雜的學習歷程；學習活動開始時，必須讓學生瞭解學習流程和掌握各階段的重點。此外，「專題報告」屬於實用文類「報告」，任

3　此部分的內容全部以「蒸蒸日上計劃」的教材和教學活動為藍本，有關資料見「蒸蒸日上計劃」網頁 https://www.eduhk.hk/steam/view.php?secid=53397&u=u

何實用文體均有一定的格式。為了提升教師教學和學生學習的效能，「蒸蒸日上計劃」團隊製作了「專題報告範本」，把專題報告的學習歷程分作不同的階段，解說各階段的重點工作，並說明專題報告的格式、內容和製作注意事項。

「專題報告範本」把專題學習分為下列不同的步驟：

(i) 步驟一：個人或小組學習

進行深度學習前，首先決定學習活動以個人還是小組形式進行，如使用小組模式，須確立小組的規模。[4]

(ii) 步驟二：選定專題報告研習的範疇

「範本」引導學生從日常生活中思考研習的範疇，並提供「數學」、「科學」、「科技」、「工程」、「衣」、「食」、「住」、「行」等項目，刺激學生思考。學生選定範疇後，可以嘗試思考研習的主題。

(iii) 步驟三：找出相關詞語

這一步驟使用教師在寫作教學中常用的「腦衝擊法」，引導學生思考和記下跟研習主題有關的詞語。

(iv) 步驟四：將詞語分類，組織腦圖

這部分請學生把想到的詞語，有機地運用腦圖組織起來，嘗試建構研習的主題。

(v) 步驟五：提出相關問題

教師因應個人或各組別的主題，從不同角度提出問題，深化學生的思考，讓學生瞭解主題的方方面面；「範本」建議教師採用學生最常接觸的「六何法」。

(vi) 步驟六：確立專題報告題目

經過選定學習範疇、運用相關詞語組織腦圖和透過多角度深化思考等程序，教師可輔助學生確立研習的題目，正式開展深度研習。

4　此部分的內容全部以「蒸蒸日上計劃」的教材和教學活動為藍本，有關資料見「蒸蒸日上計劃」網頁 https://www.eduhk.hk/steam/view.php?secid=53397&u=u

(vii) 步驟七：研習方法

本步驟引導學生思考和確立研習的具體操作。首先，學生得按照題目的性質，思考蒐集基本資料的渠道，如書本、報章和網頁等，同時考慮蒐集第一手資料的方法，例如實驗、觀察、實地考察和問卷訪問等。「範本」又簡單說明進行問卷訪問和科學實驗的方法。

(viii) 步驟八：專題報告

這部分通過專題報告的格式和各部分的重點說明，介紹專題報告的組織和擬寫的方法。「範本」把專題報告分作七個不同的部分，包括：(i) 引言 / 研習動機、(ii) 研習方法、(iii) 研習步驟、(iv) 總結和建議、(v) 研習感想、(vi) 參考資料和(vii) 附錄。上述各項以表格形式展示，並在項目名稱旁加設「附注」，簡介該項目的要求，例如「總結和建議」的「附注」是「綜合和歸納研習內容，總結研習結果，並提出一些建議」。學生依照上述的指示，便能草擬專題報告的初稿。

(3) 文字報告示例的擬定和發展

語文教學重視「輸入」和「輸出」，同時強調「輸出」建基於「輸入」；沒有優質的「輸入」，也就沒有優質的「輸出」。不論從「能力導向」角度或「素養」角度思考，閱讀教學中的「課文」是「輸入」，寫作教學中的「學生作品」是「輸出」。因此，「蒸蒸日上計劃」若期望學生能寫作在內容和表達上切合規範的專題報告，必須向師生提供優質的報告範本作為教材和示例。

因應計劃鼓勵學生進行「科普」或「人文」範疇的研習，所以首先提供了一個科普範疇的研習報告和一個人文範疇的研習報告，分別是《探究陽光對幼苗生長的影響》和《1881 的活化成效及市民大眾對該項目的認識和意見》。前者以實驗形式，瞭解陽光是否充足對植物幼苗成長的影響，後者以實地考察和問卷訪問的方式，探討一般市民對「活化 1881」的意見。2020 年 1 月底，新型冠狀病毒肆虐，「全民抗疫」成為日常生活的熱話，市面上也出現「搶購外科口罩」問題，計劃團隊於是以社會熱門議題為基礎，擬寫一個名為「自製防疫口罩」的專題報告示例。以下為三個示例文字稿內容的的簡介。[5]

5　專題報告以文字為主要表達媒體，圖片、圖表等只是輔助表達工具。「蒸蒸日上計劃」團隊按照這通則設計三個示例的「文字稿」。

(i)《探究陽光對幼苗生長的影響》[6]

本示例以實驗者在閱讀書本時，瞭解植物分泌的「生長激素」會刺激植物長高。太陽照射時，激素的作用會減少，植物的高度增長較慢；沒有陽光時，激素的作用增強，長高的速度較快，於是興起探討陽光是否充足對植物幼苗生長影響的念頭。

該專題通過實驗者使用「公平測試」的方法，比較在自然環境中種植的綠豆幼苗和在暗箱內種植的綠豆幼苗的成長情況。在進行實驗的 18 天內，實驗者每天觀察和記錄兩株幼苗的狀況，包括幼苗的高度、葉子的數量和葉子的顏色。最後，他總結在暗箱內的幼苗雖然長得比較高，但外表柔弱，不能支撐整株植物，同時葉子數量少，且呈黃色。

《探究陽光對幼苗生長的影響》報告以圖表的形式記錄兩株植物生長的數據和特點，然後運用比較說明、數字說明和描述說明來交代陽光對植物生長的影響。在說明實驗過程的部分，報告使用列點的方法，有條理地顯示實驗的步驟和過程。

(ii)《1881 的活化成效及市民大眾對該項目的認識和意見》

「1881」是一組由前身為政府辦公室的建築物組成的古跡，也是香港第一個私人參與活化項目，現已發展為高級酒店和商場。由於「1881」位於旅遊區的核心位置，加上節日時會有色彩繽紛的佈置，因此成為大眾消磨假日的好去處。不過，由於「1881」的商業味道濃厚，主樓基本上不對市民開放，加上修建時移除了大部分樹木，因此不少人批評它不是「活化」，只是「商品化」(香港電台，2021)。

本專題透過瀏覽網頁、實地考察、參加導賞團和問卷訪問等方法，實地瞭解「1881」項目的運作情況、對外界的開放程度和市民大眾對「1881」項目的認識、印象和意見。報告最後統整個人考察所得和受訪者的意見，對「1881」的整體運作，展覽館入口的設置和導賞團的安排，提出具體的建議，供發展商考慮。

《1881 的活化成效及市民大眾對該項目的認識和意見》報告內運用統計數字和圖表，展示問卷訪問的結果，也通過在現場拍攝的照片，反映景點上存在的問

6　學生在小學四年級大都在常識科學過相關課題。不過，不少學生誤以為在黑暗環境中生長的植物長高的速度比生長在正常環境的慢。

題。由於問卷訪問取得市民的不同意見，報告的闡述須具備條理，表達須詳略有致。

(iii) 《自製防疫口罩》

2020 年初，新型冠狀病毒肆虐，自 2020 年 1 月 25 日至 6 月 7 日，高小因疫情停課（維基百科，2023）。在停課初期，教育界仍未掌握網上授課的技巧，學校多以郵寄教材或安排家長領取教學資料的方式，供學生自習；教育界當時對一些程度深淺合宜，具備趣味性和實用性，甚至方便家長從旁指導課業，需求甚殷。

「蒸蒸日上計劃」的主題「生活中的數理人文」，強調學習從生活中出發。基於當時社會普遍期望學生「停課不停學」，特別是該學習和掌握一定的防疫知識。於是，計劃團隊設計一個教學活動，引導學生仔細認識外科口罩的功用和原理，然後跟家人一起製作香港大學深圳醫院研發的「透明膠 DIY 口罩」（香港經濟日報，2020）。

《自製防疫口罩》專題報告首先説明學習緣起，然後交代實踐過程、學習成果和個人感受等。通過該報告示例，引導學生認識運用文字，説明事物的結構、原理和製作的步驟。在寫作技巧方面，該報告展示如何運用不同的説明手法，有條理地説明事物，交代工作程序。

3. 電子教材的開發

按照「蒸蒸日上計劃」原有的構想，計劃團隊根據一般學生的學習需要，設計教學單元的教材和教學建議，然後把材料轉交「參與學校」的教師。計劃團隊會跟個別學校的教師召開「共同備課會議」，一起討論如何在該校落實單元的教學目標。基於信賴教師的專業和相信教師最瞭解自己任教的學生，「蒸蒸日上計劃」推廣「校本課程」概念，強調參與學校不必完全採納計劃團隊的設計。

絕大部分參與學校擬定在 2020 年農曆年假後進行專題報告教學。農曆假期後，香港小學因新型冠狀病毒肆虐停課。2020 年 3、4 月間，學校普遍開始推行「網上教學」。不過，專題報告對不少教師和學生而言是新鮮事物，在一個陌生的教學環境下推行新課題的教學，教師和學生都需要強而有力的支援。計劃團隊體會到教學上的需要，於是構思以三個專題報告的文字稿為底本，開發電子教材。

　　為方便教師在網上授課時使用，計劃團隊把專題報告的內容轉化為簡報（PowerPoint）（下文會簡稱三個專題報告的簡報為「教學簡報」），輔助教師在課堂上講解；教師如在課堂後把簡報上載到學校的內聯網，便可供學生隨時重溫；換言之，簡報能成為學生學習的「全方位、全天候的學習輔導者」。另一方面，「教學簡報」又把專題報告的「內容」和「形式」（結構、寫作方法等）結合，讓教師運用一個教材，即可同時進行專題報告的「內容」和「形式」教學。以下簡略介紹三個「教學簡報」的基本結構和內容：

(1) 題目、目錄和學習目標

簡介「教學簡報」的內容和綱目，展示學習目標，讓學生瞭解學習的重點。

(2) 訂定報告題目

引導學生從生活經驗和閱讀經驗出發，運用腦圖、六何法擬定研究主題和題目。在《探究陽光對幼苗生長的影響》教學簡報中，更會詳細講解如何運用腦圖整理思考內容。

(3) 研習方法

分析題目的性質、內容和方向，確立該採用的研習方法，如實地考察和實驗等。

(4) 研習步驟

闡述如何有條理的交代研習的過程。以《自製防疫口罩》為例，研習步驟分為下列四項：(i) 閱讀資料、(ii) 準備材料、(iii) 準備工具、(iv) 製作步驟。

(5) 研習結果和建議

交代學習的成果，並就個人的學習經驗對其他學習者或個人後續學習提出正面的提議。

(6) 感想和後記

總結個人學習的感受和闡述從學習歷程中得到的啟發。

為了減輕教師的負擔、提升學生的學習興趣和深化「全方位、全天候學習輔導者」的功能，計劃團隊為「教學簡報」增加下列內容和資料：

(1) 聲音導航

「教學簡報」設有三個版本，包括（i）普通版：不附聲音導航、（ii）聲音導航版和（iii）簡潔版：為「普通版」的「濃縮本」。聲音導航版附有講解簡報內容的錄音，有助減輕教師的工作負擔。另教師可按需要選用適合的版本，例如在課堂上使用「普通版」，在課後上載「聲音導航版」，供學生溫習用。

(2) 影像視頻

視像教材對小學生有一定的吸引力，也能讓學生對學習內容有深刻的印象。三個「教學簡報」均包含影像視頻，讓教學活動更多元化和更富趣味性。《探究陽光對幼苗生長的影響》和《1881 的活化成效及市民大眾對該項目的認識和意見》分別在開首階段引導學生觀看有關種植和 1881 簡介的片段，促進學生對學習內容的認知。在《自製防疫口罩》教學簡報中，為了讓學生仔細瞭解製作口罩的流程和技巧，計劃團隊製作了一段記錄自製口罩過程的影片，而影片中的「定格照片」，會出現在「教學簡報」的「製作步驟」說明中。有關視頻既能提升學生對製作口罩的認識，也能通過影片內容和簡報內容的對比，幫助學生掌握如何闡述「步驟」和如何在過程中抽取「重點」，對寫作專題報告能力的培養，有積極的作用。

(3) 通過「感想和後記」引導學生思考專題報告的主題

在教學簡報的最後部分，設計除了引導學生理解「感想和後記」的含意和內容外，還鼓勵學生參考專題報告的主題，自行思考、尋找個人有興趣的議題，進行深度學習。如《自製防疫口罩》教學簡報鼓勵學生從停課抗疫的日常生活中取材，把類近的經驗（如製作其他類型的口罩、酒精消毒液、健康小吃或自娛玩具等）作為專題報告的主題，從而踏出深度學習的第一步。

還有一項要補充的是：為幫助老師掌握專題報告教學的理念和促進教學效能，計劃團隊還以三個示例為基礎，設計了闡述教學流程和重點的「教案」和「專題報告範本」，作為教學的配套材料。

四、以生活化素材為內容的電子教材對專題報告教學和學習的促進作用

相對其他體裁的寫作教學，專題報告的教學過程是複雜的。在教學方面，教師須指導學生訂定題目、掌握不同的資料蒐集方法、認識報告的結構和用語；在學習方面，學生要經歷思考題目、整理素材和撰寫報告等階段，各階段涉及不同的知識和技能，同時互為因果；教學和學習兩方面都會遇到一定的困難該是不言而喻的。幸好在計劃團隊提供的材料和支援下，教師和學生在專題報告的學與教體驗都是正面的。

1. 教學方面

由於兩個教學單元提供了充足的輸入和多元的活動，給學生帶來「語文學習的新體驗」，有參與學校的教師覺得專題報告教學是一種「有趣的教學新模式」（何志恆等，2020）。此外，教師也認為「專題報告範本」能有效率地引導學生掌握運用概念圖和六何法擬定報告的主題；同時，學校可運用「報告示例」和其他單元教材的內容，發展跨課程閱讀和跨學科教學（何志恆等，2021）。

若能建構幫助學生擬定專題報告題目的策略，對學生學習興趣的提升，具有積極的意義。「報告示例」建議教師使用「問題法」（特別是六何法）引導同學思考和確立研習的範疇。一位教師完成教授一篇以「鏡子」為主題的課文，發現學生對鏡子的種類、性質和作用很有興趣。經過師生討論後，學生同意全班以分組方式，就「鏡子」訂定不同的重點，作為專題報告的題目。教師隨後給學生大量圍繞鏡子的問題，包括「為什麼要發明鏡子？鏡子的原理是什麼？鏡子有什麼種類？各有什麼用途？除了玻璃，還有什麼物料可以做鏡子？強化玻璃可否做成鏡子？放大鏡和顯微鏡與鏡子有何關係？如果世上沒有鏡子，對生活有什麼影響？」學生回應問題後，教師引導學生使用概念圖，展示不同概念的關係，這樣各組學生選取其中相關的要點，組成不同的題目。

有一個顯證最能反映「報告示例」和「專題報告範本」對教學的促進作用。有一所參與學校的老師，為學生設計了一本《專題報告小冊子》，供學生以填寫表格形式完成專題報告。因為《自製防疫口罩》報告的啟發和為了引導學生思考，教師為學生初步訂定了主題「防疫小能手」，學生再自行思考報告的具體題目。而小冊子內的表格基本上取材自計劃團隊的「專題報告範本」，教師另仿效六何法，在各項目下提供引導思考的問題，指導學生組織專題報告的內容。小冊子內

的表格以分項的方式，幫助學生完成專題報告，大大減低了寫作報告的難度，減輕學生的學習負擔。

2. 學習方面

　　「專題報告示例」從學生熟悉的內容切入，運用多媒體講解專題報告寫作在內容和形式方面的要求，能幫助學生掌握專題報告的概念，更重要的是能提升學生的學習興趣。一位教師在《蒸蒸日上計劃專輯》中分享下列一段話（何志恆等，2020）：

> 在眾多活動中，相信最受歡迎的就是專題報告比賽了。小朋友對世界充滿好奇，常會發現許多新奇有趣的事物，專題報告比賽正好讓學生自由發揮，把他們感興趣的發現以專題報告形式發表。學生在過程中學會互相合作，也培養了組織能力和創意。老師從旁觀察，發現同學的確十分投入。

　　閱覽兩個年度的《蒸蒸日上計劃專輯》[7]，可以發現「專題報告示例」的內容和形式，對學生的作品有明顯的影響。在內容方面，學生多從日常生活中選取題材；在計劃第一年度（2020-2021）的下學期，學生大部分時間都未能回校上課，疫情和抗疫成為生活的主軸。在六所提交專題報告作品的參與學校中，其中三所學校（50%）冠軍作品的題目是跟「新冠病毒疫情」有關，題目分別是：《環保可重用防飛沫防疫口罩》、《齊心抗疫——自製酒精搓手液》和《新型冠狀病毒疫情對香港社會的影響》。首兩道題目該深受《自製防疫口罩》的啓發；最後一道題目採用問卷訪問的形式，調查「新冠病毒疫情」對不同行業的影響、市民的防疫意識和對政府防疫政策的意見，蒐集資料的方法跟《1881的活化成效及市民大眾對該項目的認識和意見》的近似。

　　至於第二年度 (2020-2021) 的十六篇冠軍作品中，有三篇 (19%) 跟「新冠病毒疫情」有關，題目分別是：《防疫用品——口罩》、《防疫小能手（校園篇）》和《港人在新冠病毒疫情下日常生活變化問卷調查》。首篇使用資料研習和考察

7　《蒸蒸日上計劃專輯》全名為《蒸蒸日上：生活中的數理人文計劃專輯暨學生優秀作品集》，書中收錄了「專題報告比賽」的優秀作品。是項比賽分為兩個組別：「學校組」供參與學校的「參與年級」學生參加，「公開組」供全港其他學生參加。由於公開組學生未必有機會接觸「專題報告示例」，因此本文只分析「學校組」學生的表現。

報告的方式，探索不同類型口罩（包括外科口罩、N95 口罩和電子口罩等）的特點和使用時的注意事項；第二篇介紹自製消毒紙巾的方法；第三篇透過問卷訪問，瞭解疫情下人們生活模式的改變。三道題目明顯有「報告示例」的影子。

在資料蒐集方法方面，大部分學生作品都採用實驗、考察和問卷訪問等，都是「報告示例」介紹過的。至於專題報告的結構、體例和語言運用方面，絕大部分作品的結構均參考「報告示例」和「專題報告範本」的建議項目；而在表達方面，不同的說明技巧（如數字說明、比較說明、描述說明和分項說明）和圖像、表格的運用，都顯示學生能把從課堂學到的，轉移至課業中去。

五、總結

本研究以「蒸蒸日上計劃」的專題報告教學為例，探索以生活化素材為內容的電子教材在促進學與教效能上的作用。研究發現不管對教師或學生，專題報告是一個較繁複的教學項目。不過，以生活化素材為內容的示例和電子教材有助解決專題報告寫作上的問題，讓高小學生也能寫出內容充實、結構完整和表達得宜的專題報告，並在學習的過程中培養自主學習、深度學習、積極創造和解決問題的能力。

總括而言，以生活化素材為內容，電子教材在下列各方面對高小學生為對象的專題報告教學和學習有積極的意義：

1. 引導學生從生活中發掘專題報告的主題和素材

三個「報告示例」分別從學生的已有學習經驗、節日生活經驗和近日生活體驗出發，讓學生瞭解生活中有許多潛藏的議題。這樣學生就能從自己的生活出發，從個人有興趣的範圍深化對某些話題的認識，最終找到個人認識而又具有能力處理的課題。

2. 發揮全方位學習的效用

學生進行專題報告的資料蒐集和寫作時，都要運用一定的技巧。縱使經歷課堂的講授，學生總會遇到不同的困難。電子教材以活潑的形式，透過具有聲音導航功能的簡報、刺激感官的視頻和鮮明的圖像，解說不同的概念，同時可讓教師上載互聯網，供學生重溫和供家長參考。可以說，電子教材讓學習全天候在課室內、外進行。

3. 把寫作教學兩大元素（內容和形式）結合為一體，學生容易學以致用

　　過往以文體為主軸的寫作教學，往往把各種文類的教學分為「內容」和「形式」兩大部分。這種處理方法的好處是看來條理分明，但不足之處是學生常有「概念決裂」的感覺，在應用上不利於知識的整合和能力的遷移，電子教材在結構上把內容和形式兩方面的概念統整，有利於內容和形式概念的一體化，使已學習的知識能夠順利轉移到運用層面上去。

參考文獻

蔡柏盈（2016）：如何寫好專題報告？訂題、資料蒐集到確立內文架構，《臺大寫作教學中心電子報》，檢自 https://epaper.ntu.edu.tw/view.php?listid=245&id=24373#top，檢索日期：2022.3.24。

何志恆、梁佩雲和張壽洪（2020）：《蒸蒸日上：生活中的數理人文計劃專輯暨學生優秀作品集（2019-2020 年度）》，香港，香港教育大學。

何志恆、梁佩雲和張壽洪（2021）：《蒸蒸日上：生活中的數理人文計劃專輯暨學生優秀作品集（2020-2021 年度）》，香港，香港教育大學。

香港電台（2021）：《CIBS 節目：細説香港保育建築 2（第十一集：1881——前水警警區總部）》，檢自 https://www.rthk.hk/radio/pth/programme/g1144_hk_archit_conservation2/episode/768953，檢索日期：2022.3.24。

香港經濟日報（2020.2.3）：《【口罩防疫措施】紙巾＋廚房紙＋透明膠 DIY 口罩 - 港大外科醫生：功效可達外科口罩 9 成【附製作步驟、教學影片】》，檢自 https://topick.hket.com/article/2564541/

香港特別行政區教育署課程發展處（2002）：《專題研習》，檢自 https://cd1.edb.hkedcity.net/cd/projectlearning/contact/contact.html，檢索日期：2022.3.24。

香港特別行政區教育署中文組（2001）：《中小學中文實用寫作參考資料（試用）》，香港，香港教育署。

香港特別行政區課程發展議會（2008）：《小學中國語文建議學習重點（試用）》，香港，香港課程發展議會。

謝錫金、祁永華、譚寶芝、岑紹基和關秀娥（2003）：《專題研習與評量》，香港，香港大學出版社。

中華人民共和國教育部（2011）：《義務教育語文課程標準》，北京，北京師範大學出版社。

2019 冠狀病毒病香港疫情相關安排（2023.2.27），《維基百科》，檢自 https://zh.m.wikipedia.org/2019 冠狀病毒病香港疫情相關安排，檢索日期：2023.2.27。

從理論到實踐的轉化：語言學知識與華語教學

張凌、高雨茹

香港教育大學

摘要

一直以來，我們都強調華語教師要有紮實的語言學知識基礎。但理論的語言學知識，如何能轉化並應用到實際的華語教學中，過往較少相關的討論和研究。本文擬結合兩個的教學應用個案，探討如何從抽象的語言學知識轉化為具體有趣的教學方法、自製教具乃至手機應用程式。

第一個應用個案的語言學知識是漢字的構造理論，我們可瞭解到很多漢字由不同的部件構成，我們進而可考慮使用集中識字法來教學，即集中教授具有相同部件的漢字。我們還可進一步教學生使用廢棄的紙巾圓筒製作環保簡易教具：立體的教具及動手式教學能更優化集中識字法的教學效能。

第二個應用個案的語言學知識是華語的聲調，我們可通過對華語聲調和音樂的樂調的配合出發，探索讀和唱轉換的可能性，再進一步運用在古詩文的教學中，增加教學趣味及增強文字記憶。在此基礎上，我們研發了手機應用程式「古詩粵唱粵啱 Key」，用最新的教學科技促進古詩文教學。

關鍵詞：語言學　華語教學　知識轉化

From Theory to Practice: Linguistic Knowledge and Chinese Language Teaching

ZHANG, Ling

GAO, Yuru

The Education University of Hong Kong

Abstract

We have always emphasized that Chinese teachers should have a solid knowledge background in linguistics. However, there has been little discussion and research on how theoretical linguistic knowledge can be transferred and applied to practical Chinese language teaching, which will be discussed in this manuscript. Two knowledge-transferring examples are provided for better illustration.

In the first case study, the linguistic knowledge involved is the construction of Chinese characters. Chinese characters are composed of different radicals. We can group those characters with the same radical together and teach them through an intensive way, which is called intensive learning pedagogy for Chinese characters. Based on this pedagogy, a simple teaching tool can be made with tissue cylinders, which is environmentally friendly and allows hands-on exercises for students. From the linguistic knowledge of Chinese characters, to the intensive learning pedagogy of Chinese characters, then to an interesting teaching tool, the knowledge transfer is achieved step by step.

In the second case study, the linguistic knowledge involved is the Chinese tones. The knowledge transfer starts with the matching of Chinese tones and musical tones, which is applied in turning the reading style into the singing style. This method is further applied for composing ancient Chinese poems into a singing style, which can enhance the memorization of the poems. The mobile app *Classical Chinese Poems Sing Along* is a further product of this knowledge transfer approach.

Keywords: linguistics, Chinese teaching, knowledge transfer

引言

　　一直以來，大家都認同應該從瞭解語言的本質開始研究語言教學（Lagemaat，2011），因而，我們都強調華語教師要有紮實的語言學知識基礎。然而，從理論的語言學知識，到實際的華語教學，往往不是那麼直接，中間還是需要一些轉化的步驟，才能溝通這兩個本來不同的範疇。要做到理論與實際結合，一方面需要我們在進行語言學理論研究的時候，要多考慮是否有教學應用的可能性；另一方面則需要我們在進行華語教學的時候，要多考慮如何結合華語研究的最新成果，進行創新或深化。

　　為了更好地說明從語言知識到語言教學的思維轉換，本文結合兩個個案進行分析說明。第一個個案的語言學知識點為漢字的構造，教學應用為「集中識字法」，並可以進一步應用「集中識字法」的原理，利用廢棄的卷紙筒製作簡便的漢字教具，既環保又可讓學童動用多感官學習，增強對目標漢字的記憶。第二個個案的語言知識點為粵語的聲調和樂調的配合關係，進而可應用於把讀的語句變為唱的語句，再進而應用於把古詩改為唱誦的形式，有利學童記憶古詩，並欣賞古詩的韻律美，最後還結合了最新科技，製作「古詩粵唱粵啱 Key」手機應用程式。以下我們將分別詳述這兩個實例，說明如何從理論的語言學知識轉化為華語教學的具體實踐。

個案一　從漢字構造到漢字教具的設計

　　在這個個案研究中的語言學知識起點為漢字的構造。漢字在發展的歷程中雖然形體上是變化很大，但性質上沒有什麼改變（張連航，2011）。漢語是一種符號語言，想要分析漢字的構造，就一定要提到東漢許慎在《說文解字》（許慎和徐鉉，1972）中提及的六書，也就是指事、象形、形聲（又稱諧聲）、會意、轉註和假借這六種漢字構造的方式。

　　從結構上來看，中文字可分為獨體字與合體字，且獨體文少而合體字多。獨體文字是中國漢字的根本，等於是漢字的字根或基本形式，如人、羊、木、火等。而合體字則是獨體文字形組合而成的綜合字形，如從、群、林、燃等，故合體字具有組合性文字的特性。六書中的形聲字和會意字都是合體字。《說文解字》共收字 9353 個，其中形聲字佔 7697 個，約佔 82%。常用漢字中，合體字的比例超過 95%。如此高比例的合體字，也使得漢字的構造和部件特點顯得尤為重要。

漢字在進入合體結構以後，才產生偏旁的概念。而山、水、人、日、月，這些獨體字，本身不算偏旁。只有當這些字組合成會意、形聲這類字，才算是偏旁。根據漢字構造的獨特性，集中識字教學應運而生。顧名思義，集中識字法強調以形似字、同音字歸類，和基本字帶字的方法進行漢字練習。其優點是便於歸納、對比和突出的漢字結構規則，有利於漢字學習者有計畫的編碼、組合、儲存和檢索。如「巴、爸、把、疤、吧、肥」同有偏旁「巴」；如「狗、狐狸、狡猾、狠、狩獵」同有反犬旁「犬」；又如「松樹、朴、杜、棟」同有部首「木」。這些有相同偏旁部首的字在一起集中教，有利於學生強化記憶相同的偏旁部首，也有利於學生分辨另外不同的部件從而組成不同的漢字。

主張集中識字法的學者們認為，兒童識字的難點不在字音字義而在字形，學習了漢字的基本結構和常用偏旁部首就可以分類組成許多字，從而形成以「基本字帶字」為主要模式的漢字學習方法（佟樂泉，1996）。相對於分散識字而言，把生字按字音或字形歸類集中，使學生在較短時間內掌握較多漢字，以利於及早開展閱讀（顧明遠和魏樵，1999）。

在漢字教學中，我們可以嘗試各種各樣能夠幫助記憶的教學方法（Mnemonic Instructional Approach），集中識字法教學還可以進一步結合多感官教學來進行，除了用眼睛看，用耳朵聽，用嘴巴讀，我們還可以讓學生自己動手做成立體小教具。因漢字的結構不同，做小教具的方法也略有不同。在這裏我們會分別介紹上下結構和左右結構的漢字教具的做法。

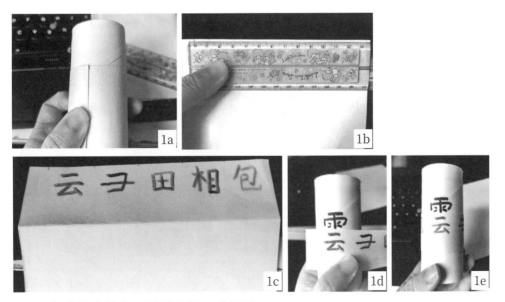

圖 1：集中識字法上下結構教具五步做法

　　上下結構的漢字教具，我們以部首「雨」字頭為例進行說明。「雪、霧、雷、霜、雹」這幾個漢字都以「雨」為部首，可以集中一起教學。集中識字法的小教具，可以利用廢棄的卷紙筒，以及使用簡單的文具如尺子、較厚實的紙以及筆。做法也很簡便，過程如下：首先，用一張較厚實的紙，包一圈卷紙筒確定長度，如圖 1a 所示。第二，量出厚紙總長度，並等分 5 份間距，如圖 1b 所示。第三，等間距寫出處於下方部位的偏旁，如圖 1c 所示。第四，比對下方部首大小，在卷紙筒上寫「雨」字部，如圖 1d 所示。第五，把厚紙卷成圈，接口處粘貼好即可，如圖 1e 所示。

　　左右結構的漢字教具，我們以「禾」字旁為例進行說明。「秋、私、種、積、稻」這幾個漢字都以「禾」為部首，可以集中一起教學。製作教具也同樣可以使用廢棄的卷紙筒及簡單的文具來製作，只是因為要橫向轉動的話，用上面圖 1 的做法就不易凸顯共同的「禾」字部，因此可以用以下圖 2 顯示的各個步驟來製作：首先，用一張較厚實的紙，包一圈卷紙筒確定長度，如圖 2a 所示。第二，量出厚紙總長度，並等分 5 份間距，如圖 2b 所示。第三，等間距靠右寫出處於右方部位的偏旁，如圖 2c 所示。第四，把厚紙圈固定在卷紙筒上貼好，如圖 2d 所示。第五，另外準備一張厚紙，在中間剪出方框，大小要能顯示之前的右方偏旁為宜，在方框左邊寫上「禾」字旁，如圖 2e 所示。最後，把「禾」字紙圈包在 2d 所示的紙筒上，並在上下貼紙使「轉動軌道」固定，如圖 2f 所示。

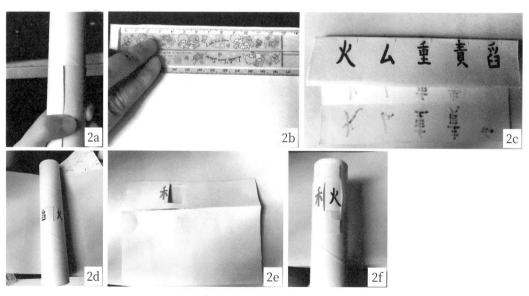

圖 2：集中識字法左右結構教具五步做法

在上面這兩款漢字小教具的製作中，我們還特地用了不同的顏色標示共同的部首（「雨」和「禾」）和各個不同漢字的部件，這樣也更有利於學生辨認同一組漢字中的「同」與「不同」。在一個漢字教具中，一次教五至八個漢字為宜，這樣既能達到「集中識字」的目的，記憶量也不至於太大，不會給學習者帶來太大壓力。以上這些漢字教學小教具做好之後，學生就可以一邊轉動厚紙圈，看到不同的部件組合，大聲讀出這一組合的漢字，這樣就可以用手轉，用眼看，用嘴讀，用耳聽，多感官同時運用，能加深對那一組漢字的印象。

在這一個案研究中，我們可看到從語言學的知識點——漢字構造，到華語教學應用中的「集中識字法」，再進一步到卷紙筒漢字小教具的製作，知識的轉化和應用可以層層遞進，一步步具體化。漢字的構造本來是從大量的漢字中觀察總結出來的規律格局，是抽象化的過程。而要把抽象的規律再做具體化的應用轉換，一方面要選取合適的知識點，另一方面也要拓寬思路，加入教學方面的考慮因素。在選取合適的知識點方面，漢字的構造本身包含很多不同的知識點，如「六書」我們這裏也只選取形聲字和會意字，並不牽涉到象形字、指事字、轉注字和假借字。另外這四類字則要結合其特點另外選用合適的教學方法。至於形聲字和會意字，與其有關的知識點也很多，而在這裏我們聚焦的知識點在於它們都是合體字，由不同的部件共同組合成字。而合體字構成的部件有很多是重複出現的，把有相同部件的字集中在一起學習，有利於認同辨異，這是「集中識字法」的語言學理據。「集中識字法」的具體實施方式也有很多，比如在黑板或者簡報上呈現一組有共同部首的漢字，或者讓學生書空或者抄寫這些漢字，本文介紹的卷紙筒漢字小教具是其中的一種實施的方式，結合多感官動用，增強學習興趣的角度進行設計。也就是說，在這一教具的設計中，除了語言學的因素，也增加了教學實際的一些考慮，如可操作性、認知優化策略和學習者興趣等等。

個案二 從聲調到古詩的唱誦教學

在這個個案研究中的語言學知識起點為漢語的聲調。漢語是聲調語言，也就是音高可系統地用於辨別字義（Pike，1976）。粵語是一種漢語方言，同樣也是聲調語言，其聲調系統如表 1 所示。

粵拼調類	調形描述	調值		字例	
		IPA	數字式		
1	高平 / 高降	˥/˥˧	55/53 或 5	夫 fu1	福 fuk1
2	高升	˧˥	25	苦 fu2	鈪 aak2
3	中平	˧	33 或 3	富 fu3	霍 fok3
4	中低降 / 低平	˨˩/˩˩	21/11	符 fu4	
5	中升	˨˧	23	婦 fu5	
6	中低平	˨	22 或 2	父 fu6	服 fuk6

表 1：粵語的聲調系統

在聲調語言中，音高要用於指示聲調，而在唱歌時，音高也要用於旋律的表現，那麼字調和樂調是如何配合來決定音高的，是語言學和音樂跨學科研究的論題。在當代普通話歌曲中，Chao（1956）發現作曲家在他們的作品中大多忽略了詞彙聲調。Chan（1987a，1987b）指出，在非聲調語言（如英語）中不存在字調和樂調如何配合的問題。在聲調語言中則有不同的字調和樂調的關係：在普通話中，唱歌時不需要保留字調，音高只需要跟著旋律走即可；在粵語中，唱歌時需要和字調，字調和樂調需要配合。在此後的一些研究中（如張群顯，2007；張群顯和王勝焜，2008；Schellenberg，2011 等），也明確指出粵語字調需要在唱歌時保留，才能符合母語者的語感。隨之而來的一個問題是，既然在粵語的說話和唱歌的時候都保留字調，那麼字調在說話和唱歌的時候有什麼不同？ Zhang（2016）通過聲學實驗，指出粵語字調在說話的時候受普適性（Universal）的降勢音高語調影響，在唱歌時則不受降勢音高影響，會反其道而用之，呈現保持水平或者甚至略升的趨勢。

將這一語言學原理逆向運用，我們則可以把一些說的或者讀的句子，變成唱的形式：我們下意識去除掉說話或讀書時的降勢音高，使它保持水平或者略為上擡，就可以把語句變成唱的形式，再調整音高域和節奏，可使之更和諧動聽。把

語句從說或者讀的形式改為唱的形式，有一個突出的優勢是便於記憶。以「唱」助憶，其實早有傳統。佛經的唱誦、史詩的唱誦和四書五經的吟誦，都是以「唱」為形式，其重要的目的之一就是朗朗上口，加深記憶。實際上，中國的古詩在古代也是以「唱」為口頭傳誦形式的，這從古詩需要符合嚴格的平仄、押韻要求可以得到旁證。中國古代的詩與歌是密不可分的，所有的詩幾乎都由歌而來。趙元任（1928）曾指出：「詩歌不分化的時候，詩也是吟，歌也是吟」。而「吟」字在古代也是一種特別的唱歌的方式。

因此，張凌（2019）提出可以考慮以今復古，即以今天的粵語字調，去除朗讀時的降勢音高影響，從而轉換為唱的形式，來復現古詩的唱誦形式。利用古詩新唱的方法，可讓學童更易記憶古詩，也更能欣賞古詩的韻律美。在古詩新唱的教學方法基礎上，結合最新科技，我們最近還製作了「古詩粵唱粵啱 Key」手機應用程式。這個教育類的手機應用程式免費開放給公眾使用，分為三個功能模塊。第一個功能模塊是「聽唱古詩」，在這個功能模塊中有十首精選經典古詩（涵蓋不同時代及體裁，包括五言絕詩、五言律詩、七言絕詩、七言律詩、樂府詩），提供唱誦示範，可不限次數聽唱。第二個功能模塊是「跟唱古詩」，提供背景音樂和古詩文本，用戶可像唱卡拉 ok 的形式來跟唱古詩，還可以錄音，若感覺唱得不錯還可以把錄音上傳到手機應用程式的平台與同儕和老師共享。第三個功能模塊是「唱誦創作」，在這個功能模塊中，用戶可以自行選取自己喜歡的古詩，輸入文字，唱出來並且錄音，錄音同樣也可以上傳到手機應用程式的平台與同儕和老師共享。第一個功能模塊無需註冊即可使用；第二個和第三個功能模塊則需要簡單的註冊資料，在這兩個進階的功能板塊中，用戶在錄音創作的過程中可以重聽和上載分享自己的作品，也可以互相欣賞來自大家的作品，若是喜歡某個作品還可以給一個紅色的心形表示讚賞。「古詩粵唱粵啱 Key」這個手機應用程式為學生創造和提供了多樣的學習和互動的形式，可提高學生學習古詩的興趣。

在此個案研究中，我們可看到從語言學的知識點——聲調，到古詩新唱的教學方法，再到「古詩粵唱粵啱 Key」這個教育類的手機應用程式，語言學知識的轉化和應用一直在加入不同的跨學科元素。語言學的知識點聲調，先加入了音樂方面的考量，才會考慮字調是否需要在唱歌時保留，進而考慮字調與樂調如何配合，以及字調在說和唱時有什麼區別，再逆向運用這一區別，才得出把說或讀的語句變為唱的表現形式的方法。因為唱的方式有利於記憶文本，我們找到這一方法在華語教學中應用的意義，再考慮到古詩在古代的口頭傳誦方式也是唱，我們

提出了古詩新唱的教學方法，至此我們加入了教育的元素。從古詩新唱的教學方法，再加入新的科技元素，設計「古詩粵唱粵啱 Key」手機應用程式，設計時還需考慮用戶體驗、同儕互動學習等，多元素的考量使之成為一個實用又有趣的教學產品。從語言學，到加入音樂元素，再加入教育元素，乃至加入科技元素，多元素、跨學科的綜合應用，使得理論到實踐的轉化可以步步具化和提升。

小結

　　一直以來，我們都強調華語教師要有紮實的語言學知識基礎，在華語教師的師資培訓中，語言學類的課程都是必修課。但學習了語言學的理論知識之後，該怎麼具體運用到實際的華語教學中？過往的研究和討論都較少。從理論到實踐的轉化需要橋梁，需要我們多想幾步，多做幾步，而不僅僅是空談「理論和實踐需要結合」。在本文中，我們提供了兩個具體的個案，詳細描述了相關的語言學知識，怎麼一步步加入新的考慮因素，形成具體的教學方法，再進一步做成教具或者設計成手機應用程式，最終實現語言學知識在教學中的有效運用。漢字的構造、漢語的聲調都是基礎的語言學知識，但若我們只停留在相關概念的定義和分類，不再作進一步的思考，那麼這些語言學知識也就停留在理論的層面，不能進入到教學實踐的層面。在這兩個應用個案中，我們還可以看到從語言學知識到華語教學實踐的轉化，跨學科元素的融入是必然的，我們要不拘一格，不囿於學科界限，敢於嘗試跨學科的綜合應用。另外，這兩個個案的轉化歷程都經歷了「語言學知識——結合語言點的教學法——教學法產品」三個步驟，一步步從抽象到具體。本文這兩個個案研究也只是拋磚引玉，期待未來會有更多從語言學理論到華語教學實踐轉化的研究和應用！

參考文獻

顧明遠和魏樵（1999）：《教育大辭典》，上海，上海教育出版社。

佟樂泉（1996）：兒童識字方法的理論探討，《語言文字應用》，(1)，41-45。

許慎和徐鉉（1972）：《說文解字》，香港，中華書局。

張連航（2011）：訓詁學與古文字考釋，《先秦兩漢學術》，(16)，95-109。

張凌（2019）：粵語字調在古詩唱誦中的運用，輯於施仲谋和廖先編《朗誦與朗誦教學新探》，（頁 101-116），香港，商務印書館。

張群顯（2007）：粵語字調與旋律的配合初探，《粵語研究》，2，8-16。

張群顯和王勝焜（2008）：粵曲梆黃說唱字調樂調配合初探，《粵語研究》，3，12-25。

趙元任（1928）：《（新詩歌集）序》，香港，商務印書館。

Chan, M.K.M. (1987a). Tone and melody in Cantonese. *Proceedings of the Annual Meeting of the Berkeley Linguistics Society, 13*, 26-37. https://doi.org/10.3765/bls.v13i0.1828

Chan, M.K.M. (1987b). Tone and melody interaction in Cantonese and Mandarin. *UCLA Working Papers in Phonetics, 68*, 132-169.

Chao, R. C. (1956). Tone, intonation, singsong, chanting, recitative, tonal composition and atonal composition in Chinese. In M. Halle, H. G. Lunt, H. McLean and C.H. Van Schooneveld (Eds.), *For Roman Jakobson: Essays on the occasion of his sixtieth birthday, 11th October 1956*. Monton & Co.

Lagemaat, R. (2011). *Theory of knowledge: For the IB diploma (full colour edition)*. Cambridge University Press.

Pike, K. L. (1976). *Tone languages: a technique for determining the number and type of pitch contrasts in a language, with studies in tonemic substitution and fusion*. University of Michigan Press.

Schellenberg, M. (2011). Tone contour realization in Sung Cantonese. *Proceedings of International Congress of Phonetic Sciences*, 1754-1757.

Zhang, L. (2016). *Intonation effects on Cantonese lexical tones in speaking and singing*. Lincom Academic Publishers.

设计与运用评量表促进口语教学

谭婷
崇文中学

尹娜
圣升英校

梁慧瑜
圣玛格烈女校（中学）

李阳萍
圣婴德兰女校

杨淑雯
芽笼美以美中学

李淑娟
莱佛士书院

李冬梅
新加坡教师学院

摘要

在培养学生的华文口语表达能力时，教师发现学生说话缺乏条理、内容简单、表达不流利。在针对 2021 中学华文新教材的教学实践中，教师探讨设计和运用评量表提高学生的口语表达能力。实践过程包括：（1）根据教学目标设计评量表；（2）结合相应的范例让学生理解评量表；（3）学生根据评量表的要求完成学习任务；（4）学生结合评量表进行自评、互评以及自我反思。教师为不同单元的说话技能学习重点设计评量表，提高了学生的口语表达能力。学生在说话时更有条理，内容更加丰富。此实践经验可为中学华文教学提供有价值的参考。

关键词：口语表达能力　评量表设计　自评及同侪互评

Designing and Implementing Rubrics to Enhance the Oracy of Chinese Language Students

Tan Ting
Yio Chu Kang Secondary School

Yin Na
Assumption English School

Liang Huiyu
St. Margaret's School (Secondary)

Li Yangping
CHIJ St. Theresa's Convent

Yeong Suk Mun
Geylang Methodist School (Secondary)

Lee Sock Kiang
Raffles Institution

LI Dongmei
Academy of Singapore Teachers

Abstract

In developing students' Chinese language oracy, teachers realized that students were not conversant with the content and expression. Therefore, teachers have explored the process of designing and implementing rubrics to improve students' oracy. The process involves four key stages: (1) teachers design rubrics based on the learning outcomes; (2) teachers integrate relevant examples of previous students' work to help students understand the rubrics; (3) students complete their learning tasks guided by the success criteria of the rubrics; and (4) students conduct a self-assessment, peer assessment and self-reflection by referring to the rubrics. The initial findings indicate that following the implementation of rubrics, students speak in a more structured and informative manner. This exploration can serve as a valuable reference for the teaching and learning of Chinese in secondary schools in Singapore.

Keywords: Chinese language oracy, rubric design, peer assessment, self-assessment

一、背景

2021 年，新加坡教育部推出中学华文新课程（新加坡教育部课程规划与发展司，2021a）。根据已经出版的教材，语文技能学习重点的安排在单元内基本遵循听、说、读、写板块相互呼应、层层铺垫的原则。以中一华文（快捷）课程为例，在中一年级六个单元中，单元一、单元三、单元五和单元六的听、说、读、写技能学习重点都环环相扣。例如单元三围绕着"举例子、列数字"，阅读的学习点是"通过列举的数字和例子，理解事物的特点"，聆听的学习点是"通过列举的数字和例子，听出事物的特点"，说话的学习点是"通过列举的数字和例子，说出事物的特点"，写作的学习点是"通过列举的数字和例子，写出事物的特点"。再如单元五围绕"空间转换"，阅读的学习点是"通过空间的转换理解文章内容"，说话的学习点是"通过空间的转换说出游览的经过"，写作的学习点是"通过空间的转换写出游览的经过"。在阅读、聆听、说话或口语互动、写作或书面互动板块，语文技能学习重点的安排层层推进，搭配完整。

而在有些单元，例如单元二和单元四，聆听和说话的技能学习重点与阅读和写作板块的联系则不如其他单元紧密。例如单元二，阅读板块的学习重点是"找出事物线索，理解文章主题"，写作的语文技能学习重点是"在记叙事件时围绕主题安排线索"，说话和口语互动板块聚焦学生能针"对话题发表看法，并对他人的看法做出回应"。再如单元四，阅读板块的学习重点是"理解文章详略和主题的关系"，写作的语文技能学习重点是"在构思时，根据主题的需要安排详略"，说话和口语互动板块聚焦学生能针"联系自己的生活经验，就相关话题与人交流"。

此外，在教材内容呈现形式方面，"听说板块"以练习题或活动的方式呈现。以中一华文（快捷）课程为例，中一单元三技能学习重点是围绕举例子和列数字的说明方法。"听说板块"包括一个听力练习和两个说话活动。听力练习是让学生听一段介绍鱼尾狮的录音，完成两个选择题，考查学生能否通过列举的数字和例子听出事物的特点。说话活动一则是听后说，让学生听完介绍鱼尾狮的录音后，说一说鱼尾狮雕像的特点。说话活动二则是"你将带领一群小学生去新加坡摩天观景轮游玩，想一想你会怎样介绍这个地方，和同学分享一下。"课本中提供了完成活动的提示：上网查找有关新加坡摩天观景轮的资料；确定要说明的特点，例如它的形状外观、在这里的独特体

验等；在说明特点时，可以举一些例子和数字。另外，课本中也提供了一些新加坡摩天观景轮的信息，包括"有 128 个观景仓；高 165 米，相当于 42 层楼那么高；可以 360 度观赏周围的景观；晴天时，在最高处可以看到 45 公里外的地方；观景轮下面售卖本地食物，如鸡饭、肉骨茶等"（新加坡教育部课程规划与发展司，2021b）。

对于单元内语文技能学习重点的介绍及解说，则以数码资源的方式上载于新加坡学生学习平台。在内容上包括技能概述、阅读技能例说、写作技能例说以及写作指导配套。

因应 2021 课程语文技能学习重点的安排特点以及新教材的体例特征，教师在实践中需要探讨如何吃透教材、如何解读语文技能学习重点、以及如何借助技能概述、阅读技能例说、写作技能例说中的信息，引导学生在完成听说板块学习活动的过程中掌握本单元的技能学习重点。藉以帮助学生解决说话缺乏条理、内容简单、表达不流利的问题，从而提升口语表达能力。在评价学生的课业表现时，最能让学生清楚地了解各项准则和标准的方法便是使用评量表（Wiggins & McTighe，2005）。因此，来自新加坡五间学校的教师研究通过设计运用评量表达到以下目标：第一、能落实技能点的教学，帮学生厘清学习重点，了解评量标准；第二、促进学生的口语学习，帮助学生说话内容更丰富，说话更有条理，提高口语技能时有所依据；第三、让学生使用评量表进行自评、互评，提高合作学习和自主学习能力。教师团队的实践经验，对于新加坡语境下评量表的设计和使用、2021 中学华文课程实施以及培养批判思维及协作学习的中学华文教学策略都有极具意义的参考价值。

二、文献综述和理论基础

2.1 文献综述

2.1.1 评量表及评量表设计

评量表通常是评估学生作品的工具。近年来，评量表越来越多地被当成一种教学工具，用于教学过程中（Stiggins，2001；Andrade & Saddler，2004）。评量表有助于教师明确地提出学习目标，并提供及时的反馈。评量表也能让学生在明确学习目标的基础上，借助具体、有针对性并且及时的反馈信息改进学习（Goodwin & Kirkpatrick，2023）。

Stanley（2019）提出评量表拟定的步骤包括确定等级数目、确定评量目标、描述各个等级特征、核查等级分层清晰、核查描述具体、确定评估效度。而 Brookhart（2013）则总结了评量表设计的方法可分为由上而下及由下而上。由上而下的设计过程包括确定学习成果、拟定表现层级、试用及定稿。由下而上的设计过程则包括收集学生作品、根据低、中、高的质量标准把学生作品分类、分析并描述各类作品的具体特征、核查作品及描述的对应性并确定评量表的评量项及等级、确定评量项及其等级描述（Brookhart，2013）。

基于教与学的目标，教师可以与学生共同设计评量表（Stevens & Levi，2013）。评量表的设计过程也可以由教师之间协作完成，这个过程有助于教师团队对教学目标进行深入思考，成员间也能共同探讨教学策略，并且在实践过程中也能评估评量表的使用效度。Stevens 和 Levi（2013）主要针对的是高等教育环境中评量表设计和使用情况。

2.1.2 新加坡语境中评量表的设计及使用

姚伟（2008）在对教师和学生访谈和调查问卷的基础上，编制了基于任务的初级汉语口语表现性评价教师评价量表、学生自评量表和同伴互评量表，但其量表没有经过教学实践的检验。陈之权和孙晓曦（2013）在 2011 年时研发的"新加坡小一华文口语能力诊断评量表"，由词汇、语法句型、语音语调和交际表达构成，并划分四个发展期——萌芽期、展叶期、开花期和结果期。该评量表辅助教师更客观有效地了解学生的口语起点和进程，并促使教师优化教学过程和专业的提升。范静晔（2015）结合"新加坡小学一年级口语能力诊断评量表"，为初级水平学生的口语互动能力的发展提供了一套口语活动的设计思路和教学实例。胡月宝、施海燕和黄冰凌（2020）研发了"新加坡中学口语评论对话体流利准确度编程系统"，并初步印证了该系统的信度和效度。该系统以"看录像说话"为例，将指标变量定为流利度、准确度双度准则。流利度衡量语速、停顿和重复三个因子，准确度分为语言准确度和内容准确度，前者包含用词与发音、句法结构、句群衔接，后者包括论点申论、论据引述和论据连贯。根据对文献的梳理，有效促进学生华文口语学习评量的设计与研究仍稍显不足，针对新加坡 2021 中学新教材，并可用于学生技能学习点学习的口语量表尚有待开发。

2.2 理论基础

谢锡金和岑绍基在 2000 年出版了《量表诊断写作教学法》这本书，书中介绍了量表的设计流程，如图 1 所示。量表的设计原则包括：配合教学行为目标、设定评核的焦点、内容和深度要配合学生的程度、项目和用字要简单明确、项目不宜太多、避免偏中倾向、配合文类的要求、配合语境和处境、注意分额比重的安排和要有文字评论的空间。这些原则可以帮助教师厘清设计评量表的步骤，并让教师更有意识地关注学生的程度和使用情况。

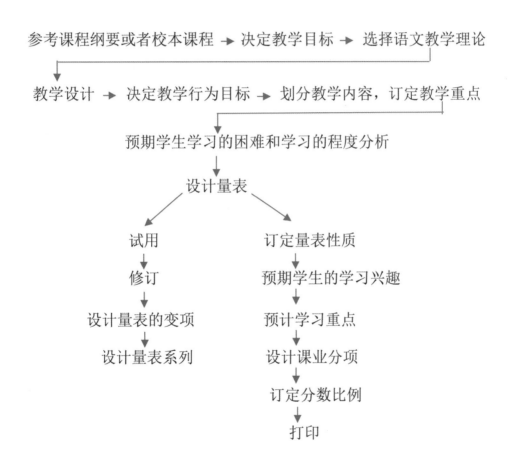

图 1：量表的设计流程

资料来源：谢锡金和岑绍基（2000）：《量表诊断写作教学法》（页 23），香港，香港大学出版社。

Chappuis（2015 著／2019 译）提出了 7 种实用且高效的学习评价策略，包括：为学生提供清晰易懂的学习目标愿景；用好作业和差作业作为样板和示范；在学习进程中有规律地提供描述性反馈；教学生进行自我评价以及为

下一步学习设定目标；根据学生的学习需求，确定下一步教学；设计聚焦性教学，并配以提供反馈的练习；为学生提供机会去追踪、反思和分享他们的学习过程。Chappuis 提出的这几项促进学习评价的策略让教师在课堂教学实践中有所依据。

三、实践

3.1 评量表的设计

参考了岑绍基和谢锡金（2000）的评量表设计流程，教师根据 2021 中学华文新教材的特点总结出两种评量表的设计方法。

3.1.1 单元内，听说读写的技能学习重点搭配完整，环环相扣时评量表设计

3.1.1.1 评量表的设计方法

在单元内听说读写的技能学习重点搭配完整、环环相扣的安排下，评量表的设计方法为：步骤一、聚焦技能学习重点，明确学习目标；步骤二、分析数码资源中的技能概述、阅读技能例说和写作技能例说；步骤三、了解学生的学习准备度，分析学习难点；步骤四、确定评量项及等级描述。

步骤一、聚焦技能学习重点，明确学习目标

在设计评量表时，教师首先会聚焦分析本单元的技能学习重点，明确教与学的目标，然后再进一步细化评量项。

步骤二、分析数码资源中的技能概述、阅读技能例说和写作技能例说

2021 中学华文新课程的一个特点是数码资源的模块化，也就是对单元中技能学习重点的举例和解说都是以数码资源的方式呈现。上载至新加坡学生学习平台（Student Learning Space, 简称 SLS）中的技能概述、阅读技能例说和写作技能例说为教师和学生提供了单元学习重点的详细解说，并提供了样例。这些资源对教学起到重要的作用。教师需要仔细分析"技能概述"和"阅读技能例说"中对学习重点的描述，才能明确该学习重点的具体评量标准。而"写作技能例说"以核心课为例解说写作技能，起到读写过渡的作用，也为学生学习口语技能提供参考。因此分析以上资源是设计评量表必不可少的步骤。

步骤三、了解学生的学习准备度，分析学习难点

在分析了技能概述、阅读技能例说和写作技能例说之后，评量表的设计初具雏形。但教师需要根据各校学生的学习准备度和学习难点，对评量表的初稿进行修改与加工。例如，如果学生程度较弱，评量表不宜过于复杂，语言表述也力求简单易懂，让学生容易理解。

步骤四、确定评量项及等级描述

在完成以上三个步骤之后，教师可以综合考虑教材的要求和学生们的学习需求，最终确定评量项和等级描述的具体内容。

3.1.1.2 评量表设计案例举隅

以中一华文（快捷）单元三为例，单元三的说话技能学习重点是通过列数字、举例子说出事物的特点。

评量项的确认

首先，教师根据教材和教参，确定了单元三的说话技能学习重点是通过列数字、举例子说出事物的特点。然后，通过分析教材数码资源中的技能概述、阅读技能例说和写作技能例说明确了教材对这个学习重点的具体要求。教材强调列数字和举例子要能突出事物的特点，因此我们把第一个评量项设置为事物的特点，希望学生在说话时能"突出"事物的特点。教材也通过技能概述和技能例说说明了如何列数字和举例子才能突出特点，我们就在评量表中分别设置了"列数字"和"举例子"这两个评量项，让学生对如何恰当地使用这两个说明方法有更清晰的认识。我们也考虑了学生的学习准备度，分析了学习难点，最终确定了评量项和等级描述。

等级的确认

教师按照学生的程度将每个评量项目分为三个等级。"做得很好"是达到学习目标的最终标准。"多多加油"是还没有达到学习目标的等级，"做得还不错"则是处在技能发展阶段的一个等级。例如能说出事物特点项目中，能达到"做得很好"的等级就必须是特点突出和准确。"做得不错"的等级描述是特点还算准确，但不够突出。处于"多多加油"的等级则是没说出特点或特点不准确。三个等级的描述紧密围绕"突出特点"，用字简单明确并配合学生程度。在考虑了学生的准备度和学习难点后，我们决定避免使用学

生不容易理解的抽象词汇来描述评量标准，而是使用具体的样例，来跟学生说明怎样举例子和列数字才能突出事物的特点。每个项目中三个等级的样例大多是来自本单元学习过的阅读板块课文。例如，"列数字"项目中的樟宜机场样例是阅读【核心板块】中的课文内容。教师这样做的目的在于让学生重温学习重点，把学习重点从阅读技能过渡到说话技能。在每一个评量等级中，教师都提供了样例，以帮助学生更容易理解评量标准。中一华文（快捷）单元三"说明事物特点"的评量表详见表2。语文表达的要求见表3。

评量项	做得很好	做得还不错	多多加油
事物特点	特点突出、准确	特点还算准确，但不够突出	没说出特点
样例	老巴刹售卖各个种族的美食。	老巴刹售卖美食。	老巴刹售卖鸡饭、沙爹、印度煎饼等。
举例子	例子恰当，足以突出事物特点	例子还算恰当，但不足以突出事物特点	例子不恰当，无法突出事物特点
样例	老巴刹售卖各族美食，鸡饭、沙爹、印度煎饼等应有尽有，体现了不同文化的融合。	老巴刹售卖各族美食，鸡饭、肉骨茶、炒河粉等应有尽有，体现了不同文化的融合。	老巴刹售卖各族美食，体现了不同文化的融合。或老巴刹售卖各族美食，例如那边的环境很舒适、凉爽，体现了不同文化的融合。
列数字	恰当地利用列数字的方式来突出事物的特点。	有用列数字的方式来介绍事物，但没有突出事物的特点。	没有利用列数字的方式来介绍事物。
样例2：	老巴刹历史悠久，有197年的历史，曾多次重建，是国家历史古迹。	老巴刹历史悠久，是73个国家古迹中唯一的巴刹建筑。	老巴刹历史悠久，建于19世纪，曾多次重建，是国家历史古迹。

表2：中一华文（快捷）单元三"说明事物特点"评量表

评量项	做得很好	做得还不错	多多加油
表达准确流利	语句正确，词汇丰富，发音标准，表达流利	大部分的语句正确，词汇较丰富，发音还算标准，表达还算流利	语句及发音错误较多，词汇贫乏，表达不太流利
说话大声自信	声音响亮，且非常有自信	声音可以听到，还算有自信	几乎听不到声音，没有自信

表 3：中一华文（快捷）单元三"语文表达与说话表现"评量表

以中一华文（快捷）单元五为例，单元五的说话技能学习重点是能通过空间的转换说出游览的经过。教材中的听说任务是让学生制作一个录像介绍游览展馆的经过，学生在阅读板块中已经接触到空间转换的技能。

评量项的确认

在数码资源的技能概述中，举了小学的《总统府开放日》课文的例子，以唤起学生对通过空间转换串起游览经过和作者所见所闻这个知识点的记忆。其中重点强调了作者通过记叙在总统府游览的不同空间地点写出游览的经过；人物的所见所闻会随着空间地点的转换而改变；为了把空间转换的顺序说清楚，还要使用一些表示空间转换的词语三个要点。在阅读技能例说中，结合本单元的核心课文《海底牧场游记》，说明了如何通过空间的转换理解文章内容：即先找出文中的游览地点的转换，再找出文中主人公在每个地点的经历和所见所闻。在写作技能例说中，进一步以《海底牧场游记》为例，说明如何通过空间的转换写出游览的经过。从"我从空中看到……"开始，接着随着"五用车降落到海面上，变成船，在海面上航行""五用车钻进海里""五用车慢慢下降，来到了海底"，最后"五用车钻出海面"，指出作者根据游览的顺序确定了游览路线上不同的空间地点。为了让读者更容易把握地点的转变，运用了一些空间转换的词语。并且每到一个新的地点，作者都会描述一下看到的景物或发生的事情，丰富游览的经过。综上所述，我们分析出听说板块中"通过空间转换说出游览经过"这个技能点包括以下三个重点：把握空间转换的顺序、说出自己的所见所闻、准确使用表示空间转换的词语，这三点也是学生学习这个技能的难点。结合这三点和学生的先备知识，参照评量表的设计原则，配合"通过空间转换说出游览的经过"的教学目标，确定了这个技能的三个评量项：第一，学生是否能够遵照一定的空间顺序，完

整地介绍游的经过，第二，介绍所见所闻时内容是否丰富，第三，能否准确使用表示空间转换的词语。

等级的确认

配合学生的程度，我们使用了简单明确的评量项目及描述，在每个评量项下设计了三个层级，并结合数码资源听说配套中的范例，做了一些删改，以帮助学生理解不同层级的标准。评量表第一项"介绍游览的经过"，学生要能够遵照一定的空间顺序，通过空间地点或方位的变化，来介绍整个游览经过，这是结构的完整度方面的要求，所以分为能完整介绍、较完整介绍和没有使用空间转换来介绍游览经过三个层级。第二个评量项是"介绍所见所闻"，这是内容充实度方面的要求，我们分为内容丰富、比较丰富和简单描述三个层级。第三个评量项是"使用表示空间转换的词语"，这是词语表达方面的要求，我们分为能准确使用、部分准确和不能准确使用三个等级。学生在这个部分容易错误地使用一些趋向词或方位词，例如"进去"说成"出去"，"对面"说成"左边"等。为了让学生能更加清楚每一个项目和层级的要求，也提供了每个项目和层级的示范样例。中一华文（快捷）单元五"空间转换"的评量表详见表4。

评量项	做得很好	做得还不错	多多加油
遵照空间顺序，介绍游览的经过	通过空间转换，遵照空间顺序，完整介绍游览的经过。	通过空间转换，遵照空间顺序，较完整地介绍游览的经过。	没有使用空间转换，介绍出游览的经过。
样例：	我们现在是在展馆的门口，接下来就让我们进去看一看吧！让我们跟着地上的箭头走。 你们看，在我身后是一排望远镜！ 这是天文学家伽利略！原来这排望远镜都是伽利略改良过，用来观测星球的。这个展览还能让我们跟十七世纪的科学家对话交流，很酷吧！ 让我们向前走，再看看对面有些什么？这是一艘船，船的前面有个人影，会是谁呢？原来是郑和！那这艘船一定是郑和的宝船。 参观了第一展厅之后，让我们跟着地上的箭头去看第二和第三展厅。	我们现在是在展馆的门口，接下来就让我们进去看一看吧！让我们跟着地上的箭头走。 你们看，在我身后是一排望远镜！ 这是天文学家伽利略！原来这排望远镜都是伽利略改良过，用来观测星球的。这个展览还能让我们跟十七世纪的科学家对话交流，很酷吧！	你们看，在我身后是一排望远镜！ 哇，这是天文学家伽利略！原来这排望远镜都是伽利略改良过，用来观测星球的。这个展览还能让我们跟十七世纪的科学家对话交流，很酷吧！
介绍所见所闻	描述游览时的所见所闻，内容丰富。	描述游览时的所见所闻，内容比较丰富。	描述游览时的所见所闻，内容简单。
样例：	在我身后是一排望远镜！哇，这是天文学家伽利略！原来这排望远镜都是伽利略改良过，用来观测星球的。这个展览还能让我们跟十七世纪的科学家对话交流，很酷吧！	在我身后是一排望远镜！原来这排望远镜都是伽利略改良过的。	在我身后是一排望远镜！

使用表示空间转换的词语	能准确地使用表示空间转换的词语描述空间的转换。	使用表示空间转换的词语描述空间转换时，大部分使用准确。	不能准确地使用表示空间转换的词语。
样例：	我们进去看一看吧！让我们跟着地上的箭头走。 你们看，在我身后是一排望远镜！ 哇，这是天文学家伽利略！原来这排望远镜都是伽利略改良过，用来观测星球的。这个展览还能让我们跟十七世纪的科学家对话交流，很酷吧！ 让我们再看看对面有些什么？这是一艘船，船的前面有个人影，会是谁呢？原来是郑和！那这艘船一定是郑和的宝船。	我们出去看一看吧！让我们跟着地上的箭头走。 你们看，在我身后是一排望远镜！ 哇，这是天文学家伽利略！原来这排望远镜都是伽利略改良过，用来观测星球的。这个展览还能让我们跟十七世纪的科学家对话交流，很酷吧！ 让我们再看看对面有些什么？这是一艘船，船的前面有个人影，会是谁呢？原来是郑和！那这艘船一定是郑和的宝船。	我们出去看一看吧！让我们跟着地上的箭头走。 你们看，在我前面是一排望远镜！ 哇，这是天文学家伽利略！原来这排望远镜都是伽利略改良过，用来观测星球的。这个展览还能让我们跟十七世纪的科学家对话交流，很酷吧！ 让我们再看看左边有些什么？这是一艘船，船的前面有个人影，会是谁呢？原来是郑和！那这艘船一定是郑和的宝船。

表4：中一华文（快捷）单元五"空间转换"的评量表

3.1.2 单元内，听说技能学习重点与阅读和写作的技能不同时评量表设计

3.1.2.1 评量表的设计方法

当单元的听说技能和读写技能没有直接的关联时，我们设计评量表时就依照以下几个步骤来进行：步骤一、聚焦技能学习重点，明确学习目标；步骤二、了解小学课程中相关的技能安排；步骤三、了解学生的学习准备度，分析学习难点；步骤四、确定评量项及等级描述。

在设计评量表时，步骤一、三和四与 3.1.1.1 小节相同。步骤二则要求教师关注小学课程中相关的技能学习点安排，以对学生的先备知识有更准确的了解。

3.1.2.2 评量表设计案例举隅

以中一华文（快捷）单元四为例，单元四的说话技能重点在于：联系自己的生活经验，就相关话题与人交流。

评量项的确认

首先，教师根据教材和教参，确定了单元四的说话技能重点为"联系自己的生活经验，就相关话题与人交流"。针对这个重点，教师翻阅小学《学习内容一览表（技能点）和小学课本，了解到中一的学生在小学学过了：联系自己的生活经验，借助问题或提示，构思说话内容；借助他人的生活经验，根据问题或提示，构思说话内容；紧扣主题进行叙述；在话语不清楚时提问；在讨论时，不说不相关的话，不随意打断别人的话；在讨论时，认真听他人发言，轮流说话；与人交流时，能接话，并使用固定表达形式进行话轮转换；借助动作、手势辅助说话。

教师也在课堂上询问学生小学时的学习情况，并在进行阅读课的时候根据学生在【读后说】任务的表现来了解学生的学习准备度，分析学习难点。我们发现学生在讲述生活经验时，内容简单，有时无法紧扣主题。因此，把教学重点放在学生说话内容方面。综上所述，参照评量表的设计原则，研究者确定了"用生活经验支持观点"这个技能的两个评量项：第一，能说出详细的生活经验；第二，说出的生活经验能支持观点。

等级的确认

每个评量项按学生程度分为三个层级。评量表的第一项"学生能说出详细的生活经验"，要达到"做得很好"的层级，学生要使用六何法，清楚说明何人、何事、何时、何地、为何、如何，并有详细说明，可以结合五官感知、数字、例子等。如果只说明了六何而没有详细说明则属于"做得还不错"这一层级级。如果没有六何也没有详细说明就处于"多多加油"的层级。第二个评量项"说出的生活经验能支持观点"分为生活经验完全能够支持观点、一部分经验能支持观点和经验完全不能支持观点。为了帮助学生理解不同层

级的标准，教师提供了不同层级的范例。中一华文（快捷）单元四"用生活经验支持观点"的评量表详见表5。

评量项	2 做得很好	1 做得还不错	0 多多加油
说出详细的生活经验	有 5W1H，并有详细说明	有 5W1H，但没有详细说明	没有 5W1H，也没有详细说明
样例： 观点：睡眠不足会导致学业退步。	睡眠不足会导致学业退步。因为睡不够上课就不能专心，不能掌握老师教的内容，考试时就答不出。我自己就有过这样的经历。去年，我每天晚上玩手机到很晚才睡（晚睡的主要原因），早上又要早起上学，结果第二天上课时觉得特别疲劳，精神不好，我感觉眼皮非常沉重，注意力无法集中，稍微不注意就能睡着。（影响学习状态）这导致我听不清楚老师在说什么，白板上的字也变得模模糊糊，不能理解老师课上讲的内容（影响学习效果）。最后我功课有很多不懂的地方，年终考试的时候我 4 个科目都退步了，尤其是华文，我以前能拿 A，退步到只考了 30 多分。（导致学习退步的后果）	睡眠不足会导致学业退步。因为睡不够上课就不能专心，不能掌握老师教的内容，考试时就答不出。我自己就有过这样的经验。我喜欢用手机看视频和玩游戏（晚睡的主要原因）。我最喜欢看抖音，我妹妹也和我一起看，两个人就笑成一团（不需要写和谁玩）。吃饱饭后，继续玩手机游戏，就是班上同学介绍的那个最刺激的游戏"王者荣耀"（不需要介绍游戏），每天晚上全班同学都会上线玩，很热闹的。写功课时已经快十二点了，写完就到凌晨一两点了。结果成绩就退步了。（虽然有不少细节，但大部分在说明睡眠不足的原因，没有说明睡眠不足如何导致学业退步。）	睡眠不足会导致学业退步。因为睡不够上课就不能专心，不能掌握老师教的内容，考试时就答不出。我自己就有过这样的经历。我以前上小学的时候，每晚到凌晨 1 点钟还在复习，这严重影响了我的健康。比如说，我的抵抗力下降了，每个月都会感冒 1-2 次，天天觉得很累。（虽然有一些细节，但却是在说明睡眠不足影响健康，与学业退步无关。）

生活经验能支持观点	完全能够支持观点	一部分经验能支持观点	经验完全不能支持观点
样例： 观点：睡眠不足会导致学业退步。	睡眠不足会导致学业退步。因为睡不够上课就不能专心，不能掌握老师教的内容，考试时就答不出。我自己就有过这样的经历。去年（When），我（Who）每天晚上玩手机（Why）到很晚才睡（What），结果第二天上课时觉得特别疲劳，精神不好，我感觉眼皮非常沉重，注意力无法集中，稍微不注意就会睡着（Feel）。这导致我听不清楚老师在说什么（Hear），白板上的字也变得模模糊糊（See），不能理解老师课上讲的内容。最后我功课有很多不懂的地方（How），年终考试的时候我4个科目都退步了（Number），比如华文，我以前能拿A，退步到只考了30多分（对比之前的成绩说明Example）。	睡眠不足会导致学业退步。因为睡不够上课就不能专心，不能掌握老师教的内容，考试时就答不出。我自己就有过这样的经历。去年（When），我（Who）每天晚上玩手机（Why）到很晚才睡（What），结果第二天上课就一直很想睡，最后成绩退步了，考试没有及格（How）。	睡眠不足会导致学业退步。因为睡不够上课就不能专心，不能掌握老师教的内容，考试时就答不出。

表 5：中一华文（快捷）单元四 "用生活经验支持观点" 的评量表

3.2 评量表的使用

3.2.1 使用评量表的方法

在使用评量表时，教师参考 Chappuis（2015 著 / 2019 译）的七种实用且高效的学习评价策略，设计了评量表的使用流程。步骤一、引导学生探索评量标准。学生比较好作品与差作品，自己思考总结说话技能评量标准。步骤二、师生共同确定评量标准。教师针对学生所提出的评量标准，引导全班讨论，以帮助学生对评量标准有更清晰的认识。教师展示完整的评量表。步骤三、学生使用评量表自评、互评、互改。学生参考评量表完成说话任务，并作自评。全班对不同程度的作品根据评量表给予评价，教师通过反馈修正学生对评量标准的理解偏差。教师根据学生程度，适时提供思维框架，引导学生掌握互评的方法。学生使用评量表和思维框架进行互评、互改。教师对互评、互改和作答表现给予反馈。步骤四、学生完善作品并作反思。学生根据教师和同学的反馈完善作品，并作反思。

3.2.2 课堂教学实践案例

学生在口头发表意见时，普遍存在不会用恰当生活经验支持观点的问题，因此教师按照以上流程，使用了"以生活经验支持观点"的评量表，来解决这一学习难点。教学实践背景详见表 6。

课题：	在口试会话中使用生活经验支持观点。
学习目标：	学完本课后，学生能在说话时用生活经验支持观点，使观点更有说服力。
学生先备知识：	学生已经能够：（1）理解"生活经验"的概念。（2）在口头呈现时用 Point，Explain，Experience/Example，Link Back (PEEL) 模式阐述观点。
学生背景和准备度	（1）学生程度参差不齐。（2）学生已会熟练使用电脑、谷歌课室和 MentiMeter。

表 6：教学实例背景

使用评量表步骤一：引导学生探索评量标准

学习活动：学生比较好作品与差作品，自己思考总结说话技能评量标准。

针对需要回答的问题，学生比较五个作答作品，选出最好的，并借助科技工具 MentiMeter 说明理由。首先，教师让学生对比作品 1、2 和 3，希望学生可以自己发现要说出有说服力的生活经验，需要有更丰富的细节。学生们作答后，教师引导学生讨论并给予反馈。教师通过学生在 MentiMeter 上的作答发现，部分学生在对比以后能说明作品 1 比较详细和清楚。作品 1、2 和 3 的内容详见表7。

作品 1	作品 2	作品 3
睡眠不足会导致学业退步。因为缺乏睡眠会没有精神，上课就不能专心。教师教的没学会，考试时就答不出。我自己就有过这样的经历。去年，我每天晚上玩手机到很晚才睡，结果第二天上课时觉得特别疲劳，精神不好，我感觉眼皮非常沉重，注意力无法集中，稍微不注意就会睡着。这导致我听不清楚教师在说什么，白板上的字也变得模模糊糊，不能理解教师课上讲的内容。最后我功课有很多不懂的地方，年终考试的时候我4个科目都退步了，比如说华文，我以前能拿A，退步到只考了30多分。	睡眠不足会导致学业退步。因为缺乏睡眠会没有精神，上课就不能专心。教师教的没学会，考试时就答不出。我自己就有过这样的经历。去年，我每天晚上玩手机到很晚才睡，结果第二天上课就一直很想睡，最后成绩退步了，考试没有及格。	睡眠不足会导致学业退步。因为缺乏睡眠会没有精神，上课就不能专心。教师教的没学会，考试时就答不出。

表7：学生作品

教师再让学生对比作品 1、4 和 5，希望学生能够发现所说的生活经验要能够支持观点。教师通过学生在 MentiMeter 上的作答发现，个别学生能说出作答 4 和 5 并不太符合题目的要求。因此，教师决定在下一个教学环节针对这些细节引导学生进一步思考。学生作品详见表8。

作品 1	作品 4	作品 5
睡眠不足会导致学业退步。因为缺乏睡眠会没有精神，上课就不能专心。教师教的没学会，考试时就答不出。我自己就有过这样的经历。去年，我每天晚上玩手机到很晚才睡，结果第二天上课时觉得特别疲劳，精神不好，我感觉眼皮非常沉重，注意力无法集中，稍微不注意就会睡着。这导致我听不清楚教师在说什么，白板上的字也变得模模糊糊，不能理解教师课上讲的内容。最后我功课有很多不懂的地方，年终考试的时候我 4 个科目都退步了，比如说华文，我以前能拿 A，退步到只考 30 多分。	睡眠不足会导致学业退步。因为缺乏睡眠会没有精神，上课就不能专心。教师教的没学会，考试时就答不出。我自己就有过这样的经历。去年，我一回家就躺在床上看视频和玩手机。我最喜欢看抖音，我妹妹也和我一起看，两个人就笑成一团。吃饱饭后，继续玩手机游戏，就是班上同学介绍的那个最刺激的游戏"王者荣耀"，每天晚上全班同学都会上线玩，很热闹的。写功课时已经快十二点了，写完就到凌晨一两点了。结果成绩就退步了。	睡眠不足会导致学业退步。因为缺乏睡眠会没有精神，上课就不能专心。教师教的没学会，考试时就答不出。我自己就有过这样的经历。我以前上小学的时候，每晚到凌晨 1 点钟还在复习，这严重影响了我的健康。比如说，我的抵抗力下降了，每个月都会感冒 1-2 次，天天觉得很累。

表 8：学生作品

步骤二：师生共同确定评量标准

学习活动：教师针对学生所提出的评量标准，引导全班讨论，以帮助学生对评量标准有更清晰的认识。教师展示完整的评量表。

在步骤一时，学生通过对比分析好作品与差作品，对使用生活经验支持观点的评量标准提出了自己的观点，其观点不一定全面准确。因此教师需要使用提问的方式，引导学生对评量标准有进一步的认识。之后，教师会展示准备好的评量表，并让学生仔细分析评量表中提供的等级描述及样例，以加强对评量标准的把握。内容详略的评量表详见表 9。语文表达与说话表现的评量表详见表 10。

以生活经验 支持观点	做得很好 完全能够支持观点	做得还不错 一部分经验 能支持观点	多多加油 经验完全 不能支持观点
样例： 观点：睡眠 不足会导致 学业退步。	睡眠不足会导致学业退步。因为睡不够上课就不能专心，不能掌握老师教的内容，考试时就答不出。我自己就有过这样的经历。去年，我每天晚上玩手机到很晚才睡（晚睡的主要原因），早上又要早起上学，结果第二天上课时觉得特别疲劳，精神不好，我感觉眼皮非常沉重，注意力无法集中，稍微不注意就能睡着。（影响学习状态）这导致我听不清楚老师在说什么，白板上的字也变得模模糊糊，不能理解老师课上讲的内容（影响学习效果）。最后我功课有很多不懂的地方，年终考试的时候我4个科目都退步了，尤其是华文，我以前能拿A，退步到只考了30多分。（导致学习退步的后果）	睡眠不足会导致学业退步。因为睡不够上课就不能专心，不能掌握老师教的内容，考试时就答不出。我自己就有过这样的经验。我喜欢用手机看视频和玩游戏（晚睡的主要原因）。我最喜欢看抖音，我妹妹也和我一起看，两个人就笑成一团（不需要写和谁玩）。吃饱饭后，继续玩手机游戏，就是班上同学介绍的那个最刺激的游戏"王者荣耀"（不需要介绍游戏），每天晚上全班同学都会上线玩，很热闹的。写功课时已经快十二点了，写完就到凌晨一两点了。结果成绩就退步了。 （虽然有不少细节，但大部分在说明睡眠不足的原因，没有说明睡眠不足如何导致学业退步。）	睡眠不足会导致学业退步。因为睡不够上课就不能专心，不能掌握老师教的内容，考试时就答不出。我自己就有过这样的经历。我以前上小学的时候，每晚到凌晨1点钟还在复习，这严重影响了我的健康。比如说，我的抵抗力下降了，每个月都会感冒1-2次，天天觉得很累。 （虽然有一些细节，但却是在说明睡眠不足影响健康，与学业退步无关。）

说出具体的生活经验	做得很好	做得还不错	多多加油
	有 5W1H，并有具体说明（细节：视觉、听觉、感觉、数字、例子等）	有 5W1H，但没有具体说明	没有 5W1H 也没有具体说明
样例：观点：睡眠不足会导致学业退步。	睡眠不足会导致学业退步。因为睡不够上课就不能专心，不能掌握老师教的内容，考试时就答不出。我自己就有过这样的经历。去年（When），我（Who）每天晚上玩手机（Why）到很晚才睡（What），结果第二天上课时觉得特别疲劳，精神不好，我感觉眼皮非常沉重，注意力无法集中，稍微不注意就会睡着（Feel）。这导致我听不清楚老师在说什么（Hear），白板上的字也变得模模糊糊（See），不能理解老师课上讲的内容。最后我功课有很多不懂的地方（How），年终考试的时候我 4 个科目都退步了（Number），比如华文，我以前能拿 A，退步到只考了 30 多分（对比之前的成绩说明 Example）。	睡眠不足会导致学业退步。因为睡不够上课就不能专心，不能掌握老师教的内容，考试时就答不出。我自己就有过这样的经历。去年（When），我（Who）每天晚上玩手机（Why）到很晚才睡（What），结果第二天上课就一直很想睡，最后成绩退步了，考试没有及格（How）。	睡眠不足会导致学业退步。因为睡不够上课就不能专心，不能掌握老师教的内容，考试时就答不出。

表 9：内容的详略评量表

	非常好（第 1 等级）	还不错（第 2 等级）	再努力（第 3 等级）
表达准确流利	语句正确，词汇丰富，发音标准，表达流利	大部分的语句正确，词汇较丰富，发音还算标准，表达还算流利	语句及发音错误较多，词汇贫乏，表达不太流利
说话大声自信	声音响亮，且非常有自信	声音可以听到，还算有自信	几乎听不到声音，没有自信

表 10：语文表达与说话表现评量表

步骤三：学生使用评量表自评、互评、互改

学习活动 1：学生参考评量表完成说话任务，并作自评。

这个步骤学生在家完成。学生使用教师提供的 PEEL（Point，Explain，Experience，Link）思维框架作为鹰架，思考说话内容，并记录在 Google docs 上，然后用线上工具 Vocaroo 来录音。由于这次教学重点主要针对构思说话内容，因此教师让学生先把说话的内容记录下来。在记录的过程中，学生可以整理思路，更有意识地按照评量标准作答。完成说话任务后，学生会使用 Google docs 中的自评互评表进行自评。以下是一位学生打写和互评的情况，详见表 11 和表 12。

	修改前	修改后
Point 观点	首先，我认为睡眠不足会影响安全，影响心情和影响人际关系。	
Explain 解释	我说睡眠不足会影响安全，因为当你睡眠不足是，人会昏昏欲睡，导致你对周围发生的一切都不清楚，很容易撞到人或东西。第二，我说睡眠不足会影响心情是因为当你没有充足的睡眠时，你会感到十分暴躁，对任何事情都感到烦躁。最后，睡眠不足会影响人际关系是因为当你没有充足的睡眠时，你的心情就会不好，当你心情不好时，就会给你身边的人到来负能量，让他们的心情也变得不好，久而久之他们就不再愿意靠近你了。	
Experience 个人经验	我曾经有一段时间，熬夜复习，这导致我睡眠不足，每天上学时都昏昏欲睡，眼睛睁不开，上学的路上也经常撞到柱子，有一次，我因为太累了，不知道周围发生的一切，差点掉进了水沟里，还好旁边的人拉住了我。上学时，我感到很烦躁，我的朋友和我说话时，我感到十分不耐烦。后来，因为我每天睡眠不足后上学的心情都十分不好，弄得我身边的人心情也不好，他们慢慢地就不再和我说话了，开始远离我。导致我的人际关系也变得很差。	

LinkBack 小结	经过这些事情，我发现睡眠不足真的会影响安全，心情和人际关系，后来我就保证自己要有充足的睡眠。	
录音	（请到 https://vocaroo.com/ 把以上作答录下来，并把链接复制粘贴在这里） https://voca.ro/1j6kmQ58BEA9	

表 11：学生作品

技能	非常好		还不错		再努力	
能说出详细的生活经验	有 5W1H，并有详细说明（五官感知、感受、数字、例子等）		有 5W1H，但详细说明不足		没有 5W1H 也没有详细说明	
	自评	互评	自评	互评	自评	互评
			☺			
说出的生活经验能支持观点	完全能够支持观点		一部分经验能支持观点		经验完全不能支持观点	
	自评	互评	自评	互评	自评	互评
			☺			
"说话表现"评量表						
项目	非常好		还不错		再努力	
表达准确流利	语句正确，词汇丰富，发音标准，表达流利		大部分的语句正确，词汇较丰富，发音还算标准，表达还算流利		语句及发音错误较多，词汇贫乏，表达不太流利	
	自评	互评	自评	互评	自评	互评
			☺			
说话大声自信	声音响亮，且非常有自信		声音可以听到，还算有自信		几乎听不到声音，没有自信	
	自评	互评	自评	互评	自评	互评
			☺			

表 12：学生自评、互评、互改评量表

学习活动 2：全班对不同程度的作品根据评量表给予评价，老师通过反馈修正学生对评量标准的理解偏差。

回到课堂后，全班学生根据评量表对不同程度的作品给予评价。教师则通过反馈，修正学生对评量标准的理解偏差。在这个案例中，全班听了两位不同程度同学的录音，学生使用 MentiMeter 的投票功能，说明两个作品处在评量表中的哪个等级。根据 Mentimeter 显示的结果，教师可以当场看到有多少学生选择第一级、第二级和第三级，然后提供反馈，让学生对评量标准有更准确的把握。

学习活动 3：教师根据学生程度，适时提供思维框架，引导学生掌握互评的方法。

教师根据学生程度，适时提供思维框架，引导学生掌握互评的方法。学生在互评时遇到的最大挑战是不知如何针对同侪的作品写评语。此时，教师提供"PASS"的思维框架，引导学生完成互评。

在实践中，教师首先示范如何使用"PASS"评论法进行互评。下表中左边一栏是"PASS"评论法，PASS 指的是 Praise，Ask a Question，Suggest 和 Show appreciation。右边一栏则是"PASS"回复法，这里的 PASS 是 Praise，Answer the question，Solution 和 Show appreciation。教师也提供了范例，让学生知道如何使用 PASS 评论法。同时，教师提醒学生要注意评论的礼仪，还有评论的内容要具体，不可以太空泛。详见表 13 和表 14。

"PASS" 评论法 Praise 赞赏 Ask 提问 Suggest 建议 Show Appreciation 感谢	"PASS" 回复法 Praise 赞赏 Answer the Question 回答问题 Solution 回应建议 Show Appreciation 感谢
范例 Praise：XX，我觉得你的呈现挺自信的。 Ask：我想问一下，你为什么说睡眠不足让你失去了最好的朋友？ Suggest：我觉得你可以更详细地说明睡眠不足和失去朋友之间的因果关系。另外，也可多用成语来形容你的感受。 Show Appreciation：谢谢你的分享！	范例 Praise：XX，你的评论对我很有帮助。 Answer the Question：睡眠不足让我情绪变得低落、易怒，所以容易对身边的人发脾气，这样就得罪了我的朋友。 Solution：我会更详细地解释睡眠不足如何让我失去了朋友，也会加入成语。 Show Appreciation：谢谢你的建议！

表 13：PASS 评论与回复法

发表评论时的注意事项
1. 先称呼对方。
2. 互相尊重，用正面、礼貌的语言，带着真诚帮助对方的态度发表评论。
3. 先根据评量表的标准从"说话内容"和"说话表现"两方面发表评论，再加入其它自己的看法。
4. 尽量提出具体的建议。
帮助同伴，让他／她的作答更有说服力！

表 14：发表评论时的注意事项

学习活动 4：学生使用评量表和思维框架进行互评、互改。教师对互评、互改和作答表现给予反馈。

学生使用了 Google Doc 上的 Suggesting 功能进行互相修改。在内容方面，删除同侪作品中多余的部分，同时加入建议补充的细节。在表达方面，也对同侪的作品进行润色。借助 Google Doc 的共同编辑功能，学生在同一份文件上能同时看到同侪的修改建议。经过分析及判断，他就可以选择接受修改建议或者保留自己的原始内容。

步骤四：学生完善作品并作反思。

学习活动：学生根据教师和同学的反馈完善作品，并作反思。

学生结合教师及同侪的建议，删除不恰当的内容，并增加相关细节，以增强说服力。表 15 则是学生互评及修改的情况。

	修改前	修改后
Point 观点	首先，我认为睡眠不足会影响安全，影响心情和影响人际关系。	首先，我认为睡眠不足会影响心情和人际关系。
Explain 解释	我说睡眠不足会影响安全，因为当你睡眠不足是，人会昏昏欲睡，导致你对周围发生的一切都不清楚，很容易撞到人或东西。第二，首先，我说睡眠不足会影响心情。是因为当你没有充足的睡眠时，你会感到十分暴躁，对任何事情都感到烦躁。第二最后，睡眠不足会影响人际关系。是因为当你没有充足的睡眠时，你的心情就会不好，当你心情不好时，就会给你身边的人到来负能量，让他们的心情也变得不好，久而久之他们就不再愿意靠近你了。	首先，睡眠不足会影响心情。因为当你没有充足的睡眠时，我们会感到十分暴躁，对任何事情都感到烦躁。当我们心情不好时，就会对别人的态度不太好，让别人不开心，就会给我们身边的人带来负能量。久而久之他们就不再愿意靠近我们了。
Experience 个人经验	我曾经有一段时间，熬夜复习，这导致我睡眠不足，每天上学时都昏昏欲睡，眼睛睁不开，好像有绳子正在把我的眼皮往下拉上学的路上也经常撞到柱子，有一次，我因为太累了，不知道周围发生的一切，差点掉进了水沟里，还好旁边的人拉住了我。上学时，我的眼睛一直睁不开，上课时迷迷糊糊，课堂上的话一个字也听不进去，这令我感到很烦躁，我的朋友和我说话时，我感到十分不耐烦。后来，因为我每天睡眠不足后上学的心情都十分不好，经常对我身边的人发脾气，一点小事情也会令我大发雷霆，这弄得我身边的人心情也不好，他们慢慢地就不再和我说话了，就连我最好的朋友都开始远离我。导致我的人际关系也变得很差。	我曾经有一段时间，熬夜复习，这导致我睡眠不足，每天上学时都昏昏欲睡，眼睛睁不开，好像有绳子正在把我的眼皮往下拉。上课时迷迷糊糊，课堂上的话一个字也听不进去，这令我感到很烦躁，我的朋友和我说话时，我感到十分不耐烦。后来，因为我每天睡眠不足，上学的心情都十分不好，经常对我身边的人发脾气，一点小事情也会令我大发雷霆，这弄得我身边的人心情也不好，他们慢慢地就不再和我说话了，就连我最好的朋友都开始远离我。这导致我的人际关系变得很差。

Linkback 小结	经过这些事情，我发现睡眠会影响不足真的会影响安全，心情和人际关系。，后来我就保证自己要有充足的睡眠。	经过这些事情，我发现睡眠会影响心情和人际关系。
录音	（请到 https://vocaroo.com/ 把以上作答录下来，并把链接复制粘贴在这里） https://voca.ro/1j6kmQ58BEA9	（请到 https://vocaroo.com/ 把以上作答录下来，并把链接复制粘贴在这里） https://voca.ro/1omErsvYSCzN

表 15：学生互评及修改

学生在课后会重新录音，并使用 3-2-1 反思模式进行反思。表 16 则是学生在完成本堂课的学习任务之后填写的 3-2-1 反思表。

在这两堂课中，你学到了哪 3 点新知识 / 技能？	在这两堂课中，你最喜欢的活动是哪 2 个？为什么？	关于这两堂课学习的内容，请提出 1 个问题或建议。
1. 如何评论别人的口试内容与表达方式。 2. 如何说出更详细的个人经验。 3. 如何以个人经验来支持自己的观点。	1. 全班评论一个人的录音，可以看到不同同学对于自己的表现的看法，来精进自己。 2. 两个同学之间互评，这可以让我让我的错误被找出来，说出更好的观点与内容。	1. 这个学习方法很不错，可以让我认识到自己的错误，可以改进的地方。PEEL，PASS，5W1H 也可以让我的口试内容更加丰富详细。

表 16：3-2-1 反思

通过学生反思，我们可以看到，学生在使用评量表进行自评、互评和互改的过程中，达到了技能学习的目标，同时也学会了如何进行有效的互评。不少学生很喜欢互评的学习方式，因为可以发现自己的盲点，让自己取得进步。

四、总结与讨论

本文主要探讨在新加坡中学华文教学中，教师如何通过跨校协作方式共同设计和使用评量表。

针对 2021 中学华文（快捷）课程中的听说学习重点，教师协作总结出设计评量表的方法。若单元内听说读写的技能学习重点搭配完整、环环相扣，评量表的设计方法为：步骤一、聚焦技能学习重点，明确学习目标；步骤二、分析数码资源中的技能概述、阅读技能例说和写作技能例说；步骤三、了解学生的学习准备度，分析学习难点；步骤四、确定评量项及等级描述。若单元内听说技能和读写技能没有直接关联，评量表的设计方法为：步骤一、聚焦技能学习重点，明确学习目标；步骤二、了解小学课程中相关的技能安排；步骤三、了解学生的学习准备度，分析学习难点；步骤四、确定评量项及等级描述。

在使用评量表方面的具体方法为：步骤一、引导学生探索评量标准。学生通过比较好作品与差作品，思考评量的准则。步骤二、师生共同确定评量标准。教师针对学生提出的评量标准，引导全班讨论，以帮助学生对评量标准有更清晰的认识。之后，教师展示完整的评量表。步骤三、学生使用评量表自评、互评、互改。学生先参考评量表对个人作品作自评。接着，全班根据评量表对不同程度的作品给予评价，教师则通过反馈修正学生对评量标准的理解偏差。在互评时，教师根据学生程度，适时提供思维框架，引导学生掌握互评的方法。学生则使用评量表和思维框架进行互评、互改。与此同时，教师借助科技工具对互评、互改和作答表现给予及时反馈。步骤四、学生完善作品并作反思。学生根据教师和同学的反馈完善作品并作反思。

使用评量表进行自评、互评与师评，提升了学生的学习积极性。评量表的使用让学生对学习目标有了更清晰的认识，能看到自己的学习进展，从而获得成就感，提升学习动机。有些学生在华文课时缺乏兴趣，使用评量表自评和互评能为其提供机会发表看法，获得参与的乐趣。评量表在一定程度上确实帮助学生掌握了说话技能的学习点，让学生能够在学习过程中更加理解什么样的作品是更好的，并且通过互评和自评对自己的作品加以修改，改进自己的作品，丰富学生的说话内容。另外，使用评量表也促进了学生的全面发展。基于评量表的自评互评过程提升了学生的自主学习能力和合作能力。在

互评的过程中，学生根据评量表，自己对作品质量进行判断，在收到同学的回馈后，也要判断是否要接受建议，这增强了学生的批判性思维和自省能力。

针对 2021 中学华文新课程，在设计针对说话内容的评量表时，教师可以更细致地分析 SLS 中的技能概述和技能例说，把评量项进一步细化。为学生提供口语表达鹰架时，教师希望能帮助学生丰富其表达，随着他们越来越熟悉，也需要考虑取消鹰架的时机，以免局限学生的发展。在使用评量表时，要考虑如何让弱生更积极地参与自评、互评。在实际教学中，可以给弱生提供拼音甚至英文翻译，帮助他理解评量表的内容和要求，让他有能力进行自评。在互评时，可以选一名能力中上的学生搭配一名弱生，让两人一起讨论一起评另外两位学生的作品，能力较强的学生可以帮助弱生理解其他同学的作品。如果教师能结合科技或小组竞赛等方式来核对自评、互评的结果，也能提高弱生的参与度。随着学生掌握的技能学习点的增加，教师可以在设计阶段性评估的评量表时，更关注学生综合运用所学语文技能的能力。

在 2021 中学华文新课程数码资源方面，"语文学习重点的数码资源模块"可为教师解读学习重点的重要参考资料。教师在理解、把握学习重点的基础上，进而设计教学。因为教材中对某些语文技能学习重点没有提供定义，而是把对技能的解说做成了数码资源，例如中一单元三"举例子和列数字"的语文技能学习重点，教师需要先看数码资源，提前确定技能教学要点和难点，在带领学生观看视频时，才能有的放矢。此外，把语文学习重点制作成数码资源，通过声像结合的方式为学生解说技能的要点，总体上能帮助学生的理解。但有时数码资源中的内容重点很多，教师则需要帮助学生梳理和提取要点，以免学生囫囵吞枣，走马观花。

在教学实践过程中，中学教师希望了解更多小学相关的课程信息及教学信息，尤其是小学与中学学习点的关联、难度区分以及程度提升的细节。掌握了这些信息，中学教师能对学生的先备知识有更清楚的认识，也能在落实技能点的教学时更加明确重点。

参考文献

岑绍基和谢锡金（2000）：《量表诊断写作教学法》，香港，香港大学出版社。

Chappuis, J. 著（2015），刘晓陵译（2019）：《学习评价7策略：支持学习的可行之道》，上海，华东师范大学出版社。

陈之权和孙晓曦（2013）：新加坡小学一年级华文口语诊断评量表的开发，《对外汉语研究》，2，1-12。

范静哗（2015）：语言能力描述与华文教学及评估的接口——以《新加坡小学一年级华文口语能力诊断量表》为例，《华文教学与研究》，1，47-56。

胡月宝、施海燕和黄冰凌（2020）：基于促进学习评量的口语测评工具研究——以新加坡中学口语评论对话体流利准确度编程系统开发为例，《国际汉语教学研究》，1，83-93。

新加坡教育部课程规划与发展司（2021a）：《中学华文课程标准2021》，新加坡。

新加坡教育部课程规划与发展司（2021b）：《华文伴我行·中一》，新加坡，名创教育。

姚伟（2008）：《基于任务的初级汉语口语表现性评价量表》，北京，北京语言大学硕士学位论文。

Brookhart, S. M. (2013). *How to create and use rubrics for formative assessment and grading.* Association for Supervision and Curriculum Development.

Goodwin, R., & Kirkpatrick, R. (2023). Using rubrics to improve writing skills: a study in Kuwait. *Language Testing in Asia,13.* https://doi.org/10.1186/s40468-023-00224-6

Stanley, T. (2019). *Using rubrics for performance-based assessment: A practical guide to evaluating student work.* Routledge

Stevens, D. D., & Levi, A. (2013). *Introduction to rubrics: An assessment tool to save grading time, convey effective feedback, and promote student learning (2nd edition).* Stylus Publishing.

Wiggins, G., & McTighe, J. (2005). *Understanding by design (2nd edition).* Association for Supervision and Curriculum Development.

全方位靈活自主學習：以「非華語人士自學中文教材：日常生活 300 詞」設計為例

羅婉薇
香港城市大學

陳暘
香港大學

陳麗音
香港城市大學

黃毓棟
香港大學

謝永豪
香港城市大學

鄭華達
香港城市大學

摘要

香港是一個匯集了世界各國不同族裔的國際大都會，這裏最常用的交際語言為中文，能夠運用中文，對於生活起居和工作溝通都會更加方便。然而，不少非華語人士難以在特定的時間於課堂學習中文，因此有必要為他們提供更靈活的學習方式。

本套教材名為「DIY-Learn Chinese with Fun 輕輕鬆鬆學中文：日常生活300詞」，以初學者為對象，以實際生活情境為內容，通過短視頻、6 格漫畫和線上遊戲重點教授 300 個常用詞。教材套包括實體書、學習卡、手機應用程式和線上遊戲。學習者可用手機掃描實體書和學習卡的二維條碼（QR Code），連結到教材網址進行學習，也可通過主流下載商店免費下載手機應用程式及線上遊戲連結教材所有內容。

本教材所採用的移動學習（M-learning）和數位化遊戲學習（Digital game-based learning）模式，有助學習者克服客觀環境限制，為他們創造一個不受時間和空間限制的全方位自主學習環境。

關鍵詞：自主學習　移動學習　數位遊戲化學習

Self-directed, Flexible, Life-wide Learning: The Design of "DIY - Learn Chinese with Fun: 300 Vocabularies in Daily Life"

LAW Yuen Mei Vicky
City University of Hong Kong

CHAN Yeung Helen
The University of Hong Kong

CHAN Lai Yam Aileen
City University of Hong Kong

WONG Yuk Tung
The University of Hong Kong

TSE Wing Ho
City University of Hong Kong

CHENG Wah Tat
City University of Hong Kong

Abstract

As a major cosmopolitan city in the world, Hong Kong has attracted people from various parts of the world, with different languages, cultures and customs. Here, the most widely used language is Chinese. The mastery of the Chinese language has made life and communication easier. However, due to various reasons, it is not possible for many non-ethnic Chinese to learn Chinese in a classroom setting. So there is an urgent need to provide them with a more flexible approach to learn Chinese.

The title of this learning kit is "DIY-Learn Chinese with Fun: 300 Vocabularies in Daily Life". It is targeted at beginners. The contents are based on stories with real life situations, presented with short videos, 6 grid comics, and online games, with special emphasis on 300 commonly used vocabularies. The kit includes a textbook, word cards, mobile apps and online games. Learners can use their mobile phone to scan the QR Code from the book or the word cards and follow the links to the web sites of the contents. Or they can download the apps and online games for free to get access to the contents.

Another characteristic of this learning kit is the use of m-learning and digital game-based learning approach. Learners are given the opportunities to engage in self-directed, life-wide learning, without the constraints of time and space.

Keywords: self-directed learning, m-learning, digital game-based learning

1. 引言

　　香港是一個國際大都會，聚居大批不同國籍人士，除華裔外，有歐美人士、非洲人、韓國人、日本人、菲律賓、泰國、巴基斯坦等等不同國家的人，他們在香港被統稱為「少數族裔」（于浩宇、馬全富和嚴慶，2019）。一直以來，這些不同國籍人士來到香港，有些會定居下來，有些工作一段時間後會離開香港，如不少菲律賓傭工會因工作合約期滿而離開，加上他們通常工作於一家一戶，故懂不懂粵語與中文，對於他們的影響並不是太大。可是，如果要定居下來融入香港，在本地找到合適的工作，了解香港文化和風俗習慣，懂得粵語和中文，就顯得格外重要。

　　可是不少南亞裔人士舉家來到本地定居，仍只是以說自己的民族語言（如印地語、烏（爾）都語、尼泊爾語）為主（郭絮，2011），這讓他們處身在以粵語和中文為主要溝通語言的香港，就算有勞工處的就業措施幫助他們（趙萱，2011），但是由於不懂中文的讀和寫，令他們學習和工作受到極大的限制，面對極大的困難，難以全面發揮他們的長處（李楚成和梁慧敏，2020）。有見「少數族裔」學習中文的種種困難，近二十年來已有不少學者和機構都投入這方面的研究，希望共同找到一些更好的方法，幫助「少數族裔」學好粵語和中文。這包括袁振華（2007）、郭絮（2011）、叢鐵華等（2012）、巢偉儀（2016）、施仲謀和葉枝茵（2017）、容運珊（2011）和香港融樂會（2018）。可是這些研究大都只是針對一些適齡在學的「少數族裔」，而教材方面的編寫，也大都離不開教學雙向的在校教本。本團隊針對現時「少數族裔」自學教材的不足，結合數碼時代隨時隨地學習的特點，設計了一套自學教材，既有書本又有學習卡，有網頁又有手機應用程式（Apps）教材，讓有心自學粵語與中文的「少數族裔」人士，去到全球各地也可輕輕鬆鬆想學就學。

　　構思教材時，除了照顧到學習者的需要和教材的靈活性之外，團隊也考慮到學習第二語言的難度，廿一世紀電子學習的新趨勢，以及運用新的電子技術來學習第二語言的發展，於是落實制定教材的方向時，同時也盡量兼顧以上幾項。這篇論文嘗試從這幾方面作出討論，一方面為整個教材出版計劃作一個小總結，另一方面，也期望與有心於推動少數族裔學習中文的學者前輩，分享計劃的一點點成果，使將來能再作更進一步的探索。

2. 在港少數族裔學習中文的困局

　　根據2021年香港人口普查的結果[1]，以「居住人口」的定義編製的香港人口，於2021年6月底的數目為7,413,070人，在本港人口中，91.6%為華人，另有約8%（約62萬）為非華人（香港特別行政區政府統計處，2022）。

　　少數族裔人口大幅上升，是近年的趨勢。在本港的非華人中，東南亞裔（菲律賓人、印尼人、泰國人）的族群最龐大，佔整體少數族裔近六成。其次是南亞裔人士（主要為印度人、尼泊爾人、巴基斯坦人），佔整體少數族裔近兩成。南亞裔人口，由2011年的65,521人增至2021年的101,969人，增幅達55.6%。由2016年至2021年，香港整體人口的增長持續緩慢，每年的平均增長率只有0.2%，低於2016至2021年間的0.7%（香港特別行政區政府統計處，2022），相對而言，少數族裔的增長率頗高。

	2011/ 總人口的百分比	2016/ 總人口的百分比	2021/ 總人口的百分比
印度	28616（0.4%）	36462（0.5%）	42569（0.6%）
巴基斯坦	18042（0.3%）	18094（0.2%）	24385（0.3%）
尼泊爾	16518（0.2%）	25472（0.3%）	29701（0.4%）
其他 *	2345（0.0%）	4847（0.1%）	5314（0.1%）
總數	65521	84875	101969
＊其他：包括斯里蘭卡，孟加拉			

表1：南亞裔人口在港的資料
資料來源：香港特別行政區政府統計處（2022）：《2021年人口普查：簡要報告》，檢自https://www.censtatd.gov.hk/en/data/stat_report/product/B1120106/att/B11201062021XXXXB01.pdf，檢索日期：2022.3.20。

　　香港特別行政區民政事務局（2000）早已明確指出「多元文化是香港的一個鮮明特色」，香港的多元文化可以說是「特殊的歷史和地緣因素的產物」。支援少數族裔融入社會是香港政府近十年致力的工作。李劍明和羅金義（2013）引用匈牙利學者Agnes Heller的學說，指出多元文化主義是一種意識形態，也是一種

1　根據慣例，自1961年起，香港每10年進行一次人口普查，並在兩次人口普查中間，進行一次中期人口統計。香港於2016年進行了一次中期人口普查，於2021年6月至8月期間，進行了2021年人口普查。此報告以簡要方式概述這次人口普查的結果。

保護和推動文化多樣性的承擔[2]。香港的殖民歷史和近年全球化演變引進了非華人族群，他們在這裡落地生根，建立家園。香港一直標榜著是一個多元文化的社會，但香港人所說的多元文化，似乎只是一個形容詞或術語，並簡單化地認為不同文化背景的人聚居在同一社會，那就是多元文化。李劍明和羅金義（2013）二人認為：

> 多元文化主義本質上所包含的平等的自由、平等的生存機會、免於被歧視、相互尊重和接納等價值觀，在香港還是非常單薄。

香港特別行政區政府過去的確為改善少數族裔的生活處境而增撥了資源，特首林鄭月娥在 2018 年的《施政報告》中，提出為了加強支援少數族裔人士，政府成立由政務司司長出任主席的「少數族裔事務督導委員會」，加強跨局的協作，同時亦議定由 2019 至 20 年度起，動用超過 5 億元來支援少數族裔。2019-20 年預留的五億元，用來制定涵蓋教育、就業、衛生、社會福利和社會共融等措施，所有措施的撥款要待措施完結時才用盡，一般歷三至五個財政年度才完成（香港特別行政區政府新聞處，2018）。

於 2021 年 9 月，政府回應立法會議員鄭泳舜提問時[3]，就支援少數族裔的工作做了一個初步的計算，其中包括額外撥款支援錄取非華語學生的中小學數目各有四百多間，每間每年按錄取的非華語學生人數獲額外撥款 15 萬或 30 萬；資助教師參與「教授中文作為第二語言專業進修津貼計劃」，於 2018-19 至 2020-21 三個學年，獲批資助的老師有 30 人；勞工處於 2020 年 11 月推出的「多元種族就業計劃」，至 2021 年 7 月底，有 453 名少數族裔求職人士參與（香港特別行政區政府新聞處，2021）。

無疑，政府已投放了不少資源在支援少數族裔居民上，但不滿或埋怨資源不足的聲音仍不時透過民間團體表達出來，就業和教育是兩大問題（香港社區組織

2　Agnes Heller 把世界上的多元文化歸納為 4 個類型：第一類是新世界裡由移民共同建立起的多樣性的文化，如美國、加拿大；第二類是舊世界裡傳統的多樣性文化，指在歐洲和亞洲領土上世世代代共同存在的多元文化；第三類是舊世界裡由新近的移民帶來的多元文化，如英國社會由戰後至今所經歷的多元文化；第四類由建國工程帶動移民潮，繼而造成多元文化，只有一個實例，那是以色列。

3　2021 年 9 月 1 日，立法會議員鄭泳舜向勞工及福利局局長羅致光提出書面詢問，並於同日獲局長的書面回覆。

協會，2021）[4]。少數族裔在港求職不易，這和學歷未必有直接關係，反而語言成為一大障礙。梁穎珊和任彥齊（2019）訪問了三個在港生活的少數族裔青年，他們都具有中學或大專的學歷，卻因「不會用中文寫報告」，不會說中文，均失落了本已覓得的職位。香港浸會大學青年研究實踐中心於 2019-20 年進行了一項研究（眾新聞，2020），發現即使少數族裔青年渴望向上流動，但由於缺乏中文閱讀及書寫能力，令他們升學和就業都不容易[5]。研究小組指出有六個關鍵因素影響少數族裔青年的表現，其中包括語言能力和中文水平。小組作了一些建議，其中一項是為學生量身設計不同程度的中文課程。

港九勞工社團聯會在 2021 年 6 至 7 月期間，聯同了在港的少數族裔組織 PEME（Project Ethnic Minority Empowerment），進行了「少數族裔對勞工法例認知調查」，該會主席林振昇指出少數族裔人士因為語言障礙等因素，容易在就業市場上處於劣勢（星島網，2021）。要幫助在港少數族裔脫貧，樂施會（2019）認為最迫切的方法是讓他們學好中文。他們建議要在學習語言的黃金期開始打好基礎，所以建議從幼兒階段培訓非華語學生，以生動和多元化的學與教策略，讓非華語學生愉快學習。另一方面，亦要支援家長，尤其是婦女。樂施會特別提到南亞婦女勞動參與率較低，語言障礙和缺乏學習機會，導致她們只能從事低薪工作。縱使南亞婦女想進修，在香港卻甚少找到能切合他們需要的課程[6]。至於非華語幼兒的學習研究，羅嘉怡和謝錫金（2012）提出要提高學生的識字量，增加識字遊戲，令學習變得生動有趣。

---

4   香港社區組織協會於 2020 年 12 月至 2021 年 4 月期間，成功訪問 120 名租住私樓、持香港身份證的基層少數族裔人士，按資料示，受訪者過去半年家庭平均月入中位數是 17,000 元。有 39.2% 受訪者選擇資產低至「0 至 9,999 元」；92.5% 受訪住戶是工作家庭，當中有 88.3% 家中是一人獨力支援生計，常見工種包括地盤（建築工）、外賣及保安。75% 受訪家庭生活在貧窮線下，這反映了少數族裔的貧窮議題值得關注。

5   香港平等機會委員會委託香港浸會大學青年研究實踐中心的研究小組，於 2019 年 3 月至 2020 年 3 月進行一項有關少數族裔青年教育和就業路徑的研究，訪問了 483 名在港的少數族裔高中學生和 426 名在港的華裔高中學生，以及 53 名少數族裔青年，15 名少數族裔家長、教師、社工和 416 名僱主。

6   樂施會和香港大學、香港教育大學自 2015 年起，共同開展「從起步開始——幼稚園非華語學生學習中文支援計劃」，探討用創新和有效的方法來幫助非華語學生學好中文。這項計劃最新一個年度是 2020-23。

　　少數族裔只有學好中文，才能真正融入本地生活，這是不爭的事實。但我們發覺不少非華語人士在學習中文時，面對不少客觀的困難，如：上班時間不穩定，難以遷就課堂時間；有些男士從事保安、物流等工作，假期不多，也沒有固定的上班時間；有些在職者能準時下班，卻往往因為日間工時太長，加上消耗大量體力，下班後很難集中精神上課；有些少數族裔的女性要在家操持家務；加上某些族裔男女平等的觀念未普及，女性未必能自由地往學校上課。考慮了上述種種因素，我們決定從學習者的角度出發，設計一套結合書本、學習卡、視頻、手機應用程式和線上遊戲於一體的教材套，使用者不必受時間和空間的限制，可以隨個人的時間自由學習。

3. 學習中文為第二語言的新方向

　　有關第二語言學習，一直是語言學界反覆深入討論的一個熱門話題（何冬雲，2011）。傳統分析上，「學習」（Learning）和「習得」（Acquisition）是兩個不同的概念，前者是有意識、有課堂條件的獲取；後者則是非意識的自然環境下、無計劃、無目的地獲取語言能力。隨著時代的演變，這兩個概念的分野越來越模糊，有時甚至是互相重疊、互為影響的。踏入 21 世紀，漢語作為第二語言學習的課題，越來越受到重視（Wen，2020）。如何克服學習第二語言的困難、提升第二語言學習的效果……這牽涉到學習策略、學習動機、學習過程的認知等各個方面。當中，如何編寫教材是至關重要的。

　　一般來說，傳統教材有三種類型：（1）作為知識載體的教材；（2）作為教學活動規定性的教材；（3）作為教學資源的教材（方曉華和王阿舒，2005）。今天，分析和反思以往的教材，不難看到當中存在的弊端。Godwin-Jones（2013）認為傳統語言學習中缺乏真實性、交互性和趣味性。他指出教材語料方面存在的問題，如語料來源單一，缺乏真實性，幾乎是標準化、理想化地接受過良好教育者的語言，不符合真實世界中的語言交際，這些因素在一定程度上降低了學生在課堂學習中的參與度（余可華，2016）。事實上，隨著網絡的覆蓋與信息技術的發展，第二語言學習已進入了新的里程。有學者提到：

　　現代技術的發展與革新，使我們的學習從遠程學習（D-learning）到電子學習（E-learning）再到移動學習（M-learning），如今正邁向如荼發展的虛擬學習（V-learning）。然而，我們當前的第二語言教育基本停留在傳統的教學模式當中，沒有站在發展「全人」學習者的立場來開展，這使得二語教學脫離現實，

學習環境僅局限於有限的課堂教學之中，學習過程被視作靜態、封閉的過程，教師在課堂中居於中心地位，被當作知識的傳授者，忽視互動與協作在知識建構中的重要意義。（余可華，2016）

在全球大環境下，多種現代技術的應用已為第二語言學習的變革提供了新的契機。單是智能手機，就為學習者提供了不少好處。學習變得更個性化、更自主、更有趣味、更靈活（Raju & Joshith，2016）。在編寫第二語言教材的時候，就有必要採取新的策略、新的方向。方曉華和王阿舒（2005）在《新型第二語言教材編寫的理論與實踐》中提出第二語言教材編寫的理念，包括：（1）以人為本，貼近時代；（2）滿足四個方面的需要（交際的需要、長期目標的需要、真實性的需要、以學生為中心的需要）；（3）以交際為目的，追求真實；（4）重在參與，展現學習程序、提供學習方式、方法；（5）提供對學習的刺激。按這個理念，新的第二語言教材應該較傳統的教材更能刺激學生的學習動機，喚起學生的學習興趣，讓學生能隨時隨地、按自己的喜好、節奏去學習。在新的理念基礎上，新型的第二語言學習教材將會得到較大的學習成效。

4. 移動學習與數位遊戲化學習

如上文所述，移動學習比一般的電子學習更進一步，不但可以令學習者不受地域及時間的限制，做到隨時隨地學習，更可以促進他們的自主學習（Kacetl & Klímová，2019）。移動學習（M-learning）在第二語言教學領域的運用甚廣，不少學者都對此進行過研究。Kacetl 和 Klímová（2019）回顧了 2015 至 2019 年間有關運用手機應用程式（Apps）學習英語的研究，發現這種形式的移動學習不但為學習者所接受，同時還可以有效提高學習者的學習動機。也有研究發現手機應用程式對詞匯學習特別有效，同時還可加強學習者的學習自信，提高課堂參與度，鼓勵他們進行課外學習，因此是一種有效學習外語的方法（Klímová，2019）。當然，移動學習也有其限制，包括網絡信號問題，手機螢幕太小，不利學習，以及缺乏面對面的接觸等（Kacetl & Klímová，2019）。

有關移動學習的研究多以在校學生群體為研究對象，較少探討其對成年學習者非課室學習的影響，Wang 和 Christiansen 於 2019 年的研究則補充了這方面的不足。他們考察了 55 位 45 到 85 歲的華人中老年人士在 17 週內利用智能手機學習英文的情況。研究以中老年華人為研究對象，因為該背景的學習者中有不少是需要外出公幹的在職專業人士，也有一些是移居英語國家的中國移民。他們有

充分的動機去學習並運用英文，但由於時間、地域、生活模式等限制而未能受益於傳統的課堂教學。通過手機應用程式，這類學習者可以根據自己的時間安排和學習需要，自由調整學習進度和內容，充分發揮自主學習。研究結果顯示，參加者在研究進行的 17 週中，都能夠主動並持續地通過手機應用程式進行學習，他們的自信心加強，而這種自信進一步提升了學習動機，令他們能夠持續學習英文（Wang & Christiansen，2019）。該研究展示了移動學習在成年學習者第二語言學習領域的巨大潛力。

除了一般的移動學習，數位遊戲化學習（Digital game-based learning）也是近年語言教學領域的一個發展方向。有學者提出，電子遊戲因能提供情境化及個人化的學習環境（Contextualized and individualized learning environment），因此有助於學習者學習第二語言（Thorne et al.，2009）。在一項研究中，Tang 和 Taguchi（2021）為學習中文的大學生設計了兩種不同的電子學習環境，一種為情景模擬電子遊戲（Scenario-based digital game），另一種則是互動線上課程。他們發現雖然兩種模式都能夠提高學習者的語言能力，但是電子遊戲組的學習動機明顯較線上課程組的為高。研究者認為，電子遊戲的互動性和參與性，令其於第二語言教學領域具有發展價值（Tang & Taguchi，2021）。

5.《日常生活三百詞》自學教材的設計理念和內容

在教授漢語為第二語言的教材內容方面，傳統的教材設計往往把語言學習看成是掌握漢語的語音、詞彙、語法規則的過程，圍繞這些知識系統來選擇、編寫課文和練習。20 世紀 80 年代，漢語教學開始重視以「結構—功能—文化」三者結合，以培養學生的漢語交際能力為教學目的（李曉琪，2016）。新的教材編寫也就傾向於多種多樣、百花齊放，以期擁有真正的生命力、廣闊的發展空間，從而起事半功倍的教學效果。由中國國家漢語國際推廣領導小組辦公室和英國文化委員會合作的《快樂漢語》，就是一個很好的例子。課本配有生詞卡片、插圖、音頻和視頻的輔助材料。當中的「起步篇」強調設置恰當的情景，深入必要的語言功能項目，使結構、功能、情景三者輕重比例適當地融合在一起，創造出最佳學習環境（李曉琪，2016）。

相對於其他語言，尤其是英語，漢語作為第二語言學習的研究和發展起步較遲。值得注意的是，在漢語作為第二語言學習的範疇中，詞彙的學習在近三四十年間開始受到重視（Cheng，2000）。Gao 等學者（1993）認為對於學習漢語的

外國人來說，詞匯是最困難的。無論是讀、寫、聽、講，無論是哪一個程度的學生，詞匯都是學習過程中最難掌握的（Cheng，2000）。Lin（2004）指出在漢語作為第二語言學習中，詞匯的學習和掌握是最大的挑戰。不同於英語或其他外語，漢語在書寫和讀音方面跟拉丁字母完全拉不上關係，這就構成了學習上困難。Schrier 和 Everson（2000）更指出在美國的眾多外語教育中，漢語是最難學的一種（Lin，2004）。基於此，針對漢語作為第二語言的學習，以詞匯作為切入點，是有其道理的。

上述研究為打破本港非華語少數族裔中文學習的困局提供了一個思路。如前所述，本港的非華語少數族裔人士因語言障礙，在就業市場長期處於劣勢，而學習中文有助他們提升職業競爭力。一如 Wang 和 Christiansen（2019）研究中的華人中老年研究對象，本港的非華語少數族裔人士往往因學習時間、地域限制、家庭負擔及文化習俗等客觀原因，未能通過正式的課堂學習中文，因此必須另闢蹊徑，通過移動學習，令他們能夠發揮學習自主，根據自己的情況學習中文。我們設計了這套《輕輕鬆鬆學中文：日常生活三百詞》自學教材（香港城市大學專業進修學院，2021），並開發了配套的手機應用程式和線上遊戲，為非華語少數族裔學習者提供一個不受時間和空間限制，可以因應自己的需要調整學習進度和內容的學習環境，

這套教材的內容根據生活情境分成 10 個單元，每個單元包括 3 個場景。每個場景都以日常生活為題，配有 1 分鐘視頻、6 格漫畫和 10 個常用詞。教材套包括一冊實體書以及一套學習卡，一個配套的手機應用程式和一個線上遊戲。實體書的每個單元都附有二維條碼（QR Code），學習者通過手機掃描功能即可連結到教材網址，觀看視頻和漫畫，亦可通過連結參加線上遊戲。學習卡套共有 300 張學習卡，收錄了 10 個單元出現的 300 個常用詞。學習卡的一面為圖畫，另一面為中英文對照詞，掃描二維條碼，就能聆聽該詞的廣東話、英語、尼泊爾語、烏都語和旁遮普語讀音。為滿足學習動機較高的用者的學習需要，除了 300 個常用詞之外，實體書的每個單元再附有 8 個延伸詞語，並配以相片和廣東話錄音，但這些延伸詞語並沒有包括在學習卡之中。學習者可以通過主流下載商店免費下載配套的手機應用程式連結所有學習內容，也可下載遊戲程式參加配套的線上遊戲。

通過這套教材，我們希望向學習者提供一個全方位的學習環境，他們可以選擇坐在桌前通過實體書和網站進行學習，也可以因應自己的個人情況選擇完全以

手機應用程式進行學習。同時，教材的結構設計也令學習者能夠完全掌控自己的學習內容、學習進度和學習深度，進行自主學習。

6. 電子科技與語言教材的融合：以《日常生活 300 詞》為例

隨著網路的高速發展，我們已踏進資訊科技和全球一體化的新時代，從日常生活到文化藝術，資訊科技的足跡無處不在。語言學習亦不例外。是次教材的發展計劃，我們在紙本教材的基礎上，製作了多套教學短視頻；以實體教材套為主、互聯網為輔，雙管齊下，務求充分發揮科技的優勢，將傳統教材內容和新世代的焦點連結，增強學習成效。

我們團隊以此為發展教材的方向，最早的構思是製作書籍及學習卡等實體教材，並提供電子列印版本，讓未能獲得實體教材的學習者自行下載使用；同時開發自學流動應用程式，在程式內注入教材詞語、教學視頻、六格漫畫及多語朗讀等元素，以手機多媒體為主導，為使用者提供動態和多元的學習環境，強化並擴闊學習者的漢語知識。

有了初步構想，我們開始進行市場調查，仔細研究其他針對學習設計的應用程式，然後審視我們的教材：與其他自學語言應用程式教材相比，我們打算開發的應用程式內容豐富、學習形式全面，卻缺少讓學習者參與的環節。然而，坊間應用程式雖具備互動元素，但多數程式停留在讓學習者重覆地完成選擇題、練習題的階段，利用手機觸控的便利優勢，要求學習者不斷點按回答問題，所謂「互動」只是流於形式。我們相信單以「自學」和「互動練習」難以培養學習者持續使用的興趣，也未扣緊「輕輕鬆鬆學中文」計劃的主題。手機的互動操作性能只是吸引學習者使用的切入點，要讓學習者持續使用，應用程式就必須具備有趣的元素。最後，我們為開發教材計劃加入以遊戲為主的手機應用程式，輔以教材詞語為內容，讓使用者寓學習於遊戲。

本教材的設計既有實體書和學習卡，也有視頻和線上遊戲，為了融合它們，發揮協同效益，我們需要有效途徑連結實體教材和電子教材。點讀筆和近場通訊（NFC）晶片曾在我們團隊考慮之列，礙於物流成本、技術支援或成效難以預測等，這些都被否決；最後我們選擇二維條碼方案，學習者以我們開發的手機應用程式掃描實體教材上的二維條碼（QR Code），應用程式即朗讀詞語或播放教學影片。此方式操作簡易，並為大眾熟悉，不必技術支援，學習者也能自行使用手機連結多媒體教材，為教材開發者和使用者帶來莫大便利。

　　為測試方案的實際成效，我們技術團隊模擬教材使用者，以自行印刷的初稿為實體教材，從頭到尾試用掃描 QR Code 連結多媒體教材，卻發現使用體驗並不理想。首先，當時 QR Code 的儲存內容是固定的多媒體網址，手機播放該多媒體後即止步，學習者如欲觀看該詞語的教學視頻，以掌握實際使用的境況，或學習下一個詞語，便需翻揭書籍並重新掃描另一 QR Code，非常不便。其次，教材的三十個場景各有教學影片、三百個詞語各包含五種朗讀語言，如要一一對應提供二維條碼，書籍將擠滿二維條碼，主次難分之餘，更使學習者感到疲累。最後，如學習者使用電腦為主，或沒有安裝我們開發的應用程式，要使用和分享多媒體教材將相當費時。針對以上問題，技術團隊決定重新編訂二維條碼儲存的內容，由本來固定的多媒體網址改成為動態的網頁，網頁包含多媒體資料及相關學習主體，學習者掃描 QR Code 瀏覽完網頁後，可按網頁指引繼續翻閱相關教材，以直接的網頁操作取代重覆的手機掃碼；同時綜合各網頁製作成學習網站，有機地連結各項多媒體教材；並以「一場景一 QR Code」取代「一多媒體電腦檔案一QR Code」。以上措施既能解決「二維條碼氾濫」問題，也方便使用不同設備、不同軟件平台的學習者瀏覽和分享電子教材，有利一併存放電子列印版教材，以及推廣我們開發的手機應用程式。考慮到學習者的程度參差，我們更提供平台增添網頁版特有的慢速朗讀和多語連續朗讀等功能，全面更新學習者的使用體驗。

7. 結論：善用教材套達到全方位靈活學習

　　經團隊的同心協力，上述實體書教材、學習卡、電子列印版教材、自學流動應用程式、手機遊戲應用程式及網頁版教材都已順利開發和推出，六者既能獨立運作，也可聯合上場發揮協同效益；學習者接觸六者任一，都可輕易上手單獨使用。

　　教材套是供給初學者使用，但使用者年齡不限，學習卡顏色和圖畫富吸引力，能刺激學習。學習者的教育程度不拘，他們也不一定懂中文；少數族裔朋友只要懂得烏都語、旁遮普語或尼泊爾語，就可以輕鬆使用。學習時間隨個人所需而定，空間也不受拘限，整套教材除了傳統的紙本之外，也設網頁版和流動應用程式（Android 和 IOS），無論手機、平板或電腦都可以使用，只要下載程式或打開網頁，就可以隨時隨地學習。學習期限自訂，全套書有 10 個單元，每個單元分 3 節，學習者可以按個人的能力和情況來決定用多長的時間完成，少了硬性規定，多了靈活性。每個單元獨立而成，學習者可以選自己有興趣的課題先學，也可以按需要來學，如需要買東西、看醫生、出外吃飯等，就先學這幾個單元。

學習要求也可按人而定，學懂 300 個日常生活用詞是基本的；每單元另有 8 個延伸詞語，供有興趣的人多學一點。

新世代，新科技，新的學習體驗，希望摒棄了以背誦和抄寫為主的傳統複習方法，能加強學習趣味，又能透過不同活動，鞏固學習成果。移動學習無疑提供了一個新出口，日後可再作更深入探討，了解其成效。

參考資料

巢偉儀（2016）：《中・無厭：少數族裔學生學習中文手冊》，香港，香港聖公會麥理浩夫人中心。

叢鐵華、岑紹基、祁永華和張群英（2012）：《香港少數族裔學生學習中文的研究：理念、挑戰與實踐》，香港，香港大學出版社。

方曉華和王阿舒（2005）：新型第二語言教材編寫的理論與實踐，《新疆師範大學學報（哲學社會科學版）》，26，1。

郭粲（2011）：《香港少數族裔學生中文教學狀況及建議》，北京，北京師範大學文學院。

郭粲（2011）：香港少數族裔學生中文教學狀況及建議，《語文教學研究》，2，59。

何冬雲（2011）：第二語言學習過程的認知研究，《賀州學院學報》，27，4。

樂施會（2019）：《少數族裔與跨代貧窮》，檢自 https://www.oxfam.org.hk/tc/what-we-do/development-programmes/hong-kong/povertyamongethnicminorities，檢 索 日 期：2022.3.21。

李楚成和梁慧敏（2020）：香港「兩文三語」格局：挑戰與對策建議，《語文戰略研究》，1，49。

李劍明和羅金義（2013）：「多元共融」之下的社會排斥：曾蔭權年代的香港少數族群，輯於羅金義和鄭宇碩主編《留給梁振英的棋局：通析曾蔭權時代》，（頁333-358），香港，香港城市大學出版社。

李曉琪（2016）：漢語教材編寫的兩個問題，《華文教學與研究》，3，74-86。

梁穎珊和任彥齊（2019）：少數族裔求職路上障礙重重，《大學線》，141，檢自 https://ubeat.com.cuhk.edu.hk/141-minorities/，檢索日期：2022.3.20。

羅嘉怡和謝錫金（2012）：促進非華語幼兒漢字學習的校本課程設計初探，《漢字漢文教育》，28，171-195。

容運珊（2011）：《增強少數族裔學生在課外使用中文社交媒體提升中文學習效果》，香港，香港大學教育學院中文教育研究中心。

施仲謀和葉枝茵（2017）：香港少數族裔學生中文學習對策研究，《語言教學與研究》，1，45-56。

香港城市大學專業進修學院（2021）：《輕輕鬆鬆學中文：日常生活300詞》，檢自 https://scolarhk.edb.hkedcity.net/sites/default/files/media/DIY%20Learn%20Chinese_book.pdf，檢索日期：2023.3.13。

香港融樂會（2018）：《香港少數族裔學生的中文學與教：全面評鑑二零零六年至二零一六年》，香港，香港融樂會。

香港社區組織協會（2021）：《基層少數族裔住屋及經濟狀況調查報告》，檢自 https://soco.org.hk/wp-content/uploads/2014/10/ 香港社區組織協會 - 基層少數族裔住屋及經濟狀況調查報告 .pdf，檢索日期：2022.3.21。

香港特別行政區民政事務局（2000）：《香港展現多元文化》，檢自 https://www.hab.gov.hk/tc/about_us/from_the_desk_of_secretary_for_home_affairs/shaArticles.htm，檢索日期：2022.3.20。

香港特別行政區政府統計處（2022）：《2021 年人口普查：簡要報告》，檢自 https://www.censtatd.gov.hk/en/data/stat_report/product/B1120106/att/B11201062021XXXXB01.pdf，檢索日期：2022.3.20。

香港特別行政區政府新聞處（2018）：《2018 施政報告—加強支援少數族裔人士》。檢自 https://www.policyaddress.gov.hk/2018/chi/pdf/Leaflet_support.pdf，檢索日期：2022.3.20。

香港特別行政區政府新聞處（2021）：《立法會十二題：支援少數族裔人士》，檢自 https://www.info.gov.hk/gia/general/202109/01/P2021090100464.htm，檢索日期：2022.3.24。

星島網（2021.10.12）：《逾八成少數族裔勞工遇剝削無求助，勞聯促加強就業支援》，檢自 https://std.stheadline.com/realtime/article/1761815/ 即時 - 港聞 - 逾八成少數族裔勞工遇剝削無求助 - 勞聯促加強就業支援，檢索日期：2022.3.21。

于浩宇、馬全富和嚴慶（2019）：倚重社會力量：香港少數族裔事務工作模式思考，《貴州民族研究》，10，22。

余可華（2016）：多種現代技術支持的第二語言學習，《海外華文教育》，5，708-720。

袁振華（2007）：《香港南亞裔學生中文學習的困境及對策研究》，湖北，華中師範大學博士學位論文。

趙萱（2011）：香港非華語學童教育支援簡介：基於教育公平的視角，《現代教育論叢》，8，44。

眾新聞（2020.6.22）：《少數族裔求職困難，平機會倡建多種語言就業配對平台》，檢自 https://www.hkcnews.com/article/31255/ 少數族裔求職困難 - 平機會倡建多種語言就業配對平台，檢索日期：2022.3.21。

Cheng, Z. (2000). *Word structure and vocabulary acquisition: theory and application to Mandarin Chinese as a second/foreign language*. [Doctoral thesis, The University of Florida]. ProQuest.

Gao, Y., Li, G., and Guo, X. (1993). *Waiguoren xuexi yu shiyong Hanyu qingkuang diaocha yanjiu baogao* [A report on the investigation and study of foreigners learning and using Chinese]. Beijing Language Institute Press.

Kacetl, J., & Klímová, B. (2019). Use of smartphone applications in English language learning – a challenge for foreign language education. *Education Sciences, 9*(3), 179.

Klímová, B. (2019). Impact of mobile learning on students' achievement results. *Education Sciences, 9*(2), 90.

Lin, Y. (2004). *Chinese vocabulary acquisition and learning Chinese as a foreign language.* [Doctoral dissertation, The University of Iowa]. ProQuest.

Raju, N., & Joshith, V. (2016). M-learning: A new trend in second language learning. *International Journal of Education and Research: New Frontiers in Education, 49*(3), 53-61.

Godwin-Jones, R. (2013). Integrating intercultural competence into language learning through technology. *Language Learning & Technology, 17*(2), 1-11.

Tang, X., & Taguchi, N. (2021). Digital game-based learning of formulaic expressions in second language Chinese. *The Modern Language Journal, 105*(3), 740-759.

Thorne, S., Black, R., & Sykes, J. (2009). Second language use, socialization, and learning in internet interest communities and online gaming. *The Modern Language Journal (Boulder, Colo.), 93*(S1), 802-821.

Wang, Y., & Christiansen, M. (2019). An investigation of Chinese older adults' self-directed English learning experience using mobile apps. *International Journal of Computer-Assisted Language Learning and Teaching, 9*(4), 51-71.

Wen, X. (2020). The acquisition of Chinese as a first and second language. *Languages, 5*, 32.

从师生反馈的角度看韵文文本在香港非华语小学课堂教学中的应用成效——以《弟子规（选段）》为例

蔡沁希

香港教育大学

摘要

目前，有学者及机构认为在小学非华语课堂中加入韵文文本，可以帮助非华语学生更好的掌握课文知识。因此，本文采用质性研究的相关研究方法，通过观课法，追踪两个使用韵文文本《弟子规（选段）》的小学非华语班级的课堂表现，评估非华语学生对韵文文本的态度；通过访谈法，在课后对两位授课老师进行访谈，以观察非华语教师对待韵文文本的态度。研究发现，非华语学生基本可以通过课堂学习理解《弟子规（选段）》的内容，其中中高年级的非华语学生接受能力较强而低年级的非华语学生在理解文本内容时需要更多时间；中高年级的非华语学生的课堂表现较为积极，对韵文文本的认可程度较高，而低年级的学生认为文本难度较大，对韵文文本的抵触情绪较强。非华语教师对韵文文本加入课堂教学持肯定态度，但认为选择合适非华语学生的韵文文本难度较大。

关键词：韵文文本 非华语学生 中文二语学习 小学

The Application Effect of Rhyme Texts in the Non-Chinese Speaking Primary School Classes in Hong Kong from the Perspective of Teacher-student Feedback ——Take Dizigui (Experts) as an Example

CAI, Qinxi

The Education University of Hong Kong

Abstract

At present, some scholars and institutions believe that adding rhyme texts to non-Chinese speaking classes in primary schools can help non-Chinese speaking students to better master the text knowledge. Therefore, this paper adopts the relevant research methods of qualitative research, and uses the observation method to track the classroom performance of two primary NCS classes using the rhymed text "Dizigui (Excerpt)" to evaluate the attitudes of NCS students towards the rhymed text. The interview method was used to conduct interviews with two teaching teachers after classes to observe the attitudes of NCS teachers towards verse texts. The study found that NCS students can basically understand the content of "Dizigui (Excerpts)" through classroom learning. Among them, NCS students in the middle and upper grades are more receptive, while NCS students in the lower grades need more time to understand the text content. The NCS students in the middle and upper grades performed more positively in class and had a higher degree of recognition of the rhyme text, while the lower grade students thought the text was more difficult and had a stronger resistance to the rhyme text. NCS teachers have a positive attitude towards adding verse texts to classroom teaching, but think that it is difficult to select suitable verse texts for NCS students.

Keywords: rhyme text, non-Chinese speaking students, Chinese second language learning, primary school

一、研究背景

　　根据香港政府的统计，在港居住的非华语人士众多，这一族群的普遍特点在于中文水平较弱，较难融入主流社会（陈瑞端、梁慧敏、袁振华、曾洁和马克芸，2018；祁永华，2012）。目前，非华语学生的中文学习困难，已经受到了香港本地学者及机构们的关注。就小学的非华语中文教学而言，香港融乐会（2018）指出"有韵教材让非华语学生能够轻易地朗读或背诵，基于声入心通的原理，可以培养语感和学习语言"，关之英（2012）指出"有韵教材可以帮助非华语学生快速的掌握和背诵课文的内容"。由此可见，韵文文本可以帮助非华语学生提升中文能力。但目前，针对将韵文文本纳入非华语中文教学的研究不多，研究者没有详细探讨何种韵文文本是适合香港非华语学生中文学习的，也没有探讨韵文文本在非华语学生中文课堂中的应用成效以及非华语学生和教师对韵文文本融入非华语课堂的态度。本文将尝试从师生反馈的角度出发探讨韵文文本在香港小学非华语课程中的应用成效以丰富现有的研究。本文采用的研究材料为中文辅导班（SSP）自编教材第一单元课文《小伟妈妈的新要求》，该课文改编自《弟子规（选段）》，本文的研究对象是中文辅导班的两班非华语学生（主要为南亚裔学生）以及负责教授这两班学生的两位非华语教师，本文将采用观课法和访谈来获得质性研究的相关数据。

二、文献探讨

　　本文研究的重点在于韵文文本在香港小学非华语中文课堂中的应用成果，因此将从韵文文本在语言教学中的应用实践和香港非华语学生中文学习重难点及现有应对策略两方面对相关文献进行探讨。

（一）韵文文本在第二语言教学中的应用

　　韵文文本在汉语教学中是重要的学习材料，有被研究者应用在第二语言教学中，其表现形式主要包括古代经典的蒙学读物（《三字经》、《弟子规》等）、古典诗词、自编儿歌、歌诀、谜语等。

　　牛莉（2012）指出韵文文本主要有三个特点，分别为"题材广泛，形式多样：有诗歌、童谣、儿歌、谜语等"；"突出了汉语的节奏美、音律美，朗朗上口、简单易记，符合青少年擅长模仿记忆的特点"；"内涵丰富，包

罗万象，传承着深厚的文化与民风民俗"。其优势在于符合青少年学生的学习特点、可以吸引青少年学生的学习兴趣并且由于韵文文本大都含有中国文化的内容，学习这类文本也可以提升学生的文化素养。她将韵文文本应用在了法国中文继承语学习者的二语教学中，其做法主要为"（每周）根据时节选取短小精悍、简单易学的五言古诗、童谣、儿歌等，题材与日常生活息息相关"（牛莉，2012），并在完成韵文讲授后要求学生当堂背诵韵文文本，辅以识字、绘画以及各类中国文化相关活动，以帮助学生更好的掌握韵文文本的内容，提升中文水平。牛莉（2012）指出在经过一学期的学习后零起点的学生"以接近满分的成绩通过了新少儿汉语水平考试（YCT）一、二级考试"，并认为"以韵文为材的教法是切实可行的"。但是，这篇文章的研究对象是法国的继承语学习者，父母双方至少有一方为中国人，虽然他们存在的缺乏汉语语言环境、听说优于读写、学习兴趣较弱等问题与非华语学生相似，但不同的是这一类型的学生在家拥有比非华语学生更好的语言学习环境，且传承中国语言文化是其学习的主要动机之一。与非华语学生不同，这一类型的学生在海外，没有强烈的融入主流华语社会的客观需求。所以，若要将相同的内容纳入到非华语学生的中文学习中，除了关注韵文文本可以带来的文化内涵以外，还应关注其带来的语言效应。

除了应用于综合课堂外，韵文文本也被专门用于识字教学。孙德华（2007）指出韵文识字"句式整齐、合辙押韵、通俗有趣"，充分发挥了"定位联想和奇特联想的方法"，儿童在这一语境中可以"快速识字"。韵文识字将字、词、句巧妙结合，有利于学生"全面掌握汉字的形、义、音"（孙德华，2007）。但他同时指出有部分留学生认为韵文虽富有节奏易于记诵，但很难通过韵文回忆汉字的形象和意义。笔者认为造成这一现象的原因可能是韵文内容与汉字本身关联不强，学生无法根据韵文内容联想汉字特征。同时，文章虽然介绍了韵文识字的方法，却并没有提供具体的操作手段、也没有利用量化研究与质性研究的研究方法对比其他识字法论证韵文识字的优越性。并且，尽管文章指出这一做法符合儿童学习者的学习习惯，但并没有指出这一做法对其他阶段的汉语学习者是否同样适用。

目前，本港有专家及机构、组织建议将韵文文本用在香港非华语学生的中文学习中（关之英，2012；香港课程发展议会，2008；香港融乐会，2018）。香港融乐会（2018）推荐非华语教师使用两类韵文相关辅助中文教材，分别是有韵教材和儿歌。关之英（2012）指出有韵教材适合用作入门教材，

以帮助非华语学生快速掌握和背诵课文内容。儿歌是韵文文本的另一种类型，它为学生提供了"有意义的学习内容"，可以帮助学生快速掌握汉字的"形、音、义，以及简单的语法"（香港融乐会，2018）。由此可见，韵文文本是适用于香港非华语学生中文学习的。但相关研究者及机构并没有对何种韵文文本适合非华语学生学习、韵文文本在非华语课堂中的使用效果如何、韵文文本应如何与语言教学的相关要求相结合、师生对韵文文本材料的反应态度等问题做详细的说明和论证。

综上所述，虽然韵文材料应用在语言教学中已经有了一些理论基础和实证经验，但是研究者关注的研究对象主要以留学生及继承语学习者为主，没有针对非华语学生的讨论。而本港的研究，主要以理论为主，实证研究较少。

（二）香港非华语学生中文学习的重难点及应对策略

香港课程发展议会（2008）综合了本港及其他地区非华语学生学习中文的经验，将中文作为第二语言学习的难点归纳为五个不同的方面，分别是"汉字字形"、"声调"、"语汇"、"量词"和"语序"。袁振华认为本港非华语学生学习的最大难点在于"认读和书写汉字"。还有一部分的学者认为非华语学生的学习难点在于写作（岑绍基，2012；戴忠沛和容运珊，2020；邱佳琪，2018），Chou（2015）指出非华语学生在阅读方面也存在较大的问题。综合以上观点，可以看出香港的非华语学生在中文学习的听说读写方面均存在不同程度的问题，其中读写问题较听说问题大。

目前，针对非华语学生的中文学习困难的研究主要集中在教学方法上，不同学者针对非华语学生的学习特性，从不同方面提出适用于香港非华语学生的教学方法（岑绍基，2019；戴忠沛和容运珊，2020；郭粲，2011；林伟业和李浚龙，2012；邱佳琪，2018；谢锡金、黄敏滢和罗嘉怡，2012；谢锡金、李浚龙和罗嘉怡，2012）。就非华语学生在阅读方面的困难，学者提出采用"分层阅读教学法"。分层阅读教学法适用于解决同一班级学生中文水平差异较大的困难，将学生按照程度分成不同的组别，并针对不同程度的组别提出不同的学习要求，以此来帮助学生提升中文能力和水平，在一个班内最大程度的照顾不同学生的学习需要（林伟业和李浚龙，2012；谢锡金、李浚龙和罗嘉怡，2012）。目前，这一教学方法已被证实在中小学的非华语班级中都具有一定的优势（谢锡金、黄敏滢和罗嘉怡，2012；谢锡金、李浚龙和罗嘉怡，

2012）。就非华语学生在写作方面的困难，学者提倡使用"阅读促进写作教学法"。阅读促进写作教学法被证明可以"提升英语学习者的写作能力，但在中文的教学和应用层面仍处于发展阶段"（邱佳琪，2018）。阅读促进写作教学法最初被应用在澳洲原住民的英语学习上，岑绍基（2019）指出这一教学法重视以"明示式的教学策略引导学生掌握第二语言读写能力"。目前，该教学法已被证明在帮助学生写作说明文、记叙文和论说文等文体写作中发挥作用（岑绍基，2019；戴忠沛和容运珊，2020）。但有学者认为未有研究证明这一教学法对提升学生阅读能力同样有效（邱佳琪，2018），也有学者认为阅读促进写作教学法主要被应用在中学阶段的非华语学生学习中，未有证明其对小学阶段的非华语学生是否同样有效（Chou，2015）。除此之外，亦有学者从宏观的角度，针对非华语学生的实际情况提出兼顾听说读写能力的教学方法，包括应用戏剧教学法、结合现代资讯科技的"Mlang教学法"、任务型教学法等（付爱兰和郭粲，2012；罗嘉怡、胡宝秀、祁永华和邓　麟，2019；罗嘉怡、祁永华和谭宗颖，2019；罗嘉怡、辛嘉华、祁永华和刘文建，2019）。

总的来说，近年来非华语学生的中文学习困难已经受到了本港学者们的关注，不同学者也尝试使用不同的教学方法，运用不同的教学材料来帮助非华语学生克服学习困境。但是，研究者更多关注改善中学非华语学生的中文学习能力，对小学阶段的非华语学生关注不如中学阶段的多；相比可以兼顾听说读写的教学方法，研究者更多提出针对提升非华语学生某一方面能力的教学方法。

三、研究方法、问题及研究对象

本研究以 SSP 的两班非华语学生及授课教师作为研究对象，两班教师均使用 SSP 小学非华语教材（试行版）授课，授课内容为第一单元第二课课文《小伟妈妈的新要求》，其中涉及《弟子规（选段）》，内容包括"晨必盥，兼漱口；便溺回，辄净手；冠必正，纽必结。"两位老师所使用的课堂幻灯片内容大致相同。

本研究主要采用观课法，搜集非华语学生的课堂表现及相关数据，并以此为依据分析不同阶段的非华语学生是否能够理解课文内容；以及他们对于韵文文本的态度。在观课时，笔者以关之英（2014）提出的"非华语学生中

文教学：观课表（参考）"为蓝本，根据SSP非华语课程的实际情况略作修改，整合成新的观课表记录相关教节的课堂情况。采用访谈法对两位授课教师进行访谈，以获得教师对于韵文文本加入非华语中文课堂的态度。其中一位老师完成了约20分钟的线上访谈，另一位老师因为上课时间与采访时间有冲突故未能完成线上访谈，但老师以文字稿的形式回应了采访提出的相关问题。

本研究的研究问题主要有三个，分别是：

（1）非华语学生能否通过课堂教学理解韵文文本的内容？

（2）非华语学生对将韵文文本纳入课堂教学的态度是什么样的？

（3）非华语教师对将韵文文本纳入课堂教学的态度是什么样的？

本研究以两班香港小学非华语学生和两位非华语教师为研究对象，受疫情的影响两班均采用线上授课的方式。两班学生及教师具体信息如下：

A班非华语学生为小四年级，共计15人，为男女混合班。因为该班学生在入学前并未做过"语言背景问卷调查"，因此未知学生分别来自哪些国家。但A班老师告诉研究者，该班学生主要来自巴基斯坦、印度和尼泊尔三国。A班学生均具备较强的英语听说能力。A班老师有2.5年教授非华语学生中文的经验，且A班老师在读硕士时受过中文作为第二语言教学的专业培训。该班的授课模式为课后补习性质，每周有1节课，每节课有1小时30分钟。A班老师用2节课，3小时，完成韵文文本的课堂教学。该班的授课语言主要为粤语，老师在学生难以理解的时候会辅以英语做解释。

B班非华语学生为小二年级，共计12人，为男女混合班。该班有7名学生在入学前做过"语言背景问卷调查"，其中1人来自菲律宾，2人来自巴基斯坦，2人来自尼泊尔，2人来自印度，但仍有5名学生未能完成调查问卷，不能清楚学生们来自哪些国家。就现有资料来看，与A班相似，B班的学生也主要来自巴基斯坦、印度和尼泊尔。B班学生具备英语的聆听能力，会说一些简单的英文句子，但整体上的英文水平较为薄弱。B班老师仅有0.5年教授非华语学生中文的经验，没有受过中文作为第二语言教学的专业培训。但B班老师的本科为汉语言文学专业，对汉语的语言、文字等相关专业知识有一定的了解。与A班相同，该班也为课后补习性质，但每周有2节课，每节课也是1小时30分钟。B班老师用3节课，4小时30分钟基本完成相关韵文文

本的课堂教学。该班的授课语言为粤语，老师在学生难以理解时会采取重复的策略，但在课堂中不会使用其他语言做解释。

四、研究发现

A 班和 B 班的学生均可以通过课堂讲授理解韵文《弟子规（选段）》的含义，总的来说，A 班学生理解韵文文本内容的难度不大，B 班学生在理解韵文文本时需要花费更多的时间和精力。在观课过程中，笔者发现 A 班有少部分学生在老师正式开始讲解韵文文本内容并做详细解释时，已经能够自行理解韵文文本的含义。当 A 班老师要求班 学生轮流念"晨必盥"一句，并回顾"盥"字的白话文释义时，其中一名学生在回答完"盥"字释义后，又用英语"In the morning you must wash your face."对"晨必盥"一句做出了解释。由此可见，对于部分程度较好的中高年级学生来说，学生在老师帮助解决完部分生字词含义后，就可以通过转码的方式，将自己之前习得的中文知识迁移到新授课中，并成功理解新授课的知识。在完成整篇韵文教学的时候，A 班老师要求学生解释韵文文本的内容，大部分学生均能对韵文文本做出解释。即便有个别学生不能说出正确释义，也可以在其他同学的帮助下迅速回答出韵文文本的释义。相比 A 班学生来说，B 班学生在理解韵文内容上则需要花费更多的时间和精力。B 班老师在讲解完生字词后，曾让学生尝试自主翻译，但是学生们不能够直接翻译出白话文释义，需要在老师反复多次的重复以后才能尝试给出正确答案。以"晨必盥"一句为例，当老师要求学生翻译时学生与老师间有如下互动：

老师："晨必盥"是什么意思？

学生 A：老师，这是"嘴巴"。

老师：不是嘴巴哦，"晨"是"早上"，必是"必须"，"盥"是"洗面"。所以"晨必盥"是什么意思？

学生 A 无应答，老师又解释了一遍生字词的含义，并提问学生 B。

学生 B 无应答，老师又解释了一遍生字词的含义。

学生 C（抢答）：早上洗面。

老师给予学生 C 正面回应，并又解释了一遍生字词的含义。

学生 D（抢答）：早上要洗面。

老师给予学生 D 正面回应，并提问其他学生，学生无应答后老师又解释了一遍生字词，这以后又有几个学生明白了全句。

经过多次反复后，最终全班都能够回答出"晨必盥"一句的白话文释义。但与 A 班学生相比，B 班学生需要花费更多的时间去理解生字词的含义，并尝试将它们整合成完整、正确的句子。

与 A 班同学相比，B 班学生在掌握虚词方面的难度更大。如果老师不讲，学生就无法理解如"必"字一类虚词的含义。即便老师逐一讲解完生字词后，B 班学生对于虚词的遗忘率也远高于实词。在玩连线游戏[1]时，学生对如"盥"字一类比划较多的实词的释义印象深刻，对如"必"字一类的虚词的释义则没有什么印象。在复习课中，B 班全班同学均未能答出"必"字的白话文释义，但均回答正确了"盥"字的意思。

根据观课实际情况，以及课后对两位非华语教师的采访，笔者认为非华语学生对将韵文文本纳入非华语中文课堂的态度并不相同。A 班学生普遍持较为积极的态度，在教授韵文文本的课堂中，非华语学生表现得十分积极，很乐于举手回答问题。有学生主动做了课堂笔记，并愿意在镜头前展示给老师及其他同学看。而 B 班的学生则相对比较被动消极，当老师讲解韵文文本时，部分学生的思想不太能够集中，会在镜头前做与课堂无关的事情。还有一位学生直接打开话筒对老师提出抗议，表示课文内容过深，希望老师可以换个内容讲。由此可见，对于中高年级的小学生来说，他们不排斥在课堂中加入韵文文本，也愿意学习韵文文本；而对于低年级的小学生来说，他们对课堂中加入韵文文本的态度相对比较消极，尤其是像《弟子规（选段）》一类的蒙学读物对他们来说太难，即便最终学生能够理解其内容，这些文本也较难达到提升学习兴趣的目的。

通过对 A 班和 B 班两位老师的采访，可以得出两位老师均对将韵文文本纳入非华语学生的中文课堂持肯定的态度。A 班老师表示《弟子规》一类的韵文文本"有韵易上口"，并认为有韵的材料对非华语学生来说是十分重要的，因为"有韵可朗朗上口，易于记忆"。B 班老师也表示"加入有韵律的文本是很好的"。两位老师同时也都提到了唐诗的重要性，认为唐诗可以作为

---

1   B 班老师要求学生尝试用连线的方式把韵文中的字词与白话文释义连接起来，答对的
     学生可以获得老师的口头表扬。

教导小学非华语学生的韵文材料，将唐诗加入到小学非华语课堂中是一个很好的尝试。B 班老师表示"很简单的唐诗，像《静夜思》，可以让小孩子感受得到韵律"，"如果有比较好的古诗文也是蛮好的"。A 班老师则向笔者展示了自己实际使用唐诗教学的方法，她指出自己"在节日／时令前后，（会）让学生诵读有关古诗"，同时 A 老师也强调自己只需要学生"掌握读音，不要求完全理解诗句意思"。根据对两位老师的采访，笔者认为两位老师更多的倾向于通过使用韵文来帮助非华语学生把握声调、韵律，但并不倾向于将韵文文本用作学生提升读写能力的工具。

五、讨论与总结

　　根据以上的研究可以看出非华语学生在理解韵文文本内容方面的难度会受他们的年龄和中文程度的影响。对于程度较低、年龄较小的非华语学生来说，相对艰深的蒙学读物类的韵文文本不受学生的欢迎和喜爱。对于程度较高、年龄较大的非华语学生来说，他们可以接受蒙学读物类的韵文文本作为课堂教学的材料。在采访两位授课老师时，她们均表示《弟子规（选段）》的内容对于小学阶段的非华语学生来说可能较深，A 班老师认为"《弟子规》的选材不太好，可选取简单易懂且现在亦适用的内容"；B 班老师则表示"如果在《规则》这一课中加这个片段是合适的，但是有一个难点，我觉得他们比较难理解《弟子规》这个（书）的性质"。由此可见，针对不同程度、不同年纪的非华语学生，选取合适他们学习程度和年龄发展的韵文文本很重要。以本研究中所采用的《弟子规（选段）》为例，其文言色彩较重，距离非华语学生的生活较远，对于程度较好的非华语学生来说或许可以尝试学习，但是对于程度较弱的非华语学生来说则会加重他们的学习负担。且该段内容中的汉字笔画较多，难度较大，"盥"字等字对非华语学生来说也不属于常用汉字，小学阶段的非华语学生学习这类汉字的意义不大。因此，非华语学生学习该段内容对他们提升中文应用能力和尽快融入香港社会生活帮助不大。对于程度较低的非华语学生，在选择韵文文本时，应当选取更加贴近非华语学生日常生活的内容。另外，在研究中笔者发现非华语教师在使用韵文材料时会对具体的使用方法以及需要达到的教学目标等问题产生疑惑。A 班老师表示希望在使用到韵文文本的教材时，教材可以"提供具体学习目标、重点、难点"；B 班老师则表示因为部分生字词较难，自己不确定是否需要学生掌握。两位老师均表示，不知道学生将韵文文本掌握到什么程度算是完成了自己这

一课的教学。所以，当非华语教师在课堂中使用韵文类文本时，还应该提前明确使用文本的目的是提升学生的语言能力，而非形式主义。在选取合适的韵文材料后，授课教师应该提前梳理好文本中需要学生掌握的知识点，使教学内容更加精准。同时，在选取韵文材料时也可以更加多元化，除了蒙学读物、唐诗等传统的韵文文本，非华语教师还可以选取儿歌、现代诗歌等其他形式的材料，以贴合不同阶段的非华语学生的学习需求。

本研究通过观课和访谈，从质性研究的角度初步了解了两班小学非华语学生及教师对于韵文文本纳入非华语中文课堂的态度。但是，由于受到疫情的影响，两班均采取线上授课的方式，不方便使用调查问卷或是访谈的方式采访非华语学生对待将韵文文本纳入非华语课堂教学中的态度，只能透过观察学生上课时的表现推测学生的态度。同时，本研究也只找到两名教授韵文文本的非华语教师参与研究，因此不能了解更多其他年级的非华语学生及教师对将韵文文本加入小学非华语课堂的态度。

参考文献

岑绍基（2012）：香港非华语学生中文教材发展的理念与实践，《汉字汉文教育》，1(28)，197-214。

岑绍基（2019）：以"阅读促进学习"（Reading to learn）教学法教授非华语学生说明文的成效，辑于罗嘉怡、巢伟仪、岑绍基和祁永华编《多语言、多文化环境下的中国语文教育：理论于实践》，（页113-124），香港，香港大学出版社。

陈瑞端，梁慧敏，袁振华，曾洁和马克芸（2018）：香港非华语小学生中文辅助教材的设计理念及其教学策略，《华文学刊》，31-59。

戴忠沛和容运珊（2020）：香港少数族裔学生华文第二语言写作教学的多重个案研究，《华文学刊》，66-89。

关之英（2012）：中文作为第二语言：教学误区与对应教学策略之探究，《中国语文通讯》，91(2)，61-82。

关之英（2014）：香港中国语文教学（非华语学生）的迷思，《中国语文通讯》，93(1)，39-57。

郭粲（2011）：香港少数族裔学生中文教学状况及建议，《语文知识》，2，59-61。

付爱兰和郭粲（2012）：任务型语言教学理论，辑于《非华语学生的中文学与教：课程、教材、教法与评估》，（页69-76），香港，香港大学出版社。

林伟业和李浚龙（2012）：分层阅读教学：分层教材运用个案，辑于《非华语学生的中文学与教：课程、教材、教法与评估》，（页37-46），香港，香港大学出版社。

罗嘉怡、胡宝秀、祁永华和邓　麟（2019）：应用戏剧教学法帮助中文第二语言学生有效学习的实证研究：初探与启发，辑于《多语言、多文化环境下的中国语文教育：理论于实践》，（页87-102），香港，香港大学出版社。

罗嘉怡、祁永华和谭宗颖（2019）：资讯科技建构实境式学习提高多元文化素养：网上学生杂志的个案研究，辑于罗嘉怡、巢伟仪、岑绍基和祁永华编《多语言、多文化环境下的中国语文教育：理论于实践》，（页151-168），香港，香港大学出版社。

罗嘉怡、辛嘉华、祁永华和刘文建（2019）："动中文Mlang"教学法：以移动科技辅助中文作为第二语言学习，辑于罗嘉怡、巢伟仪、岑绍基和祁永华编《多语言、多文化环境下的中国语文教育：理论于实践》，（页137-150），香港，香港大学出版社。

牛莉（2012）：对法少儿汉语教学法初探，《青年文学家》，3，64-65。

祁永华（2012）：有关的历史与社会脉络，辑于谢锡金、祁永华、岑绍基编《非华语学生的中文学与教：课程、教材、教法与评估》，（页3-14），香港，香港大学出版社。

邱佳琪（2018）："阅读促进写作"中文第二语言教学法研究－提升香港非华语学生实用文阅读与写作能力，《教育学报》，46(1)，165-182。

孙德华（2007）：国内小学识字法在对外汉字教学中的应用，《语文学刊：基础教育版》，6，114-117。

香港课程发展议会（2008）：《中国语文课程补充指引（非华语学生）》，香港，政府物流服　署。

香港融乐会（2018）：《香港少数族裔学生的中文学与教：全面评鉴二零零六年至二零一六年》，香港，香港融乐会。

谢锡金、黄敏滢和罗嘉怡（2012）：小学非华语学生分层阅读教学个案，辑于谢锡金、祁永华、岑绍基编《非华语学生的中文学与教：课程、教材、教法与评估》，（页57-68），香港，香港大学出版社。

谢锡金、李浚龙和罗嘉怡（2012）：分层阅读教法：中学个案，辑于谢锡金、祁永华、岑绍基编《非华语学生的中文学与教：课程、教材、教法与评估》，（页47-56），香港，香港大学出版社。

Chou, P. (2015). 香港南亚少数族裔小学生的汉语阅读和朗读. *Chinese as a Second Language Research, 4*(1), 113-136。

研究以七巧板活動提高非華語學生學習中文的興趣的初探

李潔芳、容運珊

香港大學專業進修學院

摘要

很多在港升學的非華語學生對於學習中文欠缺興趣，中文教師需要透過一系列富有趣味的學習活動，才能激發他們自主學習中文的動力。研究指出七巧板繪本教學能有助提升學生學習語文科目的動機，透過繪本故事內容的引導，並搭配各種造型的七巧板與故事結合，能夠有效啟發學生學習創作的興趣。

本文參考前賢學者的研究成果，以摺紙製作成多套七巧板，嘗試在不同年級的非華語學生中文課堂上進行試教，讓學生根據範本或自行移動部分的板子，繼而拼成不同人物的動態、動物、物體及日常用品等。根據七巧板的成品，讓非華語學生練習說話、辨認字詞和進行創作短文，藉以強化他們的口頭和書面表達能力，同時提升他們學習中文的興趣。

關鍵詞：非華語學生　學習中文　七巧板　興趣

A Preliminary Study on Using Tangram Activity to Enhance the Interest of Non-Chinese Speaking Students in Learning Chinese

LEE, Kit Fong

YUNG, Wan Shan

HKU School of Professional and Continuing Education

Abstract

Many Non-Chinese Speaking (NCS) students studying in Hong Kong are not interested in learning Chinese. Chinese teachers need a series of interesting learning activities to motivate those students to learn Chinese on their own. Some researchers pointed out that the teaching of tangram picture books could help enhance students' motivation in learning Chinese. Through the guidance of the story content of picture books and the combination of various shapes of tangram and story, it can effectively inspire students' interest in learning language and creation.

Referring to the research results of former scholars, this study made several sets of jigsaw puzzles with origami and tried to teach them in Chinese classes for NCS students of different grades. Students were asked to make different movements of people, animals, and daily objects according to the templates or moving parts of the boards by themselves. Based on the finished products of jigsaw puzzle, NCS students can have more chances to practice their Chinese speaking, identify words and write essays to enhance their oral and written communication skills, as well as their interest in learning Chinese.

Keywords: Non-Chinese Speaking students, learning Chinese, tangrams, interest

一、研究背景

　　香港的非華語學生學習中文一直面對各種各樣的聽說讀寫困難（岑紹基、張燕華、張群英、祁永華和吳秀麗，2012），而由於中文字詞在讀音、字形、字義上的繁多和複雜，前線教師面對非華語學生學習中文第二語言時缺乏足夠的經驗，在教學上不得其法（岑紹基和廖劍雲，2014），更導致非華語學生對於學習中文欠缺動機和興趣，從而打擊他們學習中文的成效。雖然香港的社福界和學術界都十分關注非華語學生學習中文的各項支援，嘗試研發出不同的教學策略、教學材料、評估工具等，但是仍有不少前線教師反映非華語學生對於學習中文不感興趣。而一旦學生失去學習中文的興趣和動機，那麼不管教師所準備的教材、教學法如何引人入勝，學生都不樂意參與，導致課堂的教學成效往往都是事倍功半。

　　研究者主要從事中文第二語言教學和研究（張群英、李潔芳、叢鐵華和岑紹基，2012；岑紹基、叢鐵華、張群英和李潔芳，2012），近年來特別留意到很多非華語學生對於世界的認知、中文知識的學習都是透過感官而形成，尤其透過動手操作，則更能啟發其學習興趣並且深化學習，因為動手操作在學生學習和思考過程中發揮十分關鍵的作用。有見及此，研究者多年來一直致力研發有關提高非華語學生學習中文興趣的教學活動和教學遊戲，希望透過互動性高、趣味性強的遊戲活動，先帶動學生的學習興趣，然後在參與遊戲活動的過程中，引導學生學習與他們的日常生活息息相關的實用中文知識，這樣方能令他們降低對於學習中文的恐懼感和抗拒感。研究者過去十年間一直致力鑽研如何把摺紙應用在非華語學生的中文課堂上，發現成效不俗（李潔芳、戴忠沛和容運珊，2018），很多前線教師和非華語學生都表示透過摺紙學中文是很有趣、有效的學習中文的方法，並能啟發學生的創意，提高創造力和中文表達能力。

　　過去多年在課堂與學生做摺紙，都是大部分學生都喜歡的活動。摺紙時，要集中精神，按指示一步步摺，雙手、眼睛和大腦都要發揮作用。即使是「對摺」，也有分「對角摺」、「對邊摺」、「中間摺」，更要分辨是「虛線」還是「實線」。學生只有掌握到這些小技巧，才能進行更有難度的摺紙作品。遇到問題時，若沒有人示範或引導，這就是摺紙困難的原因。考慮到近期未能在課堂親自教學生把一張色紙摺成一個特定的作品，要學生單獨解讀圖示，可不是容易的事。

　　在準備參加 2021 年 12 月「第十屆華文教學國際論壇」的時候，想到我們近來因疫情關係而未能有實體課，已經缺少了摺紙活動實踐的機會。所以想到是否可以加上一個新的計劃，做七巧板的活動呢？

在參考過往研究成果的基礎上，研究者發現七巧板與摺紙都是能夠透過圖形的視覺方式讓非華語學生體會學習中文的新鮮感，而透過親手製作七巧板紙藝，並把不同的七巧板圖案拼成不同的圖形組合，能夠展現出不同的動物、數字、物件、英文字母、漢字等的圖案，學生也能從中學習和辨認漢字的字形。再加上學生透過製作七巧板，在七巧板作品上發揮創意，拼湊不同的圖案，並在圖案上寫下或精簡、或詳細的文字，則既能發揮他們的想像力和創造力，也能強化他們對於中文詞句的寫作能力。

二、有關七巧板的簡介和研究資料

在學習的過程中，學生用感官學習外界的事物，無論他們用哪種方式展現創造力和思考力，都需要透過觸摸和操作合適的工具以增進身體大肌肉和小肌肉的活動技巧，而好玩益智的遊戲玩具則滿足他們的學習要求，七巧板更是眾多玩具中的佼佼者。

七巧板是由七塊板子所組合而成的一種益智拼圖，其中包括了五個三角形、一個正方形和一個平行四邊形。用這幾個簡單的板子，卻可以拼湊和組合成千變萬化的各類圖形。而七巧板不光是可以用木質材料製成，其實運用紙板或者顏色紙都能製作出來（姜敏琳，2011），所以七巧板不但取材方便、製作簡易，而且變化多端、益智有趣，實在是極具創意、老少咸宜的遊戲及教學工具。

七巧板的特點之一是它的科學分割方式：把一塊正方形圖板，分切成兩個大三角形、兩個小三角形、一個中三角形、一個平行四邊形和一個正方形。所有三角形都是直角等腰三角形，每個三角形的兩個銳角都是半直角（45°）。整副七巧板中共有八個矩形，或十六個小直角三角形。它的七個板塊有嚴格而巧妙的比例關係。巧妙之處，在於所有圖板都可以相互組合，分別構成與其他大小形狀相同的圖板，也就是説可以合分、相互借用和代替，大大增加了七巧板的變化與藝術造型的能力（姜敏琳，2011）。而透過這七塊簡單的板子，可以組合成包括星象、舟車、樂舞、衣飾、山石、百物、幾何圖形、字母、數目字、符號等不同圖案。而無論七巧板的形態如何推陳出新、變幻莫測，其簡單的圖形結構卻始終保持其原本的七塊板子，全在乎使用者充分發揮創意和想像力，將其靈活拼湊和組合。

有關七巧板應用在教學上的研究，早於 1996 年，美國印第安納州的幼兒教育學家瓦萊里‧瑪琦（Marsh）曾出版一本介紹他利用七巧板向孩子們講故事的書（Story Puzzles: Tales in the Tangram）。為了使形象更加生動活潑，他用一

副標準七巧板，加上一副自己設計的「六巧板」向孩子介紹民間故事和有關科學知識的故事（吳鶴齡，2004；姜敏琳，2011），能有效啟發孩子對故事和科學知識的想像力和創造力。

　　而在亞洲地區，七巧板主要是應用在數學科的分數教學、平面幾何、周長與面積和畢氏定理證明。例如何鳳珠（2004）就曾探討運用七巧板在小學六年級學生中以發展學生的分數基準化能力，研究結果肯定了七巧板在提升學生的分數基準化能力的成效，並可類化到一般圖形題。在七巧板教學的實施歷程中，學童分數基準化能力愈趨於穩固，七巧板愈能協助發展出「尋找兩量關係策略」的能力，並引起學生的學習興趣，強化基準量的概念，有助於抽象概念的澄清（姜敏琳，2011）。而吳鶴齡（2004）也曾應用七巧板在智力測驗、商業活動和傳達信息等方面，黃志敘（2005）則應用七巧板在小學六年級學生數學分數教學之研究等，均見成效。

　　如果在網上搜尋在台灣及更多在外國英語系及西班牙語系的學校，不難發現亦有應用七巧板學幾何數學科，更有用在繪本上，詳見圖1。

圖1：手冊及繪本封面

　　香港郵局所發行的郵票也曾用上了七巧板。1975年7月31日香港發行《香港節日》的郵票，以七巧板製作成中秋花燈；1994年《香港承辦的第三十五屆國際數學奧林匹克會標》，就用了七巧板拼成一條乘風破浪的帆船；2009年《香港第二十三屆亞洲國際郵票展覽》，利用七巧板展示不同動作的郵票。最近，2021年《禮行天下短片創作比賽》亦用了七巧板演示兩人互相敬禮的廣告，詳見圖2。

圖 2：七巧板郵票及比賽廣告

　　如上提及，研究者透過在網上搜尋七巧板資料，了解到不少國家和地區除了把七巧板作為孩子的玩具之外，當地學者更鼓勵不同的學校應用七巧板在培養孩子的**數學邏輯能力**，幫助他們更好地理解數學上圖形的概念。可見，由於七巧板能拼湊成上千種圖形，因此可以幫助孩子有創新的能力。

　　綜合前賢學者對於七巧板諸多用途的研究成果，可以看出七巧板不光是益智有趣的遊戲玩具，更是具有啟發思考和創意的教育工具。因此，研究者希望能參考過往學者所做的研究，嘗試將七巧板應用在香港非華語學生的中文課堂上，結合課堂觀察、學生作品分析和師生課後反思意見等，探討七巧板是否有助提高學生學習中文的興趣和能力。

三、研究者過往對七巧板的應用經驗

　　為了準備本次的七巧板研究，研究者特別搜集了過往曾做過的有關七巧板應用在中文教學的資料，並透過各種途徑搜尋有關七巧板應用的相關研究活動。現論述如下：

3.1　研究者的應用經驗（一）

　　研究者在澳洲公立學校教第二語言中文學習其中的一個主題單元「我們小息時在操場上的活動」，曾教學生利用七巧板去顯示他們小息時在操場上不同的活動。不同組別的學生們都興高采烈地組合，成功做好作品後，到課堂前展示作品及作口頭匯報，整個單元完成後，貼在壁報板上，讓大家欣賞。詳見圖 3。

圖 3：七巧板單元 -「我們小息時在操場上的活動」

3.2 研究者的應用經驗（二）：

在香港大學教育學院中文教育研究中心，教不同學校的非華語學生的時候，亦有在摺紙活動同時加入七巧板活動的對比，亦是非常受歡迎，詳見圖 4。

圖 4：摺紙與七巧板

根據以上的資料，不難發現七巧板不單能用作數學及語文教學活動，以及用作封面及繪本的插圖，還可以是郵票及廣告的圖案，對於啟發學生的創新能力和學習能力均有裨益。因此，本文嘗試透過把七巧板活動應用在非華語學生的中文課堂上，探討這種互動性強、趣味性高的遊戲活動能否有助提高學生學習中文的興趣，提高他們的創造力和中文寫作能力。

四、研究對象

本次研究選定在香港大學專業進修學院由教育局資助的「課後非華語學生學習中文計劃」課後班的中、小學班的學生，並旁及該計劃的家長工作坊及家長教育講座的參加者所帶同孩子的特別活動。

五、研究設計

5.1 研究所用的材料：

七巧板示例圖，包括有人物不同的活動、0-9 數目字、26 個英文字母、不同的動物、多種物體、七巧板組成的正方形、七巧板組成的三角形。另有五個小盒，分別裝上已剪好的大、中、小直角三角形、正方形及平行四邊形，給學生用作拼拼湊湊七巧板成品，詳見圖 5。

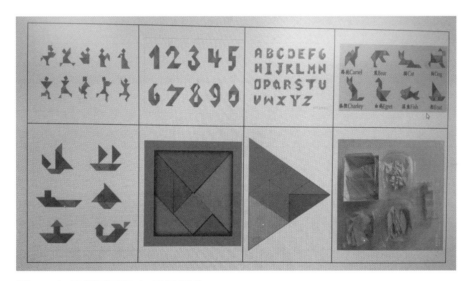

圖 5：七巧板圖示及七巧板組件

六、研究方法

6.1 課堂實地觀察和試教

在與學生進行七巧板活動的過程，先讓學生認識到七巧板的組成，其實很簡單：由七塊板組成，包括兩塊小型三角形、一塊中型三角形和兩塊大型三角形、一塊正方形和一塊平行四邊形。而七巧板在很多地方都流行，大概就是源於它結構簡單、操作簡便，學生可以根據示例組成一個簡單的圖形，亦鼓勵學生自創排

組圖形。讓他們隨心創作拼出自己想要的圖案。這個活動加強了他們嘗試用七巧板創作的信心及成就感。最後請他們匯報及展示自己的拼圖，同時根據自己的拼圖說一句話。

6.1.1 小學組學生

首先在白板貼上多張七巧板圖示，隨即向學生介紹了七巧板的操作，邀請個別學生試做一些圖示的拼圖。對於最初的幾個形狀，需要和學生一塊一塊地拼圖。有時必須翻轉或旋轉組件才能放在正確的位置。之後，分發每人一套七巧板組件：包括兩塊小型三角形、一塊中型三角形和兩塊大型三角形、一塊正方形和一塊平行四邊形和一張白紙。引導學生嘗試擺放這些組件，過程中是「引導」而非「主導」，學生依圖示來排成一種或移動部分七巧板的組件，自行調整角度，就會形成新的圖形，有部分學生更要求寫上圖形的中文名稱或寫上句子3，詳見圖6。

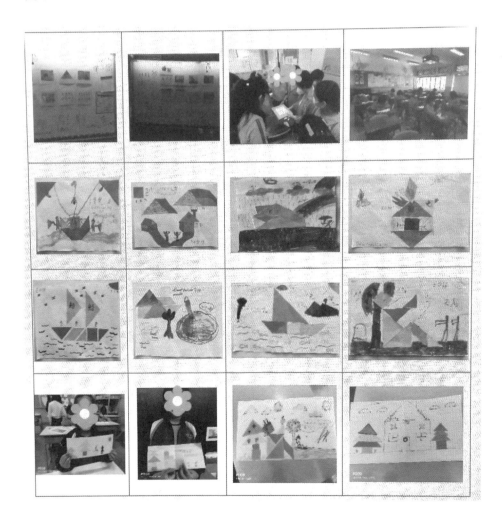

圖 6：小學組學生的活動及成品

6.1.2 中學組學生

　　研究者派給每個學生一張正方形彩色紙，先留心觀看示範，跟步驟把正方形紙摺成七塊板塊，詳見圖 7。之後，學生跟着研究者順序摺出七巧板，再剪出七塊板塊，一套實用的七巧板就完成了！然後學生再用多張正方形的彩色紙製作更多套件來創作自己的作品及寫句子或設計成一本小書，再到課堂前進行匯報，詳見圖 8。

圖 7：七巧板切割圖

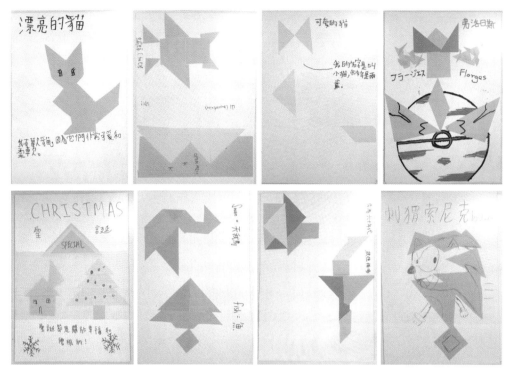

圖 8：中學組學生的成品

6.1.3 家長工作坊及家長教育講座的參加者

當天參加講座的家長們在講堂聽嘉賓講者，講述不同的主題，讓少數族裔家長們獲得更多資訊，如何鼓勵自己及子女學好中文，以便升學就業，融入社區生活。同一時間孩子在講堂外面參與多個不同的活動，製作七巧板作品是其中的一項。孩子們亦製作到漂亮的作品，並高高興興地給家長欣賞！詳見圖 9。

圖 9：講座參加者帶同孩子的特別活動

6.2 教學後的師生反思意見

研究者在完成每一次的試教之後，均邀請有份參與協作教學的老師進行觀課的反思，主要是希望從教師的角度來評估本次七巧板的教學研究實施在中文課堂上的成效、學生的課堂表現和反應等。而針對學生的反思意見，研究者主要是希望了解學生對於參與本次七巧板教學所學到的知識和技能，以及對於參與本次教學研究的感受等。

七、研究結果

7.1 學生作品分析

為了深入分析中學組和小學組學生的作品情況，研究者特別抽取了其中四位學生（包括了兩位小學生和兩位中學生）的作品作為舉例：

7.1.1 小學組學生作品舉隅（學生 A）

學生 A   學生 B

圖 10：小學組學生 A 及學生 B 的成品

從以上的小學組學生 A 的七巧板成品可以看出，他能善用七巧板的大小三角形和正方形的圖案，並用它們來拼湊、組合成一幅有關保護環境的圖片。從作品的左邊可見，他利用了三個大的三角形組合成樹木的枝葉，而樹幹則由一個正方形和兩個三角形拼湊而成，顯示了學生 A 善於發揮想像力，將樹木的形狀用七巧板的各種圖案呈現出來。這幅作品一方面展示了這幅圖畫希望宣傳愛護環境的訊息，另一方面也可以看出學生透過製作七巧板圖畫作品，將自己心中對於環保的理念用圖畫和文字表現出來，既發揮了想像力，也展現了圖文結合的創造力。

7.1.2 小學組學生作品舉隅（學生 B）

從以上的小學組學生 B 的七巧板成品可以看到，他用七巧板的三個三角形和一個正方形圖案組合成一顆大樹，並在大樹的旁邊寫上「這是一棵大樹」。另外，他也運用兩個三角形圖案拼成兩個草地的模樣，並用自己的圖畫一直延伸畫出更多的草地，同時在草地的位置也加上了「草地」二字以資識別。而除了七巧板的組合之外，學生 B 還在自己的作品中特別加入了很多自己的創意繪圖，例如他用鉛筆繪畫了不同的七巧板圖案，加上彩色，以顯示人物和小狗一起玩球的情景，

並在人物、小狗和球的旁邊分別加上「一個人」、「一隻小狗」、「球」等字詞；
而在大樹的附近，學生 B 也繪畫了一個太陽，並寫上「太陽」二字。作品呈現
了一幅有關人和小狗在陽光普照的草地上追逐嬉戲的畫面，營造了一種歡樂和諧
的、人與動物愉快玩樂的祥和氣氛。

7.1.3 中學組學生作品舉隅（學生 C）

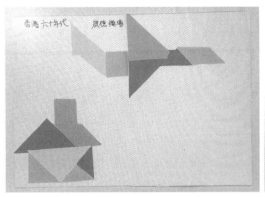 

A 圖   B 圖

圖 11：中學組學生 C 的成品

　　從以上的中學組學生 C 的七巧板成品可以看到，他用七巧板的不同圖案拼湊
成兩幅不同的圖畫，配以詳細的文字解說，充分突顯了他所描述的有關香港六十
年代人民的生活情景和地方特色。在 A 圖中，學生 C 用不同的七巧板圖案組合
成兩個極具特色的圖畫，分別是一架飛機以及一間房屋。學生 C 用文字寫出了這
是有關香港 60 年代的啟德機場的情景，用七巧板圖案實現了自己對當時的機場
環境特徵的構想。

　　而在 B 圖中，學生 C 則巧妙地運用不同圖案的七巧板來組合成一個人物和
一隻動物的模樣，展現豐富的創造力。他用文字寫到：「指出 60 年代香港小朋
友與他們的寵物一起玩，因當年沒有電子產品，所以與寵物一起玩，都是娛樂的
一部分。」透過這段文字，我們可以看出學生 C 對於 60 年代香港小朋友的生活
情景的深刻思考，他認為當時因為沒有較多的電子產品，所以小朋友會把注意力
更多地投放在自己所養的寵物身上，常常帶著自己的寵物去玩，隱隱帶出了他感
慨現今世代的小朋友喜愛用電腦、玩手機等電子產品，反而失去了與寵物玩樂的
美好時光。

7.1.4 中學組學生作品舉隅（學生 D）

 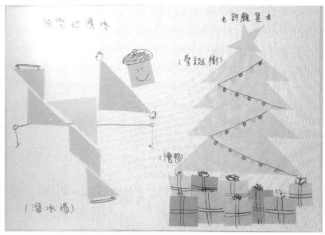

A 圖　　　　　　　　　　　　　　　　B 圖

圖 12：中學組學生 D 的成品

　　從以上的中學組學生 D 的七巧板成品可以看到，他用七巧板的不同圖案拼湊成兩幅慶祝聖誕節的圖畫，配以扼要的文字解說，營造了溫馨的歡度佳節的氛圍。在 A 圖中，學生 D 用大小不同的三角形、正方形和長方形圖案組合成一間有着煙囪的房屋，以及一棵掛滿彩燈裝飾的聖誕樹，營造了歡樂祥和的節日氣氛。而學生 D 更在作品的下方加上了「聖誕節是關於幸福和禮物的」，並繪畫了兩朵可愛的雪花圖案，更加突顯出聖誕節傳達幸福喜樂的節日特色，從中可見學生 D 對於聖誕節的喜愛之情。

　　而在 B 圖中，學生 D 則運用不同圖案的七巧板來拼湊成一個正在愉快溜冰的人，並用文字標示了「溜冰場」的所在地、以及溜冰者在「快樂地滑冰」的動作。另外，在 B 圖的右邊，學生 D 繼續用大小不同的三角形和正方形組合成一棵掛滿彩燈、放滿禮物的聖誕樹，而在聖誕樹的頂端，學生 D 還貼上了一顆金黃色的許願星，令聖誕樹看起來更加漂亮，而聖誕節的歡樂氣氛就更加濃厚了。

7.2　參與本研究的協作教師和學生的反思意見

7.2.1 教師的意見

　　為了深入了解參與本研究的協作教師和學生對研究結果的看法，研究者邀請了其中一位協作教師 Y 老師分享其看法，以下是 Y 老師的具體意見：

　　我覺得這一次的七巧板教學研究很有意思，學生對於製作自己的七巧板作品很投入，展現出很大的學習興趣。我見到他們在課堂上很認真、專心地設計自己的七巧板作品，發揮自己的想像力和創意，他們都好開心，好興奮。而我最欣賞同學的是，他們利用自己七巧板作品，寫出了一些很有意思的文字作為補充，圖文並茂的，所以我覺得這一次七巧板的教學研究還是挺有效的！

　　從 Y 老師的反思意見可見，她認為這一次七巧板教學研究能夠激發非華語學生對於製作七巧板作品和學習中文的興趣，她觀察到學生參與本次教學研究的課堂反應是積極投入的，並充分發揮自己的創造力和想像力，她也肯定了學生所製作出來的七巧板作品和所寫的中文字詞和句子。所以，由 Y 老師的意見可以看出，參與教師對於本次七巧板教學研究的成效持正面的意見。

7.2.2 學生的意見

　　為了深入了解參與本次教學研究的非華語學生對於製作七巧板和學習中文的看法，我們也請參與研究的大部分學生提供一些書面的反思訪談意見，以下是其中一位學生的反思意見：

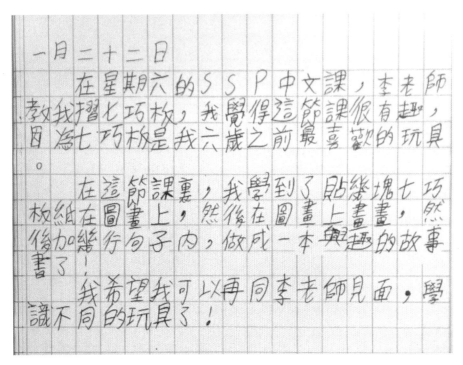

圖 13：參與學生的反思意見

從學生的意見可以看出，他認為本次的七巧板教學研究很有趣，而他透過製作七巧板圖畫，並在圖畫上繼續畫畫和寫句子，最後做成了一本很有趣的故事書，融合了中文學習於七巧板圖畫製作中。由此也可見學生對於參與課堂教學十分感興趣，並從中學到了有用的中文寫作知識。

綜合以上參與教師和學生的反思意見，我們可以進一步肯定本次七巧板教學研究能夠有效提高非華語學生學習中文的興趣，提升創造力和想像力，並提高寫作中文的能力。

八、總結

根據現在的粗略數算七巧板有 1600 多種拼法，其實沒有一個固定的數目，因為七巧板的拼法是隨着我們不斷的創意而增加，可以隨意拼湊出你所設計的圖形，這也是七巧板活動的樂趣所在。在中國內地、台灣地區以及國外將多幅七巧板圖片作為繪本的插圖，説故事給小朋友聽，甚至在國外有學生在舞台上即時排列組合七巧板來表演。

而基於本次教學研究結果，研究者對於應用七巧板在中文課堂上的建議有如下兩點：

1. 適當合理地分配教學時間：研究者發現較多非華語學生對於製作七巧板作品表現出濃厚的興趣，但是學生往往會花較多的時間在設計七巧板作品上，故此建議中文教師需要對中文教學和學生製作七巧板作品的時間作合理適當的分配，以中文教學為主，製作七巧板作品為輔。這樣既能幫助學生掌握有用的中文知識，也能充分發揮自己設計七巧板作品的創造力。

2. 把七巧板教學融入各項活動中：研究者發現非華語學生在參與七巧板設計過程中，對於中文字詞句的寫作展現較大的主動性，願意在七巧板作品上寫下自己所設計的作品的理念，以及解釋作品的特點、講述特別的小故事等。故此建議中文教師在教學時間允許的情況下，嘗試把七巧板教學融匯在各項活動中，充分調動學生的學習主動性，以幫助他們更好地學習中文。

參考文獻

岑紹基和廖劍雲（2014）：促進非華語學生學習漢語 -「閱讀促進學習」結合圖畫書教學初探記敍文寫作記敍文能力的成效，《漢字漢文教育》，33(1)，67-96。

岑紹基、叢鐵華、張群英和李潔芳（2012）：課程設計理念及教材發展，輯錄於叢鐵華、岑紹基、祁永華、張群英編著《香港少數族裔學生學習中文的研究：理念、挑戰與實踐》，（頁 77-97），香港，香港大學出版社。

岑紹基、張燕華、張群英、祁永華和吳秀麗（2012）：香港少數族裔學生學習中文的困難，輯於叢鐵華、岑紹基、祁永華、張群英編《香港少數族裔學生學習中文的研究：理念、挑戰與實踐》，（頁 53-76），香港，香港大學出版社。

何鳳珠（2003）：《國小六年級學童以七巧板發展分數基準化能力之研究》，台灣，國立嘉義大學數學教育研究所碩士論文。

黃志敘（2004）：《七巧板融入小六數學教學之研究～以分數教學為例》，台灣，國立嘉義大學數學教育研究所碩士論文。

姜敏琳（2011）：《「七巧板創意教學方案」對幼兒創造力表現之研究》，台灣，國立臺灣師範大學教育學院創造力發展碩士在職專班碩士論文。

李潔芳、戴忠沛和容運珊（2018）：趣味摺紙與主題教學：探究趣味摺紙活動在非華語學生中文課堂的應用，《國際中文教育學報》，(4)，69-93。

吳鶴齡（2004）：《七巧板、九連環和華容道——中國古典智力遊戲三絕》，北京，科學出版社。

張群英、李潔芳、叢鐵華和岑紹基（2012）：新近到港少數族裔學生學習中文的案例，輯於叢鐵華、岑紹基、祁永華、張群英編《香港少數族裔學生學習中文的研究：理念、挑戰與實踐》，（頁 159-181），香港，香港大學出版社。

Marsh, V. (1996). *Story puzzles: Tales in the tangram tradition*. Alleyside Pr.

香港非華語學生學習中文課程及統一籌辦課程的重要性

彭志全
香港大學專業進修學院

摘要

香港政府一直致力推動多元文化，建立共融社會。近年來，非華語學生人數持續增加，如何為他們提供適切的中文學習支持，幫助他們融入本地社會，持續受到社會各界關注。香港大學教育學院從 2007 年開始承香港教育局託請，開展「非華語學生學習中文支援計劃」（Student Support Programme），計劃於 2018 年由香港大學專業進修學院承辦。計劃通過課後中文支援課程，幫助他們克服中文學習的困難，提升語文能力，以獲得更多的升學機會和更好的就業前景。然政府於 2022-23 學年宣布取消該支援計劃，受影響學校及學生人數眾多。本文將簡述「非華語學生學習中文支援計劃」的內容設計、課程發展、施行情況，並深入探討在香港統一籌辦非華語學習中文課程的重要性，以期為香港非華語學生中文學與教支援的未來發展提供參考。

關鍵詞：非華語學生　中文學習　課程設計　課程發展　統一籌辦

The Importance of Chinese Language Learning Courses for Non-Chinese Speaking Students in Hong Kong and the Coordination of Unified Curriculum

PANG, Chi Chuen

HKU School of Professional and Continuing Education

Abstract

The Hong Kong government has been committed to promoting multiculturalism and building an inclusive society. In recent years, the number of non-Chinese speaking students has continued to increase. Providing appropriate Chinese Language learning support for them to integrate into the local society has been a concern for various sectors of society. The Faculty of Education at the University of Hong Kong has been commissioned by the Education Bureau to implement the "Student Support Programme for Non-Chinese Speaking Students Learning Chinese" since 2007. The programme is now being handled by the HKU School of Professional and Continuing Education and aims to help non-Chinese speaking students overcome the difficulties of learning Chinese through after-school Chinese language support courses, enhance their language proficiency, and obtain more opportunities for further studies and better job prospects. However, the government announced the cancellation of the support programme for the 2022-23 academic year, affecting numerous schools and students. This paper will describe the content design, course development, and implementation of the "Student Support Programme for Non-Chinese Speaking Students Learning Chinese" and explore the importance of unified planning for non-Chinese speaking students learning Chinese in Hong Kong, in order to provide references for the future development of Chinese language learning and teaching support for non-Chinese speaking students in Hong Kong.

Keywords: Non-Chinese speaking students, Chinese language learning, course design, course development, unified planning

一、引言：

　　隨著全球化的發展，語言學習變得越來越重要。香港因其獨特的地位吸引了大量的非華語人士在港生活和工作。因此，香港需要提供適當的中文課程以滿足非華語人士的需求。

　　根據香港中文大學社會工作學系於 2005 年發表的研究指出（香港中文大學社會工作學系，2005），居港南亞裔人士的子女大多入讀收錄差不多全是少數族裔學生的指定學校，其中三分之二的少數族裔人士由於不懂中文所致，而建議學習中文以助減輕歧視問題。因此，香港政府開始就非華語學生學習中文的問題進行多方面的諮詢，並邀請大學機構進行研究及開辦相關課程。

　　其中，香港大學教育學院中文教育研究中心於 2007 年承教育局託請，開展「非華語學生學習中文支援計劃」，為 5 所指定中學的非華語學生提供中文學習的支援。該支援計劃於 2008 至 2022 年期間，為中學非華語學生提供密集式的課後或假期中文補充課程。然政府於 2022-23 學年起，宣布取消該支援計劃，受影響學校及學生人數眾多。

　　研究者自 2016 年起負責統籌「非華語學生學習中文支援計劃」，深感該計劃對社會及非華語學生的學習有其必要性。因此，本文將簡述「非華語學生學習中文支援計劃」的施行情況，並深入探討在香港統一籌辦非華語學習中文課程的重要性。

二、非華語學習中文課程（中文輔導班）的變遷概況：

　　香港大學教育學院中文教育研究中心於 2007 年以投標方式獲得教育局的「支援非華語學生學習中文」項目，向 5 所指定中學[1]的非華語學生提供中文教學支援服務，並開辦「Student Support Programme」（簡稱 SSP）的中文輔導班。該支援項目自 2007 年 4 月展開，並於 2008 年 8 月底完成。在支援非華語學生學習中文的基礎上，中文教育研究中心於 2008 年取得新的兩年合約，繼續支援在港升學的非華語中學生學習中文。該項目於 2008 年 10 月正式展開，並於 2010 年 8 月底完結。

---

[1]　　5 所指定中學是：伊斯蘭脫維善紀念中學、地利亞修女紀念學校（協和）、地利亞修女紀念學校（百老匯）、官立嘉道理爵士中學（西九龍）、伯裘書院。

　　接着，中文教育研究中心在 2010-2012 年和 2012-2014 年間繼續取得中文輔導班，以提供對更多中學的非華語學生支援服務。該支援工作於 2010 年 10 月正式展開，並於 2014 年 8 月底完成。在 2014 年至 2016 年，中心再次取得兩年的中文輔導班的承辦權，並加入了支援小學階段非華語學生、非華語教師工作坊和非華語學生家長工作坊的新條款。

　　2016 年至 2018 年度，中文教育研究中心再度獲得兩年的中文輔導班，以延續對非華語中、小學生學習中文的支援及家長工作坊。於 2016 年 9 月正式展開的支援工作，持續進行直至 2018 年底。

　　「支援非華語學生學習中文」的中文輔導班於 2018 年由香港大學專業進修學院（HKU SPACE）承辦，並於 2018 年 9 月正式展開，以延續對非華語中、小學生的支援及家長工作坊（原教師工作坊由香港大學教育學院中文教育研究中心續辦至今）。2018-2019 年計劃進行順利。到 2019-2020 學年，由於社會事件及疫情關係，原定的教學計劃未能順利如期完成。然而，教育局對 HKU SPACE 計劃工作的認同，因此，再次取得兩年的項目合約，由 2020-2022 年延續支援非華語中、小學生的中文學習及舉行家長工作坊，以鼓勵學生積極參與 SSP 班學好中文，並有更好的升學就業機會。（2007 年至 2022 年度主要設置為非華語學生學習支援中心的參與學校名單參照附錄一）

　　及至 2022-24 年度的中文輔導班安排，在暑假至學期初，教育局表示原有課程會繼續開辦，至 9 月初教育局就 SSP 中文輔導班 2022-24 年度擬定標書公開招標，讓合乎資格大學團隊申請，截止日期為 2022 年 9 月 26 日[2]。至 2022 年

2　　HKU SPACE 亦就標書提交詳盡計劃書，希望繼續申辦計劃，並隨時準備開班事宜。而教育局局方原本負責該項目的組別：「學位安排及支援組」亦回覆表示該課程會持續開辦。直到 2022 年 12 月 30 日學院收到教育局通知，表示取消該計劃："Please be informed that there are changes of requirement owing to service review on the support services for non-Chinese speaking children in learning Chinese after the Tender Closing Time. For the sake of optimising public resources in the public interest, the Bureau recommended cancellation of the captioned tender, which has been approved by the Government Logistics Department Tender Board."（原文摘錄）原因是政府重新調整資源分配。就此事，學院課程主任曾致電教育局專責非華語項目的聯絡人了解此事，負責人劉女士表示現在每一學校，如有非華語學生，都會有「加強支援非華語學生的中文學與教撥款」，學校可就此撥款以校本形式，幫助非華語學生學習中文；此外，並表示由教育局委託大學團隊統一開辦的中文輔導班不會再有。

12 月 30 日學院收到教育局通知取消該課程的標書。自 2007 年香港大學教育學院中文教育研究中心發展至 2018 年轉到香港大學專業進修學院，一直承教育局委託開辦中文輔導班，秉持着對非華語學生的社會責任，對局方的決定深感遺憾。然而，這些日子，收到許多過往合作的學校老師、家長及學生表示，希望能繼續得到學院的支援，所以 HKU SPACE 決定繼續自資開辦中文輔導班。

由於 2022 至 23 學年已過三分之一，再加上需要各自聯絡各中、小學籌辦中文輔導班的事，及至 2 月底，聯結有 8 所中學開辦中文輔導班。（2023 年度開辦中文輔導班的學校名單參照附錄二）

總的來說，中文輔導班的目標是結合專業研究和前線經驗，及時有效地支援非華語學生學好中文，讓學生更快、更全面掌握聽、說、讀、寫和語言應用的能力，取得相關資歷，讓學生有更多的升學機會和更好的就業前景。

三、中文輔導班的課程內容及特色[3]：

1. 中文輔導班計劃簡介：

1.1 非華語學生學習中文支援計劃成員（參照附錄三）；

1.2 「非華語學生學習中文支援中心（CLLSC）」每年 10 月至翌年 8 月在指定地點提供中文輔導班（Student Support Programme，簡稱 SSP），由教育局委辦及資助。該輔導班主要對象為小一至中六的非華語學生[4]，由教育局決定是否接受報名。輔導班的目的是提高非華語學生的

---

3 2021/22 學年中文輔導班 (Student Support Programme) 官方簡介：由教育局委辦及資助的「非華語學生學習中文支援中心」將於 2021 年 10 月至 2022 年 8 月在指定的地點提供中文輔導班 (Student Support Programme，簡稱 SSP)。中文輔導班的主要對象是小一至中六的非華語學生，歡迎有興趣的非華語學生經就讀學校報名參加。取錄與否由教育局決定。開辦輔導班的目的是提升非華語學生的中文能力，幫助他們更快地融入學校生活和學習，也幫助有需要的學生應付中文科公開考試及相關評核。輔導班的教學內容不會取代學校原有的中文課程，也不會代替學生的正常中文課堂時間。輔導班每年度上課時間不超過 120 小時，當中包括校外活動時間。參加該中文輔導班是自願性質，費用全免。條件是獲取錄的同學必須出席期內所有輔導堂和活動，並遵守非華語學生學習中文支援中心的上課規則；例如：請假須書面通知、缺席須提交理由和退出須書面申請等。

4 「非華語學生學習中文支援中心」的對象為公營學校的小一至中六非華語學生。如有剩餘學額，亦歡迎就讀直資學校並已獲學費減免的非華語學童參加。

中文能力，協助他們更快地融入學校生活和學習，同時幫助有需要的學生應付中文科公開考試及相關評核。輔導班的教學內容不會取代原有的中文課程，也不會代替學生的正常中文課堂時間。每年度上課時間不超過 120 小時（每位學生平均上課 60 小時），其中包括戶外學習活動時間。參加該中文輔導班是自願性質，費用全免。報名學生需要出席全期所有輔導堂和活動，遵守非華語學生學習中文支援中心的上課規則。例如：請假須書面通知、缺席須提交理由和退出須書面申請等。課程因應學生不同程度，配合學生需要，因材施教，以照顧學習多樣性。小學分為初小基礎班、初小普通班，高小班；中學分為初中、高中及幫助應付 IGCSE、GCSE、GCE、DSE 等相關公開考試的組別；上課模式以到校為主。2020-21 學年起因受疫情影響，提供網上形式授課；

1.3 在導師資歷方面，必須是教育局要求導師必須具備大學中文本科畢業（如非中文本科畢業，中文科的公開考試成績必須為會考 C 級或以上，或是文憑試第 4 級或以上）。此外，需要擁有教學文憑及一年或以上教授非華語學生中文經驗；

1.4 教授非華語生是一項具有挑戰性的任務，因為課程內的學生來自不同的國家，擁有不同的文化背景和學習經驗。因此，照顧學生的學習差異是必要的，導師需要運用多元的教學策略，因材施教，善用資源，發揮學生的所長，才能達到預期的教學成效。在開課之初，導師會進行班前測，根據學生的學習困難和需求，編制整體教學計劃。導師會針對每節課的主題進行教學規劃，自行準備教材和工作紙，以滿足學生的學習需求。此外，本課程為學生提供一套課程學習檔案，包括學生手冊、筆記簿和文件夾。學生每節課後，將課堂派發的講義和工作紙完成後放回文件夾，導師會審閱和批改。這樣，校方老師和學生家長就可以查閱和瞭解學生的學習進度；

1.5 在開課初，導師會指導學生完成「學生語言背景問卷」，以掌握學生的語言背景和能力進度。學生每節課會在導師指導下，在學生手冊上簡單記錄課堂所學及教學內容；導師亦會按指標評估學生學習表現，及時記錄於學生手冊內。每節課後，學生將課堂發放的講義和工作紙存入「學習歷程檔案」並交給導師。導師會審閱「學習歷程檔案」並進行適當評估。學期結束後，「學習歷程檔案」將交給中心存檔。此舉旨在確保導

師能全面了解學生，並為後續的教學計劃作好準備。在開課前，導師必須提交首個月的教學規劃（Scheme of Work，簡稱 SOW），以確保導師能全面作好計劃，安排教學內容；

1.6 為了測試學生的學習能力，導師需要為學生進行前測和後測。前測在開課後的第三至四節進行，以作為後續課程編排的參考；後測在課程結束前的二至三節進行，以審視學生的整體學習成果。在全期課程結束後，導師需要提交前後測報告，以反映導師如何解決學生學習困難，以及學生在學習過程中的進步情況。

1.7 導師還需要填寫授課當天的教學日誌（Teaching Log），以檢視教學效能，並發展班本課程，以有效照顧學習差異。

2. 為了提高導師的教學能力和專業知識，每月舉辦一次導師培訓會。在一學年共辦 10 次的培訓會中，導師們將學習到中文第二語言教學法理論及實踐、課堂管理、教材分析、教學法教授、教學策略分享、導師小組討論及教學經驗分享等相關知識和技能。

2.1 中文第二語言教學法理論及實踐方面，本課的教學規劃必須根據教育局的「中國語文課程第二語言學習架構」擬定，導師必須熟悉及掌握「二語架構」的要點。就此，特邀請專家講解有關內容，讓導師了解並親身操作；

2.2 課堂管理方面，導師們將學習如何管理學生的學習狀況，確保每個學生都能夠得到足夠的關注和幫助。此外，導師們還將學習如何管理課堂時間，以確保每堂課的教學效果最大化。在疫情期間，上課模式改為以網課為主。對於網課平台技術支援及如何靈活運用網課教學，亦特設有專題講解；

2.3 教材分析方面，導師們將學習如何分析教材，以便更好地理解教材內容，並能夠更有效地教授學生。此外，導師們還將學習如何選擇最適合學生的教材，以滿足學生的學習需求；

2.4 教學法教授方面，導師們將學習各種教學法，包括問題解決法[5]、啟發式教學法[6]、合作學習法[7]、任務型教學法[8]及分層教學法[9]等等。這些教學法將幫助導師們更好地教授學生，以確保學生能夠更好地理解和掌握教材內容；

2.5 教學策略分享方面，導師們將分享自己的教學策略和經驗，以便其他導師們能夠借鑒和學習。這些教學策略和經驗將幫助導師們更好地教授學生，並確保學生能夠更好地學習（關之英，2012）；

2.6 導師小組討論分享，導師們將參加小組討論，討論如何更好地教授學生。這些小組討論將幫助導師們更好地理解學生的學習需求，並能夠更好地滿足這些需求；

2.7 介紹伊斯蘭及其他宗教文化方面，導師們將學習如何介紹伊斯蘭及其他宗教文化，以幫助導師更好地理解這些文化。這些知識將幫助導師們更好地教授學生，並能夠更好地體會學生的學習需求。

3. 為確保課程的質素，課程發展主任會在上學期和下學期到學校（疫情期間為網課）進行觀課，審核導師的教學表現，提供適當的建議，以提高導師的教學水平。在觀課前，課程發展主任會與導師討論該節課的各項教學準備。觀

---

5 問題解決法強調學生的自主學習和合作學習，鼓勵學生思考和創造性地解決問題。可以幫助學生提高批判性思維、創造性思維和解決問題的能力，這些能力在現實生活中都非常重要。

6 通過啓發式教學法，學生可以在積極、探究的學習氛圍中，更加深入地理解知識和技能，培養創新思維和解決問題的能力。

7 合作學習法是一種重視學生互動和合作的教學方法，能夠促進學生對學習主題的深入理解和應用，以及培養重要的社交技能。

8 任務型教學法最著名的是 Bangalore 交際教學實驗。主張通過讓學生完成實際的任務來學習語言，例如在超市購物、預訂機票、參觀博物館等情境中進行交際。這樣的任務具有真實性、功能性和情境性，能夠激發學生的興趣和動機，提高他們的交際能力和語言運用能力。同時，教師也扮演著引導者和監督者的角色，通過觀察和反饋幫助學生提高語言水平。

9 分層教學法會針對不同學生的學習能力和興趣進行分組，採用不同的教學策略和教材，以滿足不同層次學生的需求。通過分層教學法，教師可以更好地滿足不同層次學生的學習需求，幫助學生更好地掌握知識和技能，提高學生的學習成績和自信心。

課當天，課程發展主任會將導師的教學過程重點記錄下來，作為觀課後的回饋依據。在課堂教學時，課程發展主任會與導師協作，提供多方面的支持。觀課後，課程發展主任會先給予正面的鼓勵，表揚導師的教學表現，然後提出適切的建議，以幫助導師改善。觀課報告會分別寄給課程總監和導師參考，以作為紀錄。

4. 為了使中文輔導班的導師教學更順利，同時讓正在接受師訓課程的學生能夠更多地接觸非華語學生，中文輔導班特別設置了教學助理支援計劃。這項計劃與香港大學教育學院和香港教育大學中國語言學系合作。每學年約有 20 多名助教協助 SSP 課程導師，支援教學活動和課堂管理，提高課程質量，加強與大專院校師生的合作，推動教學及文化交流。導師和支援中心負責老師高度評價這項計劃。有了教學助理的協助，導師可以在課堂上設計更多的活動，同時擴大了教學助理的視野。在導師和教學助理的協作下，課堂效率得到了提升。

5. 在本學期的課程結束前兩堂課，學生需填寫「教育局學生回饋問卷」，以了解學生對中文輔導班的意見。

5.1 透過年末的問卷調查，我們發現中、小學生均從 SSP 課程中獲得了收益，其中超過六成學生表示下年度會繼續參與；

5.2 然而，由於新冠疫情的影響，導師和學生的面授課時間大大減少，甚至有些班組從一開始就是網課形式，原本受歡迎的戶外學習活動也因疫情而取消。儘管如此，在中心、導師和參與學校的合作和努力下，SSP 仍然能夠為學生帶來最優質的中文教育。即使只能上網課，透過多元化的網課活動，學生仍然能夠有所收穫——學多了中文字詞，對中文更有興趣，中文閱讀和寫作技能都有所提升，甚至在未能面對面上課的情況下，也能提升中文口語表達能力；

5.3 我們深信導師在其中花了不少心思，也讓學生感受到他們的教學水平——講解和指導清晰，樂意且能夠解答提問，並且能夠照顧學生的學習需求。在本學期開學前，本中心邀請了具備豐富網課教學經驗的本地小學老師來分享上網課的心得，介紹了不同的網上應用程式，如 Kahoot!、Padlet 等平台，增加網課的互動性，其中有多於 10 位學生表示 Kahoot! 也是其中一個最能改善中文的學習工具。我們認為這個網課

前的講座為導師預備了有用的網課教學技巧。導師最常使用的學習活動和工具，也是學生認為最有效的。這與導師在開課前與學生進行的前測有關。透過前測，導師了解到學生的長處和弱點，針對弱點加強訓練，包括「字詞及閱讀練習」、「寫作／造句練習」和「口語練習」，以致學生們都感受到自己學多了中文字詞，中文口語表達能力、寫作技能和閱讀技能都有所提升。

四、中文輔導班的成效與限制：

1. 教育局統一籌辦中文輔導班，報讀課程的學校涵蓋了高、中、低三種濃度。

   1.1 對於高濃度學校，課程的支援模式為到校開設中文輔導班。支援團隊在開辦初期會了解學校教學內容及學生情況，以此設計符合學校需要的支援課程。學校可藉此機會獲得更多資源，發展校本課程。有參加課程的高濃度學校曾經表示，期望能夠與大專院校合作，借助專業團隊的研究能力，發展校本課程、裝備校內教師中文作為二語教學的專業知識；

   1.2 對於中、低濃度學校，課程的支援模式為安排同區學生前往區內支援中心上課。團隊會在收到學校提供的報名表後，綜合學生所屬地區、年齡、語文能力等條件進行分班。因此班級內部差異較學生所屬學校小，導師可更多的照顧到每一名學生。有參加計劃的學校負責老師表示：非華語學生在學校跟隨主流課堂上中文課，老師在課堂上難以兼顧非華語學生的學習差異，而參加中文輔導班後，學生在寫作方面有了明顯提升，能在寫作中分段表述；

   1.3 此外，來自低濃度學校的學生表示，學校統一要求學生參加 DSE 升學考試，學生對文言文的部分感到焦慮。在中學階段的中文輔導班，導師根據班級內部學生程度，於課堂中加入古詩文學習，學生在課後輔導班中有更多機會接觸古詩文，一定程度上降低了非華語學生對於學習文言文的焦慮；

   1.4 疫情之前，支援團隊每學年都會為參加計劃的學生舉辦 1-2 次戶外學習活動，帶領學生走進社區，參觀具代表性的本地景點，體驗本地文化。參加活動的學生均表現積極，大部分學生認為戶外學習活動讓他們看到香港的另一面，開拓了視野；

1.5 除了提供統一的中文課程，支援團隊於 2014 年開始為所有參與計劃的非華語學生家長提供家長工作坊。透過家長工作坊，家長可以具體瞭解中文輔導班的運作及香港的學制，對子女未來升學、就業及早作出規劃。根據問卷調查結果顯示，參加家長工作坊的家長普遍認為講座資訊非常有用。

2. 本課程的限制在於它是一個由教育局資助的課程，學生可以免費參加，但這也在一定程度上影響了學生的積極性。具體表現為學生的出席情況不穩定。在節日和假期前後，大部分學生會因為學校活動或家庭宗教活動而缺席中文輔導班。這意味著學生可能會相隔一至兩週後再回到課堂，這會給導師帶來一些溫習知識的負擔。與在學校不同，中文輔導班每週只有 2.5 小時到 3 小時的上課時間，因此如果花費過多時間在溫習上，將會影響學習的內容。此外，因為沒有學校老師的約束，學生對待課後輔導班的態度較為隨意。在課堂紀律的管理和功課的收繳方面，需要在課程開始前期獲得學校負責老師的配合，以幫助學生端正他們對待課後輔導班的學習態度。

五、結語：回顧與展望：

2020-22 年間，受疫情影響，中文輔導班的推進受到了一定的變數。然而，團隊在過去的一段時間中不斷累積經驗，逐漸建立了與學校保持良好溝通的方式。此外，團隊還能因時制宜，在不同階段推出形式多樣的課外活動或比賽，豐富非華語學生的課餘生活。

團隊所招聘的導師大多是資深教師，同時也有滿懷教學熱誠的年輕導師。導師們積極參與每月一度的導師培訓會，並熱烈討論，互相交流教學心得、推薦網絡軟件，提升教學質量。此外，參與 SSP 計劃的學校老師也曾向團隊表示感謝，認為學生參加計劃後，在寫作上有了極大的提升。

過去一年，SSP 計劃得到許多學校老師的支持與肯定，認為統籌安排的課後支援，能有效幫助學校、家長解決學生課後難以接觸中文的問題。團隊也因此備受鼓舞，希望在今後能繼續為非華語學生提供優質教育，這份社會責任責無旁貸。為此，團隊已經着手編寫一套供非華語小學生使用的教材，並有信心能為教授非華語學生中文的老師提供更多教學資源。

在疫情之下，中文輔導班改以網課進行，學生的出席受種種因素影響導致不穩定。然而，團隊積極與學校老師保持聯繫，跟進學生的表現。團隊相信，當一切復常後，學生能如常出席面授課，與導師能建立更深的關係，出席情況定能有所改善。

對於教育局因資源理由而取消統一籌辦本課程，研究者感到相當遺憾。學期初，已有不少中、小學校老師向學院查詢本課程的報讀資料，並表示有許多非華語學生及家長期待盡早上課。研究者也向教育局查詢開辦情況，局方表示仍會繼續開辦中文輔導班。然而，直到 2022 年底，才收到局方書面回覆取消統一籌辦中文輔導班。局方負責人表示學校可使用政府的資助經費，自行聘請教學人員教導非華語學生，也可以向其他教育機構購買輔導課程。然而，許多學校表示已於學期初把資助資源調動到其他地方，要發展非華語校本中文課程，也非短期內能完成。因此，許多學校感到徬徨。研究者也接到不少非華語家長或學生求助，詢問 SSP 中文輔導班的事。對於教育局的處理方法，研究者認為處理失當，讓非華語學生得不到妥善的照顧。

參考文獻

關之英（2012）：中文作為第二語言：教學誤區與對應教學策略之探究，《中國語文通訊》，91(2)，頁 61-82。

香港中文大學社會工作學系（2005）：《香港種族歧視研究》，香港，香港中文大學社會工作學系。

香港大學教育學院中文教育研究中心：非華語學生學習中文支援中心 https://www.cacler.hku.hk/hk/research/project/ssp-2016-18-provision-of-services-for-running-of-chinese-language-learning-support-centres-for-non-chinese-speaking-ncs，檢索日期：2023.4.6。

香港教育局（2008）：《小學中國語文建議學習重點（試用）》，檢自 https://www.edb.gov.hk/attachment/tc/curriculum-development/kla/chi-edu/pri_chi_lang_lo_web_version.pdf，檢索日期：2023.4.12。

香港教育局（2018）：《教學單元系列（運用第二語言架構）（教師版）》，檢自 https://www.edb.gov.hk/tc/curriculum-development/kla/chi-edu/second-lang/teacher.html，檢索日期：2023.4.17。

香港教育局（2018）：中國語文第二語言學習套系列（附適用層階），檢自 https://www.edb.gov.hk/tc/curriculum-development/kla/chi-edu/second-lang/teacher.html，檢索日期：2023.4.17。

香港教育局（2018）：《中國語文校內評估工具——非華語學生適用》，檢自 https://www.edb.gov.hk/tc/curriculum-development/kla/chi-edu/second-lang/resource.html，檢索日期：2023.4.14。

香港教育局（2019）：《中國語文課程第二語言學習架構》，檢自 https://www.edb.gov.hk/tc/curriculum-development/kla/chi-edu/second-lang/teacher.html，檢索日期：2023.4.11。

香港教育局（2020）：中文作為第二語言的學與教專題文章，檢自 https://www.edb.gov.hk/tc/curriculum-development/kla/chi-edu/second-lang/teacher.html，檢索日期：2023.4.6。

香港教育局（2021）：《中學中國語文建議學習重點（試用）》，檢自 https://www.edb.gov.hk/attachment/tc/curriculum-development/kla/chi-edu/SEC_LO_2021.pdf，檢索日期：2023.4.14。

附錄一、SSP 中文輔導班（2007-2022 年度）參與學校名單 [10]

2007-08 年度

1. 伊斯蘭脫維善紀念中學
2. 地利亞修女紀念學校（協和）
3. 地利亞修女紀念學校（百老匯）
4. 官立嘉道理爵士中學（西九龍）
5. 伯裘書院

2008-09 年度

1. 伯特利中學
2. 地利亞修女紀念學校（百老匯）
3. 地利亞修女紀念學校（協和）
4. 伊斯蘭脫維善紀念中學
5. 培僑書院
6. 官立嘉道理爵士中學（西九龍）
7. 明愛屯門馬登基金中學
8. 香港大學專業進修學院

學生總人數：326 人

2009-10 年度

1. 聖瑪加利女書院
2. 地利亞修女紀念學校（百老匯）
3. 地利亞修女紀念學校（協和）
4. 伯裘書院
5. 明愛屯門馬登基金中學
6. 官立嘉道理爵士中學（西九龍）
7. 佛教筏可紀念中學
8. 伊斯蘭脫維善紀念中學
9. 伯特利中學
10. 地利亞修女紀念學校（協和二中）
11. 鐘聲慈善社胡陳金枝中學
12. 香港大學

學生總人數：410 人

10　主要為在該校設立中心，供本校或其他學校學生上課。

2010-11 年度

1. 地利亞修女紀念學校（協和）

2. 地利亞修女紀念學校（百老匯）

3. 培僑書院

4. 官立嘉道理爵士中學（西九龍）

5. 伊斯蘭脫維善紀念中學

6. 明愛屯門馬登基金中學

7. 聖瑪加利女書院

8. 地利亞修女紀念學校（協和二中）

9. 鐘聲慈善社胡陳金枝中學

10. 聖公會鄧肇堅中學

11. 廠商會蔡章閣中學

學生總人數：482 人

2011-12 年度

1. 地利亞修女紀念學校（協和）

2. 地利亞修女紀念學校（百老匯）

3. 伯裘書院

4. 官立嘉道理爵士中學（西九龍）

5. 明愛屯門馬登基金中學

6. 伯特利中學

7. 聖瑪加利女書院

8. 地利亞修女紀念學校（協和二中）

9. 鐘聲慈善社胡陳金枝中學

10. 聖公會鄧肇堅中學

11. 廠商會蔡章閣中學

12. 香港大學專業進修學院

13. 香港布廠商會朱石麟中學

14. 恩平工商會李琳明中學

學生總人數：636 人

2012-13 年度

1. 地利亞修女紀念學校（百老匯）

2. 伯裘書院

3. 官立嘉道理爵士中學（西九龍）

4. 伊斯蘭脫維善紀念中學

5. 明愛屯門馬登基金中學

6. 天主教慈幼會伍少梅中學

7. 聖瑪加利女書院

8. 佛教筏可紀念中學

9. 路德會呂明才中學

10. 鐘聲慈善社胡陳金枝中學

11. 香港道教聯合會圓玄學院第三中學

12. 香港大學專業進修學院

13. 廠商會蔡章閣中學

14. 地利亞修女紀念學校（協和二中）

15. 香港管理專業協會羅桂祥中學

16. 嗇色園主辦可譽中學暨可譽小學

學生總人數：506 人

2013-14 年度

1. 香港大學專業進修學院

2. 蘇浙公學

3. 港青基信書院

4. 天主教慈幼會伍少梅中學

5. 地利亞修女紀念學校（百老匯）

6. 鐘聲慈善社胡陳金枝中學

7. 明愛屯門馬登基金中學

8. 廠商會蔡章閣中學

9. 伯裘書院

10. 元朗天主教中學

11. 九龍工業學校

12. 天水圍香島中學

13. 官立嘉道理爵士中學（西九龍）

14. 香港管理專業協會李國寶中學

15. 玫瑰崗中學

16. 地利亞修女紀念學校（吉利徑）

17. 香港道教聯合會圓玄學院第三中學

18. 中華基督教會桂華山中學

19. 地利亞修女紀念學校（協和二中）

學生總人數：521 人

2014-15 年度

A. 小學

1. 鐘聲慈善社胡陳金枝中學

2. 宣道會葉紹蔭紀念小學

3. 浸信會沙田圍呂明才小學

4. 油麻地街坊會學校

5. 伊斯蘭鮑伯濤紀念小學

6. 閩僑小學

7. 香港潮商學校

8. 天主教總堂區學校

9. 葛量洪校友會黃埔學校

10. 聖家學校

11. 寶安商會溫浩根小學

12. 佐敦道官立小學

13. 樂善堂梁黃蕙芳紀念學校

B. 中學

1. 香港大學專業進修學院

2. 玫瑰崗中學

3. 明愛胡振中中學

4. 中華基督教會桂華山中學

5. 九龍工業學校

6. 天主教慈幼會伍少梅中學

7. 香港道教聯合會圓玄學院第三中學

8. 鐘聲慈善社胡陳金枝中學

9. 廠商會蔡章閣中學

10. 官立嘉道理爵士中學（西九龍）

11. 元朗天主教中學

學生總人數：837 人

2015-16 年度

A. 小學

1. 香港潮商學校

2. 佛教黃焯菴小學

3. 佐敦道官立小學

4. 油麻地街坊會學校

5. 保良局林文燦英文小學

6. 林村公立黃福鑾紀念學校

7. 中華基督教會方潤華中學

8. 寶安商會溫浩根小學

B. 中學

1. 香港大學專業進修學院

2. 明愛胡振中中學

3. 玫瑰崗中學

4. 中華基督教會桂華山中學

5. 九龍工業學校

6. 香港道教聯合會圓玄學院第三中學

7. 元朗天主教中學

8. 鐘聲慈善社胡陳金枝中學

9. 廠商會蔡章閣中學

10. 伊斯蘭脫維善紀念中學

11. 蘇浙公學

12. 孔聖堂中學

13. 港青基信書院

14. 地利亞修女紀念學校（百老匯）

學生總人數：865 人

2016-17 年度

A. 小學

1. 香港潮商學校

2. 佛教黃鳳翎中學

3. 佐敦道官立小學

4. 油麻地街坊會學校

5. 路德會沙崙學校

6. 深水埗官立小學

7. 樂善堂小學

8. 觀塘官立小學

9. 林村公立黃福鑾紀念學校

10. 中華基督教會方潤華中學

11. 保良局林文燦英文小學

B. 中學

1. 香港大學專業進修學院

2. 玫瑰崗中學

3. 中華基督教會桂華山中學

4. 明愛胡振中中學

5. 嗇色園主辦可譽中學暨可譽小學（小學）

6. 嗇色園主辦可譽中學暨可譽小學（中學）

7. 九龍工業學校

8. 香港道教聯合會圓玄學院第三中學

9. 鐘聲慈善社胡陳金枝中學

10. 廠商會蔡章閣中學

11. 孔聖堂中學

學生總人數：805 人

2017-18 年度

A. 小學

1. 香港潮商學校

2. 油麻地街坊會學校

3. 路德會沙崙學校

4. 深水埗官立小學

5. 樂善堂小學

6. 觀塘官立小學

7. 元朗商會小學

8. 青山天主教小學

9. 林村公立黃福鑾紀念學校

10. 圓玄學院陳國超興德小學

11. 佛教中華康山學校

B. 中學

1. 香港大學專業進修學院

2. 孔聖堂中學

3. 九龍工業學校

4. 香港道教聯合會圓玄學院第三中學

5. 鐘聲慈善社胡陳金枝中學

6. 廠商會蔡章閣中學

7. 明愛胡振中中學

8. 地利亞修女紀念學校（百老匯）

學生總人數：685 人

2018-19 年度

A. 小學

1. 香港潮商學校

2. 佛教中華康山學校

3. 寶安商會溫浩根小學

4. 油麻地街坊會學校

5. 路德會沙崙學校

6. 佐敦道官立小學

7. 樂善堂小學

8. 觀塘官立小學

9. 伊斯蘭鮑伯濤紀念小學

10. 元朗商會小學

11. 元朗朗屏東莞學校

12. 圓玄學院陳國超興德小學

13. 香海正覺蓮社佛教陳式宏學校

14. 青山天主教小學

B. 中學

1. 香港大學專業進修學院（港島）

2. 九龍工業學校

3. 香港大學專業進修學院（九龍灣校區）

4. 香港道教聯合會圓玄學院第三中學

5. 鐘聲慈善社胡陳金枝中學

6. 廠商會蔡章閣中學

學生總人數：806 人

2019-20 年度

A. 小學

1. 香港潮商學校

2. 佛教中華康山學校

3. 寶安商會溫浩根小學

4. 油麻地街坊會學校

5. 路德會沙崙學校

6. 油麻地街坊會學校（校外）

7. 佐敦道官立小學

8. 伊斯蘭鮑伯濤紀念小學

9. 元朗朗屏東莞學校

10. 圓玄學院陳國超興德小學

11. 青山天主教小學

12. 元朗商會小學

13. 觀塘官立小學

14. 香海正覺蓮社佛教陳式宏學校

15. 聖公會聖提摩太小學

B. 中學

1. 北角協同中學

2. 香港道教聯合會圓玄學院第三中學

3. 鐘聲慈善社胡陳金枝中學

4. 港大學專業進修學院（港島）

5. 九龍工業學校

6. 香港大學專業進修學院（九龍灣校區）

學生總人數：726 人

2020-21 年度

A. 小學

1. 香港潮商學校

2. 寶安商會溫浩根小學

3. 油蔴地街坊會學校

4. 慈雲山聖文德天主教小學

5. 佐敦道官立小學

6. 圓玄學院陳國超興德小學

7. 青山天主教小學

8. 元朗商會小學

9. 觀塘官立小學

10. 佛教中華康山學校

11. 路德會沙崙學校

12. 耀山學校

13. 聖公會基榮小學

14. 元朗商會小學

15. 元朗朗屏邨東莞學校

16. 三水同鄉會禤景榮學校

B. 中學

1. 香港大學專業進修學院（北角教學中心）

2. 香港大學專業進修學院（金鐘統一中心）

3. 香港大學專業進修學院（金鐘海富中心）

4. 鐘聲慈善社胡陳金枝中學

5. 九龍工業學校

6. 香港大學專業進修學院（九龍灣校區）

7. 北角協同中學

8. 香港道教聯合會圓玄學院第三中學

學生總人數：832 人

2021-22 年度

A. 小學

1. 香港潮商學校

2. 聖公會聖馬太小學

3. 佛教中華康山學校

4. 慈雲山聖文德天主教小學

5. 佐敦道官立小學

6. 油蔴地街坊會學校

7. 路德會沙崙學校

8. 觀塘官立小學

9. 青山天主教小學

10. 香海正覺蓮社佛教陳式宏學校

11. 元朗商會小學

12. 元朗朗屏邨東莞學校

13. 培基小學

14. 香港道教聯合會圓玄學院石圍角小學

15. 東莞同鄉會方樹泉學校

16. 圓玄學院陳國超興德小學

17. 香港學生輔助會小學

18. 中華基督教會協和小學（長沙灣）

19. 天主教領島學校

B. 中學

1. 香港大學專業進修學院（北角）

2. 伊利沙伯中學

3. 香港大學專業進修學院（九龍灣）

4. 北角協同中學

5. 香港道教聯合會圓玄學院第三中學

6. 佛教葉紀南紀念中學

7. 香港教育工作者聯會黃楚標中學

8. 鐘聲慈善社胡陳金枝中學

9. 香港大學專業進修學院（金鐘）

學生總人數：791 人

附錄二、2022-23 年度（自資營辦）

1. 瑪利曼中學：共 15 人開 2 班

2. 官立嘉道理爵士中學：其 26 人開 2 班

3. 香港大學專業進修學院（九龍灣）：11 人開 1 班

4. 道教聯合會圓玄學院第三中學：45 人開 3 班

學生總人數：97 人、8 班

附錄三：非華語學生學習中文支援計劃成員

香港大學中文教育研究中心非華語學生學習中文支援計劃成員（2007-2018）	
Year	Team Leader and Team Members
2007-08	Details of Team Leader Name: Dr Tsung Tie Hua, Linda(HKU) Details of Team Members Dr. Shum Shiu Kee, Mark (HKU) Dr. Chung Albert L.S. (HKU) Dr. Cheung Wai Ming (HKU) Prof. Tse Shek Kam (HKU) Mr. Ki Wing Wah (HKU) Mr. Lau Chung Chee, Eddie (HKU) Ms. Chou, Priscilla W.Y. (HKU) Mr. Wang Xiaoping (ESF) Ms. Liu Ran (ESF) Ms. Cheung Ching, Daisy (ESF) Mr. Li Chun Lung (St. Margret's Co-ed. English Secondary & Primary School) Ms. Lee Kit Fong
2008-10	Details of Team Leader Name: Dr. Shum Shiu Kee, Mark (HKU) Details of Team Members Prof. Tse Shek Kam (HKU) Dr. Cheung Wai Ming (HKU) Dr. Ki Wing Wah (HKU) Mr. Lau Chung Chee, Eddie (HKU) Ms. Lee Kit Fong (HKU) Ms. Ita Lam (ESF) Mr. Li, C.L. (St. Margret's Co-ed. English Secondary & Primary School) Ms. Sung Man Chun

2010-12	Details of Team Leader Name: Dr.Shum Shiu Kee, Mark (HKU) Details of Team Members Dr. Ki Wing Wah (HKU) Prof. Tse Shek Kam (HKU) Dr. Zhang Bennan (HKU) Dr. Lai Chun (HKU) Dr. Tsung Tie Hua, Linda (University of Sydney) Ms. Poon Wan Man, Ada (HKU) Ms. Ita Lam (English Schools Foundation) Ms. Lau Kwok Ling (English Schools Foundation) Mr. Lau Chung Chee, Eddie (HKU) Ms. Lee Kit Fong (HKU) Mr. Chan Wai Man (HKU) Mr. Cheung Wah Man
2012-14	Details of Team Leader Name: Dr. Shum Shiu Kee, Mark (HKU) Details of Team Members Dr. Ki Wing Wah (HKU) Prof. Tse Shek Kam (HKU) Dr. Zhang Bennan (HKU) Dr. Lai Chun (HKU) Dr. Tai Chung Pui (HKU) Ms. Poon Wan Man, Ada (HKU) Ms. Ita Lam (English Schools Foundation) Ms. Lau Kwok Ling (English Schools Foundation) Mr. Lau Chung Chee, Eddie (HKU) Ms. Lee Kit Fong (HKU) Mr. Chan Wai Man (HKU) Mr. Cheung Wah Man

2014-16	Details of Team Leader Name: Dr. Shum Shiu Kee, Mark (HKU) Details of Team Members Dr. Ki Wing Wah (HKU) Prof. Tse Shek Kam (HKU) Dr. Zhang Bennan (HKU) Dr. Lai Chun (HKU) Dr. Tai Chung Pui (HKU) Ms. Poon Wan Man, Ada (HKU) Mr. Lam Tung Fei (HKU) Mr. Lau Chung Chee, Eddie (HKU) Ms. Lee Kit Fong Mr. Cheung Wah Man
2016-18	Details of Team Leader Name: Dr. Tai Chung Pui (HKU) Details of Team Members Dr. Shum Shiu Kee, Mark (HKU) Dr. Ki Wing Wah (HKU) Dr. Huang Xian Han, Yvonne (HKU) Dr. Lai Chun (HKU) Ms. Poon Wan Man, Ada (HKU) Prof. Tse Shek Kam (HKU) Mr. Pang Chi Chuen Ms. Lee Kit Fong Ms. Sung Siu Ping Dr. Yung Wan Shan Mr. Cheung Wah Man

香港大學專業進修學院非華語學生學習中文支援計劃成員（2018-2022）	
2018-2020	Details of Team Leader Name: Mr. Pang Chi Chuen (HKU SPACE) Details of Team Members Mr. Tan Tack Ki Ms. Lee Kit Fong Ms. Check Kit Ying
2020-2022	Details of Team Leader Name: Mr. Pang Chi Chuen (HKU SPACE) Details of Team Members Ms. Lee Kit Fong Ms. Check Kit Ying (quit in February 2021) Ms. Lui Yan Tung (quit in June 2021) Mr. Li Wei Je (join in February 2021) Dr. Yung Wan Shan (join in June 2021)

運用可預測性圖畫書提升非華語幼兒閱讀興趣之教學研究

劉雪沁

香港教育大學

摘要

本研究旨在探討運用可預測性圖畫書（predictable books），結合「任務型語言教學法（task-based language teaching）」對提升非華語幼兒閱讀興趣之教學研究。採用設計研究法（design-based research），以香港一所本地非牟利幼稚園為例，選取高班（K3）4 位非華語幼兒為研究對象，蒐集資料包括：教室觀察、幼兒說故事錄音、幼兒圖文創作及協同教師訪談等。研究結果如下：

1. 透過可預測性圖畫書及「任務型語言教學法」的實施，能有效提升非華語幼兒的閱讀興趣及增進幼兒對故事結構的理解能力。

2. 透過任務的執行，非華語幼兒對圖畫中插圖的觀察更敏銳，在個人表達的語句中減少了英文用詞，表現出對中文的學習興趣。

3. 透過任務後幼兒圖文表達的作品，有效的促進了非華語幼兒更容易理解中文、表達中文。

關鍵詞：非華語幼兒　可預測性圖畫書　任務型語言教學法

Teaching Research on Using Predictable Picture books to Enhance Non-Chinese Speaking Children's Reading Interest

LAU, Suet Tsam

The Education University of Hong Kong

Abstract

The purpose of this research is to explore the use of predictable books combined with "Take-based Language Teaching" to enhance the interest of non-Chinese speaking children in reading. Using Design-based research and taking a local non-profit-making kindergarten in Hong Kong as an example, four non-Chinese speaking children in the senior class (K3) were selected as the research subjects. The collected data included classroom observations, recordings of children's storytelling, children's graphic creation, collaborative teacher interviews, etc. The results of the study are as follows:

1. Through the implementation of predictable picture books and the "task-based language teaching method", it can effectively enhance the reading interest of non-Chinese speaking children and enhance the children's ability to understand the structure of the story.

2. Through the execution of tasks, non-Chinese-speaking children can observe the illustrations in pictures more acutely, reduce the use of English words in their personal expressions, and show their interest in learning Chinese.

3. Through the works expressed in pictures and texts by the children after the task, it has effectively promoted the non-Chinese speaking children to understand and express Chinese more easily.

Keywords: non-Chinese speaking children (NCS), predictable picture book, task-based language teaching method

一、研究動機及目的

　　香港的語言學習環境十分豐富，因為幼兒需要學習的語文元素很多，語言學習的先後次序應以幼兒的家庭語言為先，然後才伸展至其他語言（謝錫金，2014）。所以，在香港多元文化與多種語言的教育背景下，本地幼兒與非華語幼兒（non-Chinese speaking (NCS) children）共同享有多樣化的幼稚園教育模式。例如：私立獨立幼稚園、蒙特梭利幼稚園、華德福幼稚園、國際學校（幼稚園）、參加「免費優質幼稚園教育計劃（計劃）」之本地非牟利幼稚園等。事實上，無論幼兒接受哪種類型的幼稚園教育模式，非華語幼兒與本地幼兒都會在同一個教學環境中學習與溝通，一起學習中文（粵語和普通話）。由於非華語幼兒在家庭環境中的交流與溝通缺乏中文語境，使非華語幼兒與本地幼兒語文能力的差距甚遠。因此，對於非華語幼兒學習中文的成效，成為備受關注的教育議題，也是業界不斷探討的問題。

　　從大量的研究發現，圖畫書對幼兒有極大的吸引力，也是幼兒閱讀的重要材料。例如：研究者在幼稚園教學情境中發現，幼兒常常在「閱讀區」翻着圖畫書且喃喃自語，雖然幼兒的識字量有限，但也能享受閱讀的快樂。儘管香港大部分幼稚園採用圖畫書作為主題探索的工具，教師也會透過多元閱讀策略開展主題探索活動，藉多元化的教學活動完成達到學習語言之目標。筆者認為，這樣的學習模式與任務型教學法（task-based language teaching，TBLT）的理念吻合。但對於非華語幼兒透過閱讀可預測性圖畫書（predictable books），分析學習中文或提升閱讀興趣成效的研究實屬缺乏。

　　基於上述之研究動機，本研究旨在探討運用可預測性圖畫書，結合任務型語言教學法，分析非華語幼兒在中文學習及閱讀圖畫書興趣之表現，希望為幼兒老師提供實證性的參考資料。與研究目的對應的研究問題如下：

1. 運用可預測性圖畫書，透過任務型教學法實施閱讀教學的歷程為何？
2. 透過任務的執行，非華語幼兒在閱讀興趣方面之表現為何？

二、文獻探討

　　依據研究目蒐集相關的文獻資料，並加以歸納整理；擬從非華語幼兒學習中文的策略、可預測性圖畫書與閱讀教學的研究、任務型語言教學法三方面的相關理論與研究資料，作為本研究的理論基礎，以便建構合適的研究設計與架構。具體說明如下：

2.1 非華語幼兒學習中文的策略

近年來，對於中文（漢語）作為第二語言教學的基礎研究是學者們越來越重視的領域。例如：陸儉明（2005）將第二語言教學的三個組成部分的概念，較為完整的涵蓋進來，包括：「教什麼」、「怎麼教」、「如何評」的問題。然而，以上觀點雖未將學習者「怎樣學」的研究納入。可是已概括中文作為第二語言教學所必須處理的問題和內容，包括課程教學設計、教學方法、教材編寫理論與實踐、語言測試與評估。

羅嘉怡和謝錫金（2012）則認為，入讀幼稚園後，非華語幼兒學習中文的過程，與華語幼兒學習中文的過程大同小異，都是先從聽說開始，接着認識字詞，積累語感，學習書寫筆劃和一些簡單的部件，然後培養閱讀能力和興趣。

與此同時，香港課程發展議會在 2017 年頒布的《幼稚園教育課程指引》亦指出：

非華語幼兒在入學前或學校以外接觸中文的機會較少，可以透過唱兒歌、聽故事和閱讀繪本等活動能讓非華語幼兒在輕鬆的氣氛下學習中文。教師更可促進幼兒間的相互交流，營造機會讓本地和非華語幼兒一同遊戲，彼此多說、多聽，共同增益。

故此，當非華語幼兒處在特定的語言環境時，透過觀察、聆聽和模仿等策略學習到第二語言（中文），從聆聽指令、遊戲、唱兒歌和閱讀圖畫書的活動中，經過聆聽和模仿的階段，接觸到真實且被理解的語言，學習動機亦在交際活動中亦得到滿足，變成了有意識的學習，逐漸成為非華語幼兒第二語言的自然習得。

2.2 可預測性圖畫書與閱讀教學的研究

對於可預測性圖畫書（predictable books）與語言教學的研究，最早源於歐美國家的母語啟蒙教學，其後逐漸被許多的研究者運用於第二語言的教學研究（Lines，2007）。例如：可預測性圖畫書具有重複的語言結構、可預測的故事內容，以及搭配文字的插圖，十分適合作為幼兒語言啟蒙教材（Goodman，1986；Rhodes，1981）。且由於其故事內容常以兒童的生活經驗為基礎，加上大量重複的詞彙、句型、以及圖畫和文字中的線索。因此，能讓幼兒從中猜測故事接下來的事件、角色等，使幼兒自然而然的學習詞彙、句型及閱讀方法，從中得到成就與樂趣（Clay，1993；林文韵，2006）。故此，研究者認為，可預測性

圖畫書能幫助幼兒從文字中獲得意義、從閱讀中學習理解故事內容及語言功能，亦是培養幼兒閱讀興趣與閱讀行為的重要媒介。

為了幫助教師更好地開展不同類型的早期閱讀活動，周競（2014）曾將幼兒園早期閱讀的內容分為前閱讀、前識字和前書寫三方面，這三方面既相對獨立又相互融合。而前閱讀的核心經驗指的是幼兒以圖畫書為主要閱讀材料，以圖畫為主要閱讀對象，從而獲得圖畫書書內容，形成理解，及獲得意義的過程。即學習閱讀（learn to read），並在閱讀中學習（learn by reading)。

另外，香港課程發展議會（2017）《幼稚園教育課程指引》指出，教師須選擇符合幼兒生活經驗、文字深淺程度適中、有重複句式、情節可供預測的圖書，並運用合適的策略於教學活動中，幫助非華語幼兒愈早接觸中文，愈能盡快建立學習的興趣和信心，並融入本地社群。

綜合以上學者的意見，研究者認為，運用可預測性圖畫書，在非華語幼兒中文作為第二語言的學習，尤其在閱讀理解的教學方面非常重要。相信透過可預測性圖畫書中重複句型和情節的特點，能提升非華語幼兒對故事推論和可預測度，更準確地理解圖畫書書的內容，從而引發非華語幼兒對中文學習及圖畫書閱讀的興趣。

2.3 任務型語言教學法（task-based language teaching）

任務型語言教學法，主要建立在 Piaget 的認知發展理論以及 Vygotsky 的社會文化理論中「最近發展區（zone of proximal development，ZPD）概念。並在「溝通式語言教學法（communicative language teaching，CLT）」的基礎上延伸而來。

隨後，Willis（1996）提出有效的語言學習必須具備接觸（exposure）、運用（use）、動機（motivation）和教學（instruction）四個條件，並歸納出任務型語言教學的三個流程。包括任務前階段（the pre-task phase）、任務中階段（the during-task phase）、任務後階段（the post-task phase）。

具體而言，前任務階段主要透過教師以單詞或短語引入話題，目的是為了幫助學習者，能夠提升語言習得的方式準備執行任務。任務中階段是教學的核心，也稱為任務循環（task cycle），主要以口頭語言輸出為主，又分為任務進行階段、

準備階段和報告階段；教學模式以小組活動為主，教師從旁協助鼓勵幼兒與幼兒之間參與和交流。而任務後階段則以書面語言輸出為主，強調語言聚焦（language focus）包括分析和練習階段，教師可根據學習者不懂或用得不好的語言形式加以說明和練習，達致任務的輸出（書寫報告／閱讀報告）。

同樣的，本港的研究專家亦認為，任務型語言教學法（task-based language teaching），指的是透過以「任務」為中心、相互關聯的教學活動，讓學生在具體的語境下學習語言結構、詞彙或篇章，有目的地使用中文分享信息和解決問題，形成「互動性課堂教學（interactive classroom teaching）」（叢鐵華、祁永華和岑紹基，2012；許守仁和林偉業，2014）。

故此，任務型語言教學法（task-based language teaching）主要以溝通、任務與意義為基本原則，並將「任務」作為語言學習過程的主要活動，強調以能達成溝通功能的任務為主，重視幼兒在實際情境的溝通能力以及課室中的師生互動。換句話說，任務型教學法強調的「任務」，其實就是根據教學內容設計的教學活動，更好地幫助幼兒學習和使用語言溝通與表達。

三、研究方法

基於研究目的對照相關文獻資料，本文擬採用設計研究法（design-based research），此種研究方法最初由 Brown（2007）提出，認為教育研究的目的主要是發展出可以應用在教學實務的理論，並依此理論設計教學方案，進而改進教學，稱之為設計實驗法（design experiment）。另外，為了尊重參與研究對象的私隱，本研究提及的幼兒姓名和機構名稱皆以化名代替。現具體說明如下：

3.1 研究場所

本研究所選取的研究場所位於九龍區的公共屋邨，是基督教會轄下的非牟利幼稚園，亦參與了香港教育局「免費優質幼兒園教育計劃」。以下稱為花花幼稚園。在課程的設置上，嚴格按照香港教育局（2017）《幼稚園教育課程指引》的新要求，採用單元加角落教學，並配合坊間的「認知與生活學習」教材套。在校長的帶領下，以優化「親子閱讀」計劃，為 2020-2021 學年首要關注事項，積極培養幼兒的閱讀興趣。

3.2 研究對象

本研究選取花花幼稚園高班（K3）15 名幼兒，包括 4 位非華語幼兒，也是重點觀察的研究對象，年齡均為 5-6 歲，其中兩個為孿生姊妹（雙胞胎），分別來自巴基斯坦、泰國和尼泊爾。幼兒們都於香港出生，自幼兒班（KI）開始一直在花花幼稚園就讀。由於語言背景相對複雜，幼兒們用中文（粵語）與人溝通表達意見時，常常會夾雜不同語言。例如：烏爾都語、尼泊爾語、英文和泰文。

3.3 可預測性圖畫書的選擇

在可預測性圖畫書的選擇上，研究者主要考慮到教學中發生的問題，及參考相關文獻所提出的建議，依據幼稚園教學單元的主題，並徵得協同老師的意見後，共同選擇了與「食物」主題有關的預測性圖畫書。具體包括：《好餓的毛毛蟲》（艾瑞·卡爾（Eric Carle）著，鄭明進譯，1997）、《我絕對絕對不吃番茄》（蘿倫·柴爾德（Lauren Child）著，賴慈芸譯，2007），《愛吃水果的牛》（湯姆牛，2016）、《大猩猩的麵包店》（白井三香子著，賴秉薇譯，2016），並依此來設計教學活動（圖 3-3.3）。

圖畫書資料	內容概要	選擇原因
《好餓的毛毛蟲》	因為毛毛蟲實在太餓了，於是在樹葉上鑽進鑽出、毛毛蟲忙得不得了，一口接一口、不停地吃各種水果及好味道的甜筒，肥嘟嘟的究竟什麼時候才吃飽？	藉洞洞書的特色，讓幼兒的小指頭模仿毛毛蟲在洞裏鑽進鑽出，把自己想像成毛毛蟲和書互動，從重複的情節中學習簡單的詞彙及句型。
《我絕對絕對不吃番茄》	蘿拉是一個愛挑食的小妹妹，哥哥查理於是想盡辦法，為要完成爸媽交待他照顧蘿拉的責任。但蘿拉不吃綠色的東西，不吃馬鈴薯，不吃紅蘿蔔⋯⋯有一天查理想到一個好辦法。最後竟然還主動要求要吃她最不喜歡吃的「番茄」！	因為故事的內容與許多香港幼兒的生活經驗相契合，而大受老師和父母們歡迎，透過哥哥查理的幫助，使妹妹蘿拉對食物的想像進而改變了偏食的習慣。

	愛吃水果的牛住在一個長滿各種果樹的森林裏，主人每天餵牠各種好吃的水果，有一天，吹來一陣冷風，主人和鄰居都生病了，只有「愛吃水果的牛」沒有生病，究竟發生了甚麼事呢？	幼兒常見的水果名稱，會隨著故事情節的推進而增加，搭配誇張的插圖及人物的表情動作，使幼兒產生共鳴，亦能引發幼兒的閱讀興趣。
	大猩猩在山丘上開了一間麵包店，動物們都被香味吸引過來，但卻因為大猩猩嚇人的外表而不敢購買。後來聰明的大猩猩想到了解決的方法，森林裡的所有動物都喜歡吃牠做的麵包。	故事簡單又有趣，透過重複的語句，引導幼兒與生活經驗連結，讓幼兒預測為何沒人來買大猩猩的麵包？大猩猩又是如何解決問題？

圖 3-3.3

3.4 研究設計

本研究擬探討運用可預測性圖畫書為媒介，對非華語幼兒實施閱讀教學的實驗研究。藉任務型語言教學法的原則，透過任務的不同階段，設計閱讀教學活動（圖 3-3.4a）。

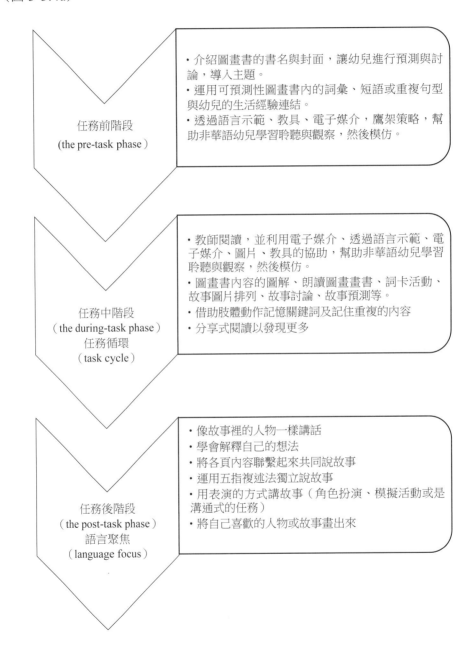

・介紹圖畫書的書名與封面，讓幼兒進行預測與討論，導入主題。
・運用可預測性圖畫書內的詞彙、短語或重複句型與幼兒的生活經驗連結。
・透過語言示範、教具、電子媒介，鷹架策略，幫助非華語幼兒學習聆聽與觀察，然後模仿。

任務前階段
（the pre-task phase）

・教師閱讀，並利用電子媒介、透過語言示範、電子媒介、圖片、教具的協助，幫助非華語幼兒學習聆聽與觀察，然後模仿。
・圖畫書內容的圖解、朗讀圖畫畫書、詞卡活動、故事圖片排列、故事討論、故事預測等。
・借助肢體動作記憶關鍵詞及記住重複的內容
・分享式閱讀以發現更多

任務中階段
（the during-task phase）
任務循環
（task cycle）

・像故事裡的人物一樣講話
・學會解釋自己的想法
・將各頁內容聯繫起來共同說故事
・運用五指複述法獨立說故事
・用表演的方式講故事（角色扮演、模擬活動或是溝通式的任務）
・將自己喜歡的人物或故事畫出來

任務後階段
（the post-task phase）
語言聚焦
（language focus）

圖 3-3.4a

　　由圖 3-3.4a 可知，在研究設計上共分為三個階段。第一階段為任務前階段，在實施閱讀圖畫書課程之前，教師須整理文本資訊並為幼兒建立閱讀之目標，透過教師提問、講故事與示範策略，引導幼兒瀏覽圖畫書圖像，並與自我生活經驗連結來預測圖畫書的故事內容。第二階段為任務中或任務循環階段，透過引起動機進行閱讀活動，並提出與圖畫書主題相關概念的問題進行討論，藉由畫圖內容的講解，讓幼兒了解故事結構元素（角色、時間、地點、情節、經過與結局），進行詞彙與語句練習遊戲，開展分享式閱讀活動。每本圖畫書教學後，同時進行資料分析與彙整，再根據教學之檢討所得到的結果，於下一本圖畫書教學活動中加以改進。第三階段為任務後語言聚焦階段，非華語幼兒對於這本圖畫書已經有基本的認識與了解，並在任務執行的各個階段，透過教師鷹架策略的應用，驅動幼兒的閱讀興趣（圖 3-3.4b）。

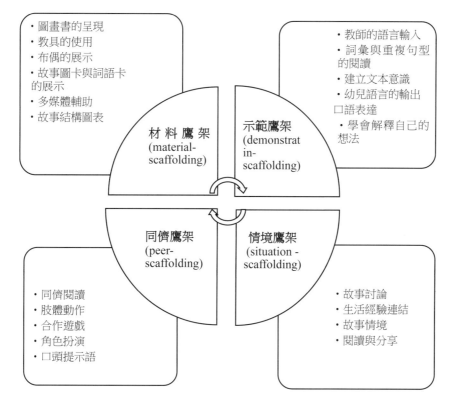

圖 3-3.4b

　　因此，當非華語幼兒從封面重新閱讀圖畫書或口說故事時，所關注的焦點是圖與文之間的關係以及個人閱讀文本的體驗與感受。這個階段也是圖畫書教學實施後對非華語幼兒閱讀理解能力的評量。

3.5 實施教學時間

研究者在取得校方書面同意後，以施教者的身份進入課室，對全班幼兒進行預測性圖畫書教學活動，同時也是觀察者的角色。從 2021 年 4 月 12 日至 5 月 28 日，研究者於每週一、三、五下午 3:00-3:30 進行圖畫書閱讀教學，每次實施 30 分鐘，共實施了 20 次教學活動。

3.6 資料蒐集及分析

透過課堂觀察（錄音 / 錄影資料）、協同教師訪談、幼兒說故事錄音、幼兒作品等四個方面蒐集研究資料，研究者將錄影轉換為文字檔。為了尊重參與研究者的私隱，當需要引用課室觀察和訪談資料作為範例與論述支持時，研究參與者的名稱均以字母和數字代替的方式呈現，詳見表 3-3.6。

編碼	代表意義
影 20210413	表示 2021 年 04 月 13 日的閱讀教學攝影記錄
觀同 20210418	表示 2021 年 04 月 18 日的同儕閱讀攝影記錄
訪協 20210521	表示 2021 年 05 月 21 日對協同老師的正式訪談紀錄
說 20210518	表示 2021 年 05 月 18 日的同儕說故事攝影記錄
品非華語幼兒 2	代表 2021 年 05 月 21 日對 2 號幼兒作品的拍攝紀錄

表 3-3.6

四、研究發現與討論

基於研究目的，本研究旨在討論運用可預測性圖畫書融入任務型語言教學法（task-based language teaching），實施對非華語幼兒進行閱讀教學的歷程，包括：任務前階段（the pre-task phase）、任務中階段（the during-task phase）、任務後階段（the post-task phase）。教學著重在教師的「鷹架（scaffolding）」策略，從如何引發幼兒的閱讀興趣、如何找出故事結構元素、如何引導幼兒說故事及將自己喜歡的人物或情節畫出來等，分析幼兒在閱讀興趣方面的表現。茲分述如下：

4.1 透過任務前階段的實施，能引發非華語幼兒對閱讀圖畫書的興趣

在任務前階段的實施過程中，研究者將四本圖畫書皆以 PPT 播放的形式，讓所有幼兒都能仔細看清楚圖畫書的圖片內容。在引導策略方面，主要透過情境鷹架（situational scaffolding）、材料鷹架（material scaffolding）、同儕鷹架（peer scaffolding）、示範鷹架（demonstration scaffolding）。其中，同儕鷹架指的是運用幼兒同儕互動的方式，以提升需協助之非華語幼兒的閱讀能力之學習成效、增進自我概念與減低學習焦慮的一種合作方式，亦是本研究中不可忽略重要因素。例如：藉圖畫書《我絕對絕對不吃番茄》的故事封面，引發課室討論時，當本地幼兒分享到番茄酸酸甜甜的味道時，非華語幼兒（2）除了用面部表情表達外，也會模仿說出「酸酸甜甜」的詞語（摘自觀同 20210422）。說明藉同儕的鷹架作用，為非華語幼兒在課室討論中提供了模仿和聆聽語言的機會。

在教學中發現，鷹架（scaffolding）策略的運用可引發不同的閱讀行為，從而發展可預測性圖畫書閱讀之教學活動。雖然本地幼兒與非華語幼兒對圖畫書閱讀理解的能力差異較大，但在本研究教學的歷程中，大部分程度較好的本地幼兒樂意以「小老師」的角色，透過提示與經驗分享、協助非華語幼兒參與可預測性圖畫書閱讀教學活動（摘自觀同 20210424）。

例如：《大猩猩的麵包店》圖畫書的封面圖案，幼兒很清楚地可以看到故事的主角人物，像故事裡的大猩猩正在做麵包的形象。而且麵包在幼兒的生活中算是很常見的食物，由於 4 位非華語幼兒在主題單元教學中，與本地幼兒都有參觀幼稚園附的「麵包店」經驗，於是在任務前階段的封面介紹活動中，引發了以下的課室討論。

◎ 本地幼兒：「哈哈～是大猩猩～的的麵包店！」

◎ 本地幼兒：「就是我們去參觀的那個麵包店，也寫着麵包店 3 個字。」

◎ 老師：「對呀，麵包店是代表買麵包的商店，這本書叫什麼名字？不如我們大聲讀出來。好嗎？」

在教師及同儕鷹架作用下，非華語幼兒（1）和（4）也能跟老師和本地幼兒說出書名，非華語幼兒（2）由起初的沉默不語變為願意參與角色扮演，非華語幼兒（3）則跟隨本地幼兒以身體動作模仿大猩猩揉麵粉的動作（摘自影 20210511）。可見，圖畫簡單或是較生活化的封面圖畫，能引起非華語幼兒的閱讀興趣，使語言的學習轉化成為具體的行動。

　　另外，教師也會運用布偶、教具及多媒體輔助教學，透過任務的實施，藉教師的鷹架策略，引導幼兒進行故事討論、故事詞彙及句型練習、合作遊戲、肢體動作、角色扮演與口說故事等，讓幼兒積極參與圖畫書閱讀與分享，並鼓勵非華語幼兒自由表達及進行藝術創作。

4.2　透過任務的執行，能促進非華語幼兒在閱讀理解和圖文表達

　　Willis（1996）將任務以實行方式的不同分為六大類：列出清單、分類及排序、比較、解決問題、分享經驗、以及創造性任務。每種任務都可涵蓋各項不同的語言技能，每項任務的內容及範例也各有不同。因此，本研究在任務中的執行階段，包括：故事討論、分享式閱讀、詞彙與句型練習、口說故事等個人與小組合作任務。

（一）透過「故事地圖」的引導策略，能幫助非華語幼兒參與故事討論

　　在故事結構教學的策略中，相當重視以圖示方式來輔助理解故事內容。它是透過故事圖的方式組織、歸納故事內容，讓學童能重新架構整個故事的結構。教師若在進行故事結構教學時將故事中主要的結構元素使用視覺化圖像來呈現，便可以讓整篇故事主題更明確、更具有結構化，更具有視覺刺激的效果，幫助學童清楚、快速的組織故事內容（王瓊珠，2004）。

　　因此，在圖畫書的教學歷程中，老師事先指派本地幼兒進行某些任務，目的是為了讓非華語幼兒注意故事的結構。並透過「故事地圖」配搭書中圖畫，為全班幼兒提供主動表達自己對故事內容看法的機會，非華語幼兒從同儕的表達與重述故事的活動中，潛移默化去學習更多的詞彙及句式，因而語言表達能力也跟著進步了。

　　當教師在導讀圖畫書《好餓的毛毛蟲》時，透過故事地圖的展示，讓幼兒能清楚觀察故事地圖的組成內容。例如：故事背景、引發事件、內在反應、內在計劃、嘗試、回應、結果、幼兒的反應和老師的總結，幫助幼兒在故事結構討論時，能清楚指出故事結構的位置，並自由表達其對圖畫故事的感受。為了讓幼兒有機會回顧圖畫書的學習經驗，研究者將課室討論的重點歸納，整理成表格的形式呈現，詳見圖 4-4.2-1。

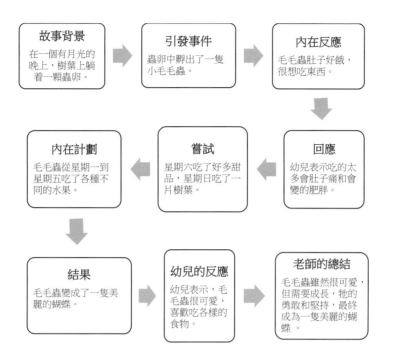

圖 4-4.2-1

　　當課室教師嘗試與全組幼兒一起透過故事結構來講述故事時，因為非華語幼兒不太明白教師的指示，對故事內容不熟悉。於是，教師立刻改變教學策略，以簡單的「手指變變變」遊戲，引導幼兒用一根手指變變變，變成一隻毛毛蟲，爬呀爬，爬呀爬。示意畫面上的小洞洞就是毛毛蟲鑽進鑽出的痕跡，最後將手指鑽進圖畫書內，讓幼兒透過遊戲進入圖畫書《好餓的毛毛蟲》的故事情境。透過教具（毛毛蟲模型或布偶）的輔助，讓幼兒再次思考毛毛蟲從星期一到星期天吃的食物名稱。誠如 Heroman & Jones（2004）認為，若在進行故事重述的教學時提供兒童各種視覺上的輔助如布偶、圖片、故事地圖等，將有助於幼兒組織起思維及語言。

　　在故事討論過程中，藉教師的示範、同儕合作遊戲的鷹架引導策略，加深非華語幼兒對故事結構的概念和理解，從而讓非華語幼兒（1）說出故事人物是毛毛蟲；非華語幼兒（2）則說出毛毛蟲吃 apple；非華語幼兒（3）提及毛毛蟲吃得太多會肚痛，表示對毛毛蟲產生同理心和關愛之情，而非華語幼兒（4）也能說出毛毛蟲變成蝴蝶的故事結局（摘自影 20210513）。

可見，透過故事討論，非華語幼兒能從故事結構中認識圖畫書的人物和故事情節，從而增加了他們參與故事討論的自信心。因為故事討論中的對話是合作性的，只有在真實的對話中才能共同建構意義。

（二）藉「合作遊戲」活動，增強非華語幼兒對詞彙及句型的運用能力

詞彙與句型練習的目的是為了強化非華語幼兒對語言結構的理解，由於在實際教學時，可預測性圖畫書中的詞彙及句型已在討論及分享式閱讀環節中反覆使用，於此階段僅是作為統整並加強幼兒對語言的運用能力。例如：可預測性圖畫書《我絕對絕對不吃番茄》的口說故事活動中，教師先敘述故事的部分事件及人物，讓其他本地幼兒輪流說出問題解決及分享對圖畫書的感受，讓非華語幼兒建立聆聽故事的經驗，並順利進入對故事詞彙及句型的運用環節。透過簡單的「拋球遊戲」，當全體幼兒圍成一個大圓圈時，教師先示範說出「我絕對絕對不吃番茄。」句型，然後把小球拋向其中一位幼兒。小球拋給誰，誰就要用「我絕對絕對不吃 _____ 。」接續上一位說一句話，不可以重複。於是促成了以下的對話。

◎ 本地幼兒：「我絕對絕對不吃西瓜。」

◎ 本地幼兒：「我絕對絕對不吃洋蔥。」

◎ 非華語幼兒（2）：「我絕對絕對不吃番茄。」

◎ 本地幼兒：「我絕對絕對不吃蘋果。」

◎ 非華語幼兒（4）：「我絕對絕對不吃玉米。」

◎ 非華語幼兒（3）：「我絕對絕對不吃 Strawberry。」

◎ 本地幼兒：「我絕對絕對不吃香蕉。」

◎ 非華語幼兒（1）：「我絕對絕對不吃香蕉。」（摘自說 20210518）

透過以上的對話，可見非華語幼兒（2）和（4）能說出不同意義的句型，非華語幼兒（1）重複說出本地幼兒的句型，非華語幼兒（3）則在句型中夾雜了英文的詞彙。但看到非華語幼兒能參與遊戲，並按教師的指示說出不同的詞彙及句式，說明非華語幼兒對中文詞彙與句型的運用有了基本的概念，也能理解其意義。當非華語幼兒積累一定的詞彙及掌握基本的語序結構後，教師可運用兒童繪本作為基本教材，透過大量閱讀培養幼兒閱讀的興趣，學習擴展詞彙、認識中文句法的特點，逐步發展聆聽和閱讀理解能力，增強表達能力（羅嘉怡和謝錫金，2012）。

（三）透過同儕閱讀策略，能增強非華語幼兒觀察力及口語表達

因為課室老師（協同教師）表示，在實施預測性圖畫書教學前，非華語幼兒都是快速翻閱圖片，數秒後就馬上放回圖書架，拿另一本圖畫書看，將圖畫書當作玩具翻了一本又一本（摘自訪協 20210521）。

故此，在同儕閱讀與說故事的任務方面，主要讓語言表達能力較好的本地幼兒與非華語幼兒組成兩人一組，以可預測性圖畫書的圖畫為中介物，透過讀圖策略學習看圖說故事。

例如：在圖畫書《我絕對絕對不吃番茄》的故事導讀中，非華語幼兒（2）與（3）的觀察入微，當看到圖畫中蘿拉睜大眼睛，雙手按住胡蘿蔔的圖畫時，推論故事中的蘿拉一定不喜歡吃胡蘿蔔。而非華語幼兒（1）與（4）則說出：「我絕對絕對不吃胡蘿蔔。」及「No！我絕對不吃香蕉。」的句型（圖 4-4.2-2）。

圖 4-4.2-2

透過教學片段，研究者發現這 4 位非華語幼兒對於圖畫書中有趣的表現方式會加以模仿，透過讀圖策略及在同儕鷹架的協助下，也會慢慢地仔細看圖畫書中的圖畫，而且開始注意圖畫與圖畫之間的資訊，進而推論這些資訊代表的意義。非華語幼兒亦能將圖畫書中沒有表達的情感及隱藏的細節，加以解釋與補充，從而促進他們運用中文表達的能力（摘自影 20210518）。

4.3 透過任務後幼兒的圖文創作，促進了非華語幼兒圖文表達

當幼兒對圖畫書的內容有一定的了解後，老師除了讓幼兒運用故事中重複的語句進行口說故事外，也會鼓勵全班幼兒進行圖文創作，包括封面設計、創作故事外，也會集體進行改編故事或對圖畫書進行二次創作，製作除了屬於自己的故事小書，以增強非華語幼兒對圖畫書故事的理解，並延伸非華語幼兒對圖畫書閱讀的興趣。在課室中的幼兒經由與他人語言交流，並且參與在真實的學習環境與融入遊戲情境中，而獲得探究與自主學習的機會；當幼兒進行閱讀行為互動時，其學習內容可包括：非正式的學習探索機會、同儕互動與分享的學習方式、共同述說文本、延伸遊戲、情境角色扮演等方式，獲得學習經驗（谷瑞勉，2010）。

雖然非華語幼兒相對本地幼兒不容易做到，但仍可自然地在圖文創作活動中嘗試。從任務後幼兒圖文表達活動中作品中發現，透過閱讀可預測性圖畫書與相關活動，使非華語幼兒對故事元素及圖像表達更加熟悉，使非華語幼兒從模仿圖畫書的圖像表達中慢慢學會創作屬於自己的圖文表達作品，詳見圖 4-4.3。

圖 4-4.3

非華語幼兒 1：「愛吃果水（水果）的小貓。」

非華語幼兒 2：「媽媽愛吃水果。」

非華語幼兒 3：「我不喜歡吃提子。」

非華語幼兒 4：「愛吃水果的自己。」

從幼兒的圖文作品中發現，4 位非華語幼兒雖然表達的意思各不相同，但皆能以簡單句表達圖畫的意思。可見，可預測性圖畫書《愛吃水果的牛》圖像表現方式，對幼兒的圖畫作品有直接影響。換言之，透過可預測性圖畫書與任務型語言教學法的教學實驗，非華語幼兒很快地從圖畫書中，理解圖像語言的傳達性特質，內化（internalization）為圖文創作的表達方式，從而自然而然地運用在圖文創作作品中。這呈現了非華語幼兒從圖畫主導嘗試過渡到文字書寫的進程。

五、研究結論

本研究目的在於探討運用可預測性圖畫書融入任務型語言教學法，提升幼兒閱讀興趣的成效。研究者依據所蒐集的相關資料進行整理，並歸納成以下結論：

5.1 可預測性圖畫書教學能提升非華語幼兒的閱讀興趣

透過預測性圖畫書教學歷程及任務型語言教學法的實施，能提升非華語幼兒的閱讀動機及增進幼兒對故事內容的理解能力。藉由教師的引導及同儕善意地介入，非華語幼兒可及時自我糾正順利表達，亦能自行看圖說出故事內容。

5.2 可預測性圖畫書教學能提升非華語幼兒對閱讀及書寫表達的興趣

本研究預測性圖畫書教學，藉分享式閱讀、故事結構與討論、說故事與圖文表達的作品等活動；透過任務的執行，使非華語幼兒對圖畫中人物表情、動作的觀察更敏銳，在個人表達的語句中減少了英文用詞。同時，透過任務後幼兒圖文表達的作品，促進了幼兒運用中文書寫的表達。說明透過任務型教學法進行可預測性圖畫書教學，能有效地幫助多語環境中的非華語幼兒更容易理解中文和表達中文。

參考文獻

艾瑞·卡爾（Eric Carle）著，鄭明進譯（2019）：《好餓的毛毛蟲》，台北，信宜文化出版社。

白井三香子著，賴秉薇譯（2016）：《大猩猩的麵包店》，台灣，小魯文化出版社。

谷瑞勉（2010）：《幼兒文學與教學》，台北，心理出版社。

林文韵（2006）：《可預測性圖畫書的理論基礎與應用》，台北，教育研究月刊。

陸儉明（2005）：《作為第二語言的漢語本體研究》，北京，外語教學與研究出版社。

羅嘉怡和謝錫金（2012）：《非華語學生的中文學與教：課程、教材、教法與評估》，香港，香港大學出版社。

蘿倫·柴爾德（Lauren Child）著，賴慈芸譯（2007）：《我絕對絕對不吃番茄》，台灣，上誼出版社。

湯姆牛（2016）：《愛吃水果的牛》，台北，信宜基金出版社。

王瓊珠（2004）：《故事結構教學與分享閱讀》，台北，心理出版社。

香港課程發展議會（2017）：《幼稚園教育課程指引》，檢自 https://www.edb.gov.hk/attachment/tc/curriculum-development/major-level-of-edu/preprimary/ KGECG-TC-2017.pdf，檢索日期：2023.6.1。

謝錫金（2014）：《香港幼兒口語發展》（第二版），香港，香港大學出版社。

許守仁和林偉業（2013）：以任務型學習策略，從生活應用中學習中文，輯於林偉業、張慧明和許守仁等編《飛越困難一起成功：教授非華語學生中文的良方》，（頁 62-67），香港，香港大學教育學院中文教育研究中心。

叢鐵華、祁永華和岑紹基（2012）：協助少數族裔學生學習中文的教學法與學習評估，輯於叢鐵華、岑紹基、祁永華和張群英編《香港少數族裔學生學習中文的研究：理念、挑戰與實踐》，（頁 99-118），香港，香港大學出版社。

周競（2014）：《學前兒童語言學習與發展核心經驗》，南京，南京師範大學出版社。

Brown, H. D. (2007). *Teaching by principles: An interactive approach to language pedagogy* (3rd ed.). Pearson Education.

Clay, M. (1993). *Reading recovery: A guidebook for teachers in training*. Heineman.

Goodman, Y. M. (1986). Children coming to know literacy. In W. N. Teale & E. Sulzby (Eds.), *Emergent literacy: Writing and reading* (pp. 1-14). Ablex Publishing.

Heroman, C. & Jones, C. (2004). *Literacy: The creative curriculum approach*. Teaching Strategies.

Lines, C. (2007). Predictable books in the children's EFL classroom. *ELT Journal, 61*(1), 46-54.

Rhodes, L. K. (1981). I can read! Predictable books as resources for reading and writing instruction. *The Reading Teacher, 34* (3), 511-518.

Willis, J. (1996). *A framework for task-based learning*. Longman.

文化共融：世界華語教學的策略與實踐

主編： 張連航、謝家浩
編輯： 林靜
設計： 青森文化設計組
出版： 紅出版（青森文化）
　　　 地址：香港灣仔道 133 號卓凌中心 11 樓
　　　 出版計劃查詢電話：(852) 2540 7517
　　　 電郵：editor@red-publish.com
　　　 網址：http://www.red-publish.com

香港總經銷： 聯合新零售 (香港) 有限公司
台灣總經銷： 貿騰發賣股份有限公司
　　　　　　 新北市中和區立德街 136 號 6 樓
　　　　　　 (886) 2-8227-5988
　　　　　　 http://www.namode.com
出版日期： 2023 年 12 月
圖書分類： 語文教學
ISBN： 978-988-8868-11-7
定價： 港幣 212 元正／新台幣 850 元正